올드맨
OLD
MAN

올드맨 1

지은이_이조영 | 초판 1쇄 인쇄_2014년 10월 15일 | 초판 2쇄 발행_2014년 11월 14일 | 발행처_도서출판 청어람 | 발행인_서경석 | 편집장_권태완 | 편집_나정희, 최고은 | 경기도 부천시 원미구 부일로 483번길 40 서경B/D 3F (우) 420-822 | 등록_1999년 5월 31일(제387-1999-000006호) | 문의전화 _032)656-4452 | 팩스_032)656-4453 | http://www.chungeoram.com | 전자우편 _chungeorambook@daum.net | 어람번호_8-0034 | 파본은 구입하신 서점에서 교환하여 드립니다. 저자와 협의하여 인지를 붙이지 않습니다. 책값은 뒤에 있습니다.

ISBN 979-11-316-9231-8 04810
ISBN 979-11-316-9230-1 (SET)

vol 1

올드맨
OLD MAN

이조영 장편 소설

책
람

Contents

Prologue

2014. 6. 6. am. 12:30. 한라산

   죽음의 사신에게 쫓긴 지 꽤 긴 시간이 흘렀다. 땀으로 온몸이 흥건한 채 태성은 사력을 다해 도망쳤다. 전혀 지치는 기색 없이 무표정한 얼굴로 젤리가 태성의 뒤를 바짝 쫓았다. 거리를 두고 그들 뒤로 태성을 구하기 위해 시온이 젤리를 쫓고 있었다.

   지척에서 아득히 들려오는 시온의 목소리.

   간간이 들리는 그녀의 다급한 음성이 태성의 심장을 더욱 옥죄어왔다.

   '위험해!'

   그녀를 위해 할 수 있는 일은 그저 멀리 도망치는 것뿐이었다.

이곳에서 잡히면 그녀도 위험해진다.

얼마나 더 달렸을까.

천 길 벼랑 끝에 다다라서야 태성은 제자리에 멈춰 섰다. 칠흑같이 어두워 하마터면 낭떠러지 아래로 떨어질 뻔했다. 더 이상 도망칠 데가 없다.

거친 숨을 몰아쉬며 천천히 돌아섰다. 그의 뒤에는 젤리가 차가운 낯빛으로 서 있었다. 시온의 음성이 들리지 않는 걸로 보아 어지간히 멀어진 모양이었다. 태성은 조금이나마 안도가 되었다.

순식간에 다가온 젤리가 태성을 향해 강하게 펀치를 날렸다. 이미 지칠 대로 지친 태성은 그 자리에 힘없이 쓰러지고 말았다. 그의 입가로 거무스름한 피가 흘러나왔다.

철컥!

태성이 몸을 반쯤 일으켰을 때 차가운 쇠의 감촉이 그의 관자놀이에 느껴졌다. 총구를 그의 머리에 갖다 댄 젤리가 약간 쉰 음성으로 물었다.

『약은 어디 있나?』

중국어를 쓰는 젤리에게 태성은 기진맥진해 가까스로 대꾸했다.

『약은…… 찾을 수 없을 거다.』

『죽고 싶은가?』

입안 가득 씁쓰레하게 번지는 피 맛에 태성은 살짝 인상을 찡그리며 젤리를 올려다봤다. 짙은 어둠 속에서도 맹수처럼 번뜩이는 눈을 보자 분노가 가슴속에 용솟음쳤다.

『죽여라.』

자포자기했다기보다 오히려 죽일 테면 죽여보라는 도전적인 어투였다. 순간, 젤리의 눈빛에 도사리던 잔인한 기운이 강하게 꿈틀댔다.

탕!

총알은 정확히 태성의 허벅지를 꿰뚫었다. 검붉은 피를 머금은 그의 입에서 고통스러운 비명이 터져 나왔다. 피가 솟구치는 다리를 부여잡은 채 태성은 바닥에 쓰러져 몸부림쳤다. 젤리의 총구가 또다시 태성에게로 향했다.

거대한 공포와 맞닥뜨린 태성의 눈빛이 어지럽게 흔들렸다. 고통으로 터져 나오는 비명을 안으로 삼키며 그는 붉게 충혈된 눈으로 젤리를 노려보았다.

탕!

시온은 총소리에 멈칫, 그 자리에서 멈춰 섰다. 머리칼이 쭈뼛 곤두서는 느낌이었다.

'태성 씨!'

그녀는 곧 총소리가 난 방향을 가늠하고 뛰기 시작했다. 태성이 맞은 것 같은 불길함에 속으로 끊임없이 되뇌었다.

'제발 살아만 있어, 제발.'

비 오듯 쏟아지는 땀을 훔칠 새도 없이 그녀는 청각에 의지하여 두 사람이 있는 곳으로 향했다.

탕, 탕!

또다시 연달아 총소리가 울렸다. 이번엔 좀 더 가까운 곳이다. 그들과 근접한 것이다.

확인 사살이라도 한 걸까?

달려가는 시온의 심장이 미친 듯이 뛰었다.

'죽으면 안 돼! 죽지 마. 죽지 말고 기다려. 죽으면 가만 안 둬!'

1막
Janus

제1장

2014. 4. 7. pm. 01:00. 네팔. 안나푸르나

　푸르디푸른 물기를 머금은 하늘 아래 물고기 꼬리 모양의 마차
푸차레가 웅장한 기운을 내뿜었다. 워낙 험준하여 그 누구도 밟
아본 적 없이 출입이 금지되었다는 설산(雪山). 고봉과 고봉 사이
로 이어진 협곡은 신령한 산의 위용을 더해주었고, 광활하고 장
엄한 자연 앞에서 저절로 숭고한 마음과 겸손을 느끼게 했다.
　끝없이 이어진 산길을 따라 한 무리의 트레커가 가이드 뒤로
줄줄이 하산 중이었다. 어제 베이스캠프에 갔다가 하룻밤을 묵
은 뒤 내려오는 길이었다.
　해마다 이곳을 찾는 산악동호회의 트레킹 가이드를 맡은 사람

은 강시온. 네팔 이름은 '마야'.

'사랑'이라는 뜻의 'Maya'는 그녀의 아빠가 지어준 이름이었다. 트레킹 가이드인 부모님 탓에 어려서부터 네팔에서 살았던 그녀는 벌써 15년 차 베테랑이었다.

걸음마를 떼기도 전에 아버지의 품에 안겨 수도 없이 올랐던 산. 그녀가 오른 산은 비단 이곳뿐만은 아니었다. 세계 곳곳의 유명한 산은 안 가본 데가 없을 정도로 산이라면 능통했다.

어느 지점에선가 걸음을 멈춘 그녀는 아찔하게 깎아지른 협곡 아래를 아련한 눈빛으로 바라보았다. 그리움이 가득한, 그리고 풀리지 않는 의문이 아로새겨진 표정이었다.

현지 요리사이자 그녀의 동료인 니마가 위로하듯 그녀의 어깨를 툭툭 치며 지나갔다. 니마는 트레커들의 요리를 담당하는 사람으로서 시온과는 꽤 오랫동안 함께 일해서 가족과 같았다. 10년 전 그리고 1년 전, 불의의 사고로 엄마와 아빠를 차례로 잃은 시온에게 니마는 유일하게 믿고 의지하는 사람이었다.

시온은 애써 감정을 추슬렀다. 이 산을 내려가면 당분간 오를 일이 없으리라. 짧은 작별이 되길 바라며 마음속으로 저 산 어딘가에 묻혀 있을 아빠에게 가슴 아픈 인사를 고했다.

'첸, 아빠⋯⋯. 조금만 기다려. 금방 돌아올게.'

같은 날. pm. 2:30. WT 서울 본사 대회의실

백호 회장을 위시하여 중역들이 앉은 가운데 회의실의 분위기가 심상치 않았다. 제주 메디컬 리조트 WT(White Travel. 회사명 White Tiger의 약자이기도 함)의 오픈을 나흘 앞두고 브리핑 책임자인 백재규 이사가 아직 나타나지 않았기 때문이다. 재규의 여비서가 초조한 낯빛으로 연신 통화를 시도했지만, 번번이 실패였다.

회의 시각은 2시. 그런데 30분이 지나도록 연락조차 없는 재규 때문에 백호는 화가 머리끝까지 났다. 평소에도 잦은 지각과 결근으로 구설에 올랐었지만, 설마 오늘처럼 중대한 회의마저 무책임하게 일관할 줄은 몰랐다.

호랑이보다 무섭기로 소문난 백호에겐 단 하나뿐인 아들이었다. 그리고 그 아들은 어려서부터 지독히 아비의 속을 썩였다.

백호 나이 70세. 6개월 후면 정년퇴임이었다.

아직 해야 할 일은 많고, 시간은 터무니없이 모자란다. 제주 메디컬 리조트를 6개월 내에 안정권에 들도록 하는 게 그의 마지막 유업이었다. 그런데 재규가 하는 짓거리를 보면 회사를 물려준 후가 더욱 걱정이었다.

마음에 드는 구석이 하나도 없는 아들이 과연 회사의 리더가 될 수 있을까?

"연락 안 됩니다, 회장님."

재규의 여비서가 얼굴이 하얗게 질려 고하기가 무섭게 백호의 인내심에도 한계가 왔다. 그는 책상 위에 두었던 핸드폰을 홱 집어 들었다. 신경질적으로 재규의 전화번호를 찾아 누르자, 한참 만에 통화 신호가 떨어졌다.

하지만 가까스로 이어진 통화가 달가울 리 없었고, 다짜고짜 고함을 지르려던 그는 건너편에서 들려오는 목소리에 그만 호흡을 훅 삼켜야 했다. 가만 안 둔다는 둥 기사를 뿌려 버린다는 둥 수화기 너머의 여자는 영어로 마구 악담을 퍼부어댔다.

그리고 바로 그 순간, 무섭도록 가라앉은 분위기를 깨고 앞문이 벌컥 열렸다. 안으로 들어선 사람은 재규였다. 백호의 옆자리로 뚜벅뚜벅 걸어오는 그에게 백호의 천둥 같은 고함이 떨어졌다.

"기생충만도 못한 놈!"

쉬익!

백호의 손을 떠난 핸드폰이 바람 소리를 내며 허공을 날았다. 날아오는 핸드폰에 기겁한 오 이사와 이사 3인방이 반사적으로 고개를 숙였고, 핸드폰은 재규의 어깨를 살짝 스쳐 벽에 맞고 박살이 났다. 액정은 완전히 꺼져 버렸고, 본체에서 떨어진 배터리와 핸드폰 커버가 흉측하게 분리되어 바닥에 흩어졌다.

반대편에 앉아 있던 중역들의 입이 쩍 벌어졌다. 그 먼 거리에서 정확히 어깨를 스친 것도 놀라울진대, 70세 노인답지 않은 순발력과 괴력에 오금이 저릴 지경이었다. 걸핏하면 성질이 불같고 독불장군인 백 회장의 성미를 건드리는 재규가 원망스러울 따름이었다. 말썽을 부려도 꼭 오늘처럼 중요한 때에…….

백호의 속을 뒤집기 위해 일부러 그러는 게 아니라면, 그는 지독한 게으름뱅이에 비관주의자였다.

중역들과 여비서뿐 아니라 백호의 비서인 우영 앞에서 보기 좋게 무시당한 재규는 쓴웃음을 지었다. 하긴, 언제는 아들 대접을 받기나 했던가. 말만 후계자일 뿐, 비서인 우영보다 못한 존재인 것을.

"내일 10시. 1초도 어긋나지 마. 다신 그 자리에 못 설 테니."

마지막 경고라는 듯이 차갑게 뇌까린 백호가 빠른 걸음으로 회의실을 나가 버렸고, 중역들도 우두커니 서 있는 재규를 못마땅하게 흘기고는 하나둘 그곳을 떠났다.

줄곧 이해할 수 없다는 표정으로 재규를 바라보던 우영까지 나가고 나자 텅 빈 회의실에는 재규와 여비서 단둘만 남았다.

"핸드폰 회사만 기 살려준다니까."

불만스럽게 중얼거리는 재규에게 여비서가 조심스럽게 말을 건넸다.

"새로 준비해 놓겠습니다."

"회장님 똘마니 따로 있는데 뭘. 내 거나 준비해 놔. 핸드폰 핑계로 나 만나려는 여자 있을 거야. 도둑으로 신고하기 전에 꺼지라고 해주고."

"예, 이사님."

백호만큼이나 비위 맞추기가 까다로운 재규 때문에 하루가 멀다 하고 심장마비에 걸릴 지경인 여비서는 마른침만 꿀꺽 삼켰다. 왜 앞서 비서들이 한 달을 못 버티고 관뒀는지 절감한 얼굴로. 그나마 무던한 성격 탓에 7개월을 버틴 건 정말이지 기적이었다.

그날 저녁, 8시 15분.

초대장을 받은 백호와 우영은 오페라하우스 1층 VVIP석에서 '지킬 앤 하이드' 뮤지컬 관람에 한창이었다. 평소 뮤지컬을 좋아하기도 하거니와 오래간만에 갖는 문화생활이 백호의 마음을 설레게 했다.

옆자리의 커플 때문에 방해를 받지 않았다면 더욱 좋았을 시간이었다. 뮤지컬 시작 전부터 스킨십이 과하다 싶더니, 뮤지컬을 보는 내내 서로 껴안고 뽀뽀하고 소곤댔다.

아닌 게 아니라 낮에 있었던 재규와의 일로 심기가 어지럽던 차에 젊은 연인의 낯 뜨거운 애정 행각이 여간 신경에 거슬리는 게 아니었다. 어째서 요즘 것들은 밤낮도 구별 못 한단 말인가.

'호텔이랑 극장도 구분 못 하고. 하여간 요즘 젊은것들은. 쯧쯧쯧.'

하는 짓이 점입가경이라 결국 참다못한 백호는 옆 좌석의 젊은 남자를 빤히 노려보았다. 옆 좌석 남자가 백호의 시선을 느끼고 쳐다보았다. 당장에라도 엉덩이를 걷어차 내쫓아 버릴 듯 인상을 쓰는 반백의 노인을 보자 그 서슬에 남자는 머쓱하게 자세를 바로 했다.

백호도 불편한 심기를 억지로 추스르고 시선을 무대 위로 돌렸다. 그리고 금세 뮤지컬에 흠뻑 빠져들었다.

한편, 맨 위층 끝의 박스석에서는 젤리가 혼자 앉아 관람 중이었다. 뮤지컬을 보고 있긴 하지만, 도통 감정이라곤 느껴지지 않는 무표정이 음산한 기운을 자아냈다.

그 안으로 임진수가 소리 없이 들어섰다. 두꺼운 안경을 쓴, 선해 보이는 인상의 그는 잔뜩 긴장한 얼굴이었다. 그가 안중에 없는 듯 젤리의 시선은 여전히 무대에 꽂혀 있었다. 어색해하며 젤리의 옆에 앉은 임진수는 서둘러 점퍼 안주머니에서 약통을 꺼냈다. 시간을 지체하며 여유나 부릴 때가 아니었다. 그는 한시라도 빨리 일을 마무리 짓고 이곳을 벗어날 궁리에만 빠져 있었다.

비로소 무대에서 시선을 거둔 젤리는 아무것도 인쇄되지 않은 희고 작은 약통을 바라보았다. 저 약을 얻기 위해 지난 2년간 국정원과 지독한 싸움을 벌여야만 했다.

한국 정부에서 기밀로 추진 중인 전쟁용 대체 식량 알약 '야누스'. 그것은 '미래의 식량'이기도 한 신비의 약이었다.

임진수는 알약을 개발한 유학선 박사의 애제자이기도 하지만, 젤리가 속한 중국 조직 '연동회(蓮冬會)'의 스파이이기도 했다.

임진수를 매수하는 일은 생각보다 어렵지 않았다. 온순하고 도덕적인 인상치고 애국심은커녕 꽤나 돈을 밝히는 자였으니. 그의 선한 이미지와 이중적인 성격은 유 박사는 물론이거니와 국정원을 속이는 데 대단히 유용하게 작용했다.

시종일관 무표정한 젤리의 모습에서 광장한 위압감이 느껴져 임진수는 점점 심장이 옥죄어옴을 느꼈다. 약에 관한 자료가 담

긴 칩과 샘플 값으로 그가 받을 돈은 자그마치 30억. 약의 가치
로 따지자면 그보다 월등한 값어치겠으나, 30억이란 돈도 그에
게는 적지 않은 금액이었다. 상대는 무기 밀매를 전문으로 하는
중국 범죄 집단 '연동회'였다.

오늘로 이들과의 거래도 마지막이니, 그는 돈만 챙겨 이 나라
를 뜨면 그만이었다. 이미 비행기 표도 끊어놓았고, 갈 곳도 정해
졌다. 나라를 배반하고 스승과 동료에겐 지울 수 없는 상처가 되
겠지만, 미련은 없었다. 그는 후회보단 자유를 생각하기로 했다.

임진수는 젤리가 내민 은행 카드를 낚아챘다. 카드를 쥔 그의
손이 흥분으로 부르르 떨렸다. 30억이 든 은행 카드. 이거 하나
면 세상 어느 곳에 있더라도 안심이었다. 유학선 박사의 곁에서
10년을 버틴 대가로 그는 엄청난 부를 거머쥐었고, 신비의 약
'야누스'가 지긋지긋한 연구소를 깨끗이 벗어나게 해주었다. 더
욱이 유 박사와 함께 약 개발에 합류하면서 관리라는 미명 아래
국정원의 감시를 받으며 살아온 지난 세월은 그에게 악몽과도
같은 시간이었다.

'연동회'와 손을 잡은 건 1년 전, 여러 번의 실패 끝에 드디어
연구 성과가 나타났을 즈음이었다. 유 박사가 네팔을 방문했다
가 젤리에게 납치당할 뻔한 사건이 있었던 것도 그때였다. 물론,
정보도 임진수가 준 것이었다. 그때가 아니면 그는 평생 나라의
감시를 받으며 시키면 시키는 대로 해야 하는 노예로 살아가야
할 것 같았다. 연구소는 벗어나고 싶어도 도저히 벗어날 수 없는
감옥이었다.

'잘 가라, 야누스.'

그가 막 약통을 젤리에게 건네는 순간, 유리알처럼 감정이라곤 없던 젤리의 안광에 잔인한 기운이 스쳤다.

❖　　❖　　❖

안 부장이 젤리가 있는 박스석 안으로 뛰어들었을 때, 그곳에는 임진수 혼자뿐이었다. 들어서자마자 역한 피비린내가 코끝을 자극했다. 의자에 고개가 푹 꺾인 채 앉아 있는 임진수에게 가까이 다가갔을 때 복부에 총상을 입고 숨져 있는 걸 알았다. 복부에서 흘러내린 피로 바지가 홍건했다.

"젠장."

용케도 약이 분실된 걸 빨리 발견했고, 직원들 모르게 숨겨놓은 비밀 CCTV를 확인한 결과 임진수가 유력한 용의자라는 걸 알아차렸다. 하지만 서둘러 그를 뒤쫓았음에도 한발 늦은 게 아까운 듯 안 부장은 거친 신음을 쏟아냈다. 코앞에서 젤리를 놓친 것에 분을 참을 수 없었다. '야누스'를 개발하기 시작할 때부터 국내외로 경계를 늦추지 않았고, 특히 연구소 직원들을 감시하는 데에 소홀한 적이 없었다.

그런데 등잔 밑이 어둡다 했던가. 연구소 직원들 중에서 가장 신임이 가던 임진수가 스파이였다니, 뒤통수를 맞은 격이었다. 유 박사도 호언장담하기를 다른 사람은 몰라도 임진수가 배신할 일은 없을 거라 했었다. 이래서 사람은 겉만 보고 판단하면 낭패를 당하기 십상이다.

갑자기 1층에서 소란스러운 소리가 들려 안 부장은 급히 난간 아래를 내려다보았다. 요원들에게 쫓긴 젤리가 1층에 모습을 드러냈던 것이다. 관객이 많아 총을 쏠 수 없음을 알고 일부러 도주로로 택한 것 같았다.

갑작스러운 난입에 관객들이 놀라 두리번거렸다. 영문을 모르는 배우들은 당황한 기색을 감추고 계속해서 뮤지컬을 이어 나갔다. 곧 젤리를 쫓아 요원들이 들이닥쳤고, 젤리가 총을 쏘고 나서야 기겁한 관객들이 비명을 지르기 시작했다. 아울러 공연도 중단되었다.

요원 몇몇이 젤리가 쏜 총에 맞아 쓰러졌다. 하지만 요원들은 관객들 때문에 차마 총을 쏘지 못하고 최대한 몸을 낮춰 포위망을 좁혀갔다.

도망치던 젤리가 발을 헛디뎌 구른 것은 백호가 앉은 좌석과 그리 멀지 않은 곳에서였다. 그는 주머니에서 약통이 굴러떨어진 사실을 까마득히 모른 채 급히 몸을 일으켜 그곳을 빠져나갔다. 요원들이 젤리를 쫓아 완전히 사라진 뒤에야 실내에 환하게 불이 들어왔다.

"무슨 일인지 알아봐."

"예."

우영이 일어나 밖으로 나간 뒤, 놀란 가슴을 쓸어내리던 백호의 눈에 우영이 있던 자리 아래 떨어진 하얀 약통이 들어왔다. 그는 낮에 우영과 함께 병원에 들렀던 일을 상기했다. 재규 때문에 급격히 혈압이 오른 데다 요즘 혈압약이 맞질 않는지 자주 두통이 일었었다. 약국에서 약을 새로 받아오던 우영 생각에 백호는 한 치의 의심도 없이 약통을 주워 주머니에 넣었다.

얼마 후, 무장경찰들이 예술의 전당을 에워싼 가운데 신분증과 소지품 검사가 시행됐다. 다른 사람들과 함께 줄을 서 있던 백호와 우영 앞으로 예술의 전당 대표가 한달음에 달려왔다. 백호에게 초대장을 직접 보냈던 대표는 몸 둘 바를 몰라 했다.

"회장님, 정말 죄송합니다. 절 따라오시죠."

이미 변장한 채 사람들 속에 섞여 있던 젤리가 줄에서 이탈하는 백호와 우영을 주시하고 있었다.

"국제범죄자?"

와글와글한 햄버거 가게에 앉아 햄버거를 맛있게 먹는 우영에게 백호가 깜짝 놀라 물었다. 충격이 난무하던 걸로 봐서 심상치 않은 일이라 짐작은 했지만, 국제범죄자라니 간담이 서늘했다.

"극비라나 뭐라나. 자세한 내용은 모르겠고, 국정원인 건 맞고요. 국정원에서 쫓는 거면 뭐 대충 그런 게 아닐까요?"

"전쟁 터졌나 했다."

백호는 낮게 탄식하며 불쾌감을 고스란히 내비쳤다. 세상이 점점 험악해져 무법천지가 따로 없다손 쳐도 서울 한복판에서 총격전이 웬 말인가. 예술의 전당 안팎으로 무장경찰이 쫙 깔린 것도 모자라서 그 시각 오페라하우스 안에 있던 관객뿐 아니라, 뮤지컬 배우들까지 신분증 검사는 물론이고 총이라도 찾으려는 지 소지품을 검사하며 요란을 떤 이유가 있었다.

다행히도 그에게 초대권을 보냈던 예술의 전당 대표 덕에 백호는 검사에서 제외되어 무사히 나올 수 있었다.

"난 이벤트하는 줄 알았는데. 어쩐지 실감 나더라."

우영은 다시 생각해도 아찔한지 몸서리를 쳤다.

그나저나 백호는 햄버거가 난감하기 이를 데 없었다. 당최 이걸 무슨 맛으로 먹는지 이해할 수 없었다.

"넌 이 빵 쪼가리가 맛있냐?"

"먹고 싶은 거 사주신다면서요?"

"먹고 싶은 게 겨우 빵 쪼가리니까 하는 말이야. 비서를 시킬 게 아니라 햄버거 체인점이나 차려줄 걸 그랬어."

"에이, 또 맘에 없는 소리 하신다. 우리처럼 환상의 커플이 어디 있다구."

"시끄럽긴 왜 이렇게 시끄러워. 어이구, 정신없어. 빵이 코로 들어가는지 입으로 들어가는지 모르겠다."

북적거리는 햄버거 가게가 마음에 들지 않아 백호가 볼멘소리를 내자, 우영이 해맑게 물었다.

"가면서 드실래요?"

"이놈아, 내가 애냐? 들고 다니면서 먹게."

"안 어울리긴 하네요. 크큭큭."

이럴 땐 영락없이 장난꾸러기 같은 우영을 보며 백호의 입가에 설핏 미소가 어렸다.

팍팍한 삶 속에서 유일하게 웃음을 주는 녀석.

오늘처럼 기운이 빠질 때면 여지없이 엔돌핀이 되어주는 우영이 백호에겐 재규만큼이나 아픈 아킬레스건이었다.

『국정원에서도 찾질 못했다고?』

서울 시내의 WT호텔 스위트룸. 보스가 그 옆에 장승처럼 서 있는 젤리에게 살벌하게 되뇌었다. 큰 의자에 가려 모습이 보이진 않았지만, 굵은 음성만으로도 가슴이 오싹 얼어붙을 지경이었다. 간신히 손에 넣은 약을 어이없게 잃어버린 것에 보스는 무척 화가 나 있었다.

감정이라곤 없고 변장술에 능하여 이제껏 진짜 얼굴을 본 사람이 없을 정도로 철두철미한 젤리였지만, 희한하게도 결정적인 순간에 늘 실수를 범했다. 1년 전에도 다 잡은 유 박사를 놓쳐 안타까웠는데, 또다시 약을 잃어버렸다는 사실에 보스의 인내심에도 한계가 왔다.

젤리는 보스의 진노에도 눈동자 하나 흔들림 없이 대답했다.

『죄송합니다, 보스. 관객 중 누군가의 짓이 틀림없습니다.』

『다른 조직의 짓일 수도 있겠군. 이번 작전은 실패다, 젤리. 유 박사에게 접근하기는 더더욱 어려워졌고. 국정원에서는 보안을 더욱 강화할 거야. 하지만…… 아주 가망이 없는 것도 아니다.』

『…….』

『관객들 명단을 가져와라, 젤리. 당장.』

늦은 밤, 귀가한 백호는 침실로 들어가 잠자리에 들 준비를 했다. 샤워를 하고 스킨로션까지 꼼꼼히 바른 뒤 잠옷으로 갈아입고 침대로 올라갔다. 자리에 누우려다가 깜박 잊은 듯 침대 옆탁자에 올려놓았던 약통을 집어 들었다. 뚜껑을 열었던 그는 문득 약을 몇 알 먹어야 할지 몰라 머뭇거렸다. 우영에게 전화를 걸어볼까 했지만, 시각이 너무 늦어 곤란했다.

하는 수 없이 한 알만 꺼내 물과 함께 입에 털어 넣었다. 안 먹고 자려니 찜찜하고 기존에 먹던 약처럼 몇 알씩 먹기엔 부담스러웠다.

자리에 눕자 피로감이 더욱 진하게 엄습했다. 몇 해 전만 해도 젊은이보다 더 건강하다 자부했건만, 나이는 못 속이는지 최근 들어 조금만 피곤해도 견딜 수 없을 정도였다. 아마도 심리 탓이리라. 일선에서 물러난다는 생각이 자꾸만 의욕을 떨어뜨리는 모양이었다.

아내가 죽고 홀로 재규를 키우며 산 지도 어언 28년. 침대에 혼자 눕는 것처럼 쓸쓸한 게 없으니, 젊어서나 나이가 들어서나 불시에 찾아오는 외로움은 어쩔 수 없는 듯했다.

그동안 주위에서 숱하게 재혼을 권유받았다. 하지만 그는 젊은 날 처절하리만치 아팠던 사랑의 기억과 아내를 잃은 후 사랑에 대해 다분히 회의적이 되었다. 다시는 사랑 따위 하지 않겠다, 마음먹자 더 이상 여자에게 눈길이 가지 않았다. 덕분에 일에만 파고들 수 있었다. 그것이 어린 재규에겐 독이 되었을지 모른다. 엄마를 잃은 뒤 재규는 눈에 띄게 비뚤어졌으니까.

백호는 재규가 엄마를 그리워하며 나약하게 사는 게 싫었다. 꿋꿋하게 이겨내 주길 바랐다. 아픔은 속으로 삭이고 씩씩하게 살아주길 바랐건만……. 엄마가 없는 만큼 강하게 키우리라 했던 교육 방식이 오히려 재규에겐 버거운 짐이었을까.

긴 유학 생활을 마치고 돌아와서도 재규는 제대로 자리를 잡지 못하는 모습이었다. 자존심만 강하고 정작 그에 걸맞은 내강은 키우지 못한 채 술과 도박, 여자로 삶을 허비하는 아들에게 실망만 쌓여갔다. 이제나저제나 정신 차릴까 기다리다가 자신은 정년퇴임을 맞았고, 불안하기만 한 아들을 후계자로 세우려니 좀처럼 마음이 놓이지 않았다. 늦게 얻은 자식이라 서른넷이 되고도 철이 들지 않은 재규를 생각하는 백호의 마음이 답답하기만 했다.

친아들인 재규 못지않게 우영을 예뻐하는 건 맞다. 한때는 우영을 양자로 들일까도 생각했을 만큼 남다르게 여기는 마음에는 변함없었다. 언젠가 그런 제안을 한 적이 있었다. 그러자 기뻐할 줄 알았던 우영은 심각하게 고민하더니 대답했었다. 재규가 반대할 거라고. 대신 평생 곁에서 친아들 못지않게 아들 노릇 하겠노라고.

타고난 성품이 선한 데다가 똑똑하고 기특한 녀석은 처음 인연을 맺었을 때부터 지금까지 한결같이 아들 노릇을 잘해주었다. 아내 없이 버틸 수 있었던 건 우영 덕분이라 해도 과언이 아니었다. 소소한 것 하나도 꼼꼼히 챙기는 우영이 있어 백호는 외로울 때나 고달플 때나 묵묵히 견딜 수 있었다.

재규는 오늘 밤도 어디선가 술에 취해 헤매고 있으리라. 방황의 늪에서 헤어 나오지 못하는 재규를 생각하자 그는 가슴이 미어지듯 아파왔다.

1972. 8. 6. 베트남. 늦은 오후.

무자비한 기관총 소리가 지천을 흔들었다. 넓은 마당에는 맹호 부대원들이 쏜 총에 맞아 죽은 베트콩들의 시신이 무덤처럼 쌓여 있었다. 숨이 턱턱 막히는 무더운 날씨에 부대원들은 몹시 지쳐 보였다.

베트남전에 참전한 지 2년째인 백호도 극악무도하기 짝이 없는 전쟁터에서 몸과 마음이 썩을 대로 썩어버린 지 오래였다.

28세. 그의 청춘이 먼 타국에서 썩고 있었다.

그는 무심한 눈빛으로 시체들 사이에서 아직 목숨이 붙어 있는 한 어린 병사를 바라보고 있었다.

열일곱? 열여덟?

전쟁만 아니었다면 가족과 오순도순 살았을 어린 소년. 깔딱깔딱 붙어 있는 숨은 오히려 소년을 더욱 고통스럽게 할 터였다. 소년의 애절한 눈빛은 백호에게 어서 숨을 끊어달라 호소하는 듯했다.

살기 위해 적을 죽이는 일. 이젠 익숙할 만도 한데 백호에겐 여전히 불쾌했다. 차라리 편히 죽는 게 낫겠다 싶을 정도로 이곳에선 죽는 일조차 지옥이었다.

백호는 들고 있던 소총을 소년에게 겨누었다. 적에게 무슨 인사가 필요 있겠는가마는 소년의 꺼져 가는 눈빛을 마주한 그의 눈동자에 짧은 연민이 스쳤다.

시대의 아픔이라 치부하기엔 너무나 많은 살생이 이루어졌고, 그의 정신도 피폐한 사막처럼 말라 버렸다. 그런데도 가슴 끝이 아리는 이 몹쓸 기분은 종종 그를 깊은 자괴감 속으로 끌고 들어갔다.

탕!

미처 버리기 전에…… 돌아가자.

자신이 쏜 총에 어린 베트콩 소년이 숨을 거두는 걸 보며 백호는 속으로 나직이 중얼거렸다.

"아아아악!"

별안간 들려오는 날카로운 비명에 잠시 생각에 잠겨 있던 그는 휘익, 고개를 돌렸다. 스무 살 남짓 된 베트남 여자를 부대원 몇몇이 끌고 가고 있었다. 베트콩을 도왔다는 이유로 잡혔던 여자였다. 친척 가운데 베트콩이 있다고 들었다.

그들을 쫓아가려는 백호를 붙잡은 건 박 하사였다. 그는 공연히 끼어들지 말라는 듯 고개를 저어 보였다. 전쟁터에서 이런 일은 비일비재했다. 아니, 더한 일도 아무렇지 않게 자행되는 곳이었다.

하지만······.

혹여 여자가 베트콩이라 하더라도 욕정을 채우기 위한 상대는 될 수 없었다. 백호는 박 하사의 손을 뿌리치고 여자가 끌려간 집 안으로 성큼성큼 걸어 들어갔다.

그가 방 안으로 들어갔을 때 여자의 옷은 이미 반쯤 벗겨진 채였다. 방 안에 있던 부대원은 모두 다섯 명. 그들은 전쟁으로 인해 자신이 인간인지 짐승인지조차 깨닫지 못하는 듯했다.

그들 가운데로 저벅저벅 걸어 들어간 백호는 웅크리고 앉아 바들바들 떠는 베트남 여자의 손목을 잡아 일으켜 세웠다.

피식, 비웃는 소리가 들리는가 싶더니 곧장 군홧발이 날아왔다. 그 바람에 백호는 여자와 함께 나뒹굴고 말았다.

"이 새끼, 또, 또······! 이년, 베트콩이야."

백호를 군홧발로 걷어찬 사람은 동기인 함성철이었다. 본래 잔악한 성정의 함성철은 베트콩들 사이에서 백호와 나란히 악명이 높았다. 백호는 말 그대로 'White Tiger'로 불리며 용맹을 떨쳤고, 함성철은 명사수로서 부대 내에선 첫손가락에 손꼽혔다.

벌떡 자리를 박차고 일어난 백호는 그를 똑바로 노려보며 뇌까렸다.

"그래도 안 돼."

"잘난 척은, 씨발. 나가. 싫으면."

함성철의 눈 속에 담긴 중오심은 누구를 향한 것일까.

백호는 그의 멱살을 억세게 잡아챘다.

"우린 군인이야!"

"그래서? ……넌 나라에 충성하러 여기 왔냐?"

"……뭐?"

백호의 양팔을 붙잡은 동료들이 밖으로 그를 몰아냈다. 나라
에 충성하러 왔느냐는 함성철의 말에 강한 충격을 받은 양 이번
엔 무기력하게 쫓겨난 백호였다.

그의 말이 맞는지도 모르겠다. 이곳은 나라에 충성도 아닌, 군
인으로서의 명예도 아닌 그 이상도 그 이하도 아닌 생지옥. 하루
하루 삶을 연명하는 데 급급한 나머지 인간이기보다 짐승이길
택하는 편이 더 유리한 곳. 승리하고 귀국한다 해도 이곳에서의
기억은 오래도록 남아 상처로 곪게 되리라는 걸 누구보다 잘 알
고 있었다.

무엇이 그들을 치유해 줄 수 있단 말인가.

전쟁은 모두에게 처절한 고통의 시간이었다.

방 밖으로 내쫓긴 백호는 닫히는 문 사이로 베트남 여자의 슬
픈 눈망울과 마주쳤다. 이곳에서 그녀를 구원해 줄 이는 아무도
없었다. 그녀는 이 땅과 베트남 국민이 그러했듯이 똑같이 유린
당하며 죽어가리라.

백호는 사방을 돌아보았다. 시체가 산더미처럼 쌓인 곳에서

여기저기 흩어져 쉬고 있는 부대원들이 보였다. 더러는 담배를 나눠 피우며, 더러는 쪽잠을 자는 모습이 오늘따라 더욱 낯설고 이질적으로 느껴졌다. 그들은 방 안에서 무슨 일이 벌어지는지 관심조차 없었다.

황폐하기 그지없는 광경에 백호는 분노보다 더 깊은 절망에 빠지고 말았다.

❖　❖　❖

침대 협탁에 둔 숫자 시계가 정확히 6시로 바뀌었을 때, 백호가 잠에서 깨어났다. 그는 눈가리개를 벗어 던지고 떠지지 않는 눈을 억지로 찌푸린 채 침대에서 내려왔다. 살짝 벌어진 잠옷 앞섶 사이로 그의 매끈하고 탄력 있는 속살이 엿보였다. 침대를 짚고 일어서는 손은 칠십 노인이 아닌 청년의 것이었다. 침대 아래 있던 슬리퍼를 꿰어 신는 발 또한 건장한 청년의 것이었다. 살이 빠져 헐렁한 잠옷이 어색하기 그지없었다.

밤사이 자신에게 일어난 변화를 까마득히 모른 채 백호는 눈을 반쯤 감고 욕실 안으로 들어섰다. 그리고 익숙한 듯 변기 앞으로 가 바지를 끌어 내렸다.

촤아아아!

그것은 숫제 폭포수에서 나올 법한 소리로 지그시 눈을 감고 있던 백호의 정신을 번쩍 깨게 만들었다. 나이가 들어가며 시원하게 소변을 눠본 적이 없었다. 한데, 오늘 아침엔 웬일이란 말인가.

반가운 마음보다 놀란 마음이 커 그는 급히 고개를 숙여 자신의 심벌을 내려다봤다.

'엉?'

그의 눈이 세 배는 커졌다. 쪼글쪼글 보잘것없던 심벌이 20대의 것마냥 우뚝 솟아 있는 게 아닌가!

순간, 멍해진 백호는 고개를 돌려 반대편의 전신거울을 바라보았다. 거울 속의 자신을 보자마자 너무나 놀란 나머지 비틀, 했다. 허둥거리며 바지를 입은 그는 믿기지 않는 얼굴로 거울 속의 낯선 남자를 뚫어져라 응시했다.

"마, 말도 안 돼……."

거울 속에는 머리가 희고 주름살로 뒤덮인 노인이 아니라 잘생기고 훤칠한 젊은이가 서 있었다. 너무 오래되어 낯설게만 보이는, 자신의 젊을 적 모습과 쏙 빼닮은 청년이.

환상을 보는 건가? 아니면 꿈을 꾸는 건가?

백호는 좀 더 자세히 확인하기 위해 부랴부랴 세면대로 향했다. 그리고 조심스럽게 고개를 빼어 거울을 보았다.

거울 속의 청년은 영락없는 젊은 시절의 그였다. 머리카락은 새카맣고 풍성했으며 까무잡잡한 피부는 건강미가 넘쳐흘렀다. 단단하고 긴 목, 넓고 탄탄하게 알이 박힌 어깨와 가슴, 튼튼한 허리와 뚜렷하게 새겨진 복근, 탱탱하게 솟은 엉덩이와 말처럼 튼실한 다리까지.

백호는 얼이 빠져 자신의 얼굴과 몸을 더듬었다. 만져 보고도 믿기지 않아 여기저기 닥치는 대로 꼬집어보았다. 눈이 아프도록 문질러도 보았다. 얼른 잠옷을 어깨 아래로 끌어 내렸다. 어깨와 심장 사이에 뚜렷이 남아 있는 총상. 그 총상은 28세 때 베트남 전쟁에서 입은 것이었다. 그렇다면 지금 그는 30세 전후의 나이로 돌아간 게 분명했다.

하루아침에 자그마치 40년이 젊어진 것이다!

비틀거리며 욕실을 나온 그는 후들거리는 다리를 주체 못 해 침대에 털썩 주저앉았다. 날벼락이라도 맞은 양 정신을 차릴 수가 없었다. 무엇을 어떻게 해야 할지도 알 수 없었다. 70 평생에 이리 황당한 일은 처음이었다.

"맙소사."

그때, 혼비백산한 그의 머릿속에 무언가가 강렬하게 스쳐 지나갔다. 탁자 위에 놓인 흰 약통. 어제저녁 오페라하우스에서 주운 바로 그 혈압약.

자기 전에 먹은 거라곤 그것뿐이었다. 그렇다면 원인이 저 혈압약은 아닐까?

탁자 위에서 약통을 낚아챈 백호는 뚜껑을 열어 안을 살펴보았다. 하얀색 알약이 가득한 약통은 다른 약들과 별반 다를 게 없었다.

이리저리 흔들어보던 그의 눈에 색다른 게 하나 띄긴 했다. 컴퓨터 칩이었다.

"이건……?"

약통 안에서 칩을 꺼낸 백호는 비로소 뭔가 단단히 잘못되었다는 걸 깨달았다. 이 약은 혈압약이 아니라 다른 용도의 약이라는 걸.

그러자 어제 오페라하우스에서 있었던 일이 떠올랐다. 국정원에 쫓기던 국제범죄자. 어쩌면 약을 떨어뜨린 건 우영이 아니라 그였는지 모른다. 경찰들이 신분증 검사에 이어 소지품 검사를 했던 까닭이 바로 이 약 때문이었다. 우영에게 약을 확인하지 않았던 게 후회막급이었다.

누군가 젊어지는 약을 개발하기라도 했던 것일까?

아무리 첨단과학을 걷기로 이건 너무 심했다.

불안해진 그는 칩을 도로 약통 안에 넣은 뒤 잘 봉하여 손안에 꽉 움켜쥐었다. 7시 30분이 되면 어김없이 우영이 집에 올 것이다. 출근하기 전 우영과 함께 아침 식사를 하는 일은 하루 일과 중 하나였다.

이 모습을 우영이 본다면……?

과연 믿어주기나 할까? 당장은 의심을 살 테고, 경찰을 부를지도 모를 노릇이었다. 자수를 한다 쳐도 이 모습으로 세상에 알려지는 건 스스로 철창 속 원숭이가 되는 꼴이었다. 그전에 이 끔찍한 사태가 왜 벌어졌는지 알아야 한다.

백호는 재빨리 드레스룸으로 가 늘 출장용으로 챙겨놓은 여행 가방을 꺼냈다. 언제든 떠날 수 있도록 준비해 둔 여행 가방이 이럴 때 유용하게 쓰일 줄이야.

대충 옷을 갈아입고, 그 외 필요한 몇 가지를 더 챙겨 가사도우미 아주머니의 눈을 피해 집을 빠져나왔다. 정원에 풀어놓은 애

완견들도 그의 모습이 낯설었는지 몇 차례 컹컹 짓긴 했으나, 이내 익숙한 냄새에 꼬리를 내렸다.

정원을 지나 대문을 나섰을 때, 그는 마치 이제껏 경험하지 못한 신세계에 발을 디딘 것처럼 정신이 몽롱했다.

❖　❖　❖

여느 때처럼 아침 7시 30분에 맞춰 백호의 집에 들른 우영은 침실부터 찾았다. 노크하고 불러보아도 대답이 없자 조심스럽게 문을 열고 안으로 들어갔다. 침대가 비어 있어 그는 자연히 화장실로 고개를 돌렸다.

"회장님, 저 왔습니다."

아무 대답도 없고 인기척도 들리지 않아 화장실 앞으로 다가갔다.

"회장님?"

아무 소리가 없어 불안해진 우영은 살짝 문을 열었다. 그런데 어찌 된 일인지 화장실은 비어 있었다.

"어디 가셨지?"

다시 침대로 돌아온 그는 협탁 위에 놓인 메모를 발견하고 집어 들었다.

─급한 일이 생겨 다녀오마. 백호.

급히 휘갈긴 메모지. 뒤를 살펴보았지만 달랑 한 줄뿐이다. 그제야 걱정이 몰려와 우영은 서둘러 전화를 걸었다.

❖　　❖　　❖

커다란 아파트 단지 내 벤치 옆에 캐리어 하나가 덩그러니 놓여 있었다. 벤치에는 신문을 활짝 펴고 앉은 백호가 어제 예술의전당에서 일어난 사건이 실렸는지 확인 중이었다. 신문 뒷장에는 열흘 전 한 여성을 성폭행하여 토막 살해한 기사가 대문짝만하게 실려 있었다.

신문에 실린 예술의 전당 총격 사건에 대한 기록은 고작 몇 줄. 국제범죄자로 보이는 신원 미상의 남자가 오페라하우스에 난입하여 총격전을 벌였고, 정부는 주범을 잡기 위해 총력을 기울이고 있다는 내용이었다. 결국, 주범이 누구인지, 왜 오페라하우스에 난입했는지 이유조차 알 수 없었다.

신문을 툭 내려놓는 그의 얼굴에 불안하고 초조한 기색이 역력했다. 집에서 쫓겨난 백수처럼 굉장히 초라하고 궁상맞은 몰골로 앉아 있던 그는 바닥에 떨어진 깨진 거울을 발견하고 주워들었다. 혹시나 싶어 거울을 들여다봤지만, 여전히 같은 모습이었다.

너무 기막혀 환장할 지경인데 눈을 꾹 감았다가 뜨니 바로 앞에 웬 대여섯 살 되는 꼬마 여자아이가 자신을 빤히 보고 서 있다. 순간, 울컥한 그는 버럭 역정을 냈다.

"왜? 너도 내가 괴물로 보이냐?"

그만 얼어붙은 아이는 금방이라도 울음을 터뜨릴 기세였다.

"구경났어? 저리 못 가!"

그때, 아이 이름을 부르며 달려온 엄마가 백호를 보더니 놀라서 아이를 달랑 안아 도망치듯 가버렸다. 졸지에 부랑자가 된 기분이라니.

누구에게 답답한 심정을 털어놓을 수도 없어 그는 그저 암담할 따름이었다.

살다가 무언가 꽉 막혀서 앞이 보이지 않을 때 그가 찾는 곳이 있었다. 죽고 싶은 마음이 들 정도로 힘들 때에도 그곳에 가면 정신이 번쩍 들곤 했다.

해답을 얻진 못하더라도 작은 위안은 되지 않을까? 그리고 어떻게 해야 할지 차근차근 생각해 보는 거다.

[성폭행 후 여성을 토막 살해해 암매장한 살인범이 열흘째 잡히지 않고 있습니다. 범인은 피해자 여성의 지문을 없애는 등 치밀하게 은폐했으며…….]

시골길을 달리는 택시에서 살인범에 관한 뉴스가 흘러나왔다. 뒷좌석에 망연자실한 얼굴로 흰 국화 다발을 들고 앉은 백호는 뉴스에 귀를 기울였다. 혹여, 예술의 전당 사건이 나오지 않을까 해서였다.

"기사양반."

50대 기사가 백미러를 흘끗 봤다. 젊은 남자의 말투치고는 꽤 어색하게 들렸던 탓이다. 하지만 백호는 아직 젊어진 게 익숙지 않아 말투가 이상한 것까진 의식하지 못하는 듯했다.

"예."

"혹시 어제 예술의 전당 사건, 뉴스에서 나왔소?"

"예술의 전당 사건요? 아뇨, 없었는데요. 아! 어제 그 근처에 갔다가 보긴 했다. 경찰 쫙 깔려 있던 거. 거기 계셨습니까?"

뉴스라면 꿰고 있을 택시기사조차 그런 일이 있었는지조차 모르니, 아무래도 사건이 유야무야 넘어갈 모양이었다.

"아, 아니오. 나도 누구한테 들었어요."

"그 정도면 뉴스에 나왔을 법도 한데, 그죠? 어째 조용하네요. 토막살인 사건에 관심이 쏠려서 그런가. 또 뭘 꿍꿍인지 원. 우리나라는 국민에게 숨기는 게 너무 많아요."

꽤 직관적인 택시기사의 말에 백호의 마음이 더욱 무거워졌다. 약을 노리는 자와 지키려는 자의 싸움에 등 터진 새우가 되어버린 격이었으니.

[다음은 제주 소식입니다. 세계적인 관광호텔 WT가 제주도 서귀포에 메디컬 리조트 오픈을 3일 앞두고 있습니다. 제주 메디컬 리조트는 의료, 요양, 미용을 중점적으로 다루게 되며 세계 각지의 관광객을 유치하는 데 큰 일조를 할 것으로 전망됩니다. WT 백호 회장이 정년퇴임을 앞두고 마지막 과업이라 여겼던 만큼 그 성공 여부에 관심이 쏠리고 있습니다.]

뉴스를 듣고 있던 택시기사가 심히 걱정된다는 듯 말을 꺼냈다.

"'혈압약' 이 지 아버질 따라갈 수나 있으려나 모르겠네."

"'혈압약' 이요?"

"백재규, WT 후계자 말이에요. 걔가 그렇게 인간망종이라잖아요. 지 아버지 혈압을 올렸다 내렸다 해서 '혈압약' 이라 합디다."

"……."

"하여간 우리나라 재벌들, 정신 좀 차려야 해. 돈 버는 것만 중요하지 자식 교육은 엉망이라니까. 메디컬 리조트? 저거 안 돼. 저 하나도 감당 안 되는 놈이 그 큰 회사를 감당이나 하겠어? 나도 중소기업 사장으로 있다가 쫄딱 망해서 지금은 택시기사하고 있지만 말요. 망하는 거 한순간이야."

"회사가 혼자 꾸려가는 것도 아니고. 쉽게 망하기야 하려고요."

"아이고, 뭘 모르시네. 아무리 날고 기는 놈들끼리 똘똘 뭉쳐봐. 회장 사인 하나면 끝나는 게 사업이에요. 리더의 손끝에 달려 있는 게 기업이라고. 다들 그래. 백재규는 텄다고. 그게 무슨 말이냐. 백호 시대도 끝났단 얘기야."

그 얘기를 듣는 백호의 억장이 무너져 내렸다. 설상가상은 이럴 때 쓰는 말일 것이다. 하나뿐인 아들놈 평판이 바닥인 데다 이런 몸을 해서 유종의 미를 거둘 수 있을지 걱정이었다.

그 길로 찾아간 선산. 전망이 확 트인 동산에 부모님 무덤이 나란히 있고, 조금 떨어져 외따로 있는 무덤 앞에 백호는 가져온 흰 국화 다발을 내려놓았다. 28년 전에 죽은 아내의 무덤. 그 옆,

빈자리는 자신의 것이었다.

한 치 앞도 보이지 않아 답답하고 막막할 때, 자신의 무덤 자리를 보면 정신이 번쩍 들곤 했다. 아내의 살아생전 다정하고 살가운 남편이 아니었던 탓에 그 죄책감까지 더해져 다시 정신 차리고 잘해보겠다, 매번 결단하게 만드는 곳이었다.

자신의 무덤 자리에 무성하게 핀 들꽃을 보자 백호는 다리 힘이 풀려 아내의 무덤 앞에 무너지듯 주저앉고 말았다.

"많이 놀랐지? 어떻게 해야 좋을지 모르겠어. 돌아갈 수……있을까? 이러고 계속 살아야 하는 거면 어쩌지, 재규 엄마?"

혼란에 빠진 그를 위로하듯 들꽃이 바람에 잔잔히 하늘거렸다. 청청한 하늘에 구름은 무심히 흘러갔고, 세상의 시간도 그렇게 흐르고 있었다. 그 안에서 시간을 역류한 건 백호 한 사람뿐.

자신의 무덤을 보면서도 이전처럼 도무지 답이 나오지 않았다. 시간 속에 완전히 갇힌 것처럼.

WT호텔 본사 회의실에는 백호와 재규를 제외한 중역들이 기다리고 있었다. 어제 재규의 지각으로 하지 못했던 최종 브리핑이 있는 날이었다.

어제의 수모를 까마득히 잊기라도 한 것처럼 재규는 여지없이 30분이나 지각이었다. 하는 짓이 가관이라 회의실 문을 벌컥 열고 들어오는 그를 이사들이 하나같이 불쾌한 얼굴로 맞았다. 늦어서 미안하단 말 따위 애초에 할 줄 모르는 재규였다.

그런데 회장석으로 제일 먼저 시선을 준 그의 눈빛이 작게 흔들렸다. 웬일로 공석이었기 때문이다.

기다리다가 화를 못 참고 가버리기라도 한 걸까?

그랬다면 중역들이 얌전히 앉아 기다릴 리 없지 않은가.

의아한 얼굴로 재규가 자리로 가서 앉자, 회사 내 이인자인 오택근 이사가 어이없다는 듯 말했다.

"오늘 회장님은 일이 있어 참석을 못 하신답니다."

'무슨 일이지?'

예고 없는 불참은 처음이었던지라 재규는 몹시 궁금했지만, 심드렁하게 어서 진행하라는 제스처만 보냈다.

곧 직원이 브리핑을 시작했다. 백호가 정년퇴임을 앞두고 마지막 작품이자 회사의 모든 걸 건 리조트였다. 아닌 게 아니라 메디컬 리조트로서는 국내에서 처음이었고, 그만큼 국내외 관심이 집중되어 있었다.

브리핑을 듣는 등 마는 등 하는 재규를 한심스럽게 처다보던 오 이사가 브리핑이 끝나자 예의상 물었다.

"어떠십니까? 오픈을 앞둔 기분이."

"……."

"부자간에 직접 체험도 해보고 좋군요. 회사 입장에서야 그만한 홍보는 없을 테고. 암튼, 리조트가 순조롭게 잘 되기만 바랄 뿐입니다."

"순조롭지 못하면…… 책임은 누가 져야 합니까? 아버진 정년퇴임하시니 상관없을 테고…… 어쩔 수 없이 제가 져야겠군요."

'삐딱하긴.'

반항기의 10대도 아니건만 나이만 먹었지 어른 구실은 제대로 해본 적이 없는 재규가 모두에겐 눈엣가시였다. 백호 회장이 독선적이긴 해도 관광호텔업계에선 독보적인 존재인 것만은 모두 인정했다. 그런데 그 아들인 재규는 실력은 고사하고 사사건건 시비를 걸지 못해 안달이니 피로 유발자로는 단연 최고였다.

냉랭한 기운이 흐르는 가운데 씁쓰레하게 미소를 머금은 오 이사가 침착하게 대꾸했다.

"보셨다시피 모든 준비가 완벽하게 된 상탭니다. 잘못될 리가 없죠. 리조트에 회사의 모든 걸 걸었다는 것을 누구보다 백 이사님이 잘 알면서 왜……?"

"너무 잘 알죠. 그래서 염려되는 거고요. 여기 계신 분들 모두…… 실패하길 바라고 계시잖아요."

강한 불만을 제기하듯 중역들이 웅성대자, 오 이사가 짜증 난 듯 반박했다.

"무슨 말씀을 그렇게 하십니까? 여기 회사가 망하길 바라는 사람이 누가 있다고. 평생을 회장님 곁에서 뼈 빠지게 일만 해왔던 사람들입니다."

"내 곁에서도 뼈 빠지게 일할 생각 없으시잖아요, 다들."

그 말에는 모두 찔리는 듯 재규의 시선을 피하기 바빴다. 회장만 퇴임하고 나면 대세는 오택근 이사가 될 것이었다. 백호에게 친누나나 다름없는 천일송 사장이 대주주로서 막강한 파워를 자랑한다면, 오 이사에겐 그에 버금가는 사돈이 있다. 백호가 물러난 뒤 천 사장이 재규를 밀어줄 것은 자명하겠으나, 문제는 재규의 자질이었다.

천 사장이 의리는 있지만, 돈에 관해서는 분명한 사람이었다. 그녀는 재규를 신임하지 못했고, 그 영향 때문에 재규는 그녀를 어려워했다. 그럼에도 재규는 그녀를 꽤 믿고 있는 것 같지만. 비빌 언덕이 있다는 건 사람을 늘 오만하고 게으르게 만든다.

천 사장과 재규의 사이가 그다지 돈독하지 못하다는 건 오 이사 입장에서 꽤 유리한 점이었다. 천 사장의 성정으로 봤을 때 재규가 정신 차리지 않는 이상 끝까지 밀어줄 리 없었다. 어차피 재규는 풍전등화. 오 이사를 따르는 무리 또한 무능력한 후계자보다 오 이사의 편에 서는 게 훨씬 이득임을 잘 알고 있었다.

부인하지 않는 사람들을 보다가 재규는 경멸스럽다는 듯 자리를 박차고 일어섰다.

"내가 없어야 회의가 더 잘 되겠네요. 회의라도 열심히 하세요, 뼈 빠지게."

모두를 조롱하듯 일갈하고 나가 버리는 재규를 향해 중역들이 기도 안 찬다는 듯 비난의 시선을 보냈다. 하지만 유독 무슨 이유에서인지 오 이사만이 회심 어린 표정을 짓고 있었다.

성묘를 마치고 서울로 돌아오는 길. 백미러로 계속 백호를 살피던 택시기사는 초조하고 불안해 보이는 그가 자꾸 의심스러웠다. 젊은 사람이 옷 입은 행색부터가 매우 수상쩍었다.

"성묘 다녀오시나 봐요?"

결국, 무덤 앞에서도 답은 고사하고 위로조차 얻지 못한 백호는 딴생각에 빠져 있다가 건성으로 대답했다.

"예."

그만 관심을 꺼줬으면 싶은데, 참견 많은 기사가 또 말을 걸었다.

"청춘은 청춘답게 사는 게 제일 멋진 거요. 두 번, 세 번 사는 인생인가."

무슨 의도인지 몰라 백호가 멍해 있자 기사가 급기야 타박을 늘어놓았다.

"아, 좀 그 옷부터 싹 갈아입어요. 우중충하니 맞지도 않는 아버지 옷은 왜 입었대. 사람 헷갈리게."

닥친 일이 너무 막중하여 옷차림이 이상할 거라곤 생각하지 못했다. 백호는 순간 기지를 발휘했다.

"아버지 유품이라 성묘복으로 입은 겁니다."

"아아, 그리 깊은 뜻이 있었구만. 요즘 보기 드문 효자 청년일세. 신고했으면 큰일 날 뻔했네그래."

"시, 신고요?"

"오죽 세상이 험악해야지. 딱 오해받기 십상이야. 근데 내가 사람 보는 눈이 좀 있거든. 일단, 범죄자 관상은 아니라서. 잘 풀리면 사장 자리 하나는 하겠다. 그러니 열심히 살아보라고요. 인생에 브레이크 걸릴 때가 있다는 건 다시 달릴 때도 있다는 겁니다."

택시기사의 조언은 곧 그의 생존과 직결된 문제였다. 무덤 앞에서 아무런 답을 못 얻어냈더니, 뜻하지 않은 곳에 길이 있었다.

일단, 살아야 한다는 것. 그러려면 사람들의 의심을 피하기 위해 완벽한 변장(?)이 필요했다.

그리고,

'내가 왜 그 녀석을 생각 못 했지?'

서울에 도착하자마자 백호는 상어에게 전화부터 걸었다. 상어는 2년 전 우연한 기회로 알게 된 전문 킬러였다. 지금은 깨끗이 손을 씻고 은둔 생활을 하고 있었다. 백호는 해킹전문가로 변신한 그에게 국정원 컴퓨터에 접속해 약에 관한 정보가 있는지 알아봐 달라고 부탁했다. 노인 목소리를 내는 것에 연기가 필요했지만, 다행히 상어의 의심을 빗겨가는 데 성공했다.

그런 다음 백화점에 들렀다. 그곳에서 나이에 맞는 옷과 신발, 모자까지 왕창 구입했다. 그리고 귀여운 모양의 안대 몇 개도. 안대는 잠을 잘 때 꼭 필요한 물품이라 빼놓을 수 없는 것이었다.

바뀐 모습에 조금 자신감을 얻은 그는 내친김에 헤어숍에 가서 파마도 했다. 그런 자기 모습이 어색하고 웃겼지만, 살기 위해선 더한 짓도 해야 했다.

완전히 바뀐 모습으로 양손엔 쇼핑한 가방을 잔뜩 들고서 헤어숍을 나온 그는 평소 습관대로 자신에게 거듭 주문을 걸었다.

"괜찮아. 괜찮고말고. 괜찮다마다."

해가 급격히 떨어지는 시각. 인적이 드문 깊은 산중에 산장 하나가 음산한 기운을 자아내며 덩그러니 있었다.

　테이블 위에 둔 핸드폰 벨이 계속 울리는데, 벨소리가 '죠스 테마곡'이다. 핸드폰을 집어 드는 사내는 검은 후드를 깊이 눌러써서 얼굴을 볼 수 없었다.

　본명조차 알려지지 않은 사내의 이름은, 상어.

　"예, 회장님."

　그는 전화를 받으며 산장 더 안쪽에 있는 침실로 걸어갔다.

　"알아보는 중입니다. 최대한 빨리 연락드리겠습니다."

　침실로 들어간 그는 흔들의자 아래 깔아놓은 카펫을 들췄다. 그러자 지하로 이어진 문이 나왔다. 문을 열고 지하실로 내려가 불을 켠 뒤 계단을 좀 더 내려가면 엄청난 규모의 카메라와 전자 시스템이 갖춰진 방이 나온다.

　후드 모자 때문에 얼굴이 가려져 있던 상어가 고개를 들자 차디찬 눈빛이 꽤나 강렬한 젊은 사내였다.

　한편, 서울 WT호텔 룸. 상어와 전화를 끊자마자 우영에게 전화가 걸려왔다. 받을까 말까 망설이던 백호는 끝내 핸드폰을 끊고, 대신 더듬더듬 문자를 보냈다.

　—왜 자구 전하야? 괜찮다구 며 번 말해?
　—무슨 일인지 말씀해 주셔야 안심을 하죠. 갑자기 왜 안 하던 짓을 하고 그러세요?
　—이놈아! 기다리라면 기다리지 엔 말이 마나? 끈어!

　종일 우영과 문자를 나누며 걱정 말라 이르긴 했지만, 정말 지칠 대로 지쳐 버렸다. 잘 하지도 못하는 문자로만 대화하려니 답답했다. 말투만 노인 그대로일 뿐, 외모에 이어 목소리까지 젊어져 여간 신경 쓰이는 게 아니었다.
　목소리 연기가 이렇게 어려울 줄이야.
　상어와는 1년에 한두 번 통화하는 게 고작인 데다 짧은 대화가 다여서 그나마 속이기가 쉬웠지만, 365일을 매일처럼 붙어 다닌 우영은 조금만 목소리가 달라도 알아차릴 게 분명했다.
　"어이구, 감옥이 따로 없네, 감옥이 따로 없어."
　상어에게 다시 연락이 온 것은 저녁 7시경. 그가 국정원을 해킹하여 기밀문서를 찾은 결과를 듣고 백호는 어안이 벙벙했다.
　"전쟁 식량 대체 알약?"
　['야누스'라고, 미래의 식량이라고도 하죠. 국정원 관리하에 국가에서 기밀리에 추진 중입니다.]
　"약 한 알로 식량을 대체한다구?"
　점점 획기적으로 발전해 가는 기술을 생각하면 불가능한 일도 아니었지만, 백호로서는 그저 판타지 같은 이야기였다.

[세계 범죄조직들이 넘보고 있는 약입니다. 그중에서도 중국 '연동회' 조직이 수년 전부터 눈독을 들였고요. 어제저녁 약 샘플과 제조법이 담긴 칩을 훔치다 실패했습니다. 오페라하우스에서 국정원과 총격전이 있었던 모양입니다. 약을 훔친 연구원이 살해됐어요. 스파이를 죽인 젤리라는 자는 행방이 묘연한 상탭니다.]

"젤리……?"

어두웠고, 총격전이 벌어져 의자 아래로 숙이는 바람에 범인의 얼굴을 자세히 보지 못한 게 무척 아쉬웠다.

[무슨 문제라도 있으십니까?]

"아니야. 다시 연락하지."

전화를 끊은 백호는 탁자 위에 둔 약통을 쳐다보았다. 온몸에 힘이 쭉 빠지는 기분이었다. 짐작하기로 젊어지는 약이 아닐까 했는데, 생뚱맞게 식량 대체 알약이라니.

그렇다면.

"설마…… 부작용?"

정말 낭패가 아닌가. 해독제가 있을 리 만무했으니 말이다. 섣불리 자수할 수도 없었다. 국가에서 기밀리에 추진하던 약을 먹고 젊어진 걸 알면 가만두지 않을 게 분명했다. 자칫, 실험용이 되어 말년을 고스란히 바치게 생겼다. 당장 해야 할 일이 산더미인데 그런 데 시간을 낭비할 순 없는 노릇이었다.

비로소 사건의 전말을 알게 된 백호는 아득한 천 길 낭떠러지로 떨어지는 기분이었다.

❖　❖　❖

그 시각 공항에서 택시를 타고 와 마침내 시온이 내린 곳은 서울 WT호텔이었다. 세계적으로 유명한 호텔이어서 꼭 한 번 묵고 싶었다. 어차피 하루 묵을 거라서 지금이 아니면 언제 또 올지 몰라 큰마음 먹고 예약했다.

10년 전 부모님이 모두 살아 계실 때 온 후로도 여러 번 혼자 서울에 방문하긴 했지만, 조국이면서도 그녀는 낯선 이국땅에 온 것처럼 다소 들뜬 모습이었다.

직원의 안내를 받아 방으로 올라온 시온은 긴 여행에 지쳐 있을 만도 한데 전혀 그런 기색이 없었다. 원체 건강 체질이기도 하지만, 그녀는 오랜만에 한국에 온 것에 흥분한 상태였다. 그녀의 낙천적인 성격은 한국에 온 목적도 잠시 제쳐 두게 했다. 무료한 건 그녀의 성격에 참지 못할뿐더러, 이곳은 WT호텔이었다. 일급 호텔에 왔으면 즐겨야 하는 것도 예의.

샤워를 하고 엷은 화장까지 한 그녀는 지하에 있는 카지노로 직행했다. 여행할 때마다 빠지지 않고 가는 곳이 카지노였는데, 거금을 걸면서 하는 정도는 아니고 가볍게 즐기는 정도였다.

오늘은 운이 얼마나 따라주려나?

오늘의 운이 앞으로의 계획을 좌지우지할 것처럼 그녀는 의미심장했다.

카지노 게임을 조금씩 다 해본 덕에 여기저기 기웃거리며 자신의 운을 테스트했다. 다행이랄지 지금까지 간 카지노 중에서 이곳이 가장 운대가 맞았다. 하는 게임 족족 이겼으니까.

한껏 고무된 그녀는 어쩐지 예감이 좋았다. 아빠의 일도 술술 풀릴 것 같아 점점 흥이 올랐다.

하지만 운이 거기까지였다는 걸 알게 된 건 그리 머지않아서였다.

서울 WT호텔 카지노 VVIP룸. 담배연기 자욱한 그곳에서 심각한 얼굴로 카드 게임을 하는 중인 재규는 잘 풀리지 않아 짜증스러웠다. 벌써 며칠째 잃은 돈만 수십억이다. 결국, 그날도 가진 칩을 다 잃은 그는 목이 타는지 술을 벌컥거리며 마신 뒤 자리에서 일어섰다.

재규가 술에 취해 비틀거리며 복도로 나왔을 때 마침 시온은 화장실을 찾던 중이었다. 두리번거리다가 맞은편에서 비틀거리며 걸어오는 재규를 미처 못 보고 부딪친 건 그녀의 작은 실수였다.

재규의 손에서 핸드폰이 떨어졌다. 이틀 전 핸드폰을 잃어버리고 새로 구입한 것이었다. 바닥에 뒹구는 핸드폰을 보자 그는 어제 대회의실에서 아버지에게 당한 일이 떠올라 울컥 역정이 치밀었다.

"쏘리."

"주워."

"네?"

"주우라구. 주워!"

'뭐, 이따위가!'

시온은 기분이 몹시 나빴지만, 말없이 핸드폰을 주워 건넸다. 그런데 미친놈이 핸드폰을 자신의 머리에 쓱쓱 문지르는 게 아닌가.

"조심해야지. 박살 났으면 어쩔 뻔했어."

그만 욱해서 그녀는 그의 손을 탁 쳐냈다.

"이봐요!"

시온의 고성을 듣고 지나가던 종업원이 얼른 재규를 부축하며 그녀에게 사과했다.

"죄송합니다, 고객님. 술에 많이 취하셔서……. 이해하십시오. 정말 죄송합니다."

"야, 이거 안 봐?"

종업원에게 끌려가다시피 하면서도 재규는 연신 반항했다. 그 모습을 보고 있던 시온은 어이가 없었다.

"어휴, 뭐, 저런 닭똥집 같은 게. 확 씹어 먹어버릴라. 야, 네 부모님이 누군지 진짜 불쌍하다!"

호텔에서 그리 멀지 않은 햄버거 가게. 그곳에서 나온 백호는 손에 든 햄버거 봉투를 보고 피식 웃었다. 굳이 먹으려고 샀다기보다 답답한 마음에 밖에 나왔다가 햄버거 가게를 보자 우영 생각이 났던 것이다.

핸드폰 벨이 울려 확인하니 우영이었다. 백호는 조금의 망설임도 없이 전화를 끊어버렸다. 전화 오는 데가 우영뿐만이 아닌지라 이젠 전화 노이로제가 걸릴 지경이었다.

난감한 얼굴로 문자를 보내려던 그때, 맞은편에서 그를 지나치던 시온이 그의 팔을 툭 쳤다. 그 바람에 백호의 핸드폰이 바닥으로 떨어졌다.

카지노에 이어 또 남의 핸드폰을 떨어뜨리게 하자 시온은 연달아 한 자신의 실수에 당황했다. 카지노에서 게임을 시작한 지얼마 가지 않아 땄던 칩을 도로 다 잃었고, 슬슬 배가 고파 햄버거나 사 먹자 하고 나왔다가 같은 상황에 부딪히니 여기서 운대가 바닥을 치나 싶었다.

"쏘리. 퍼펙트하던 하루가 이렇게 망가지나."

핸드폰을 주워 옷에 쓱쓱 문질러 건네준 그녀는 가던 길을 재촉했다. 정작 백호의 얼굴은 보지도 않은 채.

황당해진 백호는 휙 그녀를 돌아보다가 혀를 끌끌 찼다.

"저거도 인간 구성을 새로 해야겠구먼. 쯧쯧."

작은 가게들이 다닥다닥 붙어 있는 음침한 골목 안 허름한 인쇄소에서 상어가 이제 막 가게 주인으로부터 여권과 대포폰 두개를 인수했다. 여권을 확인한 그는 백호가 대체 왜 이런 것들을 필요로 하는지 새삼 의아했다. 백호가 하는 말에 토를 달아본 적이 없는 그로서는 뭔가 안 좋은 일이 생긴 것만 짐작할 뿐이었다. 도움이 필요하면 언제든 전화하시라 무뚝뚝하게 한마디 건네긴 했으나, 국정원과 관련된 일이라 매우 염려스러웠다.

여권과 대포폰을 가방에 넣자마자 백호에게 전화가 걸려왔다.

[얼마나 걸리겠나?]

"이제 막 인수했습니다. 두 시간 후, 호텔 프런트에서 찾으시면 됩니다. 저와 통화한 기록은 전부 삭제될 겁니다."

[역시 빠르구먼. 자네 햄버거 좋아하나?]

"아뇨……."

[훗. 햄버거라면 환장하는 녀석 때문에 샀더니, 줄 수도 먹을 수도 없어서. 그러고 보니 자네가 뭘 잘 먹는지 모르고 있었구먼. 혼자 있으니까 별게 다 궁금해져.]

말이 없던 상어가 고저 없이 대꾸했다.

"내장탕 좋아합니다."

그 말에 가게 주인이 놀라 괜히 자기 배를 쓸어내렸다.

[내장탕? 나랑 처음 먹으러 가서 죄다 토해 버린 그거?]

"이젠 잘 먹습니다, 덕분에."

제2장

다음날 오전 10시. 제주도로 가는 비행기에 오른 백호는 백화점에서 새로 구입한 안대를 하고 좌석에 기대었다. 잠시 후 그의 옆 좌석에 시온이 와서 앉았다. 그녀는 귀여운 무늬의 안대를 한 옆 좌석 남자를 보다가 피식 웃고는 들고 온 신문을 펼쳤다.

신문에 제주 메디컬 리조트 기사가 실렸기에 호기심을 갖고 읽기 시작했다. 그런데 백호와 재규의 사진이 눈에 띈다. 재규의 낯이 익어 자세히 들여다보던 그녀의 얼굴이 일그러졌다.

"어라. WT 후계자? 요 닭똥집이?"

WT 후계자란 말에 백호는 슬그머니 한쪽 안대를 들어 시온을 보았다. 시선을 느꼈는지 고개를 돌리기에 얼른 안대를 놓고 못 본 체했다.

금방 그에게서 관심을 돌린 시온은 백호 사진을 손가락으로 톡톡 치며 중얼거렸다.

"WT 회장? 대통령도 지 아래도 본다는? 부전자전이라더니."

듣자 듣자 하니까.

도저히 참지 못하고 안대를 확 벗는 백호 때문에 깜짝 놀란 시온이 그를 쳐다봤다.

'응?'

그녀를 알아본 백호는 자기도 모르게 움찔했다. 어제 햄버거 가게 근처에서 부딪친, 인간 구성이 덜된 그 여자가 아닌가.

"쏘리."

백호를 보지 못해 얼굴을 알 리 없는 시온은 간단히 사과하고 다시 신문으로 시선을 돌렸다. 백호는 못마땅하게 그녀를 노려보다가 눈을 감아버렸다. 언짢은 일로 두 번씩이나 만났다는 게 몹시 불길했다.

비행기가 이륙하고 20분쯤 지났을까. 하도 조용하기에 슬그머니 한쪽 눈을 뜨고 봤더니, 그녀는 신문에 펜으로 낙서를 하는 중이었다. 백호와 재규 사진을 닭 모양으로 우스꽝스럽게 만들어 놓은 것이다. 부자가 나란히 한 여자에게 농락당한 기분이 들어 백호는 자기도 모르게 욱했다.

"몰상식하긴."

느닷없는 비난에 시온이 낙서를 멈추고 그를 쳐다봤다.

"지금 나더러 한 소리예요?"

"그래, 자네. 뭐 하는 짓거리야? 애도 아니고 알 만큼 아는 성인이."

낙서를 보고 발끈하는 걸 보니, 아무래도 이 부자와 관계가 있는 모양이다.

"혹시, 아는 사이?"

"알지. 알고말고. 알다마다."

백호를 WT 직원 내지는 친척, 그도 아니면 재규의 친구라 여긴 시온은 얼른 신문을 접고 사과했다.

"쏘리."

"쏘리 할 짓을 왜 해?"

말투도 요상하고, 반말도 거슬려 시온은 살짝 인상을 찌푸렸다. 백호 부자와 아는 사이냐고 확인했어야 옳단 말인가? 신문에 낙서하는 건 엄연히 개인 취향이었다.

"저기요, 몇 살이세요?"

"칠…… 먹을 만큼 먹었어, 왜?"

"칠? 스물일곱? 그럼 스물여덟한테 반말하면 안 되지. 애도 아니고 알 만큼 아는 성인이."

"뭐?"

주위의 시선이 따가워 시온이 얼굴을 백호 가까이 들이밀며 목소리를 낮췄다.

"닭똥집이랑 친구? 아님 닭씨 패밀리?"

'닭똥집'은 뭐고 '닭씨 패밀리'는 또 뭔가. 어감이 상당히 기분 나빴다.

백호가 뭐라고 해야 할지 모르겠어서 가만히 생각 중이자, 인정한 걸로 안 시온이 비아냥거렸다.

"도찐개찐. 패밀리나 친구나. 정상이면 원래 청정지역이잖아. 이왕 정상에서 놀 거면 깔끔하게 좀 놀라고…… 닭똥집 만나면 전해줄래? 아랫물까지 오염시키지 말라구."

"……."

❊　　❊　　❊

그날 오후, 펜션에 짐을 풀자마자 시온은 곧장 한라산을 찾았다. 한라산 중턱에 서서 울창한 숲을 바라보았다. 다부지고 늘씬한 몸매에 커트 머리가 심상치 않은 아우라를 내뿜는 그녀였지만, 경치를 감상하는 표정과 눈빛은 때 묻지 않은 순수함이 느껴졌다.

네팔 안나푸르나처럼 차가운 공기가 아닌 4월의 한라산은 벌써 뜨거운 열기가 가득했다. 한국에 여러 번 오긴 했어도 제주도는 처음이었고, 세계 어디에도 없는 색다른 분위기에 그녀는 대만족이었다.

그녀는 경쾌하게 다시 산을 오르기 시작했다. 많은 등산객 틈에 끼어 부지런히 걸어 올라가고 있을 때였다.

맞은편에서 소원석과 팀원들이 내려왔다. 최혁보, 동기찬, 닉, 유일한 여자인 박고지. 그들은 제주에서 트레킹 가이드를 하고 있었는데, 수시로 한라산을 오르내리며 지형을 익혔다. 그들 중 제일 먼저 시온에게 관심을 보인 사람은 기찬이었다. 여릿여릿한 미인이 아닌 건강미와 섹시미가 돋보이는 그녀에게 절로 시선이 간 것이다. 등산복 입고 섹시한 여자는 드문데 말이다.

여자를 꽤나 밝히는 기찬인지라 닉이 원석의 눈치를 보며 슬쩍 주의를 주었다.

그런데 걸음을 멈추고 돌아본 건 정작 여자에겐 무관심한 원석이었다. 내려오면서부터 눈에 띄기에 봤는데 왠지 낯설지가 않았다.

'어디서 봤더라?'

하긴, 닮은꼴이 한둘일까. 다시 걸음을 재촉하던 원석은 그러나 얼마 못 가 제자리에 우뚝 멈춰서야 했다. 기억이 날 듯 말 듯하던 좀 전의 여자가 비로소 누군지 깨달았기 때문이다.

그는 황급히 몸을 돌려 그녀가 있는 곳으로 달려가기 시작했다. 기대감과 놀라움으로 가슴이 쿵쾅쿵쾅 뛰었다.

"저기……!"

난데없는 부름에 시온은 걸음을 멈추고 돌아보았다. 그러곤 작게 숨을 고르며 뚫어져라 쳐다보는 원석과 마주했다. 나이는 30대 초반. 남자다운 인상과 큰 키, 떡 벌어진 어깨 덕분에 평범한 체육복 차림조차 상남자의 포스를 풍겼다. 찬찬히 그를 살피던 그녀는 알 만하다는 듯이 느물스럽게 말을 꺼냈다.

"국제적으로 통하는 얼굴인 건 알겠는데요."

"뭐라고요?"

"나처럼 퍼펙트한 여자 드문 거 잘 안다고요. 이제 한라산 중

턱인데 대시한 남자만 다섯 번째네."

알아듣기 힘든 그녀의 말에 원석은 매우 당황했다.

"난 그냥, 아는 사람 같길래……."

"어쩜. 수법도 똑같아라. 여자 꼬시려면 창의력부터 키워야겠어요."

상대방이 오해를 너무 자신만만하게 해버리는 바람에 그는 그만 어이없게 웃고 말았다.

"네팔에서 왔죠?"

"와우! 네팔에 왔었어요? 당신은 알고 난 모르는 사이인 거야, 우리가? 내가 가이드한 사람은 빠짐없이 기억하는데. 원체 기억력이 좋거든."

그녀가 모르는 게 당연했다, 그도 실물로는 직접 본 게 오늘이 처음이었으니까.

그녀를 바라보는 원석의 눈빛이 한층 짙어졌다.

"첸…… 그쪽 아버질 알아요."

"나보다 눈썰미 좋은 사람을 제주도에서 만나네. 어떻게 사진으로만 봤는데 한눈에 척 알아보지?"

한라산 아래 작은 카페에 앉아 시온은 흥분을 감추지 못했다. 흥분한 걸로 치자면 원석이 더했다. 제주도에서 첸의 딸을 만날 거라고 상상이나 했으랴. 사진으로만 본 그녀를 실제로 만난 게 아직도 실감이 나지 않았다. 사진 속 선명한 이목구비와 장난기 어린 표정이 고스란히 살아 있었다. 첸의 말마따나 재기발랄한 성격 또한 똑같았다.

"첸이 워낙 딸 얘기를 많이 했었으니까…….”

"많이 친했었어요, 우리 아빠랑?"

"……아뇨. 좋은 분이었다는 건 알아요.”

"혹시 그것도 아나? 우리 아빠, 돌아가신 거.”

"…….”

원석의 시선에 안타까움이 스며드는 것을 시온은 알아차리지
못했다.

"몰랐구나……. 사고로요. 눈사태. 1년 좀 넘었어요.”

"한데 여긴 어쩐 일로……?"

"관광 왔죠.”

순간, 원석의 머릿속엔 온통 그녀를 위해 해줄 수 있는 일이 뭘
까 하는 생각으로 가득 찼다. 첸에게 말로 다 하지 못할 마음의
빚을 진 게 있었다. 그리고 거짓말처럼 그의 딸을 이곳 제주도에
서 만났다. 그 빚을 조금이나마 갚을 길이 생긴 것이다. 하지만
무엇부터 어떻게 해야 할지 감이 잡히지 않아 지갑 안에서 명함
을 한 장 꺼내 그녀 앞으로 밀어놓았다.

—WT 제주 메디컬 리조트 트레킹 가이드부 팀장 소원석

"연락해요, 도움 필요하면.”

명함을 물끄러미 들여다보던 시온이 싱긋 입매를 늘어뜨렸다.

"도움은 모르겠고…… 술이나 밥 친구는 필요할지도.”

시온과 헤어져 트레킹 가이드 훈련장에 들어선 원석을 보자마
자 팀원들이 기다렸다는 듯이 우르르 몰려들었다. 원석이 한라
산에서 본 여자를 쫓아간 걸 알기에 어떤 연유인지 궁금했던 것
이다. 지난 1년간 처음 본 희귀 장면이었으니 말이다.

"아까 그 여자 누구? 형이랑 무슨 사이야?"

엄연한 사장과 직원 사이지만, 직책 따지는 걸 싫어하는 원석
때문에 거의 가족 같은 분위기였다.

기찬이 흥미롭게 질문을 쏟아내는데도 원석은 무심히 말을 흘
린다.

"몰라도 된다."

"혹시…… 반한 거?"

닉의 의심스러운 눈초리에 정색한 건 고지였다.

"그럴 리가 없잖아, 우리 팀장님이. 여자 보기를 돌같이 하는
분인 거 몰라?"

그녀의 말속엔 원석에 대한 서운함도 담겨 있었다. 그 말이 곧
자신을 향한 것이나 다름없었기 때문이다. 그러자 기찬이 따끔
하게 면박을 주었다.

"여자도 여자 나름이지."

"너도 원석이 말곤 다 돌이면서 뭘."

고지를 짝사랑하는 혁보가 상심 섞인 투정을 부렸고, 고지가

새치름하게 외면했다. 원치 않는 삼각관계가 부담스러워 원석이 가볍게 주의를 주었다.

"잡담 그만! 훈련 안 해? 연장할까?"

소원석 팀장 말이라면 죽는시늉도 하는 그들인지라 그 한마디에 모두 후다닥 체력 훈련 준비에 들어갔다.

아닌 게 아니라 리조트와 계약을 체결하기 전 트레킹 가이드 회사 '프로비던스(Providence)'를 운영 중이던 혁보는 마음처럼 잘 되지 않아 큰 위기를 맞았었다. 때마침 친분이 있던 원석이 혁보의 어려운 사정을 알게 되면서 새로이 합류했다. 가진 돈을 전부 투자하여 회사를 인수했기에 실질적으로는 대표였지만, 직함 따위에 연연하지 않는 원석은 줄곧 팀장으로 일했다.

그 후 전 직원이 죽기 살기로 1년여를 고생한 끝에 리조트와 계약을 맺기까지 힘겨운 시간을 함께 보냈다. 짧은 시간에 백호 회장의 신임을 얻었을 정도이니 원석의 패기와 끈기, 그리고 누구도 따라가지 못할 근성은 트레킹 가이드들 사이에서 회자될 만했다.

하지만 그가 제주도에 오기 전 어떤 삶을 살았는가는 혁보 외에 아무도 알지 못했다.

❧　　❧　　❧

오솔길 건너 바다가 한눈에 내려다보이는 언덕 위에 단독 펜션 몇 채가 줄지어 들어서 있었다. 조용하고 경관이 빼어난 곳이

어서 2층 테라스에서 보는 경치가 아주 그만이었다. 초록의 싱그러운 숲 사이로 형형색색 지붕과 하얀 벽돌이 어우러져 한 폭의 풍경화를 보는 듯했다. 연갈색 목재를 깐 2층 테라스는 꽤 넓어서 어여쁜 테이블과 화분들만 보면 카페를 연상케 했다. 1층 현관 입구에도 크고 작은 화분이 제각각의 꽃을 피운 채 놓여 있었는데, 펜션마다 주인의 취향대로 유럽식 또는 토종 제주식으로 꾸며놓았다.

그중 현관 옆에 작은 키의 돌하르방이 있는 펜션의 현관문이 열리며 짙은 선글라스를 낀 백호가 나왔다.

군더더기 없이 똑 떨어진 몸매 덕분에 옷발이 더 산다고 해야 할까. 아니면 패션의 완성은 얼굴이라는 훈훈한 생김새 덕이라고 해야 할까. 아무튼지 간에 서울에서 새로 구입한 옷으로 쫙 빼입은 그는 누가 봐도 스타일리쉬한 청년으로 변신해 있었다.

타고난 귀티에 걸맞지 않은 게 있다면 펜션 앞에 럭셔리한 차가 없다는 것. 그리고 노인네 말투를 쓴다는 것이리라.

기사가 모는 자가용만 타고 다녀서 운전에 자신 없었던 그는 버스를 타고 바다로 향했다. 버스를 타는 것도 정말 오랜만이라 감회가 새로웠다. 시절을 거꾸로 산다는 게 참 묘한 감흥을 불러일으킨다. 버스에 앉아 스쳐 지나는 제주 풍경을 바라보는 그의 눈빛 속에 만감이 교차했다.

유독 바위가 많은 제주 바다. 다소 낮은 바위 위에 올라 드넓은 바다를 바라보던 백호는 복잡하던 머릿속이 조금 개운해졌다. 약을 잘못 먹어 하루아침에 젊어진 후 겪었던 공포는 가히 상상을 초월했다. 상어를 통해 약의 정체를 알고 난 후엔 더욱 그러했다. 약의 증상이 어떻게 나타날지 전혀 예측할 수 없었기 때문이다. 그로서는 암 선고를 받거나 전쟁에서 겪은 공포와 맞먹는 충격이었다.

바다를 보며 생각에 잠겼던 그는 가장 높은 바위 꼭대기에 서 있는 사람을 발견하고 인상을 찌푸렸다. 강하게 바람이 부는 바다를 향해 양팔을 벌리고 서 있는 모습이 너무나 위험해 보였다.

'술 취한 거 아냐?'

간혹 개념 없는 짓을 하는 사람이 있어 백호는 무심히 지나칠 수 없었다. 사고라도 나면 큰일이었다. 바람에 흔들거리는 뒷모습을 불안하게 바라보다가 높은 바위 위로 성큼성큼 올라갔다.

"이봐!"

바위에 다다라 백호가 큰 소리로 불렀으나, 바람과 파도 소리에 묻혀 시온의 귀에는 들리지 않았다. 제주도 바다 풍경이 산과는 또 달리 환상적이어서 그녀의 마음을 완전히 빼앗아 버렸다.

그것은 완벽한 자연의 소리였다. 아무리 위대한 음악이라 할지라도 자연이 내는 선율에 비할 바가 못 되었다. 가슴이 벅차올라 그녀는 대자연을 창조한 신을 찬양하듯 두 팔을 더욱 위로 치켜올렸다.

"와우, 퍼펙트!"

"이봐, 안 들려!"

바로 등 뒤에서 들려오는 고함 소리를 듣고서야 그녀는 깜짝 놀라 돌아섰다. 한 발짝 뒤에 서 있는 남자 때문에 놀라기도 했지만, 갑자기 부는 거센 바람에 중심을 잃고 휘청했다.

"어라라라……!"

기우뚱하는 그녀의 팔을 재빨리 낚아챈 것은 백호였다. 그녀의 몸이 백호의 가슴팍으로 끌어당겨졌고, 그의 팔이 더욱 단단하게 그녀를 감싸 안았다. 하마터면 함께 바다로 곤두박질칠 뻔했다.

하지만 갑자기 뒤에서 큰 소리로 고함을 치지 않았다면, 애당초 위험할 일은 없었을 터.

모골이 송연해진 시온은 그의 손을 탁 뿌리치며 역정을 냈다.

"뭐예요?"

그런데.

'응? 이게 누구야? 닭똥집 친구 아냐?'

그를 알아본 시온의 얼굴이 더욱 언짢게 찌푸려졌다.

'젠장.'

단번에 그녀를 알아본 백호도 기분이 나빠져 혀를 끌끌 찼다.

"위험에서 구해줬으면 고맙다고는 못할망정. 하여간 요즘 젊은것들은. 쯧쯧쯧."

두 사람 다 불길한 예감은 반드시 적중한다는 만고의 진리를 새삼 깨닫는 순간이었다.

낯선 사람과 불필요한 승강이를 하고 싶지 않아 시온은 얼른 사과하며 그를 지나쳤다.

"쏘리!"

"서!"

'또 뭐야?'

제자리에 멈춰 선 그녀는 불쾌하게 그를 쳐다보았다.

"버르장머리하곤. 말로만 쏘리, 쏘리, 한다고 다 쏘리한 게 되는 게야? 진심이 없잖아, 진심이."

"관두자, 영!"

윽박지르듯 외치고는 홱 가버리는 시온을 보자 백호는 기가 찰 노릇이었다.

"어허! 저, 저…… 저런 무례한. 뉘 집 딸인지. 쯧쯧."

시온이야말로 어이가 없었다. 나이도 젊은 사람이, 멀쩡하게 생겨 말투가 영락없는 노인네였으니 말이다.

"멘탈 한번 아스트랄하네. 싸가지 없는 게 닭똥집 친구는 확실하구만."

도로로 올라온 시온은 기분 잡쳤다는 듯 차에 올라탔다. 막 시동을 걸려고 할 때였다. 어느 틈에 따라왔는지 조수석 문이 열리며 그 남자가 올라타는 게 아닌가.

당황한 그녀는 말까지 더듬었다.

"뭐, 뭐야?"

"가는 데까지만 같이 타지. 공짜로 태워달라는 거 아니야."

이리 당당할 수가. 마치 운전기사를 대하듯 하는 태도에 그녀도 더는 참을 수가 없었다.

"내려!"

"버스 타기 힘들어 그래."

"택시 타!"

"기사들이 너무 말이 많아."

"나도 미친놈은 안 태워."

"뭐, 뭐? 미친…… 노옴? 내가 누군지 알고……!"

"내가 제주도에 와서 만난 제일 이상한 놈이지 누구야. 외국인이 경상도 사투리 쓰는 거보다 더 경악스러워. 뭔 짓을 하면 그 얼굴에 그런 말투가 나오는 거야? 접신했어? 무당이야?"

물론 그런 건 아니었지만, 백호는 왠지 가슴이 뜨끔했다. 정신은 노인인데 몸은 젊은이로 돌아가 버렸으니, 그녀가 이상하게 보는 것도 무리는 아니었다.

"공짜로 태워달라는 것도 아니고 차 좀 얻어 타자는데, 그게 그리 막말을 들을 일인가!"

"버스 싫고 택시 싫으면 렌트해. 싸가지 없는 줄은 알았다만 면허도 없냐?"

"면허가 왜 없어! 기사가 모는 차만 타다 보니 익숙하지 않은 것뿐이야."

"기사가 모는 차 타면 죄다 너처럼 막무가내에 안하무인이냐?"

"어허! 안하무인이라니, 듣자 듣자 하니까……."

"어허 저허는 타령할 때나 찾구. 내려, 내 차에서."

시온은 입술을 앙다문 채 있는 힘껏 그를 밀어냈고, 백호는 그녀의 완강한 저항에 떠밀리다시피 차 문을 열고 내렸다.

"사람이 은공도 모르고……."

부르르, 분을 못 이겨 차 문을 꽉 붙잡는 그에게 시온이 이를 갈듯 뇌까렸다.

"닫아라."

움찔한 그가 차 문을 쾅 닫자, 그녀는 뒤도 안 돌아보고 그곳을 떠나 버렸다. 혼자 덩그러니 길 위에 남은 그는 창피해서 얼굴이 붉으락푸르락했다.

"에잇! 차 좀 얻어 타려다가 이 무슨 망신이야."

해는 져서 어두운데 아무리 가방을 뒤져도 현관 열쇠가 보이지 않았다. 대문 열쇠와 함께 달아놓은 현관문 열쇠가 감쪽같이 사라진 것이다. 고리가 헐겁다 했더니만.

"어쩌지?"

자신의 실수로 잃어버렸으니 주인에게 전화할 수도 없었다. 이 밤에 열쇠공을 찾아다니기는 더더욱 번거로웠다. 그렇다고 바깥에서 밤을 샐 수도 없는 노릇.

집 안으로 들어갈 방법을 찾고자 한참 동안의 고민 끝에 시온은 차 트렁크에서 등반용 밧줄을 갖고 왔다. 펜션에서 나올 때 2층 테라스를 잠그지 않은 게 떠올라서였다. 습관처럼 등반용 장비를 갖고 다녀야 마음이 편해서 구입했었는데 마침 유용하게 쓸 기회였다. 안나푸르나를 제집처럼 오르내리던 그녀에게 2층을 오르는 것쯤 식은 죽 먹기보다 더 쉬웠다.

능숙하게 고리를 지은 다음, 2층 테라스 난간 모퉁이 조각돌에 정확히 던졌다. 그녀의 실력을 입증하듯 밧줄은 단번에 걸렸다.

"좋았어!"

시온은 가뿐히 밧줄을 타고 오르기 시작했다.

그로부터 한 시간 후, 그녀는 서귀포 경찰서에 앉아 있었다. 밧줄을 타고 반쯤 올랐을 때 신고를 받고 마침 그곳을 지나던 경찰관들에게 잡혀온 것이다. 아무리 도둑이 아니라고 해명해도 그녀의 수상한 행각과 신고로 쉽게 풀려날 상황이 아니었다. 여권을 보여주며 관광객임을 증명해 보이려 애썼지만, 그것만으론 부족해 결국 원석에게 연락하기에 이르렀다.

경찰관에게 자초지종을 듣는 원석의 옆에서 시온은 코가 석 자나 빠진 모습이었다. 당최 누가 신고를 했는지 의아했다. 분명히 밧줄을 타고 오르기 전 확인했을 땐 보는 사람이 아무도 없었는데 말이다.

"어떤 인간이 신고한 거야?"

구시렁대는 시온에게 그녀를 데려왔던 경찰관이 한심하다는 듯 타박했다.

"그러게 왜 오밤중에 벽은 타고 그럽니까? 스파이더맨도 아니고. 데리고 가세요, 얼른."

"죄송합니다. 수고하십시오. 가죠."

시온은 창피해서 얼굴이 붉어진 채로 원석을 따라 터덜터덜 경찰서를 걸어 나왔다. 제주도까지 와서 이 무슨. 더군다나 원석의 앞에서.

'망신, 망신, 개망신! 아오!'

주차장에 세워진 차로 가 원석이 조수석 문을 열었다. 시온이 면목이 없어 그를 똑바로 보지도 못하고 차에 오르려는 그때,

"나랑 일합시다."

원석이 뜬금없이 던진 말에 그녀는 머리를 한 대 맞은 양 멍했다. 무슨 스카우트를 경찰서 앞에서 하나 그래.

그녀가 대답은 하지 않고 빤히 쳐다보자 원석이 객쩍게 말을 이었다.

"트레킹 가이드. 그거 전문이잖아요."

"관광 왔다니까요. 언제 돌아갈지도 모르겠고."

"갈 때까지만 해요, 그럼."

"정말 그래도 돼요?"

뜻밖의 즉흥적인 제안이었으나 시온으로선 못 할 것도 없었다. 아니, 오히려 잘된 일이었다.

이런 걸 두고 일컫는 사자성어가 있다.

바로, 일타쌍피!

딸각!

새로 맞춘 열쇠로 현관문이 열리는 걸 확인하고서야 원석은 안심했다. 시온이 경찰서에 있다는 말을 듣고 놀라 한달음에 달려간 그였지만, 열쇠가 없어 밧줄을 타고 2층으로 올라가려 했다

는 얘기에는 그만 할 말을 잃고 말았다. 첸이 그녀를 엉뚱하다고 하더니만, 과연.

그녀에게 스카우트 제안을 한 것은 특별한 이유가 있어서였다. 평생 묻고 가려 했던 비밀을 얘기할 때가 왔다는 직감 때문이었다. 그러려면 그녀와 좀 더 깊은 유대 관계가 필요했고, 하늘이 준 기회를 절대 놓치고 싶지 않았다.

"내일 사무실에서 봐요."

"예, 고마워요."

옆 펜션 2층 테라스에서 몰래 두 사람을 지켜보던 백호는 조명에 비친 시온의 얼굴을 확인하고 움찔 놀랐다. 경찰관이 전화로 관광객이 맞으며, 신고한 사람이 누군지 얘기 안 했으니 걱정 꽉 붙들어 매라고 해서 안심하고 있던 차였다. 그런데 하필 다른 사람도 아니고 저 여자일 게 뭔가. 도대체 왜 자꾸 저 여자와 얽히는 것인지 불안하기 그지없었다.

"멀쩡한 문 놔두고 벽 기어오르는 건 정상이야? 하여간 요즘 젊은것들은 당최 가늠이 안 돼, 쯧쯧쯧."

백호는 위험한 일을 자처하는 그녀가 도무지 이해되지 않았다. 바닷가에선 높은 바위 위에 올라가 술 취한 사람으로 오해를 사더니, 그도 모자라 밧줄로 펜션을 오른다는 게 제정신일 리 만무했다.

원석과 대화하다 말고 시온은 별안간 휙 고개를 돌려 옆 펜션 테라스를 올려다보았다. 하지만 불만 켜져 있을 뿐 아무도 보이지 않았다. 분명히 누군가의 시선이 느껴졌는데 이상했다. 운대가 떨어지니 감각도 떨어진 것일까.

그녀의 예민한 반응에 의아해진 원석이 물었다.

"왜요?"

"아니에요, 아무것도."

금세 밝아진 표정으로 그녀가 미소를 짓자, 원석도 따라 미소를 머금었다.

"들어가요. 갈게요."

"잘 가요."

원석이 가고 난 후에도 시온은 여전히 불 켜진 옆 펜션에 대한 의심을 떨쳐 버리지 못했다.

그 의심은 다음날까지 이어졌고, 이른 아침 옆 펜션을 지나던 그녀는 끼익 차를 세웠다. 창문을 내리고 펜션 앞에 세워진 렌트카를 수상쩍게 쳐다보았다. 그녀의 눈빛이 사뭇 예리했다.

"이상하네. 그 미친놈은 차가 없었단 말이지……. 열 받아서 렌트했나?"

백호는 정원 나무 뒤에 숨어 낮은 담 너머로 시온을 몰래 훔쳐

보았다. 차 때문에 적잖이 스트레스를 받던 그는 그녀의 차를 빌려 타려다가 냉정히 거절당한 후 당장에 렌트를 했었다. 물론, 오랜만에 하는 운전으로 처음엔 다소 헤맸었지만 금세 익숙해졌다. 운전 감각이 죽지 않은 것에 얼마나 감사했는지 모른다. 이럴 때 제일 아쉬운 건 우영이었다. 그간 그의 손발이 되어주었던 녀석이 너무나 그리웠다.

백호는 그녀가 차를 몰고 다시 출발하자 안도의 한숨을 길게 내쉬었다. 조금만 지체했더라면 꼼짝없이 들킬 뻔했다.

그때, 적막감을 뚫고 오른쪽 바지주머니에서 핸드폰이 울렸다. 이상한 여자와 자꾸 엮이는 바람에 신경이 예민할 대로 예민해진 그는 짜증스럽게 전화를 받았다.

"뭐야?"

[회장님!]

우영이었다. 목소리 때문에 전화 통화만큼은 피하고 싶었던 백호는 깜짝 놀라 급히 노인 목소리 연기에 돌입했다.

"우, 우영…… 이냐?"

안 그래도 마침 우영 생각이 간절하던 차에 전화를 받으니 가슴이 쿵쾅쿵쾅 뛰었다.

이 녀석이 수상한 낌새를 알아차릴까?

[어떻게 되신 거예요, 대체? 전화번호는 왜 바꾸시고. 얼마나 걱정했는지 아세요? 회장님이 사라지셔서 난리 났다고요, 지금.]

상어에게 받은 대포폰 두 개. 하나는 백호 것으로, 다른 하나는 가명으로 쓰는 것이었다. 전화를 바꾸기 전 우영에게만 문자로 알려줬었다. 어쨌든 끈 하나는 남겨둬야 했으니까. 다행이랄지 불행이랄지 우영은 통화가 된 기쁨에 겨워 아무런 눈치도 채지 못한 게 분명했다. 그간 안심시키느라 문자를 수없이 주고받았던 게 주효했다.

우영의 호들갑이 백호를 자연 무장해제시켰고, 그래서인지 그는 자기도 모르게 원래의 목소리로 돌아온 것도 의식하지 못했다.

"호들갑 떨 거 없대도. 안 죽고 살아 있잖아, 이렇게. 잠수 탄 사람이 전화번호 바꾸는 건 기본 아니냐."

[목소리는 또 왜……? 야, 너 누구야? 회장님 아니지? 우리 회장님을 어떻게 했어?]

아차, 싶어 백호는 다시 노인 목소리로 바꾸어 버럭 화를 냈다.

"내 목소리가 뭐? 넌 네 회장도 못 알아보냐, 이놈아! 내가 널 헛 키웠지, 헛 키웠어! 기생충보다 못한 놈!"

[엇! 회장님! 회장…….]

전화를 일방적으로 탁 끊은 백호는 아찔한 정신을 추슬렀다. 이러다 정말 제명에 못 살 것 같았다.

"생쇼를 하세요."

어느 틈엔가 정원 안에 들어와 있는 시온을 보고 백호는 너무 놀라 휘청했다.

'간 게 아니었어?'

주춤주춤 뒤로 물러서던 그는 체통을 지켜야 한다는 생각에 뒷짐을 지고 뻣뻣하게 고개를 치켜들었다. 고작 젊은 여자 따위에 기가 눌릴 백호가 아니란 걸 입증하려는 듯. 젊어졌어도 백호는 백호인 것이다.

"뭐야? 남의 집에 함부로……."

"너지? 어젯밤에 신고한 그 미친놈이."

"버르장머리하고는. 가택침입죄로 신고할까?"

"무고한 사람, 도둑으로 몬 건 괜찮고? 바로 너 같은 놈 때문에 내 퍼펙트한 인생에 자꾸 오점이 남는 거야, 알아?"

백호는 위엄 있고 절도 있게 그녀를 타일렀다.

"이봐, 아가씨. 아침부터 시비 걸지 말고 돌아가."

"시비는 누가 먼저 걸었는데!"

빽! 장난감 나팔을 부는 듯 찢어지는 고함 소리에 그는 자기도 모르게 움찔했다.

"자네가 줄 타고 벽만 안 기어올랐으면 애초에 이런 일이 왜 생겨? 난 그저 대한민국 국민의 한 사람으로서 신고 정신이 투철했을 뿐이네."

"말끝마다 자네, 자네. 나보다 나이도 어린 게."

"신고를 또 당해봐야 정신을 차리겠구먼."

"이런 걸 똥 밟았다 그런다지?"

시온이 잔디밭에 운동화를 싹싹 비비고는 홱 돌아섰고, 백호는 점잖게 타이르다가 그녀의 불손한 태도에 크게 분노했다.

"저런, 저런…… 못된!"

❖　❖　❖

　아침 8시. 서귀포에 있는 트레킹 가이드 사무실. 바로 앞이 바다인 데다 외따로 떨어진 2층 건물이 언뜻 보기에 게스트하우스나 카페 같았다. 원석이 대표가 되면서 건물도 이곳으로 이전했고, 허름한 곳을 새로 꾸며 실제 2층엔 원석과 혁보가 함께 살고 있었다.

　원석은 평소와 마찬가지로 가장 먼저 사무실로 내려와서 일정표를 확인 중이었다. 시온이 열린 문 안으로 당당히 들어서며 씩씩하게 인사를 건넸다.

　"굿모닝! 아무도 안 왔어요?"

　"난 사람으로 안 보이나 보군."

　"아."

　"일찍 왔네요."

　"퍼펙트한 인생이 쉬운 줄 알아요?"

　그녀의 농담에 원석이 피식 웃었다.

　"너무 퍼펙트하면 인간미 없어 보일까 봐 가끔 실수도 하고요."

　"허를 찌르는 애교죠. 머리 좋아, 얼굴에 칼 안 댄 것치곤 너무 예뻐, 몸매 끝내줘. 걸음마 떼기도 전에 전 세계 산을 누비고 다닌 탓에 영어, 일어, 중국어, 러시아어, 네팔어, 모국어까지 6개 국어 마스터했고, 산이라면 일가견 있어서 관광 오자마자 스카우트 되는 실력이잖아요. 여기서 더 퍼펙트하면 여러 사람 욕보이는 거지."

"뻔뻔한 건 노력입니까, 타고난 겁니까?"

"반반."

이 여자는 참.

원석은 그녀의 밝은 에너지가 마음에 들었다. 첸이 늘 자랑하던 딸이어서일까. 직접 보니 더욱 친근하게 느껴진다.

그날 오전 팀원들과 함께 훈련에 합류한 시온은 산에서의 첫 대면 이후 다시 한 번 모두에게 강한 인상을 심어주었다. 그도 그럴 것이, 실내 암벽을 가뿐히 오르내리는 모습이 흡사 스파이더맨을 방불케 했기 때문이다. 그녀의 유연하고 날렵한 운동신경에 다들 놀란 눈치였다. 원석이 스카우트할 정도면 대단한 실력가일 거라 예상은 했었지만, 예상을 훨씬 뛰어넘어 가히 경이롭기까지 했다.

고된 체력 훈련에 기진맥진하여 바닥에 널브러져 있던 기찬이 시온을 향해 혀를 내둘렀다.

"저 누나, 뭐냐?"

그 옆에 헥헥대며 앉아 있던 닉 또한 질세라 동조했다.

"우리 팀에 괴물이 한 명 더 합류한 거지. 팀장님, 혁보 형, 시온 누나."

그때 원석이 모두를 불러 모았다. 후다닥 모인 팀원들이 그의 앞에 정자세로 섰고, 시온도 그들 틈에 끼어 원석의 말에 귀 기울였다.

"내일이면 리조트 오픈이다. 다들 알고 있지?"

"옛!"

"회장님께서 직접 우리 에이전시와 계약을 맺은 만큼 정신 무장도 두 배로 챙긴다. 알았나?"

드디어 기다리고 기다리던 리조트 오픈이었다. 말만 들어도 설레는 일이라 팀원들은 더욱 목청을 높였다.

"옛!"

"첫째도 무사고, 둘째도 무사고, 셋째도 무사고다. 명심해라."

"무사, 무사, 무사! 아자!"

❖   ❖   ❖

연일 도박으로 밤을 지새운 재규는 피로로 찌든 얼굴이었다. 새벽에 들어와 잠깐 눈을 붙인다는 게 벌써 정오였다.

늦게라도 출근하려고 드레스룸에서 와이셔츠와 양복바지로 갈아입고 재킷을 꺼내 들 때였다. 서랍장 위에 둔 핸드폰을 보자 문득 그날 밤 일이 떠올랐다. 술에 만취해 어떤 여자에게 부축 당해서 호텔방으로 올라갔던 기억.

늘 그렇듯 그녀는 자신이 누구인지 알고 있었을 것이다. 스캔들 터뜨려 한몫 잡으려는 여자들이 주변에 널렸으므로. 핸드폰을 가져간 것만 봐도 십중팔구 꽃뱀일 터.

비서에게 듣기론 회의실에서 아버지가 전화를 걸었다가 그 여자가 받는 바람에 더 노발대발한 것이라는데⋯⋯.

하지만 어떻게 생겼는지 도무지 기억이 나지 않았다. 그저 주

79

변을 맴도는 여자들 중 한 명이라고 짐작할 뿐이다. 아버지가 노발대발했을 정도면 스캔들 터뜨리겠다고 협박깨나 했을 테고. 잠잠한 걸 보면 아버지가 이미 손을 쓰셨는지도.

거기에 생각이 머물자 재규는 미간을 사납게 찌푸렸다. 여자 문제 중 열에 아홉은 자기 탓이 아닌 여자 쪽에서 들러붙는 경우였고, 나머지 하나마저도 금세 시들하게 끝나 버려 문제될 게 없었다. 그러니 이번에도 아버지가 오해할 소지가 다분했다. 그로서는 제법 억울한 상황. 어차피 아버지는 상관 않겠지만.

"제시카. 내 이름 제시카라고."

아득하게 귓전에 맴돌던 그 목소리.

"제시카?"

알던 여자들 중 제시카란 이름이 있었는지 생각을 더듬던 그는 벨소리에 상념에서 빠져나왔다. 비서인가 하고 확인하니, 우영이었다. 잠에 곯아떨어져 있는 동안 그에게 온 부재중 전화만 열 통이 넘었다.

그는 아버지에게 소식이라도 왔을까 하는 기대감에 얼른 전화를 받았다. 아닌 게 아니라 지난 3일 동안 문자 한 통 없는 아버지 때문에 내심 조바심을 치던 차였다. 먼저 연락해 볼까도 생각했지만, 아버지가 하지 않을 땐 다 그럴 만한 이유가 있을 터. 우영이 별말이 없는 걸로 봐서 뭔가 특별한 사정이 생긴 듯했다.

"어."

[회장님과 통화됐습니다, 이사님.]

"어디시래?"

[그건 말씀 안 하셨습니다.]

순간, 짜증이 확 치솟았다. 말도 없이 사라진 후 기껏 전화해선 어딘지 알려주지 않았단 건가. 당장 내일이 오픈인데 어쩔 셈인지 알 수 없었다.

"오시긴 한대?"

[일단 무사하신 건 알려 드려야 할 것 같아서…….]

"무사하니까 너한테 전화하셨겠지."

[예?]

아들 따위 안중에도 없는 무심한 아버지와 무신경한 우영에게 화가 나 재규는 감정적으로 반문했다.

"더 할 얘기 있어?"

[아, 아닙니다.]

전화를 끊자마자 그는 치밀어 오르는 화를 주체하지 못해 재킷을 바닥에다 패대기쳐 버렸다.

"우영, 우영, 우영! 대체 아들이 누구야?"

호텔 본사 회의실은 회장의 부재로 뒤숭숭하기 이를 데 없었다. 회사 건립 40년 만에 처음 있는 일이었기 때문이다. 회장의 이해할 수 없는 행동이 이사진을 자극했다.

"회장님은 왜 여태 감감무소식입니까?"

조 이사가 안경을 추어올리며 신경질적으로 내뱉는 말에 성격이 급한 정 이사가 몇 올 남지 않은 머리카락을 쓸어 넘기며 난색을 표했다.

"어째 분위기가 심상치 않습니다."

"대체 무슨 일인지 원. 갑자기 이러시는 이유가 뭐랍니까?"

조 이사와 정 이사에 비해 왜소하면서 온건한 분위기의 김 이사가 넌지시 끼어들었다.

"부담이 크신 모양이죠, 뭐."

"정말 그렇게 생각합니까?"

오 이사가 시비조로 물었고, 김 이사가 애써 부연 설명을 했다.

"그게 아니면 별안간 잠수 타실 이유가 없잖아요. 우리 회장님이 어디 큰일을 앞두고 무책임하게 그럴 분입니까?"

"흠…… 뭔가 좀 께름칙합니다."

"뭐가요?"

"태풍 전야 같은 기분이 들어서요. 회장님께서 돌발행동을 하실 분이 아닌데 이런 일이 생겼다는 건…… 필경 무슨 일이 생긴 겁니다."

조 이사와 정 이사의 심각한 대화가 거슬려 오 이사가 버럭 호통을 쳤다.

"거 참, 왜 자꾸 사람들을 동요시켜요? 도 비서 오라 하세요."

오 이사의 부름을 받아 온 우영은 마치 청문회를 앞둔 것 같은 심정으로 이사진 앞에 섰다. 어차피 통화도 되었겠다, 사라진 회장님에 대해 보고해야 할 때였다. 그는 모두에게 정중히 인사한 후 차분하게 상황을 알렸다.

"죄송합니다. 지금은 자세한 말씀을 드리기 곤란합니다."

그로서도 백호의 행동이 의아하긴 마찬가지여서 뭐라고 설명해야 할지 난감했다. 문자만으론 안심할 수 없던 차에 마침내 통화가 되어 기뻤으나, 그 후로 또 전화를 받지 않아 애가 탔다. 목소리가 더없이 생생하던 걸로 봐선 정말 잘 지내고 계시는 것 같고…….

그렇다고 곧이곧대로 얘기하는 건 사태를 더욱 악화시킬 빌미를 주는 것이나 다름없었다. 이들은 회장님의 약점을 찾느라 혈안이 되어 있지 않은가. 정확한 사태 파악 전까진 함구하는 수밖에. 이사진보다 지금은 회장님의 심경을 살펴야 할 때였다.

도대체 회장님에게 무슨 일이 생긴 것일까?

"곤란하다는 말은 무슨 일이 생겼다는 뜻으로 받아들이면 되겠나?"

오 이사의 유도 질문에 우영은 쉽게 말려들지 않았다.

"회장님 명령이십니다."

김 이사가 근심이 가득한 얼굴로 물었다.

"회장님께서 어디 편찮으신 거 아닌가?"

"아닙니다. 건강엔 이상이 없으십니다."

정 이사가 참지 못하고 역정을 냈다.

"에잉, 대관절 무슨 일인데 그래? 이사진인 우리가 모른다는 게 말이 되는가?"

'뭔가 있다…….'

오 이사는 우영의 속내를 꿰뚫듯이 바라보다가 너그럽게 한발 물러났다.

"알았네. 기다리고 있겠네만, 오픈에 차질이 생겨선 안 되네."

"알겠습니다."

백호의 충직한 개 우영이 순순히 입을 열 리 만무했다. 우영이 숨기는 일을 재규가 알 리는 더더욱 없었다. 우영을 못마땅하게 쳐다보던 오 이사는 당최 백호의 꿍꿍이를 알 수 없어 답답했다.

❖　　❖　　❖

퇴근 후 차를 몰고 백호의 펜션 앞을 지나던 시온은 마침 차에서 내리는 그를 발견하고서 쌀쌀맞게 지나쳤다. 차는 곧 시온의 펜션 앞에 멈춰 섰고, 장 본 비닐봉지를 들고 차에서 내리는 그녀를 발견하고 백호도 인상을 우그러뜨렸다.

하필 옆 펜션일 게 뭔가. 악재가 겹친 격이었다.

양손 가득 비닐봉지를 들고 시온은 열쇠로 대문을 열었다. 하지만 대문을 열기도 전에 비닐봉지를 그만 놓치고 말았다. 비닐봉지 안에 들었던 물건들이 와르르 바닥으로 쏟아졌다. 쌀을 비롯해서 김치, 각종 통조림, 라면, 음료수, 간식거리, 사과, 바나나, 한라봉……. 한꺼번에 장을 봐온 게 무리였던 모양이다.

백호는 한심스러운 눈길로 시온이 허겁지겁 한라봉을 주워 담

는 모습을 지켜보았다. 생긴 건 더없이 다부진데, 하는 짓은 빈
틈투성이다.

"칠칠치 못하기는⋯⋯."

"주워줄 거 아니면 그냥 들어가라, 엉!"

"내 맘이야."

"뭐 저런 게 다 있냐?"

약 올리듯 말을 내뱉고는 대문 안으로 쏙 들어가 버리는 그가
너무나 얄미웠다. 그녀는 분에 못 이겨 손에 쥔 한라봉을 냅다
집어 던졌다.

"저런 게라니⋯⋯!"

마침 고개를 내밀며 항의하던 백호의 이마로 한라봉이 정통으
로 날아가 꽂혔다. 픽, 소리가 나도록 얻어맞은 그의 입에서 새
된 비명이 터졌다.

"어이쿠!"

"헉!"

다시 고개를 내밀 줄은 꿈에도 몰랐다. 깜짝 놀란 시온은 풀썩
제자리에 주저앉는 백호에게 후다닥 달려갔다.

"괜찮아?"

고개를 든 그의 이마가 빨갰다. 혹이나 안 나면 다행이리라.

"남자가 그걸 못 피하냐⋯⋯."

어찌하여 신은 무시무시한 시련 위에 무지막지한 이 여자를
얹어주신 걸까?

맞은 이마가 아파 핑 눈물이 도는 눈으로 백호는 시온을 원망

스럽게 바라보았다.

"자네…… 나한테 왜 이러나?"

❖　　❖　　❖

2014. 4. 11. am. 07:30. 제주

드디어 대망의 제주 메디컬 리조트 WT 오픈일.

백호의 펜션 앞에 선 시온은 손에 든 한라봉을 들여다봤다. 앞에는 웃는 얼굴이 그려져 있고, 뒤에는 메모가 적힌 한라봉.

—Sorry!

시온은 한라봉을 대문 앞에 놓아둔 뒤 흡족한 미소를 띠며 차에 올랐다. 병원에 가자고 해도 싫다, 약을 사다 준대도 됐다. 차갑게 외면하고 펜션으로 들어가 버린 그의 마음을 조금이나마 풀어주기 위해 그녀가 고안해 낸 화해의 손이었다.

이렇게까지 하는데 무슨 반응이 있겠지.

그가 화해의 손을 잡아주길 내심 기대하며 그녀가 떠난 지 얼마 후, 집 안에서 백호가 캐리어를 끌고 나왔다.

덜그럭, 덜그럭.

파릇파릇 잔디가 돋은 정원을 지나 아무 생각 없이 대문을 열었던 그는 한라봉을 발견하고 인상이 굳어졌다. 검은색 매직으로 그려 웃는 얼굴이 선명한 한라봉을 보자 간신히 가라앉혔던 열이 확 솟구쳤다. 다행히 혹은 나지 않았지만 솟구친 열로 이마가 불그스름해졌다.

"이 여자가 진짜!"

그의 발에 뻥 걷어 채인 한라봉은 길 한가운데에 툭 떨어졌고, 지나가던 차에 깔려 처참히 깨져 버렸다. 그렇게 시온의 기대감도 완전히 뭉개지고 말았다.

❖　　❖　　❖

플래카드가 걸린 무대 위에서 재규는 축하하기 위해 모인 하객들을 둘러보았다. 그의 뒤로는 전면이 유리로 된 리조트가 위풍당당하게 서 있었다. 5층의 곡선이 아름다운 리조트는 숲 속 한가운데 위치해 전체적으로 아담해 보였고, 메디컬 리조트에 걸맞게 온화한 분위기였다.

재규는 아버지의 부재에 위축되긴 했으나, 그렇기에 더더욱 이 시간을 붙잡고 싶었다. 아버지가 아니더라도 얼마든지 혼자 힘으로 할 수 있다는 걸 보여줄 수 있는 기회였으니.

'정말 잘할 수 있을까?'

수도 없이 심호흡을 했지만 많은 사람 앞에 선다는 건 언제나 긴장되었다. 모두 아버지를 등에 업고 위세깨나 떨던 놈이 얼마나 잘하나 보자는 심산일 게 뻔했으니까. 가슴이 뛰고 입안이 바짝바짝 말랐다. 다리가 후들거려 똑바로 서 있기도 힘들 지경이었다.

귀빈석 앞줄 중앙에 앉은 천일송 여사의 표정을 봐도 탐탁지 않은 듯했고, 다른 사람들 또한 별반 차이가 없었다.

그러나 수천 개의 시선보다 더 감당하기 힘든 건 의사 가운 차림으로 귀빈석 뒷줄에 앉은 혜미의 메마른 눈길이었다. 아버지를 이어 가장 강력한 실세인 이사진 대표, 오 이사의 외동딸. 긴 세월 재규의 가슴을 아프게 해온 여자. 재규는 온기라곤 없이 경멸과 멸시로 가득한 그녀의 눈빛에 더욱 주눅이 들었다. 초조함을 감추려 주먹을 꽉 쥐어보지만, 별 효과가 없었다.

"저는…… 회, 회장님을 대신해 이, 이 자리에 섰습니다."

그가 할 수 있는 말은 거기까지였다. 준비했던 말이 더 이상 떠오르지 않을 정도로 머릿속이 새하얘졌던 것이다. 이마로 식은땀이 쉴 새 없이 흘러내렸다.

말을 잇지 못한 채 손수건으로 연신 땀만 닦고 있는 재규를 보며 무대 뒤편 의자에 앉아 있던 오 이사가 비아냥거리듯이 중얼거렸다.

"자존심 세울 걸 세워야지. 그냥 보고 해도 될 것을 뭘 굳이 외우겠다고……."

쩔쩔매는 재규에게 여비서가 급히 인사말이 적힌 전문을 갖다 주었다. 하지만 그것이 재규의 자존심을 더욱 뭉개놓았다. 무시당하는 듯한 느낌에 재규는 비서를 노려보다가 그대로 단상을 내려가 버렸다.

재규의 돌발 행동에 객석이 웅성거렸고, 당황한 오 이사가 급히 앞으로 나와 인사말을 대신했다.

한편, 하객들 속에서 그 모습을 보던 백호는 인사말조차 제대로 하지 못하고 무대를 내려가 버리는 재규를 한심스럽다 못해 안타까운 눈길로 바라보았다.

리조트 호텔 특실. 그 안으로 우영이 조심스럽게 발을 들여놓았다. 소파에는 재규가 짐짓 무거운 얼굴로 앉아 있었다. 늘 그랬듯 우영을 바라보는 눈빛에 불신과 불만이 가득했다.

공손히 두 손을 모아 쥔 우영에게 재규는 대뜸 다그치기부터 했다.

"사실대로 얘기해. 뭐야?"

예상한 일이기라도 한 듯 우영은 침착했다.

"말씀드린 그대롭니다."

"문자 외에 겨우 전화 한 통만 했다? 아버지라고 확신할 수 있어?"

"납치되신 거라면 몸값을 요구했을 테니까요."

거기에 대해선 재규도 같은 생각이었다.

"그래, 납치라면 네가 아닌 내게 전화가 왔었겠지. 누구 머리에서 나온 거야?"

"예?"

"오늘이 얼마나 중요한 날인지 알면서, 나한테 다 떠맡기고 아버지나 너나 너무 무책임한 거 아니냐구. 날 골탕먹일 심산이 아니라면 이럴 순 없어. 안 그래?"

아버지가 자신을 시험한다는 생각밖에 들지 않았다. 모두의 앞에서 비웃음을 살 걸 알면서 말이다. 공개적인 망신은 물론이고, 아버지의 부재에 대한 압박감에 못 이겨 재규는 그만 자제력을 잃고 말았다.

"오실 거라고 했습니다."

우영은 그렇게 믿고 있었지만, 재규는 그의 말을 믿을 수 없었다. 분을 가라앉히지 못해 파르르 떨리는 입술로 재규는 매섭게 경고했다.

"아버지가 안 계시면…… 너도 무용지물이야."

"……."

"아버지한테 전해. 아버지 아니면 아무것도 아닌 너. 그냥 잘라도 되겠냐…… 내가 묻더라구. 나가봐."

모멸감으로 우영은 대꾸할 말조차 잃은 채 조용히 고개를 숙이고 방을 나갔다. 한두 번 당하는 일도 아닌데 상처는 그 어느 때보다 심했다. 누구보다 지금 이 사태에 직면해 있는 사람은 우영이었다.

아침부터 저녁까지 한 몸처럼 붙어 다니던 회장님의 부재.

말 못 할 사정이 생긴 것만 알 뿐, 영문도 모르는 상황에서 재규의 말마따나 자신이 무용지물이 된 것 같아 마음이 괴로웠다. 아들인 재규보다 훨씬 더 회장님을 잘 안다고 자부했었다. 회장님 또한 자신을 전적으로 믿고 있다고 생각했었다. 그런데 전부 착각이었나 보다.

누구라도 너무 지치면 모든 걸 손에서 놓고 떠나고 싶은 충동이 일 터였다. 처음엔 회장님도 그런 것이라 가볍게 여겼다. 시간이 지날수록 그게 아니란 걸 절실히 알게 됐지만.

　무거운 마음으로 호텔 로비를 지나 밖으로 나가던 우영은 프런트에서 엘리베이터로 걸어가는 백호를 무심코 쳐다보았다. 푹 눌러썼던 모자를 벗고 흘러내린 머리를 쓸어 올리는 그를 보는 순간 가슴이 덜컥 내려앉았다. 백호의 젊을 적 모습과 똑 닮은 남자였다. 우영의 머릿속으로 월남전 사진, 결혼사진 등 백호의 젊은 시절 모습이 빠르게 스쳐 지나갔다.

　멍하게 그를 바라보던 우영은 뒤늦게 달려가 봤지만, 한발 늦고 말았다. 이미 엘리베이터 문은 닫힌 뒤였으니. 층수를 확인하던 그는 불현듯 내가 뭐 하는 건가 하는 자괴감이 들었다.

　'착각할 게 따로 있지.'

　회장님이 안 계신 게 이토록 심적 부담이 클 줄 몰랐다. 엘리베이터 앞에서 힘없이 돌아서며 그는 그리움이 잔뜩 묻어나는 어투로 중얼거렸다.

　"정신 차려라, 도우영. 네가 기다리는 사람은 저렇게 시크한 젊은 남자가 아니야. 가슴보다 배가 더 나오고, 깐깐하고 잔소리 대마왕에, 불쌍한 사람이든 버릇없는 사람이든 그냥 못 지나치는…… 회장님이라구."

　리조트 호텔 409호실. 방 안으로 들어선 백호는 여권을 탁자 위에 올려놓았다. 당연히 그것은 상어가 보내준 위조 여권이었다.

그는 커튼을 활짝 젖히고 창가로 가 전경을 살폈다. 한라산의 우거진 숲 사이로 오솔길 모양의 산책로가 이어져 있었다. 설계부터 완공이 되기까지 그의 땀방울이 고스란히 배어 있는 리조트를 보자 벅찬 가슴을 가눌 길 없었다.

그의 숙원이던 메디컬 리조트가 마침내 세워졌다. 이곳을 통해 세계 많은 이들이 몸과 마음의 치유를 얻게 될 것이다.

진짜 시작은 이제부터다.

리조트도, 그의 달라진 인생도.

그의 모습을 거실 천장의 조명등 하나가 카메라처럼 비추고 있었다.

—보고서 1

스탠드만 밝힌 어두운 방. 누군가가 노트북 앞에 앉아 타이프 치는 데 열중하고 있었다.

—이름 : 백태성, 영어명 테오도르(Theodore)
나이 : 30세(1985년 9월 8일생)
국적 : 미국

직업 : 미국 투자회사 '하임(ayyim) IC' 직원

부친 : 백호

모친 : 문지숙(사망)

'태' 자를 '테'로 쳤다가 정정한 감시자는 그 아래로 입실부터 시작해서 백호의 행적을 고스란히 적어 내려갔다. 간단한 메모 위주의 보고였지만, 꽤 세세히 그의 동향이 적힌 걸로 봐서 객실 조명등에 숨긴 카메라 외에 가까이에서 누군가 백호를 감시한 듯했다.

받는 사람 메일명 'Janus'.

완성된 메일은 곧 한국말로 '야누스'라는 이름의 누군가에게로 전송되었다.

제3장

　1년 전, 네팔 안나푸르나 산 중턱을 오르는 세 남자가 있었다. 사람 얼굴을 못 알아볼 정도로 흩날리는 거센 눈발 속에서 젤리를 쫓고 있는 원석과 그의 뒤를 따르는 강인태였다. 눈사태가 날 듯 산의 조짐이 심상치 않아 원석이 인태를 향해 소리쳤다.

　"위험해요! 돌아가요!"

　"같이 가자. 더 올라갔다간 죽어!"

　"가세요, 어서! 첸!"

　"혼자 갈 수 없어!"

　그때, 젤리가 연달아 쏜 총소리가 산을 울렸다.

　쿠르르릉!

　천지를 뒤흔드는 소리가 들리더니 우려했던 눈사태가 나기 시작했다. 엄청난 굉음과 함께 그들 위로 무섭게 쏟아지는 눈을 바라보는 두 사람의 눈 속에 공포가 어렸다.

인태가 한 사람이 들어갈 만한 바위틈으로 원석을 급히 밀어 넣는 순간, 눈에 휩쓸려 사라졌다. 바로 눈앞에서 사라져 버린 인태 때문에 원석은 크나큰 충격에 빠지고 말았다.

그렇게 정보원이던 인태를 잃었다. 그리고 원석은 지금 인태의 딸 시온이 묵는 펜션 앞에 서 있었다. 그는 심각한 표정으로 어제 안 부장을 만난 일을 회상했다.

안 부장의 전화를 받고 간 곳은 기암절벽이 이어진 외딴 장소. 그 아래로 득달같이 달려드는 사나운 바다가 하얀 갈퀴를 고스란히 드러냈다. 그곳을 무연히 내려다보는 안 부장의 눈빛에 사나운 바다만큼이나 시퍼런 서슬이 맺혀 있었다. 오직 젤리를 잡아야겠다는 일념, 그것만이 도사린 눈빛이었다.

원석이 안 부장을 만나는 건 인태가 죽고 국정원을 관둔 후 처음이었다. 이젠 완전히 끝났다고 생각했다. 그런데 시온이 나타난 직후라 안 부장의 연락은 불길함 그 자체였다.

우두커니 보고만 있는 그에게 딱딱한 어조로 안 부장이 먼저 인사를 건넸다.

"오랜만이군."

"1년 2개월, 6일 만이군요, 정확히."

"여전하군."

"용건이 뭡니까?"

"다시 돌아올 생각 없나?"

그 말을 듣는데 원석의 심장이 툭 떨어졌다. 안 부장이 직접 찾아와 제안할 정도면 뭔가 심각한 일이 벌어졌다는 뜻이었다.

원석이 대답이 없자 안 부장이 쓰게 인상을 썼다.

"젤리를 놓쳤어. 1년 전 네팔에서 놓쳤던 그 젤리 말이야."

젤리. 그놈을 쫓다가 인태가 죽었다.

원석은 그때 생각에 신경이 바짝 곤두섰다.

"잊으셨습니까? 국정원 나오면서 제가 했던 말."

"잊을 리 있나. 다신 사람 죽이는 일 안 할 거다 그랬지, 자네가. 근데 그건 아나? 한 놈을 죽이지 않으면 수많은 사람이 죽어."

"내 가족, 내 친구도 못 지키는데 무슨 나라의 안녕과 세계의 평화요. 더 이상 위선 떨기 싫습니다."

"놈이 '야누스'를 훔쳐 갔어."

결국, 놈들에게 빼앗긴 것인가.

그 빌어먹을 약 때문에 얼마나 더 많은 사람이 희생해야 한단 말인가.

순간 원석의 마음 깊이 도사리고 있던 분노가 꿈틀, 고개를 들었다.

상념에서 빠져나온 원석은 펜션의 불이 꺼지자 차에 올랐다. 안 부장에게 한 대답에 대해 아직도 확신이 서지 않았다.

'당신 아버지가 그랬어. 선택의 순간이 오면 옳은 걸 택하라고. ……과연 난 옳은 걸 선택한 걸까?

❖　❖　❖

　오전 6시. 어제부로 백태성이 된 백호는 오늘도 어김없이 정확한 시각에 잠에서 깨어났다. 그가 가장 먼저 한 일은 거울 앞에서 확인을 하는 것이었다. 하지만 곧 깊은 좌절감에 휩싸였다. 젊어진 그대로, 변한 건 아무것도 없었다.

　"괜찮아. 괜찮고말고. 괜찮다마다."

　스스로를 컨트롤하듯 주문처럼 중얼대던 태성은 얼마 후 가방에 수영복을 챙겨 방을 나갔다. 수영을 마지막으로 한 지가 5년 전. 어려서부터 만능 스포츠맨이었고, 체력 면에선 그 누구에게도 뒤지지 않는다 자부했었다. 골프를 제외하곤 그나마 마지막까지 꾸준히 했던 운동이 수영이었다. 그래서인지 다시 젊어지고 나니 그만뒀던 수영 생각이 간절했다.

　그는 엘리베이터 앞으로 가 올림 버튼을 눌렀다. 수영장에 가기 전 먼저 확인할 게 있었다. 5층에서 내려 옥상으로 올라가는 계단을 밟아 문 앞에 도착했을 땐 설렘으로 가슴이 두근거렸다.

　호텔 옥상은 그가 설계 때부터 특별히 신경을 쏟은 공간이었다. 열쇠는 없었지만, 혹시 열려 있을까 하는 기대감으로 문고리를 잡았다. 역시나 문은 잠겨 있었다. 옥상은 애초에 출입금지를 시켜놓은지라 한편으론 꽉 잠긴 문이 안심되었다.

　태성이 아쉬운 표정으로 돌아섰다. 옥상에서 누군가 인기척을 듣고 재빨리 나무 뒤로 몸을 숨겼다는 걸 조금도 눈치채지 못한 채.

한창 몸 푸는 데 정신이 팔린 태성의 옆으로 수영복을 입은 시온이 다가왔다. 굳이 의도한 건 아니었지만, 이곳 리조트에서 일하게 되었으니 알뜰살뜰히 시간을 쓰기로 했다. 그래서 이른 아침에 수영을 하러 온 것이다.

수영장에 들어서자 여자들의 시선이 한곳으로 모여 있기에 무슨 일인가 하고 봤더니, 몸매 과시라도 하듯 과하게 몸을 푸는 사람이 바로 그였다.

며칠 전 은근히 사과에 대한 답이 있을 것으로 기대했던 그녀는, 그가 떠났다는 것을 알고 무척 서운해했었다. 메모라도 남겨놓으면 좀 좋았을까. 한데 메모는커녕 매너라곤 눈 씻고 찾아봐도 없는 남자였다. 그런데 인사 한마디 없이 사라진 그를 뜻하지 않게 리조트 수영장에서 만난 것이다. 제주 바닥이 좁기로 이렇게 또 만나다니, 인연은 인연인가 싶었다.

그나저나 과한 몸풀기가 우쭐해 하는 것처럼 보여 절로 웃음이 나왔다. 실력은 갖추고 저러는 건지.

"우쭐할 실력은 되시고?"

'엇! 그 여자!'

태성은 갑자기 나타난 시온 때문에 흠칫 놀랐지만, 아무렇지 않은 척 거드름을 피웠다.

"수영 실력을 말하는 거라면, 당연히 내가 왕년엔 물개 소리깨나……."

한라봉을 정말 보긴 한 걸까?

정작 그녀가 궁금한 건 사과를 제대로 받아들였을까 하는 것이었다.

"간 건 한라봉인데 돌아오는 건 물개 타령?"

"아, 그거."

태성은 걷어채여 자동차 바퀴에 깔린 한라봉을 떠올리며 재빨리 둘러댔다.

"먹었지. 고이고이 간직하고 싶었지만. 썩혀 버리는 것보단 맛있게 먹어주는 게 예의인 것 같길래."

"먹튀네."

"먹, 뭐라구?"

"먹고 튀었으니까 먹튀. 기껏 손발 오그라지도록 사과했더니. 그렇게 예의 따지면서 말도 없이 가냐? 사람이면 그럴 순 없는 거다, 진짜."

그녀로서는 어렵게 사과한 것일 수도 있는데 너무 무시했나 싶은 생각이 들었다. 약간 찔린 태성이 시원스레 제안했다.

"좋아. 수영해서 자네가 이기면 정식으로 사과를 받아주지."

"시작."

그의 말이 떨어지기가 무섭게 재빨리 수경을 낀 시온이 거침없이 풀장 안으로 다이빙했다. 태성도 질세라 냉큼 입수했다. 아무려면 코찔찔이 시절부터 해왔던 수영 실력이 여자 앞에서 무너지겠는가.

'겁도 없이 맞먹어.'

코가 납작하게 이겨주리라.

필사적으로 시온을 쫓아가던 태성이 풀장 한가운데에 다다랐을 때였다. 별안간 다리가 뻣뻣해지더니 이루 말할 수 없는 통증이 몰려왔다. 다리에 쥐가 난 것이다. 이런 사태는 전혀 생각지 않았던지라 매우 당황스러웠다.

겨우 쥐가 났기로 호들갑을 떨 수 없었던 그는 체면상 최대한 점잖게, 아무 일 없는 척 풀장 밖으로 나가려 했다. 불행히도 몸이 따라주지 않는 바람에 허우적대느라 물만 잔뜩 먹는 꼴이 되고 말았지만.

그뿐인가. 어느 틈엔가 헤엄쳐 온 그녀에게 구조되는 상황까지 벌어졌다.

'이게 무슨 개망신이야.'

그는 시온에게 볼썽사납게 끌려 나가며 깨달았다. 겁도 없는 여자에겐 왕년도 안 통한다는 것을.

수영장 휴게실에 앉아 컵라면을 먹는 시온 옆에서 태성은 물만 홀짝였다. 아침부터 위장에 라면을 밀어 넣는 그녀를 딱한 시선으로 바라보면서. 젊었을 땐 그도 무분별한 식습관을 일삼았었다. 중년이 되어 몸이 예전 같지 않다는 걸 느꼈을 때부터 건강관리를 위해 식습관을 바꾼 덕에 젊은 사람 못지않게 체력을 유지했지만. 하지만 노인이 되자 눈에 띄게 줄어든 체력을 절감해야 했다. 그러고 보면 젊음이란 인간에게 있어 얼마나 큰 축복인지.

"한라봉 생까서 인생은 편안하시고?"

한라봉을 걷어찬 걸 알면 저 정도로 끝나진 않을 터. 그럼에도 반말이 거슬려 그는 엄하게 꾸짖었다.

"한라봉으로 어디 얼렁뚱땅. 사과는 정중히, 온 마음을 담아 입으로 하는 거네."

꼬불꼬불한 라면 가락을 입에 문 채 서서히 표정이 일그러지던 시온이 단번에 후루룩 삼키고는 진지하게 물었다.

"질문."

"뭔가?"

"말투가 왜 그래? 큰 충격먹은 일 있었어? 아. 제주도 온 이유가 그것 때문이야?"

"그것 때문이라니?"

"치료."

현재 상태를 생각하면 당연히 필요했다. 마음 같아선 당장에라도 정밀검사를 받고픈 심정이었다. 하지만 갑자기 젊어진 몸이 정상일 리 없었고, 솔직히 그는 자신의 몸 상태를 정확히 알게 되는 게 두려웠다.

갑자기 몰려드는 걱정으로 그의 목소리가 금세 시들해졌다.

"치료를 받긴 받아야겠지."

"거 봐. 아파서 온 거 맞네. 왜? 정신과 치료로도 안 된대?"

"뭐야! 정신병자 취급이네, 아주."

"쯧쯧쯧. 맞네, 맞어. 정신병자가 나 정신병자요, 인정하진 않지. 의사는 뭐래? 가망은 있대? 이렇게 돌아다녀도 된대?"

말을 해도 정말 얄밉게 하는 여자다. 자기 맘대로 떠들고는 태연히 라면을 먹는 그녀를 못마땅하게 노려보며 그도 반격에 나섰다.

"기운 펄펄해서 아픈 것 같진 않고. 성형하러 왔나?"

"아휴, 이게 견적 나올 얼굴이야? 좌우 대칭 퍼펙트한 거 안 보여?"

중증이다 싶다.

"자네도 검사 한번 받아봐야겠구먼. 세밀히, 구석구석, 세포 하나하나. 뭔 인간 구성이 이 모양이야?"

"온 김에 정말 해봐? 직원이면 DC해 주려나?"

"직원?"

"트레킹 가이드. 특별히 스카우트된 귀한 몸이시지."

대체 인사관리를 어떻게 하는 건가! 아무리 계약한 에이전시 소속이라 해도 이런 여자가 리조트 직원이라니!

도저히 있어서도 안 되고, 있을 수도 없는 일에 태성의 얼굴이 돌처럼 굳어졌다.

❖ ❖ ❖

호텔 식당에서 접시에 음식을 담아 테이블로 돌아가던 천일송은 문득 걸음을 멈추었다. 길게 줄을 선 사람들 틈에서 백호를 봤기 때문이었다. 반백의 노인이 아닌 젊을 때의 모습 그대로를 쏙 빼닮은 청년이었지만, 소름이 돋을 만큼 똑같았다. 그냥 닮은 정도가 아니라 젊은 시절의 백호를 보는 듯했다.

백호가 누구인가. 일송이 6.25 때 가족 중 유일하게 혼자 아버지를 따라 부산으로 피난 왔다가, 그곳 토박이였던 백호 가족과 만나면서 지금까지 오누이처럼 산 친구였다. 어린 시절부터 줄곧 봐온 터라 그의 엉덩이에 커다란 점이 있는 것과 베트남전에서 얻은 총상 위치까지 알고 있었다. 뿐인가. 한평생을 함께 해온 친구여서 눈빛만 봐도 무슨 생각을 하는지 아는 사이였다.

우영의 말이, 백호에게 급한 일이 생겨 리조트에 오려면 시간이 좀 걸릴 거라 해서 가뜩이나 걱정하고 있던 참이었다. 통화도 꺼릴 만큼 리조트 오픈보다 더 막중한 일이 무엇일지 궁금했다. 그러던 중에 신기하리만치 닮은 청년을 보자 가슴 한구석이 서늘해졌다.

그에게 가려고 급히 걸음을 떼던 일송은 지나가는 누군가와 심하게 부딪혔다. 엉덩이만 간신히 가린 미니스커트 차림의 여자였다. 접시는 바닥에 떨어져 와장창 요란한 소리를 내며 깨졌고, 음식물은 그 여자의 옷에 몽땅 쏟아졌다.

한편 한정판 옷인 데다 처음 입자마자 봉변을 당한 여자, 제시카는 화가 머리끝까지 났다. 재미교포로 한국말이 서툰 그녀는 영어로 신경질을 바락 내었다.

「눈을 어따 달고 다니는 거야?」

"미안합네다, 아가씨."

「이게 얼마짜린지 알아? 한눈팔고 있음 어떡해?」

소란을 듣고 직원이 부리나케 달려왔다.

103

"괜찮으십니까?"

「노인들은 좀 따로 먹게 하면 안 돼? 거치적거리잖아.」

"예?"

황당해하는 직원을 노려보던 제시카가 입맛이 뚝 떨어져 옷을 탈탈 털더니 식당을 나가 버렸다.

도가 지나친 그녀의 행동에 개탄해 마지않던 일송이 뒤늦게 태성을 돌아봤다. 그러나 그는 이미 어디론가 사라진 후였다.

"할머니, 괜찮으세요?"

태성과 줄을 서 있다가 상황을 지켜보던 시온은 중간에 나서려다가 그의 저지를 받았었다. 다행히 직원이 와 해결되었지만, 난처한 상황에 몰린 할머니가 가여워 지나칠 수가 없었다. 그의 손을 뿌리치고 할머니에게로 간 시온이 할머니의 치마에 튄 음식물을 털어주었다.

"일행 없으세요? 제가 음식 좀 담아다 드릴까요?"

시온을 찬찬히 보던 일송이 흐뭇하게 미소를 지었다.

"젊은 사람이 친절도 하구만기래."

"할머니, 마음 푸세요."

할머니를 도와 음식을 챙겨 자리까지 안내해 준 후에야 시온은 원래 서 있던 자리로 돌아왔다. 그런데 그때는 어디에서도 태성은 보이지 않았다.

"어디 갔지? 줄 좀 서 있으라니까."

"누구 말이요?"

"닭똥집 친구요."

자기도 모르게 그렇게 대답하고는 시온이 멋쩍게 웃었다. '닭똥집 친구'가 백호일 줄 일송은 꿈에도 몰랐을 일이다.

「이봐!」

투덜대며 복도를 걸어가던 제시카는 거칠게 홱 돌아섰다.

「나 말이야?」

뚜벅뚜벅 다가온 태성이 그녀의 손에 백만 원권 수표 한 장을 쥐어주었다.

「뭐, 뭐야, 이게?」

「한국 돈 처음 봐? 옷은 이걸로 해결됐겠고, 가서 그 할머니한테 정중히 사과해.」

일순 제시카의 표정이 싸늘해졌다.

「내가 왜? 난 잘못한 거 없어.」

「젊어서 노인 공경은 늙은 너한테 하는 거나 똑같아.」

「그게 무슨 뜻이야?」

「너도 언젠가 늙는다는 뜻이야. 알아들어?」

제시카는 충격이라도 받은 양 얼굴이 붉으락푸르락해지더니 방방 뛰었다. 게다가 흥분하니 자기도 모르게 어색한 한국말이 터져 나왔다.

"난 늙지 않았어! 쭈글쭈글 주름 없어, 내 얼굴!"

말귀를 잘 못 알아듣는 그녀 때문에 그만 황당해진 태성이었다.

두 사람이 승강이를 하는 그때에 그들 옆으로 룸서비스 직원이 트레이를 끌고 지나갔다. 선한 인상의 그였지만, 무표정한 얼굴로 젤리를 질겅질겅 씹어 먹는 모습이 어딘지 모르게 음산하기 짝이 없었다.

"자넨 정말 약을 가져간 사람이 백호 회장일 거라고 생각하나?"

젤리가 약을 통째로 잃어버렸다는 첩보를 입수한 국정원장이 심란한 낯빛으로 묻자, 안 부장이 대답했다.

"그날 예술의 전당에 있던 관객 전부를 다시 조사했습니다. 백호 회장만 별안간 잠적했더군요. 핸드폰 추적이 되질 않습니다. 계속 꺼져 있어요."

"음."

일이 심각하게 꼬이고 있었다. 백호 회장과 도우영이 유일하게 검문을 피해갔다. 그리고 백호 회장의 잠적. 더 놀라운 것은 제주 메디컬 리조트 고객 프로필을 죄다 조사한 결과 백태성이란 자가 리조트에 묵고 있었고, 그가 백호 회장의 아들이라는 것이었다.

백호 회장에게 숨겨둔 아들이 있었다니! 사건의 중대성을 봐선 큰 수확이었지만, 백호 회장에게 숨겨둔 아들이 있었다는 건 경악할 일이었다.

"난데없이 아들인 백태성이 나타났다는 건……."

"그건 나도 놀랍더군. 감쪽같이 세상을 속였어. 그런 쪽으론 깨끗하기로 소문난 양반 아닌가. 정말 믿을 사람 하나도 없구만."

"백 회장이 약의 정체를 알고 있다고 보십니까?"

미리 알고 잠적을 한 것이란 가정하에 한 질문이었다. 지금으로선 그보다 더한 의심을 해도 부족했으니.

"글쎄. 알고 있다 해도, 상대는 백호 회장이야. 섣불리 건드릴 상대가 아니란 얘기지. 잘못 건드렸다간 우리 쪽에 대수술을 감수해야 해. 듣기론 백 회장이 정보력이 꽤 괜찮다고 하더군. 국내외 호텔만 열두 개야. 그의 뒤엔 막강한 인맥이 있어."

"한데 이상하지 않습니까? 정부에 그다지 협조적이지 않은 건 압니다만, 만약 약의 정체를 알고 있었다 해도 숨길 이유가 있을까요?"

국정원장이 알고 싶은 것도 그거였다. 백호 회장이 갑자기 사라진 이유, 그리고 이제껏 숨겨두었던 아들을 제주도로 보낸 이유가 과연 무엇일까? 정말 그가 약을 가져가긴 한 걸까?

아무래도 백태성을 보낸 시점이 애매했다. 만약 백재규가 못 미더워 백태성을 보낸 거라면 백재규를 후계자로 내세우기 전이어야 한다. 중요한 시점에 백 회장이 무슨 생각으로 숨겨둔 아들을 홀로 제주도로 보냈는지 의문이었다.

백태성과 직접 접촉하여 약에 대해 묻는 건 위험했다. 약은 어느 누구에게라도 비밀이어야 했으므로. 백호가 몸을 숨긴 이상 백태성에게 직접 그의 행방을 묻는 건 요원했다. 차라리 백태성을 이용해 약의 행방을 찾는 게 빠를 것이다. 만약, 백호와 태성이 약과 상관없다면 마찰 없이 조용히 철수하면 그뿐. 상대가 일반인이 아닌 백호 회장이라는 게 그들에겐 더없이 부담이었다. 함부로 의심할 수도, 의심하지 않을 수도 없는 상황이었기 때문이다.

"이제부터 알아내야지. 젤리에게 명단을 흘렸다구?"

"예. 아마 지금쯤 제주에서 백태성을 지켜보고 있을 겁니다."

"백태성을 붙잡고 있으면 백 회장도, 젤리도 걸려들 때가 있겠지. 백태성은 미끼고, 우리의 최종 목적은 젤리를 잡는 거야. 무슨 말인지 알겠나?"

"예, 원장님."

"이번에 실패하면 자네나 나나 제일 먼저 수술대에 올라야 한다는 걸 명심해."

리조트 '수(水)' 치료장에선 아쿠아라나 시간이 한창이었다. 리조트 내 최고 시설인 수 치료장은 고객들 사이에서 큰 인기였다. 물로 심신을 치료한다는 것도 새로웠고, 실제 그 효과도 뛰어났다.

시온이 가이드하는 사람들 중엔 냉정한 분위기의 30대 부부 민철과 윤애, 그들의 딸 규림도 끼어 있었다. 규림은 새아빠인 민철과 데면데면했고, 엄마 윤애와도 그다지 사이가 좋지 않았다. 그들은 아쿠아라나에도 통 관심이 없는 듯했다.

정작 그 누구보다 아쿠아라나에 큰 관심과 기대로 부푼 사람은 시온이었다. 처음 접하는 수 치료가 정말 신비로웠다. 제주도로 오는 비행기 안에서 본 기사로 그녀는 수 치료에 대한 정보를 이미 알고 있었다. 그녀는 호기심에 그 수 치료라는 걸 꼭 경험해 보고 싶었던 것이다.

아쿠아 테라피스트들의 안내로 따뜻한 물속에 들어간 그녀는 부유 도구를 이용해 물에 몸을 맡겼다. 테라피스트가 살며시 등과 팔다리를 마사지하자 점점 시간이 지남에 따라 몸도 마음도 평안해졌다.

2단계가 되자 부유 도구를 제거하고 물속에 좀 더 깊이 몸을 담근 채 마사지가 이루어졌다. 테라피스트가 목과 무릎 아래 손을 둘러 그녀의 코가 물에 잠기지 않도록 지탱해 주었다.

2단계는 1단계보다 더 많은 동작이 가해져 테라피스트가 시온의 팔과 다리만을 잡아 운동을 시켰다. 그 상태가 계속되자 시온은 정신이 점점 맑아지고 마치 엄마의 태반 속에 들어 있는 것 같은 묘한 기분에 휩싸였다. 몸과 마음이 같이 치료가 되는 것이다.

치료가 끝날 무렵엔 한동안 몽롱한 기운을 떨칠 수 없었다. 마치 차원이 다른 경계선에 머물러 있는 듯한 느낌이었다. 한마디로 황홀지경이었다.

치료를 마치고 나온 그녀는 색다른 치료법에 감동한 듯 낙원이 따로 없다는 표정이었다. 리조트에 왔을 때 가장 하고 싶었던 프로그램이어서 만족감이 더했다.

사람들이 옷을 갈아입고 나오길 기다리며 그녀는 잠시 소파에 앉아 있었다. 그런데 따가운 시선이 와 닿아 고개를 돌리니 조금 떨어져 앉은 규림이 시온을 쳐다보고 있었다.

"왜? 뭐 할 말 있니?"

"가이든지 관광객인지 헷갈려서요."

내심 찔려 시온은 슬그머니 딴소리를 했다.

"야, 여기 끝내주지 않니? 맨날맨날 이러고 살고 싶다."

"인생이 뭐 판타진가."

"올~ 현실주의자시로군, 우리 10대 청소년께선."

"환상은 이미 깨진 지 오래여서요."

남남처럼 뚝 떨어져 앉은 부모를 보며 쌀쌀맞게 뇌까리는 규림의 얼굴에서 스산한 슬픔을 느낀 것은 착각이었을까.

대꾸할 말을 찾던 시온의 옆에 기찬이 앉으며 음료수를 쓱 내밀었다. 기찬 때문에 시온의 모습이 가려지자 규림은 시선을 거두어 가방 안에서 디카를 꺼내 그간 찍었던 사진을 들여다봤다. 영화감독이 꿈인 그녀는 카메라로 무언가를 찍는 게 습관처럼 배어 있었다.

"산 타는 거에 비하면 많이 정적이죠?"

자연스럽게 화제가 바뀌자 시온은 금세 규림 생각을 머릿속에서 지웠다.

"색다른 재미가 있네요."

"취향에 잘 맞나 봐요? 온몸으로 즐기는 걸로 보아."

그녀는 뻔뻔하게 대답했다.

"몸소 실천하는 게 배어서요."

캔 뚜껑을 따며 기찬이 짐짓 의아한 표정을 지었다.

"참 신기하단 말야."

"뭐가요?"

"절대 팀장님 스타일 아니거든. 어떻게 알게 된 거예요?"

기찬은 원석과 시온의 관계가 몹시 궁금했다. 원석이 비밀이 많은 사람이긴 해도 스카우트할 정도면 사전에 이야기가 있었을 법한데, 그러기엔 시온이 너무 생소한 인물이었다.

"팀장님이 얘기 안 해요?"

"절대 안 해요, 자기 얘기. 알려고 드는 것도 싫어하고. 신비주의가 콘셉트인 듯."

"우리 아빠랑 아는 사이래요."

"그게 다예요?"

그는 다른 걸 기대했던 듯 실망한 표정이 역력했다.

"네. 짝사랑이나 과거, 현재, 미래의 연인 중 하나다, 뭐, 그런 진부한 스토린 아니네요, 다행히도. 그리고 솔직히 즐기면서 한다고 일 소홀한 적 없어요, 나."

그녀의 항변에 인정한다는 듯 그가 하하 웃었다.

"그래도 눈치껏 해요. 여긴 보고 듣는 눈과 귀가 많은 곳이니까."

그의 융통성이 마음에 드는지 시온도 애교 있게 눈을 찡긋했다.

"시력 좋은데 눈치까지 좋아요, 내가."

❖   ❖   ❖

레스토랑은 빈자리가 없을 정도로 손님들로 꽉 차 있었다.

점심 식사를 하기 위해 레스토랑에 온 태성은 모자를 푹 눌러 쓴 채 매니저에게 VIP실에 자리가 있는지 확인했다. 매니저가 확인하는 사이, 그는 안쪽에서 걸어오는 재규를 발견하고 가슴이 쿵 떨어졌다. 이런 데서 만나게 될 줄은 몰랐던 탓이다.

'날 알아볼까?'

행여나 하는 마음으로 재규와 눈을 마주쳤지만, 재규는 의심은커녕 무심한 얼굴로 지나쳐 갔다. 아버지가 사라졌는데도 전화 한 통 없을 정도로 매사에 무관심한 녀석이니 당연한 결과이리라. 그런데도 내심 알아봐 주길 기대했던 태성은 허탈감을 감출 수 없었다.

방금 지나친 남자가 아버지라는 사실을 꿈에도 모른 채 레스토랑 밖으로 나가던 재규는 마침 들어오는 오 이사와 혜미를 만났다. 재규의 인상이 절로 굳어졌다.

달가운 사람이 전혀 아니어서 혜미는 싸늘하게 목례만 하고 먼저 안으로 들어가 버렸다. 무참한 기분으로 서 있는 그에게 오 이사가 넌지시 말을 걸었다.

"혼자 식사하시는 줄 알았으면 같이할 걸 그랬습니다."

"혼자 먹는 게 편해서요."

재규의 차가운 대꾸에 오 이사는 떨떠름한 표정을 지었다. 도무지 정이 안 가는 놈이라는 듯.

"그러시다면야 뭐. 그럼."

오 이사가 들어가고 나서야 재규는 금방 자신의 행동을 뉘우쳤다. 매사 쫓기는 사람처럼 여유라곤 찾아볼 수 없고 너그럽지도 못한 자신이 정말 못마땅했다. 이럴수록 자신만 손해라는 걸 알면서 어째서 입만 열면 본심과 다르게 나오는지 답답하기 그지없었다.

❈   ❈   ❈

스테이크를 썰어 예쁘게 입에 넣는 혜미를 오 이사는 뿌듯하게 바라보았다. 제주도에 메디컬 리조트를 짓는다고 했을 때부터 자원하겠다던 딸은, 미용성형센터의 성형외과 의사였다. 어려서부터 반듯하고 수재였던 아이다. 재규에게 주기엔 너무나 아까운 딸. 그렇기에 더더욱 WT의 주인이 되어야 할 딸. 이제껏 확신한 일에 실패한 적이 없었던 그는 혜미도 그러하리라 믿어 의심치 않았다.

"있어보니 어때? 차기 센터장 될 자신이 생겨? 아니지. 센터장으로 그치기엔 우리 딸이 너무 아깝지. 하하."

"아빠."

오 이사는 성급하게 딸의 말을 막았다.

"걱정하지 마. 아빠가 있잖아."

그녀도 감정 상하기 싫어 슬쩍 말을 돌렸다.

"회장님은 왜 아직 안 오시는 거예요?"

"노망났나 봐."

"노망나길 바라는 건 아니고요?"

혜미가 정곡을 찌르자, 오 이사는 속으로 뜨끔했다.

"신경 쓸 거 없어. 이제 곧 뒷방 늙은이 신세일 텐데, 뭘."

"호랑이는 호랑이예요. 회장님 모르세요? 뒷방에 가만히 물러앉아 계실 분이 아니라고요."

"맹수도 늙어 이빨 빠지고 털 빠지면 집에서 키우는 개보다 못한 거야."

"아빠!"

그녀는 오 이사의 비열함이 속상했다. 저 욕심이 언젠가는 큰화를 불러일으키리라.

"오랜만에 같이 밥 먹는 거야. 먹자, 어서."

오 이사가 달래듯 혜미를 구슬렸고, 그녀는 억지로 불편한 마음을 억눌렀다. 도무지 끝날 것 같지 않은 전쟁에 체할 것처럼 속이 메슥거렸다.

"누구예요? 날 찾는다는 사람."

수 치료장에서 고객들을 인솔해 나오자마자 원석의 전화를 받은 시온이 의아하게 물었다. 제주도에 아는 사람이 없을뿐더러 있다고 해도 원석을 통해 전화할 리 없었다.

[백태성 씨. 아는 사람 아닙니까?]

'그 남자 이름이 백태성인가?'

언뜻 떠오르는 사람이 그 괴상망측한 남자뿐이라 시온은 안색이 착 가라앉았다.

"불길한 사람이 한 명 있긴 한데……."

불길한 사람이란 말에 원석이 그녀의 말허리를 잘랐다.

[왜요? 뭐 문제 있어요?]

"아, 아니에요. 근데 무슨 일이래요?"

[개인 가이드 요청이 들어왔어요. 괜찮으면 내가…….]

"아니에요, 제가 해요. 지금 어디 있대요?"

예상은 적중했다. 리조트 앞에서 기다리고 있는 사람이 그 남자였다. 그가 개인 가이드를 요청했다는 게 참으로 뜻밖이었다. 그사이 그녀의 진가를 알아본 건 아닐 테고.

그의 의도가 의심스러웠던 시온은 그의 차에 오르자마자 투덜댔다.

"굳이 왜 나였어야 했을까?"

"얼마나 잘하나 보려구."

'그럼 그렇지.'

벼르듯 하는 태성의 말 때문에 마음이 상한 그녀는 한껏 자신을 치켜올렸다.

"걸음마 뗄 때부터 산 탔던 사람이야, 내가. 가이드 교육 일주일 만에 제주도를 퍼펙트하게 마스터한 실력이라구. 오죽했으면 직원들이 기립박수를 다 쳤겠어."

그녀의 잘난 척에 태성은 기가 막혀 응수했다.

"우쭐할 실력인지 아닌지는 내가 판단해."

"물에 빠진 걸 내가 왜 구했을까. 풀장 물로 위세척을 싸악 시켰어야 하는 건데."

후회막급인 얼굴로 시온은 구시렁대며 차를 몰고 리조트를 빠져나갔다. 그리고 얼마 후 새파랗게 물을 머금은 하늘 아래 부서지는 태양에 반사되어 화려하게 반짝이는 바다를 끼고 달렸다. 관광을 하기에는 더없이 화창한 날씨였다. 참으로 마음에 안 드는 고객이지만, 이왕 이렇게 된 거 흠 잡히지 않도록 퍼펙트한 가이드를 해주리라. 그녀는 금세 긍정적으로 마음을 고쳐먹었다.

그런데 기껏 가자고 한 곳이 바다가 내려다보이는 섭지코지의 작은 성당이었다. 드라마 촬영지로도 유명한 그곳은 하얀 페인트와 알록달록한 스테인드글라스가 아늑한 느낌을 주면서도 성당 특유의 경건함이 돋보였다.

태성이 의자에 앉아 십자가만 계속 바라보는 동안 조금 떨어져 앉은 시온은 지루해서 몸이 뒤틀릴 지경이었다. 꾸벅꾸벅 졸다가 시계를 보니 어느덧 4시가 넘었다.

'세 시간 넘게 뭐 하자는 거야? 아유, 배고파. 이럴 줄 알았으면 점심 먹고 올걸.'

급하게 만나서 오느라 점심도 쫄쫄 굶은 그녀는 시장기와 졸음을 견디지 못하고 슬금슬금 태성 옆으로 가 조용히 불렀다.

"저기, 회개 거리가 산더미인 줄은 알겠는데, 다음에 혼자 하면 안 될까? 나랑 있을 땐 관광을 해야지."

"가이드가 관광 안내만 하라고 있는 줄 알아?"

"뭐?"

"고객을 프로그램에 맞추려 하지 말고 고객 마음을 읽을 줄 알아야지. 고객이 원하는 게 뭔지 파악하는 게 우선 아냐? 최대한 편안하게 해주라고, 교육 안 받았어?"

"그걸 누가 몰라? 근데 이럴 거면 가이드가 왜 필요해? 그냥 혼자 편하게 다니지."

"필요해, 나한텐. 혼자 밥 먹고, 혼자 운전하고, 혼자 있는 게 싫어."

"그건 외롭다는 소리…… 헉! 방금 나 유혹했지?"

자신만만하게 오해하는 그녀 때문에 태성은 어처구니없어 반문했다.

"뭘 해?"

"어머, 어머, 내가 이럴 줄 알았어. 개인 가이드로 굳이 날 찾은 것도 그렇고, 혼자가 싫으니 어쩌니. 뜬금없이 성당 와서 이미지 쇄신하려는 의도가 의심할 여지가 충분한데?"

"갈 때가 됐구먼."

태성이 엉덩이를 탁탁 털며 일어나서 가버리자, 그를 따라가며 시온이 흐뭇하게 웃었다.

"그래, 나 같은 여잘 안 좋아하면 그게 남자겠니. 마음껏 좋아해. 세계 어딜 가도 나처럼 퍼펙트녀는 보기 힘들어요."

그러더니 십자가를 가리키며 한술 더 뜬다.

"저분이 인정한다니까."

성당 밖으로 나와서도 태성의 고민은 계속됐다. 섭지코지 아래로 펼쳐진 드넓은 바다를 바라보며 태성이 옆에 선 시온에게 심각하게 말을 건넸다.

"메디텔(메디컬 호텔의 준말) 말야."

"어."

"자넨 어떻게 생각해? 회장님이 일선에서 물러나고 나면 백재규가 잘할 수 있을까?"

"글쎄. 나야 뭐 재벌가 일에 관심이 없어서."

"그래도 자네가 근무하는 곳이잖아. 재벌가엔 관심 없어도 몸담고 있는 회사엔 관심이 있어야지."

"오래 있을 것도 아닌데 뭐. 있는 동안 열심히 하긴 하겠지. 근데 닭씨 패밀리 장래까지 염려할 정성은 없어, 솔직히."

마냥 건성이기만 한 그녀를 태성이 팔짱을 낀 채 떨떠름하게 쳐다봤다.

"그 사람들이 싫은 이유가 뭔가?"

"너 닭똥집 친구잖아. 역성 들 거 뻔한 얘길 내가 왜 해야 하는데?"

"친구 아냐. 역성 안 들 테니 얘기해 봐."

"아냐? 닭씨 패밀리랑 아무 관계 아니라구? 근데 왜 그 사람들이 궁금한 건데? 나랑 느닷없이 경제를 논하고 싶은 건 아닐 테고."

"자네가 나랑 경제를 논할 주제는 되고?"

시온은 쉽게 인정했다.

"그러니까. 난 그냥 닭씨 패밀리가 싫어. 회장님은 본 적이 없는데도 이상하게 기분 나쁜 거 있지. 백재규는 직접 봐도 기분 더럽고."

"둘이 무슨 일 있었나?"

"있었지, 서울에서."

'뭐야? 설마 재규랑 썸씽 있던 여자들 중 하난가?'

불현듯 회의 시간 때 재규에게 전화를 걸었다가 웬 여자의 영어 협박을 들은 게 떠올랐다. 하지만 시온과는 느낌뿐 아니라 목소리가 확연하게 달랐다. 그 여자는 아닐지라도 그런 여자들에 포함될 수는 있지 않을까?

궁금해진 태성이 채근했다.

"무슨 일인지 말해봐, 어서."

"싫어. 다시 떠올리기 싫은 기억이라."

"말해보라니까. 혼자만 알고 있을게."

시온이 곱게 눈을 흘겼다.

"은근 뒷담화 좋아하나 보다. 에이, 못써. 내가 닭씨 패밀리를 재수 없어 하긴 해도 그건 아니지. 날 그렇게 저급한 인간으로 만들고 싶냐?"

"자네 설마 백재규랑 사귀고 그랬던 건 아니지?"

"미쳤어? 내가 그런 인간망종이랑 사귀게."

질색하는 그녀 때문에 태성의 입에서 절로 끙 소리가 비집고 나왔다. 이런 걸 다행 중 불행이라 해야 할까?

"자네 말을 종합하면, 메디텔이 성공하긴 글렀다는 소리처럼 들리는데."

"솔직히 백재규 그 사람 정신 상태로는 힘들다고 봐. 이건 내 말이 아니라 사람들 말이 그래. 다들 회장님 없인 오래 못 버틸 거라 하더라고. 난 정말 재벌이 나한테 관심 없는 것만큼이나 그쪽 사람들한테 관심 없거든. 됐지?"

"회사에 정말 애정이 없는 모양이구먼."

"돌아갈 곳이 있으니까. 정 들면 떼기 힘들거든. 이 와중에 내가 정까지 많은 성격이라."

"돌아가? 어디로?"

"네팔. 나, 거기서 왔어."

"……."

몇 시간째 호텔 로비 소파에 앉아 제시카는 계속 지나다니는 사람들을 살펴보고 있었다. 일주일 동안 재규를 지켜보기만 했는데 오늘은 직접 만날 생각이었다. 리조트를 나간 건 확실한데 아무리 기다려도 돌아올 생각을 하지 않았다.

'대체 왜 안 나타나는 거야?'

기다리다 지쳐 인내심이 바닥을 칠 때쯤 드디어 그녀 앞에 재규가 나타났다. 그녀가 싸늘히 조소하며 일어나 다가가자, 그녀를 본 재규도 우뚝 멈췄다.

「숨바꼭질이 좀 길었지?」

피곤이 확 몰려오는 듯 재규의 미간이 짜증스럽게 구겨졌다. 때와 장소를 가리지 않고 들러붙는 여자들 때문에 기가 질린 표정이었다. 뜬금없이 숨바꼭질이 길었다며 비아냥대는 여자는 숫제 처음 보는 얼굴이었다.

재규는 그녀가 호텔에서 자신을 부축했던 여자와 동일 인물일지 모른다는 생각이 들었다. 호랑이 무서운 줄 모르고 아버지에게 전화로 협박해 정리당한 줄 알았는데 그게 아닌 모양이다, 이렇게 떡하니 나타난 걸 보면.

사람들이 두 사람을 힐끔대며 수군거렸다. 익숙한 그림이긴 해도 재규는 억울해 신경이 곤두선 반면, 제시카는 핸드백에서 재규가 잃어버린 핸드폰을 꺼내 흔들며 영어로 계속 투덜댔다.

「핸드폰 도둑으로 몰리긴 너무 억울하잖아. 그래서 직접 갖다 주려고.」

같은 여자가 맞았다.

핸드폰을 낚아채 대꾸도 없이 돌아 나가는 재규를 따라 그녀도 총총걸음으로 호텔을 나갔다.

호텔 앞 오솔길로 난 산책로 중간쯤 가서야 제시카가 간신히 재규를 붙잡았다. 진료 시간이 끝나 산책하러 오솔길로 들어서던 혜미가 두 사람을 발견하고 멈춰 선 것도 그때였다.

「리조트 오픈한다고 해서 일부러 태평양 날아온 사람한테 너무하는 거 아냐?」

태평양을 날아왔다면 미국에서 오다가다 만난 여자일 가능성

100%. 술에 취했을 테고, 하룻밤을 뜨겁게 보냈을 수도 있겠으나…….

재규는 묵직해지는 머리를 억지로 떨치며 딱딱하게 대꾸했다.

「초대한 적 없는데, 난.」

무심하다 못해 서걱서걱 모래바람을 일으키는 삭막한 말투에 제시카가 신경질적으로 말했다.

「초대를 했었어야지, 당연히. 그만한 대접 받을 자격 있잖아? 아니라고 하지 마. 부인해 봐야 손해 보는 쪽은 당신이니까.」

잘 아는 사이인 것처럼 굴지만, 맹세코 그의 기억엔 없는 여자였다. 기억에 없다는 건 기억할 필요가 없다는 뜻이었다. 기억할 필요가 없다는 건 전혀 중요한 여자가 아니란 뜻이기도 했다.

그때 재규의 시선 끝에 두 사람을 한심스럽게 보고 있는 혜미가 잡혔다. 그러자 제시카를 볼 때까지만 해도 아무 요동도 없던 그의 심장이 쿵 소리를 내며 지진이라도 일어난 것처럼 내려앉았다.

재규가 당황한 기색이 역력해 보이자 제시카가 시선을 돌려 혜미를 바라보았다. 그러고는 찬바람이 도는 투로 물었다.

「저 여자지? 당신 마음 쥐고 흔드는 마녀.」

그건 또 어찌 알았을까? 주정 끝에 혜미의 이름을 부르기라도 한 것일까?

「닥쳐!」

재규의 과민 반응에 제시카가 그럴 줄 알았다는 듯이 피식 비웃음을 흘렸다.

「떠본 건데 진짜였네? 헤이!」

'젠장.'

모른 척 돌아서는 혜미의 뒤로 제시카의 도발하는 음성이 들려왔다.

「또 봐요!」

「야!」

제시카가 그를 놀리듯 빙긋 웃었고, 재규는 멀어져 가는 혜미를 안타깝게 바라보았다.

❖　　❖　　❖

저녁을 먹을 겸 횟집에 들어온 태성과 시온은 푸짐하게 차려진 식탁 앞에서 군침을 삼켰다. 윤기가 자르르 흐르고 색감마저 고운 음식들을 보자 가뜩이나 허기진 배가 아우성을 쳐댔다.

싱싱한 회를 한 점 집어먹는 그의 입에서 진심 어린 감탄사가 터져 나왔다. 회를 좋아하기도 했지만, 제주도 다금바리는 그야말로 씹을 것도 없이 살살 녹았다.

하지만 웬일로 맞은편에 앉은 시온은 멀뚱멀뚱 쳐다보기만 했다.

"안 먹어?"

가이드와 고객의 선을 분명하게 그은 회사의 규정상 이런 자리가 그녀에겐 부담스러웠다. 고객과 단둘이 식사하는 것도 그렇거니와 조금이라도 오해받을 상황을 만들어선 안 되었다.

"난 가이드고, 넌 고객······."

"먹기 싫음 구경해."

"나가서 기다릴게."

앉아서 고문을 당하느니 안 보는 편이 낫겠다 싶어 시온이 일어나려 하자, 태성이 말렸다.

"앉아. 혼자 먹기 싫어."

어린아이 투정처럼 들려 하는 수 없이 그녀는 다시 엉덩이를 붙였다. 얼른 헤어져 편안하게 회를 사 먹으려면 순순히 말을 듣는 쪽이 나을지 모른다.

하지만 맛있게 먹는 그를 보자 고문도 이런 고문이 없었다. 빠르게 없어지는 회와 음식들을 보고 있노라니 자꾸 속은 타들어 가고 침만 꼴깍꼴깍 넘어갔다. 먹고 싶어 안달이 날 지경인 그녀는 굳이 싫다는 사람을 앞에 앉혀놓고 혼자만 맛있게 먹는 그가 얄미웠다. 일부러 그러는 줄 알면서도 맛있는 음식 앞에서 한없이 마음이 약해졌다.

도저히 못 참겠는지 슬그머니 젓가락을 드는 그녀를 보더니 태성이 걸려든 낚싯대를 채 올리듯 깐족거렸다.

"왜? 먹으려고?"

시온은 차마 회에는 손을 못 대고 애꿎은 초고추장만 푹푹 찍어 먹었다.

"초고추장이 완전 싱싱하네."

"그러게 먹으라니까. 혼자 먹기엔 너무 많아."

역시 악마의 유혹은 달콤했고, 그 유혹을 떨쳐 버리기엔 그녀의 귀가 너무 얇았다.

"그치? 음식 버리면 벌 받지."

결국 유혹을 뿌리치지 못한 그녀는 참았던 갈증을 해소하듯 맛난 음식들을 정신없이 집어먹기 시작했다. 불과 삼십여 분 만에 식탁 위의 음식을 깡그리 먹어치운 그녀의 먹성에 태성 또한 적잖이 놀랐다.

이럴 땐 먹이길 잘했다고 해야 할지, 유혹에 약한 그녀를 야단쳐야 할지…….

그의 심란함을 아는지 모르는지 그녀는 식당을 나오며 포만감에 가득한 얼굴이었다.

"역시 제주산이 다르긴 다르구나."

"맛있게 먹었다니 됐군."

"쌩유!"

"뭘."

기분 좋게 앞서 차로 가는 그녀를 뒤따라가며 태성은 의미심장한 눈빛으로 쳐다보았다. 바로 어제, 수 치료실로 들어가려던 그는 밖으로 나오며 고객들이 하는 소리를 들었었다.

"가이드 아가씨 좀 이상하지 않아?"

"누가 아니래. 공짜 관광 하려고 가이드하는 사람 같다니까. 가이드 관리에 너무 소홀한 거 아냐?"

"가이드 바꿔달라고 할까? 이름이 강시온이랬지?"

강시온이 누군가 했더니, 바로 저 철판녀였다. 그가 제일 싫어하는 기생충 같은 인간. 직원 규율에 대해 까다롭기로 유명한 그에게 강시온은 리조트를 좀먹는 기생충에 불과했다. 소원석이 데리고 있는 직원이라는 게 좀 의외긴 했다. 그가 아는 원석은 일에 관해선 누구보다 열정적이고 책임감이 강했으므로.

어쩌다 저런 여자를 직원으로 두게 되었을까?

무슨 사정이 있을 거라 짐작하지만, 그는 처음으로 원석이 실망스러웠다.

제4장

리조트 산책로에는 밤이 이슥한데도 드문드문 산책 중이거나 조깅하는 사람들이 보였다. 어느 날처럼 밤 산책 중인 태성은 우영에게 온 전화를 받았다. 하루에도 몇 번씩 연락해 오던 녀석이 종일 잠잠해서 이상하던 차였던지라 무척 반가웠다.

며칠 지내며 심리적으로 조금씩 안정감을 찾으니 이젠 우영의 전화도 편히 받을 수 있었다. 목소리 연기도 꽤 늘었고. 사실은 녀석이 무척 보고 싶었다. 그래서인지 그의 목소리에 담뿍 정이 담겼다.

"오냐."

[정말 안 오실 겁니까?]

어떻게 설명해야 이 녀석이 충격을 받지 않을까?

무덤덤하게 받아들이기엔 너무나 큰 사건이라 태성은 착잡한 마음을 가눌 길 없었다.

"우영아."

[예, 듣고 있습니다.]

"내가 지금…… 생각이 정리가 안 돼서 그래. 조금만 더 기다려. 정리되면 다 얘기할게."

[회장님……. 알겠습니다. 여긴 염려 마세요. 제가 알아서 얘기 잘 하겠습니다.]

"그래……."

전화를 끊은 태성은 벤치로 가서 앉았다. 곳곳에 켜진 가로등이 숲을 소소하게 밝히고 있었다. 소란스럽던 낮은 가고 고즈넉한 밤의 풍경이 울적한 마음을 조금이나마 정화시켜 주었다.

숲의 향기를 벗 삼아 어지럽던 생각을 가다듬던 그는 터벅터벅 걸어와 옆 벤치에 앉는 소녀에게 시선을 주었다. 기껏해야 고등학생 정도로 보이는 아이였다. 가로등에 비친 그 애의 표정이 몹시 쓸쓸하고 슬퍼 보였다. 태성은 그 모습에 묘한 동질감을 느꼈다.

하지만 규림은 태성의 존재 따위 애초에 관심 없는 듯 나무들 사이로 보이는 리조트 건물만 빤히 올려다봤다. 생각이 많은 얼굴이어서 방해하면 안 될 것 같아 태성은 조용히 앉아 있었다.

20대 초반의 불량배 둘이 규림에게 다가온 건 얼마 지나지 않아서였다. 저만치 오면서부터 혼자 앉아 있는 여자애에게 관심을 보인 두 사람은 그녀를 사이에 두고 양옆에 딱 붙어 앉았다.

규림이 발딱 일어나자 오른쪽에 앉았던 불량배가 그녀의 손목을
잡아 억지로 주저앉혔다. 튕기듯 일어난 규림이 그의 뺨을 힘껏
갈겼다. 그녀의 격한 반응에 다른 불량배가 벌떡 일어나 '이게!'
하며 손을 치켜들었다.

"하여간 요즘 젊은것들은."

난데없는 참견에 규림과 불량배들이 동시에 태성에게로 고개
를 돌렸다.

"니들 리조트 회원이냐?"

"신경 끄시지."

규림에게 뺨을 맞은 불량배가 무섭게 으르자, 태성이 들고 있
던 핸드폰을 켰다.

"경찰서 전화번호가 어디 있더라."

그의 도발에 불량배들이 거친 욕지거리를 하며 다가왔다.

"감당할 자신 있거들랑 덤벼. 내가 니들 백 명 몸값보다 백 배
는 더 비싼 몸이시다, 이놈들아."

"그럼 백 배는 더 아프겠지?"

불량배에게 우악스레 멱살을 잡힌 태성은 그만 핸드폰을 놓쳤
다.

"어허! 어른도 몰라보고! 감히 머리에 피도 안 마른 놈이ー!"

그의 불호령에 뜨악해진 불량배들이었다. 말투가 영락없는 노
인네였던 것이다.

"헐. 뭐야, 이거? 맛 간 거 아냐?"

"맛이 가다니! 이놈들이! 어디 어른한테 행패야, 행패가!"

기껏 해봐야 서른 남짓한 남자가 하는 말치곤 상당히 괴이했다. 태성이 이상하다 느꼈는지 불량배들이 질색하며 뒤로 물러섰다.

"여기 정신병원도 있었냐? 에잇, 재수 없어!"

"야, 가자, 가자."

시온에 이어 또 정신병자 취급을 받자 그는 억울해서 거의 부르짖었다.

"나 정신병자 아니야, 이놈들아!"

태성 앞으로 규림이 불쑥 핸드폰을 내밀었다. 우울한 표정이긴 해도 자그맣고 귀염상인 규림을 보며 태성은 억지로 화를 가라앉혔다.

"괜찮냐?"

규림이 고개를 끄덕였다.

"누구랑 왔어?"

"가족이요."

"경비를 더 강화하라고 해야겠다. 넌 밤에 혼자 다니지 마."

규림이 가뜩이나 조그만 입술을 동그랗게 모으더니 한숨을 푹 토해냈다.

"여긴 좀 나을까 했더니. 우범지역인 건 어딜 가도 똑같잖아."

"내가 얘기 잘 해놓으마."

"아저씨가 얘기한다고 될까요?"

"내가 회장…… 까진 아니어도 그 밑에 사람 정도는 돼."

규림이 의심스러운 눈초리로 그를 바라보았다.

"아저씨가 그 삼다도, 내지는 '회장님 혈압약'?"

"누군 닭똥집이라더니. 혈압약은 알겠고, 삼다도는 뭐냐?"

"사람들이 그러던데요. 술, 여자, 도박. 그걸로 치면 제주도랑 맞먹는다고."

앞으로 WT를 이끌어갈 후계자에겐 너무나 낯 뜨거운 별명이었다. 더군다나 이 꼬마 아가씨는 처음 본 사람에게 지나치게 솔직했다.

"너 이름이 뭐냐?"

"고소하게요? 바른말 해도 명예훼손으로 걸리나?"

"고소를 왜 해? 바른말은 전해줘야지."

시크한 태도를 유지하던 규림이 그제야 피식 웃었다. 불량배들에게 구해준 것도 고마웠지만, 뭔가 통할 것 같은 예감이 드는 아저씨였다.

"아저씨, 후계자 아니구나."

"왜? 실망했냐?"

"조금요. 전투력 상승이었는데."

"왜 전투력 상승이야? 공부 때문에 스트레스가 심해?"

"아빠, 엄마 춤출 일을 왜 해요. 스트레스 받을 일이 얼마나 많은데."

태성이 주머니를 뒤지더니 낱개 포장이 된 초콜릿 몇 개를 꺼내 그녀의 손바닥에 올려놔 주었다.

"스트레스엔 단 게 와따야."

정말 재미있는 아저씨였다. 고급스럽고 세련된 비주얼치곤 말투가 너무 고리타분했다. 나름 유머인가 싶기도.

"아저씨 말투 되게 웃긴 거 알아요? 노인에 빙의한 사람 같아."

❖ ❖ ❖

"아유— 안 바래다주서도 되는데. 나, 완전 힘세거든요. 치한이 날 만날까 걱정해야 된다니까요. 흐흐."

원석과 함께 펜션 앞에서 내린 시온은 술에 취해 약간 혀 꼬부라지는 소리를 냈다. 태성과 헤어져 사무실에 왔다가 혼자 있는 원석에게 술자리를 청했던 참이었다.

그녀의 팔을 부축하며 원석이 말했다.

"힘세도 여잔 여자니까."

"그게 또 제 매력 아니겠어요. 예쁜데, 힘까지 세. 이보다 더 얼마나 퍼펙트하겠냐구."

입만 열면 자기자랑인 그녀가 귀여워 피식 웃은 원석이 인태에게 하듯 물었다.

"고맙다…… 그 말 했던가, 내가?"

시온이 영문을 모르겠다는 듯 고개를 갸웃했다.

"뜬금없이 인사받을 짓을 뭘 했더라?"

"스카우트 받아준 거."

"공짜도 아닌데요, 뭐. 아웅, 라면 땡겨."

"라면?"

시온이 배를 문지르며 하소연했다.

"난 술 마시면 왜 배가 자꾸 고픈가 몰라. 퍼펙트한 여자가 끓여주는 라면, 안 땡기나?"

"너무 늦은 거 아닌가."

앞서 집으로 들어가며 시온이 시원스레 말했다.

"라면은 야참으로 먹는 게 최고죠."

술에 취해 다소 정신이 없어 보였지만, 시온은 용케도 2인분의 라면을 식탁 위에 내놓았다. 원석이 하겠다는데도 극구 말리더니 라면 맛은 생각보다 훨씬 훌륭했다.

라면 맛을 본 시온이 감탄했다.

"이거거든!"

"음! 무슨 짓을 한 거예요, 라면에다?"

"맛있죠, 맛있죠? 어쩔 거야. 나, 못하는 게 너무 없다."

하지만 정작 원석은 시온의 모습만 물끄러미 볼 뿐 라면에는 그다지 생각이 없는 듯했다. 순식간에 라면 국물까지 깨끗이 비운 시온이 오른손을 번쩍 들어 올렸다.

"질문."

"네."

"우리 아빠랑 얼마나 오래 안 사이예요?"

"3년 6개월 보름. 정확히."

"어떻게 알게 된 사인데요?"

"아는 사람이 소개해 줬어요. 트레킹 가이드 하려면 도움될 거라고 해서."

원석은 인태를 생각할 때마다 마음이 아렸다. 더군다나 돌아가신 아빠를 그리워하는 게 역력한 시온에겐 미안해서 몸 둘 바를 몰랐다. 그가 죽은 게 자기 탓만 같아서. 그녀가 사실을 안다면 이토록 편하게 대하진 못하리라.

"개인 과외라도 받으셨나?"

3년 반이 넘는 기간 동안 왜 한 번도 얼굴을 본 적이 없는지에 대한 의문이리라.

원석이 희미하게 웃음을 비췄다.

"그런 셈이죠."

"내가 그때 외국만 안 나갔어도 아빠 살아 계실지도 몰라요."

회한에 잠긴 그녀의 음성을 듣는데 원석은 심장이 뚝 두 동강이 나는 듯했다. 행여나 딸이 위험해질까, 원석이 찾아올 때마다 부러 네팔을 떠나게 했던 인태의 심정이 고스란히 전해져 왔기에.

불시에 사랑하는 아빠를 잃고 얼마나 힘들었을까, 이 여자.

그저 단순한 사고사라고만 알고 있을 그녀가 가여웠다. 그리고 진실을 숨긴 채 살아가는 자신은 비겁자에 불과했다.

"하필 나 없을 때 사고당해서…… 아직 시신도 못 찾았어요, 우리 아빠."

시온의 두 눈에 투명한 눈물이 가득 차올랐다.

너무나 그립고 보고 싶은 아빠. 시신이라도 찾을 수 있다면, 그래서 그 얼굴을 한 번만이라도 볼 수 있다면…….

입버릇처럼 산에서 잠들고 싶다던 아빠였지만, 그녀는 무엇이 그날 밤 아빠를 설산으로 인도했는지 의문이었다. 홀리지 않고

서야 산악전문가인 아빠가 눈보라가 휘몰아치는 산에 오를 리 없지 않은가.

'이 사람은 알까?'

양심이 찔린 탓에 원석은 더 이상 라면을 먹지 못했다. 그런 원석을 물끄러미 바라보는 그녀의 마음이 너무나도 복잡했다.

❖　　❖　　❖

오늘도 제주 시내에 있는 호텔 카지노에서 가진 칩을 다 잃고 술에 취한 재규는 몸을 가누지 못해 심하게 비틀거리고 있었다. 택시를 타고 리조트로 돌아온 것까진 기억이 나는데, 문득 정신을 차려보니 혜미의 진료실 앞이었다.

'여길 왜 온 거지?'

따스한 눈길조차 주지 않는 여자 때문에 방황하는 자신의 모습이 한심하고 측은했다. 그녀에 대한 마음을 완전히 잘라내기 전에는 방황이 끝나지 않으리란 걸 안다. 그래서 더욱 괴로웠다. 이 방황이, 이 괴로운 사랑이 영원히 이어질까 봐.

늘 정해진 틀 안에서 속박당하는 걸 끔찍이 싫어하면서도 혼자 내던져진 외로움에 치를 떠는 자신의 이중성이 혐오스러웠다. 완전한 속박도, 완전한 자유도 아닌 채로 경계선에 너덜너덜 아무렇게 걸쳐져 있는 자신의 모습에 구역질이 쏠렸다.

지친 듯이 돌아서려는 그때 달칵 문소리가 나며 안에서 혜미가 나왔다. 이제야 퇴근을 하는 모양이었다.

문 앞에 서 있는 사람이 재규여서 얼음장처럼 굳어졌던 혜미
는 놀란 심장을 가라앉히며 모른 척 지나쳤다. 그때까지 별 움직
임이 없던 재규가 순식간에 그녀의 손목을 잡아 벽에 밀어붙였
다. 그에게서 역한 술 냄새가 풍겼다. 숨기지 않는 수컷의 향이
그녀의 온몸을 경직시켰다.

늘 이런 식이다. 사람들이 보는 앞에선 냉정하기 짝이 없다가
둘만 있을 땐 그녀가 자신의 소유물이라도 되는 양 군다. 더럽
고, 불쾌하고, 짜증스럽게.

위험스럽기 그지없는 재규 앞에서 그녀는 무섭도록 침착했다.
스스로 생각해도 소름이 끼칠 정도로.

"왜 이래?"

"네까짓 거…… 하나도 안 무서워."

어이없는 대답에 그녀도 날카롭게 받아쳤다.

"네까짓 거 난 무서워할 줄 아니?"

"뭐……?"

"술, 도박, 여자…… 그런 데 인생 낭비하는 네가 후계자라구?
부끄러운 줄 알아."

도도하기 짝이 없는 그녀를 보자 재규의 입에서 절로 비웃음
이 터져 나왔다.

"네 아버진 생각이 좀 다를 텐데?"

오 이사 이야기가 나오자 불쾌한 듯 혜미의 미간이 꿈틀했다.
제대로 공격이 먹혔다 싶자 재규는 그녀의 치부를 하나씩 끄집
어내듯 더욱 잔인하게 굴었다.

"네 아버진 말야…… 내가 절실히 필요해. 왜? 우리 아버지와 천일송 여사가 있는 한 호락호락 경영권을 넘겨받긴 어려울 거거든. 그래서 애지중지하는 고명딸 오혜미…… 나랑 결혼시키고 싶어 하지. 그래야 회사를 맘대로 주물럭거릴 수 있을 거라 생각하거든, 네 아버지가."

그걸 모르는 바 아니었지만 그녀는 강하게 부정했다.

"걱정 마, 죽어도 그럴 일 없을 테니까."

도저히 굽힐 줄 모르는 그녀 때문에 더 큰 상처를 받은 재규였다. 한 번만이라도 부드러워질 순 없는 건가, 이 여잔? 유독 자신에게만 앙칼지게 구는 그녀가 재규는 손안에 쥘 수 없는 가시처럼 느껴졌다. 쥐면 쥘수록 아프게 박혀온다.

그는 그 상처를 되돌려 주기라도 하듯이 혜미의 턱을 꽉 움켜쥐었다. 거의 입술이 맞닿을 듯한 두 사람 사이에 깊은 증오심이 번져 나갔다.

"내가 원하면…… 돼."

그 말을 거부하듯 그녀는 있는 힘껏 그를 밀쳐 냈다.

"넌 가질 수 없을 거야. 회사도, 나도. 쓰레기는 쓰레기장이 어울리니까."

확 돌아서서 가버리는 그녀를 보며 재규의 입술 새로 피식피식 웃음이 흘러나왔다. 그리고 곧 온 복도를 울리도록 폭소가 터졌다.

"흐흐흐…… 으하하하하! 하하하하하!"

소름 끼치는 그의 웃음소리를 뒤로하고 혜미는 서둘러 엘리베이터에 올랐다. 이럴 때 가장 생각나는 사람은 우영이었다. 재규와의 악연도 우영으로 인해 시작되었으니까.

16년 전, 재규의 생일날 온 가족이 회장님 댁으로 초대를 받았었다. 재규의 나이 열여덟, 우영과 혜미가 열네 살 때였다.

재규에 대한 소문을 익히 들어 아는 터에 혜미는 그날의 초대가 탐탁지 않았다. 어떤 핑계를 대서라도 빠져나갈 수 있었으나, 그녀가 가족을 따라나선 건 순전히 우영 때문이었다. 회장님의 후원으로 회장님 댁에서 함께 살게 된 아이가 같은 중학교로 전학을 왔기 때문이었다.

수재라고 소문난 아이였다. 그래서 관심이 갔다. 회장님의 눈에 든 아이라니 궁금했다.

학교에서 몇 번 본 적은 있었지만, 말을 한 적은 없었다. 불우한 아이라기에 인상이 어두울 거라 생각했는데, 그와 반대였다. 너무 해맑고 환해서 도리어 의아함을 자아냈던 아이.

재규와도 잘 지낼 거라 여겼지만, 그건 아니었다. 재규는 우영을 창피해했고, 회장님의 관심을 받는 그를 질투했다.

그날, 재규가 우영을 뒤뜰로 불러내 때리는 걸 보지 못했더라면 끝까지 모를 뻔했다. 바닥에 쓰러져 재규의 발에 짓밟히면서도 쫓아내지만 말아달라며 울던 우영을 못 보았더라면 쌍심지를 켜고 나서지도 않았을 것이다.

재규의 야비하고 치졸한 행태에 화가 나 그의 무자비한 폭력을 말렸던 게 악연의 시작이었다. 또한, 우영과 절친이 된 계기였다.

그것을 시작으로 재규의 시선이 늘 따라붙었다. 중 · 고등학교가 함께 있는 덕에 그의 모습을 자주 볼 수 있었다. 하지만 고등학교를 졸업할 때까지 그는 단 한 번도 가까이 다가온 적은 없었다.

고등학교를 졸업하고 유학을 떠났던 재규는 종종 말썽을 부리다가 회장님의 명령으로 강제로 군 입대를 했다. 제대로 군 생활을 했을 리 없었지만, 아무 탈 없이 제대한 것은 그의 노력 때문이 아니라 그가 무슨 짓을 저지를지 두려워 근처에 얼씬도 하지 않은 동료들 덕분이라 해도 과언이 아니었다.

그리고 다시 유학. 이번엔 좀 잘할까 싶었더니 아니나 다를까, 5년을 뚜렷이 하는 일 없이 보내다가 또다시 회장님 명령으로 강제 귀국해 경영 교육을 받았다. 그사이 일으킨 도박과 여자 문제로 심심찮게 사람들 입에 오르내렸고, 구제불능 상태를 벗어나지 못했다.

그가 자신을 사랑한다는 걸 안 건 불과 1년 전.

서울에 있는 대학병원에 다닐 때였는데, 오늘처럼 술에 만취해 찾아와서는 손을 잡고 놓아주지 않았었다. 그러다 완전히 졸도해서 쓰러져 응급실로 옮겼을 때에도 손만은 놓지 않았다. 침대 옆에서 밤새 붙잡혀 있다가 억지로 손을 빼려고 하는데 어렴풋이 그가 말했다.

"그러지 마. 그러지 마라, 나한테."

가슴 깊숙이에서 울리는 절규와 비슷한 그의 음성을 듣는 순간 알게 된 진실.

백재규는 오혜미를 사랑하고 있었다.

그 후로 술만 취하면 나타나 괴롭혔던 재규. 사랑한다고 직접적인 고백은 하지 않았지만, 그녀는 알 수 있었다. 그 오래되어 케케묵은 사랑이 무서운 집착으로 변질되었다는 걸.

사랑도 속으로 곪으면 병이 되는 것이다.

재규와 결혼시키는 게 목적인 아버지도 더 나을 건 없었다. 아버지의 그 비뚤어진 욕망 때문에 엄마는 오래전부터 상처로 가슴이 문드러졌고, 오빠와 언니는 이기적인 아버지를 닮아 엄마와 혜미를 이해하지 못했다.

그 모든 게 욕망에 사로잡힌 자들이 남긴 폐흔(廢痕)이었다.

차를 몰고 주차장에서 빠져나와 리조트 앞을 지나갈 때였다. 갑자기 쏟아지는 폭우로 한 치 앞도 보이지 않았다.

혜미는 아직도 분을 못 참아 온몸이 덜덜 떨렸다. 재규 앞에서 티를 내진 않았지만, 자존심에 깊은 상처를 받았다. 아버지 하나로도 끔찍한데 재규까지. 정말이지 몸서리쳐지게 싫었다.

누군가가 지나가는 것도 모른 채 달리다가 흐릿한 실루엣을 감지하고 혜미가 화들짝 놀라 급브레이크를 밟았다. 하마터면 사람을 칠 뻔했다. 순간 눈앞이 깜깜해졌던 그녀는 정신을 끌어모아 힘겹게 차에서 내렸다.

새파랗게 질린 그녀 못지않게 갑자기 달려든 차에 놀란 건 태성도 마찬가지였다.

괜찮냐고 묻던 혜미가 중심을 잃고 비틀했다. 거세게 내리는 빗줄기가 그녀의 여린 몸을 금방 흠뻑 적셨다.

'혜미 아냐?'

그녀를 알아본 태성이 성큼성큼 다가가 부축했다.

"죄송…… 합니다."

알은체를 할 수 없는 태성은 창백한 낯빛의 그녀가 걱정되었다. 다부진 성품의 그녀가 사람을 칠 뻔했을 때는 다 그만한 이유가 있을 터였다.

"괜찮아?"

"네. 몸에 이상 있으면 내일이라도 찾아오세요. 미용성형센터 성형외과의 오혜미예요."

"운전할 수 있겠어?"

"그럼요. 성함이……."

"부딪치지도 않았는데 뭐. 그냥 가. 나중에 딴소리 안 한다고 약속하지. 기껏 씻었더니 웬 비야."

하지만 혜미는 그냥 갈 수 없었다. 나중에라도 문제가 생기면 큰일이었으므로.

"몇 호에 계시는지……."

말이 끝나기도 전에 태성이 피하듯 뛰어가 버렸기에 혜미는 난처한 듯 그를 불렀다.

"저기요……."

141

그녀의 부름을 들었는지 못 들었는지 태성은 뒤도 안 돌아보고 내처 빗속을 뛰어갔다. 그러더니 건물 안으로 들어가 비를 피하고 나서야 멀어져 가는 혜미의 차를 바라보았다.

"무슨 일이지, 이 새벽에?"

그의 시선에 잡힌 건 건물 안쪽에서 걸어 나오는 재규였다. 그는 태성이 있는 줄도 모른 채 그냥 지나쳐 빗속을 처량하게 걸어갔다. 일부러 그러는 것처럼 흠씬 비를 맞고 비틀거리는 모습이 영락없는 부랑자였다.

"저건 또 왜 저 모양이야?"

못마땅하게 뇌까리던 태성은 새파랗게 질려 있던 혜미를 떠올리고 덜컥 가슴이 내려앉았다. 이 늦은 시각에 두 사람이 연달아 나온 걸 보면 틀림없이 무슨 일이 있었으리라. 오 이사가 재규에게 흑심을 품은 걸 알고 있었지만, 재규도 혜미에게 마음을 주었던가?

혜미가 재규에게 전혀 마음이 없다는 것을 알기에 태성은 재규의 모습이 강한 충격으로 다가왔다.

밤새 억수같이 내리던 비는 아침이 되자 언제 그랬냐는 듯이 맑게 개어 있었다. 비 온 뒤라 풍경이 더욱 선명하고 깨끗했다. 한바탕 청소라도 한 것처럼 우중충하던 마음까지 밝게 해주는 날씨였다.

창문에 부딪히는 햇살이 눈부셔 콧잔등을 찡긋거리던 시온은 뒤에 앉은 태성을 백미러로 흘끗 쳐다봤다. 계속 재채기를 해서 신경이 쓰였던 것이다.

"오뉴월 개도 안 걸리는 감기에 걸렸나 봐?"

태성은 순간 욱했지만, 몸 상태가 그다지 좋지 않아 말싸움만은 피하기로 마음먹었다. 출발할 때까지만 해도 괜찮을 거라 여겼었는데, 아무래도 외출은 무리였던지 으슬으슬 한기가 들었다. 비를 맞은 게 단단히 탈이 난 모양이다.

"비 맞아서 그래."

"비? 새벽에 내렸잖아. 몽유병 있어?"

말을 해도 꼭.

"잠이 안 와서 산책했어. 됐어?"

"아, 불면증."

"안 되겠어. 차 돌려."

"똥개 훈련 시켜, 지금?"

시온은 호텔에서 건강 체크를 했을 땐 별말이 없던 태성이 변덕이 심하다 생각했다. 몸이 아프다는데 야박하게 구는 그녀에게 섭섭해 태성도 버럭 소리를 질렀다.

"어서 차 돌려!"

그렇게 다시 호텔방 앞까지 온 두 사람이었다. 차에서 대신 들고 온 가방을 건네며 시온은 자기 할 일은 끝났다는 듯이 사무적으로 인사말을 건넸다.

"몸조리 잘해. 갈게."

"어딜? 수발은 누가 들고?"

"수, 수발? 머리가 수박 되고 싶나. 가이드는 고객 방엔 함부로 들어가지 않는다. 몰라?"

"여자로 안 보여. 마음 푹 놔."

그녀의 얼굴이 화끈 달아올랐다.

"이건 단지 여자로 보이냐 아니냐의 문제가 아니거든. 모든 복합적인 문제를 예방하자는 차원에서……."

특별한 이유가 없는 한 여자 가이드가 남자 고객의 방에 들어간다는 건 오해의 소지가 다분했다. 그밖에도 물건이 없어졌을 경우 의심받을 수도 있고, 뇌물이나 기타 등등 일어날 수 있는 불미스러운 일은 사전에 예방하는 게 좋았다.

하지만 별안간 태성이 주르륵, 코피를 흘린 탓에 시온은 주절주절 설명을 늘어놓다 말고 깜짝 놀랐다.

"엇! 코피."

"뭐? 코피?"

"그대로 있어. 움직이지 말고."

어쩔 수 없이 방 안으로 들어간 그녀는 화장지로 코피를 닦아준 것뿐 아니라 침대에 드러누운 그에게 얼음주머니로 찜질까지 해주어야 했다. 참으로 피곤하고 귀찮은 고객임에는 틀림없었다.

태성의 이마에서 얼음주머니를 치운 그녀가 상태를 살폈다.

"어디 보자. ……음. 코피는 멎었고, 열은……."

손으로 이마를 짚어봤지만, 좀처럼 열이 떨어지지 않았다. 앓는 태성을 보니 조금은 가엾은 생각이 들어 걱정스럽게 물었다.

"많이 아파?"

"거울 좀 갖다 줘봐."

이 와중에 거울은 왜 달라는 건지.

시온은 약간 어이가 없었지만, 그의 요구대로 가방을 뒤져 손거울을 건넸다.

"십 년은 늙어 보여."

그녀의 악담에 얼른 거울을 들여다본 태성은 별 이상이 없자 오히려 마음이 복잡해졌다. 갑자기 내린 폭우로 감기에 걸린 건 어쩔 수 없다손 쳐도, 평생 흘려본 적이 없는 코피라니. 이거 불길한 전조 아닌가?

"나한테 나이 속였더라? 가이드 신청서 보니까 스물일곱 아니고 서른이더구만. 그렇게 어려 보이고 싶었어?"

"자넨 몇 살이랬지?"

"말 그대로 28 청춘."

"좋을 때구먼."

"85년생이면 나랑 두 살 차이밖에 안 나잖아."

그의 가이드 신청서를 훑어봤던 시온이 투덜댔다. 불현듯 태성의 얼굴 위로 어둡게 그늘이 졌다.

"자네 나이 때 난, 사선을 넘나들었지."

"정말? 무슨 병이길래? 언어 장애도 그래서 온 건가?"

그는 퀭한 시선으로 시온을 째려보다가 힘없이 거울을 내려놓았다. 천둥벌거숭이처럼 아무것도 모르는 여자에게 무엇을 기대하였던가.

"물이나 좀 갖고 와."

"가이드는 시종이 아니라고 몇 번 말해."

연신 투덜대면서도 시온은 그에게 물을 가득 따라 건넸다. 일어나 앉은 태성이 단숨에 물을 들이켰다. 물을 마시니 갈증은 해소되었지만, 이번엔 시장기가 문제였다. 식욕이 없어 아침을 걸렀더니 이제야 신호가 온 모양이었다.

"밥 좀 시켜. 배고파."

"사람 말 좀 집중해서 듣지. 뭐 먹을 건데?"

룸서비스를 시켜 식사를 가져오게 했다. 기껏 배고프다고 한 태성은 몇 숟갈 뜨더니 잠깐 누워야겠다며 침실로 들어가 버렸다. 하는 수 없이 시온은 혼자 싹싹 음식을 쓸어 먹은 후, 그때까지도 기척이 없는 침실을 살짝 들여다봤다. 그는 그새 깊은 잠에 빠진 듯 미동이 없었다.

"뭐야? 잠깐 누워 있겠다더니 자냐?"

꿈이라도 꾸는지 그가 괴로운 듯 인상을 찡그렸다. 약간 어두침침한 조명 탓에 그의 얼굴 근육이 미세하게 움직일 때마다 음영이 아른거렸다. 그러자 괴팍스럽던 모습은 온데간데없이 예쁘장한 얼굴선이 시선을 잡아끌었다.

'저 남자 얼굴이 저렇게 예뻤었구나.'

잘생긴 건 알았지만, 예쁘다는 생각을 해본 적은 없어서 새로운 발견을 한 듯 묘한 감정이 일었다. 역시 남자나 여자나 사람은 조명발이다. 어둑한 침실에 누워 잠든 그의 모습은 그간의 이미지를 쇄신시키기에 충분했다. 깊은 눈매와 곧은 콧날 아래 부드러운 입술을 눈으로 훑어 내리던 시온은 너무 빤히 본 것 같아 멋쩍어졌다.

"푹 자라. 아프지 말고."

태성은 꿈속에서 베트남 전쟁 때 만난 그녀의 꿈을 꾸었다. 그 시절 잠시뿐이었지만 평화로웠던 때가 있었다. 그래서 더 마음이 애틋하고 안타까웠던 시간.

결국, 다시 그 방으로 뛰어 들어가 겁탈당하기 직전에 여자를 구했던 그는 그로부터 얼마 후 총상을 입고 말았다. 한국으로 귀국하기 전까지의 기억이 아직도 엊그제 일처럼 생생했다. 40년 전의 일인데도 베트남 전쟁에 대한 기억은 또렷하게 남아 그를 괴롭혔던 것이다.

눈앞에서 죽어가던 수많은 전우들과 베트콩들, 그리고…… 그녀.

여느 때처럼 악몽을 떨치듯 잠에서 깨어난 그는 빈 침실을 보자 갑자기 몰려드는 외로움에 진저리를 쳤다. 진땀을 흘린 탓에 몸이 천근만근 무거웠다.

억지로 일어나 앉으니 협탁에 약봉지가 세워져 있었다. 약봉지를 집어 들자 그 뒤에 놓인 쌍화탕 병에 노란 메모지가 붙어 있었다.

—한라봉처럼 또 생까기만 해!

일전에 한라봉을 두고 한 말이어서 그의 잇새로 피식 웃음이 비어져 나왔다. 부려 먹는다고 투덜댈 때는 언제고, 약은 또 언제 사왔는지 정말 종잡을 수 없는 여자였다.

곧 서늘하게 웃음을 거둔 그는 약을 봉지째 쓰레기통에 버린 뒤 욕실로 들어갔다. 더 이상은 불안해서 약을 먹을 수 없었던 탓이다.

"아직도 자나? 테이블에 두고 온 거 맞는데."

사무실에 와서야 핸드폰을 호텔방에 두고 온 걸 알았다. 사무실 전화기로 계속 전화를 해봤지만, 아직 취침 중인지 받질 않아 시온은 난감했다. 안절부절못하는 그녀를 보더니 책상 앞에 앉은 고지가 고까운 듯 참견을 했다.

"가이드가 고객 방에 막 들어가도 돼요? 일정도 취소됐다면서."

"어쩔 수 없는 경우도 있으니까."

"어쩔 수 없는 경우를 만들지 말았어야죠. 괜히 호텔방에 드나들다가 소문이라도 나봐. 누가 욕먹는데?"

계속 떽떽거리는 고지가 보기 싫었는지 원석이 슬쩍 끼어들었다.

"보고받은 일이야. 내가 허락했고."

"팀장님은 신입한테만 아량이 넓으시네요? 그전엔 어디서 뭘 어쩌고 살았는지 내 알 바 아닌데요, 여기 제주도에선 내가 선배예요."

그러더니 발딱 일어나 나간다. 그 모습을 지켜보던 기찬이 아주 질색했다.

"내가 제일 싫은 게 삼각관계거든."

"사각관계지, 엄밀히 말하면."

사무실을 나가는 고지에게 시선이 향해 있는 혁보를 기찬이 이해하기 힘들다는 표정으로 바라보았다.

"참 여자 보는 눈 겸손해. 예쁘길 해, 성격이 좋아, 집안이 재벌이야."

아닌 게 아니라 고지는 예쁘지 않은 정도가 아니라 못생긴 축에 속했다.

"내세울 거 하나 있잖아. 근자감."

"야아, 닉이 사람 볼 줄 아네. 가진 거 없이 당당하기가 얼마나 힘든지 아냐, 너."

혁보가 두둔하자 기찬은 더욱 어처구니없다는 반응이었다.

"근자감이랑 과대망상이랑 구분 안 가들?"

"얌마, 말을 해도 꼭!"

"미친 게 아님? 지가 김태흰 줄 아는데."

"내 눈에도 김태희거든."

"겸손한 눈에 비위 좋은 속까지. 참 특이체질이야."

"시간이 좀 더 걸리신답니다."

재규의 방에 찾아온 우영은 난처한 기색이 역력했다. 가뜩이나 사이가 좋지 않은 회장님과 재규가 이 일로 더 거리가 벌어질까 염려되어서였다.

"얼마나? 왜?"

"그것까진 모르겠습니다. 죄송합니다."

아버지가 오시기만을 눈이 빠져라 기다렸다. 그런데 오시지 않는다는 소리에 재규는 들고 있던 술잔을 불안하게 만지작거렸다. 그 정도로 말을 했으면 무슨 반응이 있겠거니 했는데, 실망이 이만저만 아니었다. 우영을 자르겠다는 협박도 먹히지 않는 아버지가 그에겐 여전히 넘지 못할 높은 산이라는 사실에 패배감과 열등감이 불처럼 일었다.

"끝내 나 혼자 밀림에다 처넣겠다?"

"어차피 거쳐야 될 일 아닙니까. 앞으로 회장님 없이 혼자 이끌어가셔야 합니다. 이 정도도 각오 안 하셨습니까?"

재규는 기가 막혀 우영을 노려보았다. 잘난 도우영이 이젠 아버지 노릇까지 하려고 든다. 정작 아버지를 등에 업고 오만방자하게 구는 건 저놈이 아닌가!

"무슨 뜻인지 이제야 알겠어. 잘릴 것 같으니까 어디 한번 엿먹어봐라 하는 모양인데……!"

재규의 억지에 우영도 서서히 화가 치밀어 올랐다. 아버지가 열흘이 넘도록 돌아오지 않고 있는데도 걱정하는 말 한 번 비치지 않는 아들. 오로지 자기 안위에만 급급한 재규가 도저히 용서

되지 않았다.

"그렇게 해서 제가 얻는 게 뭔데요? 저 열네 살, 이사님 열여덟 살 때 처음 만나 지금까지 단 한 번도 이사님께 사람대접 못 받았습니다. 하지만 엿먹어보라는 심정으로 살아본 적 없습니다."

"그걸 어떻게 믿어!"

"햄버거 실컷 먹어보는 게 소원이던 저에게, 회장님은 제가 잡아야 할 유일한 동아줄이었어요. 이사님은 그 줄이 끊어질까 전전긍긍해 본 적 없으시죠?"

겉으로야 늘 웃고 있지만, 언제 끊어질지 모를 줄 하나에 매달려 바둥거리던 심정을 그 누가 알겠는가. 그럼에도 좋은 환경과 아버지를 만나 호의호식하는 재규가 부러웠을지언정 과한 욕심으로 그 자리를 빼앗고 싶은 마음은 없었다. 한줄기 빛조차 없던 인생에서 회장님을 만난 것만으로도 감사했으니.

하지만 그도 사람인지라 이런 순간엔 절제력이 흔들렸다. 모든 걸 다 쥐고도 징징거리는 재규가 한심하다 못해 밉고 싫었다. 자신마저 그를 무시하면 회장님을 욕보이는 짓이라 생각하기에 꾹꾹 참아온 것뿐이었다.

냉정히 낯빛을 굳힌 우영은 다크서클로 눈 주위가 시커먼 재규를 힘껏 쏘아보았다.

"이제부터 진짜 밀림이 뭔지 아시게 될 겁니다. 정신 똑바로 차리지 않으면 모조리 빼앗길 겁니다. 회장님이 쌓았던 모든 걸 다, 한순간에 잃을 수 있다는 걸 명심하세요."

"이 새끼가!"

휘익!

날아온 술잔에 머리를 맞고 우영은 정신이 아찔했다. 그의 머리에서 터져 나온 붉은 피가 이마를 타고 주르륵 흘러내렸다. 그리고 그의 가슴에도 다시금 지울 수 없는 멍울이 시커멓게 맺혔다.

"나가! 내 눈앞에 띄지 마. 당장 나가!"

태성과 연락이 되어 호텔로 핸드폰을 찾으러 왔던 시온은 마침 엘리베이터에서 내리는 우영과 마주치고 흠칫 놀랐다. 그의 얼굴이 피범벅이었던 탓이다. 호텔이 아니라 외진 곳이었다면 그 자리에서 기절하기 딱 좋은 얼굴이었다.

"괘, 괜찮으세요?"

"예……."

대답은 '예'였지만, 상태는 그 반대였다. 어질, 현기증이 일어 우영은 걸음을 떼다 말고 휘청했다.

"벼, 병원에 모셔다 드릴게요. 잡으세요."

시온이 황급히 부축했고, 우영은 얼결에 강제로 끌려가는 꼴이 되고 말았다. 애써 괜찮다고 말해보았지만, 힘센 아가씨는 물러설 기미가 없었다. 그녀의 친절이 당황스럽기도, 고맙기도 해 우영은 호의를 거절할 기회를 놓쳤다.

시온은 리조트 내에 있는 병원 응급실로 향했다. 호텔은 리조트 우측, 병원은 리조트 좌측에 위치했는데, 그곳 1층에 응급실이 있었다.

얼마 후 병원 응급실에 누워서 머리를 지혈 중인 우영 앞으로 혜미가 빠른 걸음으로 다가왔다. 퇴근하던 길에 우영에게 전화를 했던 그녀는 그가 응급실에 있다는 걸 알았다. 응급실로 달려간 그녀는 담당의가 자리를 비운 탓에 직접 환부를 살폈다.

"뭐에 맞은 거야?"

"술잔이었나……?"

"누구 짓인지 알겠다. 미친놈."

혜미가 재규를 질색하는 걸 알기에 우영은 이곳으로 온 걸 후회했다.

"미안하다. 힘센 아가씨만 아니었어도 여기 안 왔을 거야."

"힘센 아가씨?"

"무작정 끌고 왔어."

치료를 마치고 우영과 혜미가 복도에 나왔을 때, 시온은 복도 의자에 우두커니 앉아 있었다. 얼굴이 피범벅이던 것치고는 큰 부상이 아닌 듯해 그녀는 속으로 안도했다.

"괜찮으세요?"

여태 기다릴 줄은 몰라서 우영이 계면쩍게 되물었다.

"아직 안 가셨어요?"

"결과를 보고 가야죠. 피를 철철 흘렸는데요."

"고마워요. 덕분에 잘 치료했어요."

"제가 그런 건 또 완전 빠르거든요. 구조 많이 해봐서."

"구조?"

"아. 트레킹 가이드예요."

우영의 입가에 반가운 미소가 서렸다.

"여기 근무하는 분이세요?"

"네. 전 그만 가볼게요. 호텔에 핸드폰을 두고 와서요."

"성함이······?"

"강시온이라고 해요."

"전 도우영입니다. 은혜는 꼭 갚을게요."

시온이 쑥스럽게 손을 내저었다.

"아유, 은혜는 무슨. 여기 직원이신가 봐요? 다음에 만나면 인사나 하죠. 반가웠어요. 의사쌤두요."

혜미가 생긋 웃으며 그녀의 이름을 되새기듯 말했다.

"고마워요, 강시온 씨."

❖　　❖　　❖

호텔 앞에서 시온을 기다리던 태성은 연신 손목시계를 확인하며 걱정스러운 기색을 감추지 못했다. 도착하고도 남을 시간인데 그녀가 함흥차사였기 때문이다. 사무실로 전화를 걸었더니 벌써 나갔다고 했다. 어찌 된 일인지 참으로 의아했다. 혹시, 오다가 사고라도 난 건 아닐까?

"대체 어딜 간 거야?"

말이 끝나기가 무섭게 시온이 건물 안에서 헐레벌떡 달려 나왔다.

"쏘리, 쏘리! 헉헉!"

건물 안에서 나오는 걸로 보아 진즉에 도착했다는 뜻이리라.

"뭘 하다 이제 와?"

"다친 사람이 있어서, 응급실에 좀 데려다 주느라고."

다친 사람이란 말에 그는 금방 누그러졌다.

"응급실?"

"어떤 미친놈이 술잔을 머리에다가 던졌다잖아. 머리가 과녁도 아니고. 왜 거기다가 집어 던져? 고약스럽게."

주체할 수 없을 정도로 화가 나면 손에 잡히는 대로 집어 던지기 일쑤인 자신이 떠올라 태성은 민망했다. 시온이 마치 자기를 두고 한 말 같아서.

"괜찮대?"

"어?"

태성이 손으로 머리를 가리켰다.

"멀쩡하냐구?"

"몇 바늘 꿰맸어. 심각한 정도는 아니래. 다행이지? 피를 엄청 흘려서 걱정했거든."

"딜렁대지 말고 잘 좀 챙기고 다녀."

핸드폰을 건넨 그는 주차장 쪽으로 걸음을 옮겼다.

"어디 가?"

어딜 가나 했더니, 그녀를 배웅하려던 것이었다. 그의 친절에 기분이 좋아진 시온이 흐뭇하게 미소를 지었다.

"웬일이야? 배웅을 다 하고."

"감기약 사다 놓은 거 기특해서 주는 상이야."

시온이 장난스럽게 태성의 팔을 팔꿈치로 툭 쳤다.

"내가 받고 싶은 걸로 상 주면 안 되나?"

스스럼없는 행동에 당황했지만, 모른 척 그가 물었다.

"뭐가 받고 싶은데?"

"다금바리 회랑 스파이용권 정도?"

"양심이란 건 달고 살아?"

"농담에 또 발끈한다. 세련되지 못하게시리."

그가 획 몸을 돌려 돌아가는 바람에 시온이 화들짝 놀랐다.

"뭐야? 가는 거야? 뭘 데려다 주다가 말아? 사람이 시작을 했으면 끝을 봐야지 말야."

"고객한테 뇌물 받으면 어떻게 되는지 알지?"

뒤도 안 돌아보고 큰 소리로 말하는 그에게 시온이 항변했다.

"농담이라니까!"

하지만 그는 들은 척 만 척 가버린다.

"아 씨! 앞뒤 꽉꽉 막힌 노인네도 아니고 진짜."

"시온 씨!"

시온이 돌아보자 원석이 헐레벌떡 뛰어왔다. 갑자기 나타난 원석 때문에 놀란 그녀가 외쳤다.

"어! 팀장님!"

그 소리에 태성이 걸음을 멈칫했다.

"괜찮아요?"

"땀 좀 봐. 일부러 저 찾으러 오신 거예요? 전화라도 하잖구서. 참, 전화 꺼졌지."

"핸드폰 두고 나왔어요, 나도. 급하게 나오느라."

원석이 땀을 훔치는 모습을 시온이 물끄러미 바라보았다. 허둥거리는 것과는 어울리지 않는 그가 핸드폰도 두고 나올 만큼 급하게 달려온 이유를 알 것 같았으니 말이다.

'이 사람, 정말로 날 걱정하고 있어.'

악의라곤 찾아볼 수 없는 원석 때문에 그녀는 혼란스럽기만 했다.

두 사람이 하는 양을 가만히 지켜보던 태성은 원석을 향한 시온의 시선이 괜스레 언짢았다. 그녀의 시선이 흔들리고 있는 것을 또렷이 보았기 때문이다.

태성의 강한 시선을 느끼고 원석이 뒤늦게 묵례하자, 시온이 고개를 돌렸다. 그녀와 시선이 마주쳤지만 태성은 모른 척 돌아서 가던 길을 재촉했다.

태성은 느끼지 못했지만 시온은 그와 눈이 마주친 순간 확실하게 보았다. 자신을 바라보던 그의 눈빛이 눈에 띄게 흔들렸다는 걸. 그 때문이었을까. 그의 뒷모습이 무척 쓸쓸해 보여 자기도 모르게 시선을 고정했다. 원석이 부르지 않았더라면 밤새 망부석처럼 그를 바라봤을지도 모른다.

"가요, 시온 씨."

"네."

원석과 함께 차로 향하며 시온은 자꾸만 태성을 돌아보았다.

저만치 차 속에서 그들을 지켜보는 의문의 두 남자가 있다는 건 조금도 눈치채지 못하고서.

호텔 로비 곳곳에 신문을 보거나 전화를 거는 사람들이 드문 드문 앉아 있었다. 엘리베이터로 향하는 태성을 뒤따라가던 두 남자가 서로 눈짓을 주고받았다. 차 안에서 태성을 지켜보던 바로 그들이었다.

두 남자는 곧 태성과 함께 엘리베이터에 올라탔다. 문이 닫히려는 순간에 뒤늦게 룸서비스 복장의 젤리가 트레이를 끌고 올라탔다.

태성과 동시에 4층 버튼에 손을 댔던 남자가 머쓱하게 손을 거뒀다. 태성이 젤리를 흘끗 쳐다보자, 같은 층수에서 내리는지 별 반응이 없었다.

긴 침묵이 흐른 뒤 4층에 엘리베이터가 섰고, 제일 먼저 내린 것은 젤리였다. 이어 태성이 내리자 두 남자도 따라 내렸다.

젤리가 407호 앞에 멈춰 섰다. 호텔 로비에서부터 계속 따라오는 두 남자가 의심스러워 태성은 409호를 지나 비상구 쪽으로 향했다. 그리고 비상구가 보이자 냅다 뛰기 시작했다.

갑자기 도망치는 태성 때문에 당황한 두 남자가 옷자락을 휘날리며 부리나케 쫓아왔다. 407호 앞에서 주변을 살피던 젤리가 그들을 뒤쫓기 시작했다.

계단을 뛰어 내려가는 태성과 그 뒤를 바짝 쫓는 두 남자, 그리고 그들을 추격하는 젤리.

비상구 계단에 그들의 발자국 소리가 어지럽게 난무했다.

몇 층을 더 내려가 젤리가 그들을 따라잡았을 때, 태성은 이미 두 남자에게 일격을 당하고 기절한 상태였다. 계단 위에서 그 모습을 몰래 지켜보던 젤리는 더 이상 접근하지 못하고 이내 소리 없이 자취를 감추었다.

—소원석 010-6911-○○○○

프리비던스(트레킹 가이드 에이전시) 064-555-○○○○

침대에 기대 시온은 아빠의 수첩을 들여다보고 있었다. '젤리'라고 낙서하듯 써놓은 단어가 그녀의 마음을 혼란스럽게 했다.

"젤리……. 뭘까? 사람 이름 같기도 하고 암호 같기도 하고."

수첩을 협탁에 내려놓은 시온은 침대에 벌렁 드러누웠다.

"아유, 피곤해."

하지만 눈이 말똥말똥. 호텔에서 잠자던 태성의 예쁘장한 얼굴이 모락모락 피어올랐다. 점입가경. 원석을 만났을 때 혼자 쓸쓸히 돌아서 가던 모습이 떠오르자 속절없이 가슴이 두근대기 시작했다. 예상치 못한 신체 반응에 놀란 시온이 사지를 마구 흔들며 외쳤다.

"잡귀야, 물러가라!"

말은 그렇게 하지만, 정작 스탠드 불을 낮추고 억지로 잠을 청하던 시온의 입에서는 배시시 웃음이 흘러나왔다.

❈　　❈　　❈

정신이 돌아오며 간신히 눈을 뜬 태성은 누군가에게 목이 졸렸다가 풀려난 것처럼 한꺼번에 숨을 탁 토해냈다. 눈앞에 희미하게 사람이 보여 소스라치게 놀라서 일어나 앉았다. 아마도 이곳까지 끌고 온 놈이리라.

누군가 하고 시선을 집중하니 점점 시야가 밝아지며 빤히 보고 있는 사람이 일송이란 걸 알았다.

"하아—"

그는 그제야 깊은 안도감을 느끼고 긴장했던 몸을 이완시켰다.

"어떻게 된 거야?"

꽉 잠긴 음성으로 묻자, 대답 대신 일송이 엄하게 그를 추궁했다.

"너…… 정체가 뭐이가?"

"……."

아무도 그를 알아보지 못한다. 일송마저도.

태성은 그 아무도 자신을 믿어주지 않을 것 같은 예감에 그만 얼어붙고 말았다.

일송은 의문투성이의 청년을 의심 가득한 눈초리로 바라보았다. 겉으로야 냉정하고 침착한 모습이었지만, 그녀의 속은 알지 못할 불길함으로 가득했다.

소름 끼치도록 백호를 닮은 청년의 이름은 백태성. 백호의 아들.

알아본 바는 그러했으나 일송은 곧이곧대로 믿을 수 없었다.

뭐라고 설명할 길이 없는 태성은 줄곧 침묵만 지킬 뿐이었다. 생각해 보면 누군가가 자신을 먼저 알아봐 주길 바랐던 건 지나친 기대였다. 이 말도 안 되는 상황을 누가 믿겠는가.

'이제 어떻게 해야 하지?'

그의 고민이 깊어질 무렵, 무거운 침묵을 깬 건 일송이었다.

"내래 네 뒷조사를 좀 했더랬지."

'천일송답구먼.'

하긴, 닮았다고 해서 무작정 납치해 올 일송이 아니었다. 알 만큼 알고 난 뒤 끌고 왔으리라. 보디가드까지 새로 뽑은 걸 보면 보안을 철저히 하자는 의도일 것이다. 그만큼 철두철미한 일송에게 이 허무맹랑한 이야기가 통할지 의문이었다.

"둘만 얘기하고 싶은데."

태성이 요청했고, 일송이 방 앞을 지키고 있던 두 보디가드에게 명령했다.

"나가 있으라우."

보디가드들이 나가고 나자, 일송이 기가 차서 태성을 추궁했다.

"백 회장 아들?"

"……."

"내가 아는 한 백 회장한테 아들은 재규 하나뿐이야. 숨겨둔 아들? 절대, 그런 짓 할 양반이 아니다. 알갔어?"

"세상엔 못 믿을 일이 많아."

"바른대로 말하라우. 너…… 사기꾼이디?"

전신 성형이라도 한 줄 아는 걸까?

"후우— 사기는 사기지."

"뭐이 어드래?"

산전수전 다 겪은 일송을 속인다는 건 어림없는 일이었다. 솔직히 다른 사람은 몰라도 그녀에게만큼은 자신이 처한 상황을 사실대로 털어놓고 싶었다. 그동안 믿지 않을 게 뻔해 피했었지만, 어쩌면 지금이 적기일지도 몰랐다.

더 큰 오해를 사기 전에 결정해야 한다. 그리고 그가 택한 건 정면 돌파였다.

"뭐 하는 짓이가?"

태성이 별안간 웃통을 벗어 화들짝 놀랐던 일송은 그의 가슴에 뚜렷이 새겨진 총상을 보고 흠칫했다.

"그, 그건……!"

"베트남에서 얻은 총상이야. 내가 왜 총상을 입게 됐는지 자네한테만 얘기했었지. 오랜만에 다시 들어보겠나?"

일송은 큰 충격을 받은 양 입을 다물지 못했다. 세월이 고스란히 묻어나는 주름진 눈가가 파르르 경련을 일으켰다. 백호에게 직접 들은 게 아니라면 이 청년의 말대로 총상에 관해선 두 사람

외엔 그 누구도 알지 못하는 이야기였다.

백호의 젊은 시절을 고대로 빼다 박은 이 청년의 정체는 무엇일까.

말도 안 되는 상상을 하며 일송은 심장이 미친 듯이 뛰었다.

—보고서 2

이름 : 강시온

나이 : 28세(1987년 9월 8일생)

거주지 : 네팔

직업 : 트레킹 가이드

부 : 강인태(1년 전 사고로 사망)

모 : 이정민(10년 전 사고로 사망)

* 특이 사항

부친인 강인태는 전 국정원 요원 소원석의 정보원이었음.

1년 전 네팔 안나푸르나에서 젤리를 추적하던 중 산사태로 사망.

강시온이 소원석에게 접근한 이유는 아직 확실치 않음.

* 백태성과의 관계

백태성이 개인 가이드로 요청할 정도로 가까운 사이. 좀 더 지켜보길

요망.

* 긴급 사항
금일 저녁 8시 이후로 백태성의 소재 파악되지 않음.

오늘도 감시자는 의문의 방에서 어김없이 스탠드 불 하나만 켜놓은 채 '야누스'에게 보낼 메일을 작성 중이었다. 어김없이 '태'를 '테'로 쳤다가 정정했는데, 습관성 실수였다.

태성과 가장 접촉이 많은 사람이 시온이었기에 자세히 알아본 결과 뜻밖의 사실을 발견했다. 강시온이 전 국정원 요원 소원석의 정보원이었던 강인태의 딸이라는 것을.

다른 꿍꿍이가 있어 소원석을 찾아온 것일까?

백태성과는 어떤 관계이며, 혹 모르는 사이라면 약에 관해 알고 일부러 접근한 건 아닐까?

뜻밖에 강시온의 등장은 꽤나 긴장되고 흥미로운 일이었다. 직접적이든 간접적이든 이 세 사람은 모두 '야누스'와 연결고리가 있는 셈이었으니 말이다.

그나저나 백태성을 납치해 간 괴한들은 또 누구란 말인가.

며칠 새 의문점이 몇 배로 늘어난 감시자는 오래도록 노트북을 끄지 못했다.

2막
Fake

제5장

아침부터 호텔 로비 소파에 앉아 태성을 기다리던 시온은 약속 시각 한 시간이 지나자 좀이 쑤셨다. 전화를 해도 받질 않고, 방으로 올라갔더니 사람은 온데간데없고, 직원이 청소 중이었다. 외출을 한 모양이어서 그녀는 호텔에서 기다리기를 포기하고 터덜터덜 사무실로 돌아와야 했다.

마침 건물 입구를 나서던 원석이 그녀를 보고 큰 걸음으로 다가왔다.

"시온 씨, 왜 그냥 와요?"

"사라졌어요, 연락도 없이."

"사라지다뇨?"

"몰라요. 방에 갔더니 없더라고요."

무슨 일이 생긴 건 아닐까 걱정스러웠지만, 그랬다면 벌써 연락이 왔으리라. 급한 용무가 생겼으려니 생각한 원석은 뾰로통해 있는 그녀를 다독였다.

"어떡해요? 스케줄 펑크 나서."

"기다려 봐야죠, 뭐. 언제 또 불쑥 연락 올지 모르잖아요. 다녀오세요."

그녀를 바라보는 원석의 눈길이 좀 더 부드러워졌다.

"저녁에 뭐 해요?"

"별일 없어요. 왜요?"

"저녁, 괜찮죠?"

"회식해요, 오늘?"

"아뇨."

풀이 죽어 있던 시온의 눈에서 일순 장난기가 돌았다.

"오올~ 데이트 신청?"

데이트란 어감이 나쁘지 않아 원석이 슬며시 웃음을 비쳤다.

"그게 마음에 들어요?"

"치. 메뉴 골라요, 지금?"

"하하하. 나중에 봐요."

시온은 멀어지는 원석의 뒷모습을 보다가 말도 없이 외출해 버린 태성을 떠올리고 빠득 이를 갈았다.

"으휴― 이 인간, 만나기만 해봐."

제주도 외딴 별장. 테라스에 나와 멀리 바다를 보고 있는 태성 옆으로 일송이 다가왔다. 그녀의 낯빛은 여전히 굳은 채였지만, 말투는 한결 부드러웠다.

"약은 사실이더구만기래."

직원을 시켜 알아보았더니 약에 관해선 전부 사실이었다. 하지만 여전히 일송은 그가 백호라는 걸 확신하기 어려웠다. 판타지 소설이 아니고서야 첨단을 걷는 시대에 약을 먹고 40년이나 젊어졌다는 게 가당키나 한 일인가.

"70 평생 별별 일 다 겪고 살았지만, 약 부작용으로 젊어졌다는 거이…… 도저히 믿기지가 않아."

처음과 달리 믿어야 할지 말아야 할지 일송이 갈등하는 게 눈에 보여 태성의 마음에 작은 기대감이 깃들었다. 그녀가 끝까지 믿어주지 않는다면, 그는 꼼짝없이 사기꾼 내지는 납치범으로 경찰서 신세를 져야 할 터였다.

"자네랑 나, 6.25 때부터 함께한 시간이 60년이 넘어. 희대의 사기꾼도 그 긴 세월을 다 외우진 못해. 게다가 시시콜콜한 개인 사까지. 그래도 못 믿겠어?"

일송은 찬찬히 태성을 바라보았다. 자신마저 믿어주지 않는다면 그는 더욱 궁지에 몰리게 된다. 정말 사기를 치려면 굳이 없는 아들로 나타나진 않았으리라. 더욱이 쉬이 알지 못하는 일들까지 상세히 알고 있는 게 마음에 걸렸다.

이럴 땐 의심만 하고 있을 게 아니라 약의 정체에 대해 파헤치는 게 급선무였다. 특히, '연동회'라면 그녀도 잘 아는 조직이었다. '연동회'와 얽혔다면 태성의 목숨이 위태로운 건 당연지사. 약을 찾기 위해 놈들은 무슨 짓을 할지 모른다. 국정원도 믿을 바 못 되긴 마찬가지다. 약은 놈들이니 태성을 보호하기 위해 인력을 소비하진 않을 것이다. 백호의 명성이 '야누스'를 넘어서긴 어려울 테니. 그가 백호가 확실하다면 무슨 일이 있어도 지켜야 하는 것도 이제 일송의 몫이었다.

"내래 투자가야. 사실이든 아니든 선택은 내 몫이디."

"그래. 자네 안목이야 타고난 걸 뭐. 날 못 믿어도 좋고 버려도 상관없어. 자네 선택이니까 존중해 줄게. 하지만 그러면 영영 자네 친구, 백호는 다시 못 만날지도 몰라."

그의 목숨이 그녀의 결정에 달려 있었다. 일송은 길게 고민할 시간이 없었다.

"걸어보갔어, 조금 더 큰 가능성에. 밑디는 장사한 거믄 자네도 그땐 각오하라우."

일송의 입에서 그 말이 떨어지기 무섭게 태성의 얼굴에 비로소 안도가 내려앉았다.

그는 곧장 거실로 들어와 일송에게 계획을 설명했다. 계획이라고 해봐야 리조트가 안정될 때까지 할 수 있는 한 놈들의 눈에 띄지 않는 것이었지만, 변수는 늘 있게 마련이었다. 자신이 백태성이란 걸 알게 되더라도 백호의 아들인 걸 믿게만 하면 큰 고비를 넘길 수 있으리라. 몸 상태가 언제까지 이대로 있을지 모르겠지만.

테이블 위에는 핸드폰 두 개가 나란히 놓여 있었는데, 계속 울려대는 통에 정신을 집중하기 어려웠다. 하나는 시온에게서, 다른 하나는 우영에게서 오는 것이었다.

"받으라우."

어느 걸 받을지 고민하던 태성은 시온의 것을 택했다.

"왜?"

[장난해?]

화가 단단히 났는지 툭 불거지는 시온의 음성에 태성은 지끈 골치가 아팠다. 자신에게 닥친 일이 너무나 급박해서 그녀가 기다릴 거란 생각을 조금도 하지 못했다.

"사정이 좀……."

[난 뭐 한가하냐고. 가이드가 네 비서야? 사람 막 부려 먹는 것도 모자라서 시간도 네 맘대로야, 왜? 전화를 못 하겠음 받기라도 하든가. 손가락은 젓가락질할 때만 쓰냐? 문자할 줄 몰라?]

남의 사정도 모르고 다그치기부터 하는 그녀에게 그도 슬슬 부아가 났다.

"몰라. 지금 좀 바빠. 나중에 통화……."

[야, 이 못돼 처먹은 인간아! 인생 그따위로 살지 마!]

"뭐야?"

[가이드라고 무시하지 말라고. 넌 내가 만난 인간 중에 제일 최악이야! 알아?]

뚝! 예의 없이 자기 할 말만 하고 끊어버리는 바람에 그는 분기탱천했다.

"뭐? 제일 최악이야? 감히 어따 대고 발악이야?"

"누군데 기래?"

"아후—! 하여간 요즘 젊은것들은 예의가 없어, 예의가. 사정도 모르면서. 지 할 말만 냅다 해대고 끊어버리는 버르장머리! 에잇!"

핸드폰을 부숴 버릴 듯 움켜쥐고 펄펄 화를 내는 그를 보자 일송의 주름진 미간이 슬쩍 찌푸려졌다.

"자네가 백호란 걸 믿게 된 결정적 이유가 뭔지 아네?"

"총상?"

"그 얼굴에 그 말투가 어울린다고 생각하네? 진짜 사기 칠라믄 말투부터 뜯어고치라우."

일송까지 대놓고 지적인 걸 보면 정말 문제가 심각하긴 한 모양이었다. 하지만 몸에 밴 말투를 단시간에 어떻게 고친단 말인가. 노인 목소리는 몰라도 청년 말투는 거의 불가능했다. 몸이 청년으로 돌아간 것도 어색한 마당에 젊은 사람의 말투까지 쓰기엔 일단 혀가 잘 돌아가지 않았다. 청년 말투라는 것도 솔직히 노인 말투와 얼마만큼 다른지 분간이 되질 않았다. 사람들이 그 차이를 확실하게 느끼는 게 신기할 정도다. 차라리 말투를 재창조하는 게 더 나을지도.

한편, 트레킹 가이드 사무실에서는 시온이 머리를 책상에 처박은 채 괴로워하고 있었다. 태성에게 화가 나 막말을 퍼부은 게 후회막심이었다. 할 말을 고스란히 뱉고 나서야 무슨 짓을 저질렀는지 깨달았던 것이다.

한마디로 생각은 뒷전, 언행 불일치의 폐해.

"미쳐, 미쳐! 왜 내 입은 방정 떨 때만 빠른 거냐고."

급기야 시온은 자학하듯 책상에 머리를 쾅쾅 내리찍었다. 본분을 잊고 어찌 그런 몹쓸 짓을 저질러 버렸을까.

"아으윽!"

격한 신음을 내지르며 고개를 들던 그녀는 화들짝 놀랐다. 직원들이 문 앞에 서서 황당한 눈초리로 보고 있었기 때문이다.

"깜짝이야. 언제 왔어요?"

"누나가 책상에 느닷없이 헤딩할 때. 누구지? 누날 자학하게 만든 사람이."

기찬이 유들유들 말했고, 닉이 어림짐작으로 물었다.

"싸웠어요, 누나? 설마 고객이랑?"

"무개념 인증할 일 있니? 얼마나 됐다고 고객이랑 싸워?"

"부당한 대우받으면 싸울 수도 있……."

고지가 확 째려보는 바람에 혁보는 그만 입을 꾹 다물었다. 시온의 일이라면 눈에 핏대부터 세우는 고지가 불쌍했다. 누누이 원석은 상대가 아니라고 설득했으나 미련한 그녀는 마음을 꺾을 줄 몰랐다. 미련하긴 혁보도 매한가지라 그녀가 마음을 돌려 자신을 봐주기만을 애타게 기다리는 중이었다.

시온은 시온대로 불안감을 떨칠 수가 없었다. 태성에 대해 일체 아무 말이 없는 원석 때문이었다.

'아직 얘길 안 했나?'

그날 저녁, 원석과 약속한 대로 퇴근 후 바닷가 카페에 마주 앉은 시온은 맛있는 음식들을 앞에 두고도 좌불안석이었다. 태성이 그다지 인내심 없는 남자라는 건 익히 알고 있었으니, 원석이 모든 사실을 알고도 함구하고 있는 것 같았다. 속을 끓이느니 이럴 땐 곱게 털어놓는 게 상책이다.

"혹시 연락 온 거 없었어요?"

"연락 올 사람 있어요?"

"실은요……. 헉!"

숨이 넘어갈 듯 놀라는 그녀 때문에 원석은 어리둥절했다.

"왜……?"

가방을 챙겨 허둥지둥 일어나며 그녀가 다급히 양해를 구했다.

"자, 잠깐만요, 팀장님. 제가 너무너무너무 급한 일이 생겼거든요."

"무슨 일인데 그래요?"

"정말 죄송해요. 죄송해요, 팀장님. 전화드릴게요!"

그러고는 원석이 말릴 틈도 없이 카페를 뛰어나갔다.

차를 타고 전속력으로 달려 리조트 호텔 409호 앞에 다다르자마자 시온은 문에 붙여놓은 메모지부터 확인했다. 그런데 꽁지에 불이 나도록 달려온 것이 원통하게 메모지는 감쪽같이 사라지고 없었다. 벌써 갖고 들어갔나 싶어 불안했다. 아닌 게 아니라 프런트에서 그가 들어온 걸 확인했던 것이다.

"미치겠네."

머리통에 열 손가락을 박고 쥐어뜯었다. 얼굴은 울상이고 머리카락은 죄다 일어서 몰골이 흉악할지언정, 지금의 심정보다 더 흉흉할까 싶었다.

그때 문이 스르르 열리며 태성이 나타났다. 굳은 표정의 그를 보자 그녀는 자기도 모르게 헉, 하고 터져 나오는 신음을 삼켰다.

얼어붙은 그녀에게 태성이 조용히 말했다.

"들어와."

"여기서 얘기……."

그가 손을 확 잡아끄는 바람에 꼼짝 못 하고 방 안으로 끌려 들어갔다.

태성은 거실 소파에 가서 여유만만하게 긴 다리를 꼬고 앉았고, 쭈뼛거리며 그 앞에 죄인처럼 선 그녀는 난처해 어쩔 줄을 몰라 했다.

"해봐. 할 얘기 있어 땀 뻘뻘 흘리며 뛰어온 거잖아."

표정은 여전히 굳어 있었지만 말투는 느긋하여 그녀는 소리 없이 사그라졌던 희망을 냅다 끄집어냈다. 제발 못 봤기를!

"메모 봤어?"

"무슨 메모?"

그녀의 얼굴에 금세 화색이 돌았다. 마치 지옥행 표를 잘못 끊

175

었다가 간발의 차로 천국행으로 갈아탄 듯이. 휴우— 다행이다. 청소부 아줌마에게 축복을!

"못 봤어? 아무튼 오늘 일은 없던 걸로 해."

그의 눈매가 더욱 사느래졌고 붉은빛이 도는 입술은 사납게 비틀려 올라갔다.

"고객한테 막말 실컷 하고선 없던 일로 하자?"

"네가 먼저 잘못했잖아. 기다릴 사람 생각도 해줘야지. 무시한 것도 맞고."

"할 말 다 했나?"

'반응 왜 저래? 무섭게.'

그의 당당한 태도에 시온은 약간 주눅이 들어 대답했다.

"다 했을걸."

"가봐."

"정말…… 가?"

"가."

쉽게 가라고 하니 믿을 수가 없어서 내일 일정을 슬쩍 물어봤다.

"내일은 어떡할 건데?"

"뭐, 예정대로."

예정대로 하겠다는 건 확실히 못 봤다는 증거다. 그렇게 혼자 단정 지은 그녀는 한결 마음이 놓였다.

빙그레 안도의 미소를 띤 시온이 인사한 뒤 바삐 뛰어나갔고, 곧이어 문 닫히는 소리를 들은 태성은 테이블 위에 두었던 책 사이에서 노란 메모지를 꺼내 들었다.

─나쁜 자식! 무개념, 비매너 종결자! 인간의 탈을 쓴 악마! 최악 중의 최악!!

그는 새삼 분노에 치를 떨었다. 이것이 진정 고객에게 할 말이던가. 이런 여자가 리조트 직원이라는 사실이 견딜 수 없었다. 감히 WT를 뭐로 보고!
"악마아─? 오냐, 고객들 피나 쪽쪽 빨아먹는 기생충 따위 깔끔하게 박멸해 주지."

❈　　❈　　❈

카페에 다시 부랴부랴 들어와 앉는 시온은 그때까지 식사도 못 하고 기다리고 있던 원석에게 사과의 말을 쏟아냈다.
"죄송해요, 팀장님. 많이 당황스러우셨죠? 오늘 유례없이 많은 오점을 남기는 하루네요. 하하."
"무슨 일인지 난 알면 안 됩니까?"
'큰일 날 소리!'
모르는 게 약. 긁어 부스럼 만들면 약만 두 배로 든다.
"아유, 팀장님이 알아서 좋을 게 하나도 없어요."
"왜요?"
'너무 많은 걸 알면 다친다구, 내가.'

진땀을 흘리며 그녀는 어설프게 웃어넘겼다.

"하하하. 여자한텐 비밀이 많은 법이랍니다."

'생리인가?'

그럴지도 모른다는 생각에 원석은 겸연쩍게 말했다.

"미안해요, 곤란하게 자꾸 꼬치꼬치 캐물어서."

"아유, 아니에요. 당연히 궁금하시겠죠, 저에 대해서."

그의 머리가 살짝 옆으로 기울어졌다.

"그게 무슨……?"

"그래서 데이트 신청한 거 아닌가?"

그는 굳이 부인하지 않았다.

"음식 다시 시켜요. 식어서 맛없어요."

"아깝게 왜요?"

시온이 포크를 들려는데, 원석이 지나가는 종업원을 불러 음식을 새로 시켰다. 그의 배려에 살짝 감동한 그녀는 더욱 미안한 마음이 들었다.

'아빠에 대해 그냥 편하게 물어볼까?'

하지만 그녀는 네팔에서 함께 일하던 니마의 충고를 무시할 수 없었다. 소원석뿐 아니라 아빠와 관련된 그 누구도 믿지 말라던 말을. 원석에 대해 더 확실히 알기 전까진 먼저 털어놓는 건 보류다. 괜히 감정에 매여 유일한 단서를 놓칠 수도 있으므로.

우영과 혜미가 카페에 들어선 건 그때였다. 입구에서 그리 멀지 않은 곳에 앉은지라 시온은 두 사람 눈에 쉽게 띄었다.

"어머, 그 아가씨네."

"안녕하세요?"

반가운 마음에 우영이 먼저 테이블로 다가가며 인사를 건넸다. 우영을 알아보고 원석이 자리에서 일어났다.

"안녕하십니까, 도우영 비서님."

'비서?'

시온이 의아한 듯 우영을 바라보았다. 우영이 환한 웃음을 지으며 원석에게 알은체를 했다.

"이런 데서 뵙네요, 소원석 팀장님."

혜미도 원석에게 자신을 소개했다.

"오혜미예요. 성형외과 의사고요."

"네에……."

"제 이름은 기억하실라나?"

시온이 슬그머니 대화에 끼어들자, 우영이 하얀 이를 드러내며 싱긋 웃었다.

"인상이 워낙 강해서 각인이 절로 되던데요."

"아하하. 제 인상이 여러 면에서 퍼펙트하긴 하죠. 다친 덴 괜찮으세요?"

시온의 시선이 절로 우영의 머리로 향했다. 몇 바늘 꿰매긴 했지만 겉으로 표가 날 정도는 아니어서 우영이 겸연쩍게 웃었다.

"덕분에요."

"다행이네요. 말씀 나누세요."

우영과 혜미는 두 사람의 바로 옆 테이블에 앉았다. 각자의 테이블에서 이야기를 나누고 있지만, 네 사람은 마치 한자리에 앉은 친구들처럼 묘하게 어우러졌다.

이따금 깔깔대며 웃는 시온을 흘끔거리는 우영의 표정에서 강한 호기심이 고스란히 엿보였다.

우영이 시온에게 관심 있다는 걸 눈치채고 혜미는 피식 웃고 말았다. 여자에 숙맥이라 연애도 못 하면 어쩌나 걱정했더니, 공연한 염려였다. 우영이 관심을 두는 아가씨여서인지 그녀도 자연스럽게 시온에게 주의를 기울였다. 일전에 응급실에서 만났을 때도 그랬지만, 큰 키에 서글서글한 인상인 시온이 꽤 마음에 들었다. 풍기는 이미지가 따뜻해서 우영과 잘 어울릴 것 같았다.

한 시간여가 지났을 때 시온과 원석이 먼저 자리에서 일어났다.

"저흰 먼저 갈게요. 다음에 또 봬요."

"네, 안녕히 가세요."

우영은 아쉬운 눈빛으로 작별 인사를 건넸다. 인연이 된다면 또 만나리라 생각하면서.

두 사람이 카페를 나가고 잠시 후, 종업원이 테이블을 치우러 왔다. 그런데 시온이 두고 갔는지 핸드폰이 그 자리에 그대로 놓여 있었다.

"이리 주세요."

우영이 다급히 핸드폰을 들고 뛰어나갔다. 하지만 시온과 원석을 태운 차는 이미 카페 뜰을 지나는 중이었다. 문득, 시온의 핸드폰을 손에 꼭 쥔 우영의 얼굴에 환한 미소가 내려앉았다. 거

부할 수 없는 강한 예감이 그의 뇌리를 스쳤던 것이다.

"인연이 제주도에 있었네."

❖　　❖　　❖

[백태성이 백 회장 친아들인 게 확실한가?]

제주의 또 다른 호텔룸. 창가에 서서 국정원장과 통화 중인 안 부장의 얼굴이 스산하리만치 어두웠다. 갑자기 괴한에게 납치된 백태성의 정체가 의심스러웠으나, 하루 만에 잘못된 판단임이 드러났기 때문이었다.

"천일송 사장과 함께 리조트로 돌아온 걸로 봐서 확실합니다."

[납치당한 게 아니었나?]

"뭔가 착오가 있었던 것 같습니다."

[대체 뭐가 어떻게 돌아가는 거야?]

정보원의 실수라 여긴 안 부장은 그저 진땀만 흘릴 뿐이었다.

"죄송합니다, 국장님."

[강시온은 제주도에 왜 온 거야?]

안 부장은 시온이 강인태의 딸이라는 것만으로 몹시 신경이 쓰였다. 행여 강인태의 죽음에 대해 캐물으려는 목적으로 온 것이라면, 그래서 국정원을 대상으로 허튼짓을 할 생각이라면 곤란했다. 단순히 여행 온 것이길 바라지만, 백태성과 알고 지내는 걸 보면 의심이 가는 게 사실이었다.

"소원석을 찾아온 것 같습니다."

[강시온이 젤리를 알고 있단 말인가?]

"그런 것 같진 않습니다. 소원석 말로는, 강인태가 딸인 강시온에게 자신이 정보원이란 사실을 철저히 숨겼다 합니다. 소원석도 강시온을 만난 적이 없다고 했고요."

[음…… 근데 왜 갑자기 소원석을 찾아왔단 거지? 뭔가 아는 게 있으니까 왔을 거 아냐.]

"더 알아봐야겠지만, 강인태가 죽기 전 강시온에게 흔적을 남겼을 가능성도 큽니다."

[백태성 개인 가이드를 한다는 것도 난 왠지 찜찜해. 두 사람은 또 어떻게 아는 사이인 거야?]

"아직은 고객과 가이드, 거기까집니다."

국정원장은 심기가 어지러운 듯 불편한 기색이 역력했다.

[하필 이럴 때 와서 일을 복잡하게 만들어. 잡음 생기지 않도록 입막음 잘해.]

"그래서 말인데, 소원석을 다시 불러들일 수도 있을 것 같습니다."

[어떻게 말인가?]

국정원장이 호기심을 보이자, 안 부장의 입가에 의미심장한 미소가 떠올랐다.

그날 밤 늦게, 리조트 옥상에 젤리가 나타났다. 출입금지인 옥상이야말로 가장 안전한 장소 같아 관리인과 친해지고서 얻은 열쇠였다. 일전에도 아침 일찍 옥상에 올라왔다가 누군가 문을 열려 하기에 숨은 적이 있었지만, 금방 아무 소리가 없어 혹시나 하고 올라온 사람이려니 생각했다. 그도 그럴 것이, 옥상 열쇠를 가진 사람은 관리인과 젤리, 둘뿐이었던 것이다.

난간 가까이 다가간 그는 야경을 바라보며 보스에게 전화를 걸었다.

그런데 어둠 속에 교묘히 몸을 숨긴 자가 있었다. 그는 복면을 한 자였는데, 예기치 않은 상황에 몹시 긴장한 모습이었다.

『접니다, 보스.』

어둠 속에서 또렷이 들려오는 중국어. 복면인은 본의 아니게 남의 전화를 엿듣는 지경에 이르렀고, 젤리 또한 누군가 엿듣고 있다는 사실을 전혀 눈치채지 못했다.

잠이 오지 않아 리조트 산책로에 나갔다가 태성은 벤치에 우두커니 혼자 앉아 있는 규림을 발견하고 걸음을 멈췄다. 손에 디카를 들고 생각에 잠겨 있는 모습이 깊은 시름에 잠긴 듯했다.

곁으로 다가가 앉는 그를 보고 규림은 반가운 기색을 했다.

"아저씨."

"넌 여행이 재미없는 것 같다?"

정곡을 찔렸는지 규림이 금세 시무룩해져 대답했다.

"제 의지랑 상관없는 여행이거든요."

"저런. 그러고 보니 방학도 아닌데. 학교는 어쩌고?"

"휴학했어요. 한국 떠날 거거든요, 곧."

"유학?"

규림이 씁쓸하게 고개를 저었다.

"이민?"

"이민이 될지 난민이 될지, 그때 가봐야 알아요."

단순히 농담이라고 생각한 그는 허허 웃어넘겼다.

"왜 난민이야? 가서 정착해 잘살면 되지. 외국이라고 별건가. 다 사람 사는 동넨걸."

"세상 사는 게 내 맘 같나요, 어디."

'허어― 고 녀석.'

칠십 노인 같은 규림의 말이 짠하게 들리는 것은 어쩐 일일까.

"나더러 노인네 같다더니. 넌 애늙은이로구나."

일전에 있었던 일이 떠올라 규림이 피식 웃었다. 이 아저씬 무슨 연유로 말투가 이런가 싶어서.

"말투 고치기 되게 힘들죠?"

"어? 어, 내가 미국에서 와서 그래."

아하!

"좋은 방법 알려줄까요, 아저씨?"

군이 불량배들에게 구해준 보답 때문만은 아니었다. 어쩌면 미국으로 갔을 때 영어에 익숙하지 못할 자신의 모습과 다르지 않을 거란 생각 때문이었다.

"뭔데?"

"영어 배울 때 미드나 영화 보라고 하잖아요. 아저씨도 한국 드라마나 영화 봐요. 나한테 DVD 몇 개 있는데 빌려줘요?"

"드라마랑 영화?"

나쁘지 않은 제안 같아 태성은 귀가 솔깃해졌다.

❧　　❧　　❧

우영은 시온의 핸드폰을 소중하게 감싸 쥐고 호텔 로비에 앉아 기다렸다. 뒤늦게 전화를 걸어온 그녀를 만나기 위해서였다.

한데 그녀보다 앞서 들어온 사람이 태성이었다. 우영은 자기도 모르게 자리에서 벌떡 일어났다. 걸어오던 태성도 우영을 보자 우뚝 걸음을 멈췄다. 마치 무언의 대화라도 나누듯이 두 사람은 한참 동안 서로를 바라보기만 했다.

익숙한 얼굴, 익숙한 눈빛.

우영의 가슴이 작게 두근거렸다.

"로비 한가운데서 폼 잡는 건 뭔 콘셉트일까?"

우영보다 태성을 먼저 본 탓에 시온이 걸어오며 어이없게 코웃음을 쳤다. 하필 이럴 때 나타난 시온 때문에 태성은 못마땅한 듯 인상을 구겼다. 우영은 두 사람의 관계가 매우 궁금해졌다.

태성이 모른 체하며 엘리베이터로 가버리자 그녀는 황당함을 감추지 못했다.

"뭐야? 나, 지금 유령 취급당한 거야? 아오, 뒤끝 작렬이네, 저 인간."

엄청 너그럽게 봐주는 척하더니 마음은 전혀 아니었던 모양이다. 쳇!

"시온 씨."

"어! 내려와 계셨어요?"

"저 사람 알아요?"

성큼성큼 다가온 우영이 멀어져 가는 태성을 바라보았다. 그의 시선을 따라 시온도 태성의 뒷모습을 눈으로 좇았다.

"백태성 씨요?"

"이름이 백태성이에요?"

"네. 제가 개인 가이드 해주고 있거든요. 왜요?"

"아는 사람이랑 너무 닮아서……."

그렇게 말하며 우영은 태성에게서 계속 시선을 떼지 못했다. 정말이지 시대를 초월한 완벽한 싱크로율이었다. 회장님이 보신다면 정말 놀랄 것이다.

"저런 인간이 또 있단……."

가감 없는 그녀의 솔직한 발언에 우영이 놀란 표정을 풀고 하하 웃었다.

"고약하게 구나 봐요?"

"말도 마세요. 일타쌍피 노리다가 이게 뭔 짓인지……."

"일타쌍피요?"

아차!

"근데요. 누구 비서세요?"

"회장님이요."

헉! 그 성질 고약하게 생긴 노인네 비서였다니! 정말 쇼크다.

"일타쌍피가 아니라 독박 쓰고 죽게 생겼네."

우영은 이상한 말만 골라서 하는 그녀가 마냥 귀여웠다. 참으로 엉뚱하고도 재미있는 아가씨였다.

"너무 늦었는데 혼자 갈 수 있겠어요?"

"그럼요, 그럼요. 여기서 금방인데요, 뭘. 고마워요. 제가 조만간 근사한 저녁 쏠게요."

"어유, 제가 사드려야죠. 그날 정말 고마웠어요."

바닐라처럼 부드러운 우영의 미소에 그녀도 금세 마음이 따뜻해졌다. 잘생긴 데다 훈훈하기까지. 젊은 나이에 회장님 비서를 할 정도면 머리 좋은 건 기본이요, 겪어본 바 보기 드문 성격의 소유자였다.

"뭘요. 어서 들어가 보세요."

"배웅해 드릴게요."

"괜찮아요. 차, 요 앞에 세워둬서."

"그럼 차까지만."

다정하게 로비를 같이 걸어 나가는 두 사람을 숨어서 몰래 지켜보던 태성은 두 사람이 아는 사이인 게 영 찜찜했다. 리조트 직원이니 충분히 알 수도 있겠지만, 두 사람의 다정한 모습으로 봐선 그 이상인 것 같았다. 소원석뿐 아니라 우영까지 아는 그녀의 정체가 태성은 의심스럽기 짝이 없었다.

하지만 어떤 사이이든 상관없다. 왜냐? 자신이 나서서 모든 관계를 정리할 테니까.

"나쁜 자식! 무개념, 비매너 종결자! 인간의 탈을 쓴 악마! 최악 중의 최악!"

다음 날 아침, 호텔 입구에서 태성을 기다리던 시온은 뒤에서 들려오는 난데없는 욕설에 머리끝이 쭈뼛 일어섰다. 태성이 실감 나게 읽고 있는 메모지가 실은, 어제 호텔방 문에 직접 그녀가 써서 붙인 바로 그것이었기 때문이다.

어젠 모른 척해서 안도하게 만들더니, 무슨 수작인 걸까?

시온이 기함한 얼굴로 휙 돌아서자, 태성이 메모지를 곱게 접어 다시 주머니에 넣으며 비아냥거렸다.

"귀에 착착 감기는구먼."

"내놔."

태성은 척 내민 그녀의 손바닥 위에 주머니에서 꺼낸 초콜릿 몇 개를 메모지 대신 올려놔줬다.

"단 게 필요할 거야. 곧 쓴맛을 볼 거거든."

그것도 최상의 쓴맛을.

"뭐, 뭐 하려구?"

더 이상 대꾸도 필요치 않다는 듯 걸어가는 그의 뒤를 졸졸 따라가며 시온이 불안하게 재우쳤다.

"어디 가는데?"

곧장 리조트를 나와 해변가에 있는 트레킹 가이드 사무실로 간 태성은 문을 벌컥 열고 안으로 들어갔다. 직원들이 나갈 채비를 하고 있다가 그의 심상치 않은 태도에 긴장했다. 원석도 뒤따라 들어온 시온의 쩔쩔매는 모습에 일 났구나 감지했다. 더욱이 어제 약속을 펑크 내고 사라졌던 태성이 돌아오자마자 강경 태도를 보이는 것에 강한 의구심이 일었다.

"무슨 일이십니까?"

익히 원석을 알고 있는 태성이 으르듯이 그의 이름을 불렀다.

"소원석 팀장?"

"예, 그런데요."

태성에게서 자초지종을 들은 원석은 매우 난감해졌다. 그 옆에서 난처해 어쩔 줄 모르는 시온을 보자 더욱 그랬다. 원래 모든 일이라는 게 한쪽 말만 들어서 정확한 상황을 판단하기가 어려운 법이었다. 하지만 먼저 약속을 깬 건 그였으니 전적으로 시온의 잘못이라고 할 수도 없었다.

짐짓 원석의 목소리가 딱딱해졌다.

"꼭 그렇게 하셔야겠습니까?"

"규칙은 지키라고 있는 거야. 관광객인지 직원인지 사리 분별 안 되는 사람 뭘 믿고. 서비스업은 이미지가 생명인 거 몰라?"

시온도 억울한 면이 없지 않아 냉큼 반박했다.

"정말 이럴 거야?"

"이렇게 반말도 꼬박꼬박 하고. 세계 어느 나라에도 찾아볼 수 없는 비매너지."

"그건……! 우리가 알고 지낸 사이니까……."

이럴 때 아는 사이라는 건 얼마나 구차한 변명인가. 이런 남자, 애초에 몰랐더라면 더 좋았을 일. 개인 가이드 요청만 하지 않았어도 더 이상 얽히고 꼬일 일은 없었으리라.

깐깐하기 그지없는 눈길로 태성이 시온을 쳐다보았다.

"난 고객이고, 자넨 직원이야. 고객평가제도가 있는 거 몰랐나?"

"뭐?"

"내 점수는, 마이너스야. 해고라구."

원석 때문에 억울함도 제대로 토로하지 못했던 시온은 해고라는 말에 발끈했다.

"나쁜 자식! 어쩐지 회 사주면서 먹으라고 꼬실 때부터 이상하다 했어. 수발들라고 한 것도, 배웅하는 척하면서 뇌물 유도한 것도, 스케줄 펑크 낸 것도 다 일부러 그런 거지? 작정하고 날 해고시키려는 속셈이었어! 그렇지?"

그동안 속았다는 생각에 그녀는 분개했지만, 태성은 냉정하기 이를 데 없었다.

"어떤 상황에서든 직원은 직원으로서 할 일만 하면 되는 거야. 아무리 기분이 나쁘기로 고객한테 욕 퍼붓는 직원, 필요 없어."

시온은 입술을 아프도록 깨물었다. 그에게 뒤통수를 얻어맞은 것이 못내 분하고 억울해 견딜 수가 없었다.

"제가 사과드리겠습니다."

싸움을 말리기 위해 원석이 급히 나서서 사과했지만, 태성의 마음을 돌리기엔 역부족이었다.

"내가 왜 소 팀장 사과를 받나? 대신하는 사과, 안 받아."

시온도 정색하긴 매한가지였다.

"사과하지 마세요, 팀장님. 사과할 필요 없어요."

"시온 씨."

"제가 관두면 되죠. 팀장님한테 피해 줘가면서 저런 인간한테 굽실대고 싶은 마음 좁쌀만큼도 없거든요."

"말 한번 잘했다. 내가 싫어하는 인간이 남한테 피해 주는 인간이야. 잘못했으면 순순히 인정하고 시정하겠다고 하면 될 것을. 서비스 직업을 우습게 아는 건 내가 아니라 너야."

"뭐……?"

눈물을 글썽이다 벌떡 일어나 나가는 그녀를 보자 태성은 가슴이 덜컥 내려앉았다. 강한 여자라 쉽게 눈물을 보일 거라 생각을 못 한 탓이었다. 참 여러 가지로 당혹감을 안겨주는 그녀였다.

원석은 원석대로 시온을 끝내 울리고 마는 태성을 흠씬 두들겨 패주고 싶은 마음이었다. 생긴 건 곱상한 놈이 바늘도 안 들어갈 정도로 정서가 바닥이었다.

하지만 정작 태성은 눈물을 보이며 뛰쳐나간 시온이 남긴 여운을 곱씹느라 원석의 불꽃 튀는 눈빛을 알아차리지 못하고 있었다.

사무실을 박차고 나온 시온은 그렁해진 눈자위를 문지르며 설움을 삼켰다.

"뭐 이래……?"

원망을 하려면 자신의 부족한 인내심 탓이리라. 욕설이 적힌 메모지를 붙이기 전, 그녀는 원래 다른 메모지를 남겼었다.

—무슨 일 있어? 걱정되잖아. 이거 보면 꼭 전화해, 꼭!

하지만 시간이 지나 다시 와서 확인하니 메모지는 그대로였고, 너무 화가 나 확 떼어버리고 새로 써서 붙였던 것이었다.

'그냥 참고 기다릴걸.'

딴에는 제주도에 와서 만난 사람이라고 투덕거리던 것도 정으로 생각했었다. 그런데 그는 전혀 아니었던 모양이다. 공연히 장난도 치고 투덜댔던 게 그의 눈엔 얼마나 하찮았을까. 그게 더 서럽고 서운하다는 걸 그는 알까?

"나쁜 자식……."

상심한 그녀는 터덜터덜 걷기 시작했다. 모든 게 꼬여 버린 기분이었고, 아빠 일만 아니라면 당장 짐 싸서 네팔로 돌아가고 싶은 마음이 굴뚝같았다.

어느 틈엔가 건물 입구로 나와 쓸쓸히 멀어져 가는 그녀의 모습을 지켜보던 태성도 분기탱천했던 마음은 어디로 가고 너무 심했나 싶어 살짝 후회가 되었다. 하여간 불같은 성질이 문제다. 어찌 나이가 들어갈수록 관대함이 사라지는가.

굳이 변명하자면, 수많은 사람을 겪으며 받아온 상처 탓이리라.

자조하듯 태성은 씁쓸한 미소를 흘렸다. 그의 울적한 마음을 대변이라도 하듯이 사위가 급격히 어두워지기 시작했다.

❖　　❖　　❖

"개 족보에 길이 남을 놈. 뒤통수를 쳐도 유분수지."

바닷가 술집에 앉아 태성 욕을 퍼붓고 있던 시온의 머릿속에 문득 한 사람이 떠올랐다. 마치 구세주라도 만난 양 그녀의 얼굴에 한순간 화색이 돌았다.

"맞아. 그분이 계셨지."

가방 안에서 지갑을 꺼낸 그녀는 핸드폰 때문에 호텔에 갔을 때 받은 명함을 찾아 전화를 걸었다.

[네, 도우영입니다.]

우영의 따뜻하고 부드러운 음성을 듣자마자 그녀는 감정에 복받친 나머지 울먹거렸다.

"안녕하세요? 저 강시온이에요."

술집으로 우영이 들어왔을 때 시온은 다소 취한 상태였다. 이 밤에 할 말이 있다고 해서 부리나케 달려왔는데, 생각보다 훨씬 더 심각한 일인 듯했다.

"백태성이라고, 닭똥집 친구, 아니, 닭씨 패밀리……."

193

백태성이라면 회장님의 시대 초월 도플갱어? 근데 닭똥집 친구는 뭐고, 닭씨 패밀리는 또 뭘까?

"그놈은 아니라고 하는데, 큰소리 떵떵 치는 게…… 회사 높은 사람 맞죠?"

"제가 리조트 직원을 다 몰라서요. 알아볼게요."

"그 또라이가 쓴 고객평가 보시면요, 그게 절대 우리 팀 하고는 아무 상관 없는 일이거든요. 저랑 그 또라이랑 리조트에 오기 전부터 앙금이 있어서 그래요."

"예에."

"회장님 귀에 들어가지 않게 잘 부탁드려요."

"그래서 잘린 겁니까?"

"안 잘리면 가만있겠어요, 그 또라이가?"

울화통이 가라앉지 않아 시온은 아예 병째 나발을 불었다. 술마저 쓰디써 저절로 인상이 구겨졌다. 그 몹쓸 인간 때문에 계획도 완전히 구겨진 기분이었다. 아빠와 아무 상관 없는 인간 때문에 계획을 망친다는 게 너무나 억울하고 분통이 터졌다.

"제가 원래 관광하러 온 거였거든요, 여기."

"그랬군요."

"근데 우연히 팀장님을 만나가지고, 나만 한 트레킹 전문가가 없다, 일 좀 부디 해달라, 사정사정하는 바람에. 우리 아빠랑 또 아는 분이고 해서. 내가 마음이 약해가지고 거절도 잘 못 해요. 그런 날 자르겠다고 난리잖아요, 그 또라이가! 꼬시긴 지가 먼저 꼬셔놓구."

우영의 순한 눈이 동그래졌다.

"꼬셔요?"

"방에도 안 들어간다는 걸 들어와라, 들어와 수발 좀 들어라."

"헉! 수발이요? 아니, 뭐 그런 몰상식한 놈이 다 있습니까."

들자 하니 아주 싹수가 노란 놈이 아닌가. 그런 놈이 리조트 직원이라면 더욱 큰일이었다.

시온은 우영이 편을 들어주자 신이 나서 떠들었다.

"회도 안 먹겠다는데 남으면 아깝지 않냐 하면서 죄다 먹이구. 앓는 게 불쌍해서 감기약 사다 바쳤더니, 특별히 주는 상이니 어쩌니 개구라를 떨 땐 언제고, 그게 전부 일부러 그런 거더라고요. 날 모함하기 위한 함정이었던 거죠."

"와아, 정말 나쁜 놈이네요. 그렇게 꼭 성격 꼬인 놈이 있다니까요."

우영이 맞장구를 치자, 시온이 우두둑 소리가 나도록 주먹을 말아 쥐었다.

"그런 놈은 관도 아까워."

억울하고 분하기도 하겠다는 생각에 그는 따스하게 그녀를 달랬다.

"서비스 직업이 원래 힘들잖아요. 사람들 비위 일일이 다 맞춰야 하고요."

"저 때문에 에이전시에 피해 가는 건 아니겠죠?"

"에이, 아닙니다. 너무 걱정하지 말고 푹 자요. 제가 얘기 잘 해볼게요."

"정말요? 또라이가 악마라면, 도 비서님은 천사세요."

시온이 천사라고 하니 정말 천사가 된 것처럼 기분이 들떴다. 이렇게 좋은 여자를 어떻게 생겨먹은 놈이기에 괴롭히는 걸까?

우영은 그녀의 말처럼 태성이 악마 같은 놈일 거라 믿어 의심치 않았다.

우영이 펜션 앞까지 바래다주고 돌아간 뒤, 정원을 채 지나기도 전에 원석에게서 전화가 걸려왔다. 펜션 앞이라고 했다. 기다리고 있었던 게 분명해 거절도 하지 못하고 시온은 집으로 들어오길 청했다.

거실 소파에 앉은 시온이 고개를 들지 못하자 원석은 미안하고 안쓰러운 마음이 가득했다. 그녀가 당장 짐 싸서 네팔로 돌아가겠다고 할까 봐 얼마나 마음을 졸였는지 모른다. 그녀에게 상처를 주는 게 죽기보다 싫었다.

"전화를 안 받아서요."

"창피해서요. 미안하고⋯⋯."

본의 아니게 자꾸 말썽을 부리게 된 형국이라 그녀는 민망하기 그지없었다.

"내가 미안하죠. 그 정도로 힘든지 몰랐어요. 좀 더 신경 썼어야 했는데⋯⋯."

"팀장님 자꾸 그러심 민망해서 죽을 것 같은 사람은 어쩌라고요?"

"시온 씨 잘릴 일 없어요. 안심해요."

그의 진심이 느껴져 시온은 울컥했다.

"저 진짜 남한테 피해 주거나 하는 사람 아니거든요. 그거 우리 아빠가 제일 싫어하는 건데, 내가 그러고 살겠냐고요."

하늘에 맹세코 그녀는 넉살이 좋아 세계 어느 누구와도 잘 어울린다는 장점을 지니고 있었다. 물론, 변태 같은 놈들이 간혹 있어 성질대로 할 때도 있지만 말이다. 하지만 그건 특별한 경우고, 더 특별한 경우가 백태성이었다. 왠지 모를 배신감이 그녀의 마음을 더욱 괴롭게 했다.

대체 그 남자가 뭐라고?

도무지 이해하지 못할 감정의 늪에 빠진 기분이었다.

안쓰러운 마음이 가득해 원석은 지그시 그녀를 바라보았다. 어떻게 하면 깊은 상처를 입은 그녀를 달래줄 수 있을까 고민하는 눈빛이었다.

"알아요, 시온 씨 그런 사람 아니란 거. 그러니까 속상하고 억울하다고 관둘 생각 하지 말아요. 그렇게 안 둘 겁니다, 내가."

그녀에게 작은 위로나 되었을지 걱정하며 대문을 나왔을 때였다. 원석의 몸이 흠칫 굳어졌다. 반대편 도로에서 안 부장이 차에 기대 서 있었기 때문이다.

성큼성큼 길을 건넌 그는 잔뜩 불쾌한 어조로 물었다.

"여긴 왜……?"

"타지."

먼저 차에 오르는 안 부장을 따라 원석도 하는 수 없이 조수석에 올라탔다.

"얘기는 그때 끝난 걸로 아는데요."

그랬다. 그는 처음 안 부장이 찾아왔을 때 국정원으로 돌아오라는 제안을 단칼에 거절했었다. 그런데 시온이 묵는 펜션 앞까지 찾아오자 불안했다.

"오늘은 강시온 얘길 할까 해."

아나나 다를까, 안 부장의 입으로 그녀의 이름을 듣는데 원석의 가슴이 철렁 내려앉았다.

"뭘 말입니까?"

"강시온이 제주도에 왜 온 거지?"

"관광 온 겁니다."

"관광 온 사람을 직원으로 채용했다는 건가? 강인태와의 옛정을 생각해서?"

"다른 이유가 있단 뜻입니까?"

"속내야 두고 보면 알겠지. 해서 말이야. 자네가 거절했던 그일, 강시온한테 시켜볼 생각이야."

순간, 머릿속에서 강한 스파크가 이는 것 같았다. 격분한 원석은 핏대를 올렸다.

"미쳤습니까?"

"못 할 게 뭔가. 아버지가 국정원 정보원이었지 않나. 그 타고난 피가 어디 가겠어."

원석이 안 부장의 멱살을 와락 움켜잡았다.

"어떻게 그럴 수가 있어? 어떻게! 당신이 무리한 명령만 내리지 않았어도 첸은 죽지 않았어."

안 부장은 숨이 막혀 얼굴이 시뻘게진 채로 뇌까렸다.

"그때 놈을 잡기만 했어도 약을 끝까지 지킬 수 있었어. 첸이 널 붙잡고 늘어지지만 않았어도 놈을 잡을 수 있었다고."

"강시온 건드리지 마!"

원석을 억지로 밀어낸 안 부장은 흐트러진 옷매무새를 바로잡으며 차갑게 말했다.

"마지막으로 선택할 기회를 주겠다. 자네가 하지 않겠다면, 우린 강시온을 쓸 거다. 지금으로선 백태성에게 접근할 수 있는 최상의 조건이야. 더구나 젤리 때문에 아버지가 죽은 걸 안다면, 강시온에겐 거절할 수 없는 강력한 이유가 되겠지."

'백태성'이란 이름을 듣는 순간 원석은 소름이 확 돋았다.

"백태성? 그 사람을 왜!"

"알고 싶나? 그럼 결정을 해."

"……."

"자네라면 강시온과 좋은 콤비가 될 거야. 강인태와 그랬듯이. 대답, 기다리겠네."

젤리를 잡기 위해서라면 안 부장은 수단, 방법을 가리지 않을 것이다. 그의 집요함을 잘 알기에 원석은 망연자실할 수밖에 없었다.

게다가 백태성, 그자는 이 일과 무슨 상관이 있단 말인가.

제6장

　어제 트레킹 가이드 사무실에서 보았던 시온의 눈물 탓에 태
성은 내내 기분이 가라앉은 채였다. 별렀던 일이라 통쾌할 줄 알
았더니 무슨 조화인지 모를 노릇이었다.

　오전 내내 심란해서 아무것도 못 하고 방에만 처박혀 있던 차
에 가명으로 쓰는 핸드폰으로 전화를 걸어온 사람이 우영이었다.

"이놈이 왜 여기로 전화를 해? ……여보세요?"

[백태성 씨?]

"그런데?"

[저 회장님 비서 도우영이라고 합니다. 잠깐 뵐 수 있을까요?]

'날? 왜?'

긴장한 태성이 넌지시 물었다.

"무슨 일인가?"

[만나뵙고 말씀드리겠습니다. 리조트 안에 계시면, 커피숍에서 뵙죠.]

'어떻게 한다?'

잠시 갈등하던 그는 결심한 듯 대답했다.

"지금 그리로 가지."

곧장 호텔 커피숍으로 간 태성은 우영이 무슨 일로 만나자 했을지 추측해 보았다. 가명 핸드폰으로 전화했다는 건 자신의 정체를 눈치챘다는 뜻 아니겠는가. 그게 아니라면 따로 전화할 일이 뭔가 말이다. 그러자 작은 희망이 그의 가슴속에 몽글몽글 피어올랐다. 어쩌면 일송이 말을 했을 수도 있겠고.

하지만 그의 기대와 달리 우영의 생각은 전혀 딴 데 가 있었다. 회장님 젊었을 적 모습과 쏙 빼닮은 남자가 백태성이란 게 정말 대단한 인연처럼 느껴졌다.

'와, 가까이에서 보니까 진짜 똑같잖아.'

신기하게 쳐다보는 우영 때문에 자신을 드디어 알아본 거라 확신한 태성은 흐뭇한 마음을 감출 수 없었다.

'그럼 그렇지. 머리로는 이해가 안 되도 가슴으론 이해가 돼야지. 암!'

"다름이 아니고 저희 직원과 무슨 오해가 있다고 해서 뵙자고 했습니다."

환상이 깨지는 순간, 태성의 기대감도 와르르 무너져 내렸다. 혹시나 했더니, 역시나.

'누구? 강시온 말하는 건가? 참, 둘이 아는 사이였지. 그새 아부를 떤 모양이군.'

끝내 못 알아보는 우영에게 서운하고, 자기 일로 남에게 도움이나 청하는 시온도 괘씸했다.

"직원이 잘못하면 여기선 오해라고 하나 보군."

"어떻게 된 연유인지 들어서 잘 알고 있습니다. 리조트에 오시기 전부터 알던 사이라는 것도요."

"그게 뭐가 중요해? 이 리조트 직원이냐 아니냐가 중요하지."

"예, 맞는 말씀입니다. 고객도 직원도 똑같이 중요합니다."

'뭐라는 거야, 이 녀석이?'

당황한 태성은 얼른 표정을 수습했다.

"쌍방과실을 주장하고 싶은 거야, 지금?"

"전 어느 쪽도 억울한 걸 바라지 않습니다. 고객을 내 가족처럼 모시는 것처럼 직원도 한 사람, 한 사람 소중한 저희 식굽니다. 억울하게 쫓겨나거나 서러워서 제 발로 나가게는 하고 싶지 않습니다."

"회장님도 그렇게 생각하실까?"

"아뇨."

옳거니!

"가정에서도 보면 식구들은 주로 엄마가 챙기죠. 아버진 일에만 전념하시느라 세세한 것까진 잘 모르지 않습니까. 그래서 회장님 대신해서 제가 정중히 사과드리러 왔습니다."

"누구 맘대로 대신해서 사과야?"

우영의 표정이 뜨악했다. 얼굴만 닮은 줄 알았더니, 말투와 목소리도 빼다 박았다.

"어떻게 이럴 수가 있지?"

'이젠 정말 밝혀야 할 순간이 온 건가?'

가까이에서 보고 듣고도 의심조차 안 한다는 건 말이 안 된다. 일송도 말투 때문에 알아봤다지 않던가. 태성은 기대감으로 눈빛을 초롱초롱 빛냈다.

"와, 기가 막히게 똑같으시네요."

"……."

"우리 회장님 젊으셨을 때랑 하도 똑같이 닮아가지고 신기했었거든요. 근데 말투도 기가 막히네요. 눈 감고 들으면 회장님인 줄 알겠어요."

진짜 기가 막힌 사람은 태성인지라 자기도 모르게 볼멘소리가 툭 튀어나왔다.

"하여간 둔해가지구."

"예?"

"됐다, 됐어! 앓느니 죽어야지."

역정을 내며 일어나 가버리는 태성을 보자 우영은 시온이 했던 말이 사실이라는 걸 절실히 느꼈다. 이 세상에 회장님 같은 성격은 한 분으로 족했다. 한데, 나이도 젊은 남자가 저리 괴팍스러워서야. 부처라도 그의 비위를 맞추긴 어려울 것이다. 새삼 시온이 얼마나 힘들었을지 마음이 짠했다. 그럼에도 자기 할 일은 끝까지 해야 한다는 사명감에 그는 태성의 뒤에 대고 조심스럽게 물었다.

"사과는 받아주시는 거죠? 아님 인증샷이라도!"

"규림아!"

답답한 마음에 오전 내내 리조트를 빙빙 배회하던 시온은 산책로 벤치에 혼자 앉아 있는 규림을 보고 반갑게 달려갔다. 오랜만에 만나서인지 규림이 웬일로 생긋 웃으며 인사를 했다.

"안녕하세요?"

"오랜만이네. 잘 지냈어?"

"별로. 가이드 잘린 줄 알았는데 아니었어요?"

"이야, 과연 소문이로다. 이렇게 빠를 수가."

"그럴 줄 알았어. 관광객티 너무 낸다 했지."

규림의 힐난에 그녀는 매우 억울하다는 듯 항변했다.

"야, 그래도 내가 할 일은 퍼펙트하게 다 했거든. 난 그저 남들보다 더 열성적으로 참여했을 뿐이야. 내가 직접 체험해 봐야 고객들한테도 잘 설명해 주지. 근데 넌 왜 여기 있냐?"

지금쯤이면 리조트 프로그램에 참여하고 있어야 할 시간이었다. 그제야 시온은 혼자 있는 규림이 의아했다. 규림이 입술을 뾰로통하게 내밀었다.

"재미없어서요."

"거 봐. 내가 없으니까 완전 재미없지, 응?"

"잘려서 충격먹었어요?"

규림이 어이없다는 듯 눈을 흘기자 시온이 툴툴댔다.

"아직 안 잘렸다. 다들 나 하나 살려보겠다고 발 벗고 나서는데…… 놓치기 아깝다 이거겠지. 그 악마만 아니면 퍼펙트했거든."

"악마?"

사악한 근성으로 똘똘 뭉친 태성을 눈앞에 떠올리며 시온은 부아를 꾹 눌러 참았다.

"있어, 개 족보에 길이길이 남을 그런 놈이. 인생 선배로서 얘기하는 건데, 너도 그렇게 생긴 놈을 조심해야 한다. 얼굴과 인간성의 반비례를 대표하는 인간이지. 몽타주를 그려 보이기엔 내 미술 경향이 피카소를 닮아서 말야. 이럴 줄 알았음 사진이라도 한 장 몰래 찍어놓을걸. 아윽! 분해."

"짧은 시간에 참 깊은 원한도 만들어놨네요."

호랑이도 제 말 하면 온다더니, 때맞춰 걸려온 전화가 개진상 백태성이었다. 시온은 벅벅 인상을 쓰며 전화를 받았다.

"잘렸는지 확인 전화했어?"

[지금 좀 만나지.]

"왜? 사과라도 하시게?"

[사과 받아주려고 그래.]

"쳇. 사과 못 하겠다면?"

[기회는 날아가는 거지. 소원석 팀장과 도우영 비서의 수고와 노력도 함께 저 우주 밖으로.]

아, 인생은 갈등과 고민의 연속이라더니.

없어 보이게 냉큼 사과할 순 없고, 그녀는 짐짓 능청을 떨었다.

"생각 좀 해보구."

[생각은 무슨 얼어죽을 놈의 생각! 내가 기회를 주겠다잖아! 이런 기회가 어디 흔한 줄 알아? 오늘 중으로 안 오면 자넨 기회도 잃고 사람도 잃는 거야!]

버럭버럭 내지르는 소리에 귀가 따가워 전화를 끊어버렸더니, 그 모습을 가만히 지켜보던 규림이 무심한 듯 질문을 툭 던졌다.

"뭐가 더 아까울 것 같아요?"

"어?"

"자존심이랑 사람이랑. 어느 걸 잃는 게 더 아까울 것 같냐고요."

"다 들었어?"

"목소리가 그렇게 쩌렁쩌렁한데 안 들리는 게 이상한 거죠."

하긴.

"넌 뭐가 아까울 것 같아?"

"사람이요."

"왜 그렇게 생각해?"

문득, 규림의 표정이 아련해졌다.

"자존심은 다시 되찾을 수 있지만, 사람은 다시 되찾기 힘들잖아요."

부모님과 사이도 좋지 않고 늘 시크한 척하지만, 어쩌면 규림은 속이 깊은 아이일지도 모른다. 쌀쌀맞을 줄 알았더니 반갑게 인사를 받아준 것만 봐도 그리 냉정한 아이는 아닐 것이다.

규림이 기특해 시온도 살짝 속마음을 내비쳤다.

"영화 '대부'에 보면 이런 대사가 나와. 네 친구들을 가까이 두어라. 하지만 네 적들은 더 가까이 두어라."

❖   ❖   ❖

지금쯤이면 오고도 남았을 텐데 왜 감감무소식일까?

호텔방에서 일송과 함께 규림에게 빌린 DVD로 영화를 보다 말고 자꾸 문을 기웃대는 태성의 표정이 점점 초조하게 변해갔다. 시온에게 신경 쓰느라 좋아하는 영화에도 좀처럼 집중하기가 어려웠다.

"와? 누구 기다리네?"

"기다리긴 누가?"

필요 이상으로 펄쩍 뛰는 게 수상쩍었지만, 일송은 캐묻기를 포기하고 말을 돌렸다.

"우영이한텐 정말 사실대로 말하지 않을 셈이네?"

태성의 상태를 알면 그 누구보다 큰 충격을 받을 우영이란 걸 알기에 일송은 몹시 걱정스러웠다. 그런데 그도 같은 생각이었던가 보다.

"설명한다고 납득 갈 일이라면 고민하다 시간 끌 일도 없었지. 그 녀석한텐 자연스럽게 알게 하는 게 더 나아."

그리 둔감한 녀석이 과연 자연스럽게 알게 될 날이 올지 모르겠지만. 시간적 여유가 없는 태성에겐 그저 소망에 지나지 않았다.

"그 녀석, 알고 나면 엄청 충격받을 거야."

일송이 짠해서 하는 소리를 듣고도 태성은 떨떠름한 표정을 지었다.

"눈치라곤 씨알만큼도 없는 놈. 순진해 빠져 가지고 그 녀석 머리론 상상도 못 할 거다."

똑똑. 노크 소리가 들리자 그의 얼굴에 순식간에 화색이 돌았다.

'드디어 온 모양이로군.'

의기양양하게 걸어가 문을 열자 와인과 과일바구니가 먼저 보였다. 뭘 이런 것까지. 손가락으로 쓱 내리니 화사하게 웃고 있는 사람은 우영이었다. 시온인 줄 알았던 태성의 표정이 흉하게 일그러졌다.

"뭐야, 이게?"

"성의입니다. 드시고 기분 푸시라고요."

"손님이 온 모양이구만 기래. 난 이만 가보갔어."

"어! 사장님!"

고개를 쏙 빼어 태성의 어깨 너머로 일송인 걸 확인한 우영이 반갑게 외쳤다. 우영이 방문할 거라곤 생각 못 했던 일송은 흠칫 놀랐다.

"우와, 역시 사장님은 빠르십니다. 벌써 안면 트신 겁니까? 잘 됐네요. 우리 사장님이 저한텐 엄마 같으신 분이거든요. 그죠, 사장님? 하하하."

'삽질로 지구에 구멍을 낼 놈 같으니.'

태성은 어떻게든 엮여보려는 우영을 쥐어박아 주고 싶은 심정이었다.

"할 말 있어 온 모양인데 들어와서 얘기하라우."

웃어야 할지 울어야 할지 모를 상황에 일송이 들어오길 청했고, 우영이 기회다 싶었는지 냉큼 안으로 들어왔다.

"그럼 잠깐 실례하겠습니다. 아이고, 영화 보고 계셨군요. 제가 방해한 건 아닌지 모르겠네요."

일송이 도로 의자에 앉아 리모컨으로 DVD를 껐다. 그러면서 자상하게 물었다.

"밥은 먹고 다니네?"

"아뇨, 아직. 이거부터 얼른 전해 드리려고 왔습니다. 하하하하."

'이놈이 여자한테 홀렸나. 왜 이리 오버야. 쯧쯧쯧.'

시온 때문에 정신을 못 차리는 우영이 태성은 너무나 못마땅했다. 정말 연애라도 하는 걸까?

우영에게 늘 연애 좀 하라고 닦달하던 그였기에 누구보다 기다리는 소식이었지만, 상대가 시온이란 건 찜찜함을 넘어 마음 한구석에서 거부감이 일었다. 그런 천방지축이 우영에게 가당키나 할까.

"그 가이드 일이라면 더 이상 애쓸 거 없어."

"아직 맘이 안 풀리셨나 본데……."

"풀릴지 안 풀릴지는 오늘이 지나봐야 알아."

　　　　❖　　❖　　❖

　사무실 건물 앞 벤치에 앉아 시온은 아카시아 풀잎을 하나씩 뜯고 있었다. 그녀의 깊은 고뇌를 대변하듯 발아래 버려진 풀잎들이 수북이 쌓여 있었다.

　"사과한다, 안 한다, 사과한다, 안 한다……."

　그때 저만치에서 시온의 모습을 계속 지켜보고 있던 원석이 다가와 옆에 앉았다. 해가 저물 무렵이라 가로등 불이 하나둘 들어왔다. 그리고 두 사람의 머리 위에도 노오란 불빛이 살포시 내려앉았다. 불현듯 밝아진 사위로 인해 나무 위에 앉았던 새들이 푸드덕 날갯짓을 하며 일제히 날아올랐다.

　"고민 많이 됩니까?"

　"솔직히 말하면요, 그 또라이한테 먼저 사과하는 것도 싫고, 계속 얼굴 보는 건 더 싫거든요. 그렇다고 관두기도 싫고."

　"시온 씨한테 같이 일하자고 한 거, 옆에 두고 싶어서였습니다."

　그녀는 자신보다 몇 배는 더 고민이 깊어 보이는 원석의 옆얼굴을 올려다봤다. 그의 눈빛에 드리워진 그림자가 가로등 불빛에 슬프게 일렁였다.

　"……왜요?"

　"첸한테 큰 빚을 졌거든요."

　"빚……?"

　"한라산에서 시온 씨를 봤을 때 그 빚을 갚을 기회가 왔구나,

생각했어요. 뭘 어떻게 해야 할지 몰랐지만, 함께 있다 보면 뭔가 해줄 수 있는 일이 있지 않을까, 그래서…… 시온 씨가 이대로 떠나면 해주고 싶어도 못 하게 돼요."

이 남자는 왜 이리도 아프고 슬퍼 보이는 것일까.

행여 아빠의 죽음과 연관된 일일까 봐 그녀는 미친 듯이 가슴이 두근거렸다.

"지금 해주면 되잖아요."

"아뇨. 나중에…… 시온 씨가 정말로 제주도를 떠나게 될 때 하려고요. 그전까진 비밀로 할 겁니다. 그러니까…… 있어주면 좋겠어요, 지금처럼 내 옆에."

❖   ❖   ❖

밤 11시 50분.

리조트 산책로에 있는 벤치에 앉은 시온 앞으로 태성이 느긋하게 걸어왔다. 늦은 시각이었지만, 그녀가 연락해 온 것만으로 그는 승리에 도취되어 있었다.

"사과하려면 일찍 좀 할 것이지."

그의 핀잔에 엉덩이를 툭툭 털고 일어난 시온이 까칠하게 응대했다.

"오늘까지라면서. 난 뭐, 사과하는 게 쉬운 줄 알아?"

"누가 엎드려 절 받겠대?"

기껏 생각해서 나와 주었더니, 되레 큰소리인 그녀가 태성은 마음에 차지 않았다. 우영과 원석이 아니었더라면 다시 기회를 줄 일도 없었으리라. 그녀의 눈물에 잠깐 흔들린 건 사실이지만, 그것이 마음을 돌리게 된 결정적 계기는 아니었다. 그렇게 태성은 굳게 믿고 있었다.

"착각하지 마. 내가 사과하러 온 건 너 때문이 아니라 우리 아빠 때문이니까."

"잘못하면 사과해야 하는 건 당연지사."

"그래, 자존심보단 사람이지. 세상에 딱 한 사람. 사랑하는 사람을 위해서 버릴 수 있는 게 내 자존심이거든."

무슨 소리인지 몰라 어리둥절한 그에게 시온이 차분히 마음을 가라앉히고 사과했다.

"미안해. 사과할게. 기회 준 것도 고마워. 덕분에 중요한 단서를 잡았거든."

"중요한 단서라니? 그게 뭔데?"

"내가 여기 제주도에 온 이유에 대한 단서."

태성이 턱을 치켜들며 짐짓 으스댔다.

"나도 자네한테 특별히 기회를 준 이유가 있지."

"……."

"자네야말로 착각하지 마. 나도 자네가 아니라 도우영, 소원석 그 두 사람 때문이었으니까."

그녀도 모르는 바 아니어서 순순히 인정했다.

"알아. 나 때문에 두 사람 애 많이 썼다는 거."

"이번엔 정신 똑바로 차리고 제대로 해야 할 거야. 안 그럼 자네 하나로 끝나지 않아."

으름장을 놓는 태성 때문에 그녀는 등골이 오싹했다.

"뭐?"

"다음엔 소원석 팀장도 같이 해고시킬 거야. 계약 파기라구."

"너……!"

거만하게 미소를 지으며 태성은 그녀의 말을 싹둑 잘랐다.

"해고시킬 능력 충분하니까 쓸데없는 감정 오버하지 마. 간단한 사과 한마디로 넘어갈 거라 생각하는 그 오만방자함도 나한텐 안 통해. 제주도에 온 이유가 있다구? 그 이유가 뭐건 간에 이 리조트에서 일하려면 내 지시대로 움직여."

그로서는 당연했다. 이곳의 주인은 그였으니까.

자존심이 상해 시온은 입술을 세게 깨물었다.

"너 따위가 뭔데……!"

"굳이 얘기할 필요성 못 느껴. 그러게 좀 일찍 사과하러 오지 그랬어. 그랬다면 고민할 시간이 더 있었을 거잖아. 1분 안에 대답해. 12시면 자네 행운도 끝이니까."

제주도에 올 때까지만 해도 이 괴이하고 오만한 남자와 얽히리라곤 꿈에도 생각하지 못했다. 그녀가 제주도에 온 목적은 원석이 아빠의 죽음과 연관이 있는지 없는지 알아내기 위해서였다. 가이드로 일하기로 한 건 원석을 좀 더 가까이에서 지켜볼 수 있었기 때문이다.

그런데 지시대로 움직이지 않으면 원석까지 해고하겠다는 태성의 협박에 그녀는 갈등하지 않을 수 없었다. 정말 해고라도 돼서 서로 곤란해진다면, 영영 아빠의 죽음에 관해 아무것도 얻지 못할지 모른다.

대관절 자정이 다 되어가는 이 시각에 왜 이 남자와 승강이를 하고 있어야 하는 건지 어이가 없었다. 그리고 이 남자 때문에 계획에 차질이 생긴 것 같아 그녀는 화가 치밀었다.

시온이 고민하는 사이 시간은 무심히 흘러 12시가 되었다.

태성은 끝내 대답이 없는 그녀에게서 냉정히 돌아섰다. 다시 없을 기회를 줬고, 이 시각에 나와 주는 성의도 보였다. 그런데도 자기 고집만 앞세우는 여자라면 그도 어쩔 수 없었다. 인연이 여기까지인 것을.

그가 막 걸음을 떼려는 순간, 시온의 절박한 외침이 들려왔다.

"할게! 한다고."

그의 입가로 승리의 미소가 감돌았다. 사람이라면 자기를 도와준 사람을 잊어선 안 되는 법이었다. 그 정도의 개념은 있는 듯해 그는 아량 넓게 얘기했다.

"내일 9시까지 문 앞에 대기하고 있어."

굴욕감에 치를 떨며 시온은 뚜벅뚜벅 걸어가는 그를 무섭게 노려보았다.

아침 9시. 어제 태성이 얘기한 대로 호텔방 앞까지 오긴 했지만, 시온의 갈등은 아직 끝난 게 아니었다. 아무렇지 않게 그를 대할 자신이 없었다.

마음을 다잡느라 크게 심호흡을 한 뒤 눈 딱 감고 노크하려는 찰나, 문이 확 열리며 그가 모습을 드러냈다. 문 앞에 손을 들고 엉거주춤 서 있는 시온을 본 그의 입가로 사악한 미소가 번졌다.

그로부터 30분 후, 시온은 호텔 식당 룸에서 식사 중인 태성과 일송 옆에 우두커니 서 있어야 했다. 우영의 말론 태성은 미국에 있는 호텔 투자회사에서 왔다고 했다. 회사 대주주인 일송과 아는 사이라니 그녀의 좌절감은 더욱 커졌다. 일전에 식당에서 봉변을 당한 할머니란 걸 기억해 낸 그녀는 태성이 더욱 이해가 가지 않았다. 아는 사이면서 그땐 왜 나서지 않았을까?

그러다 결론을 짓기로, 백태성은 정말 피도 눈물도 없는 몰인정한 남자라는 것이었다.

무료하게 허공만 응시하며 보초를 서고 있는 그녀를 보자 일송은 영 마음이 불편했다.

"굳이 세워둘 필요가 뭐 있네."

하지만 그녀를 사람을 만들어보기로 작정한 이상 태성에게 자비란 없었다. 마음을 돌려 기회를 준 것만으로도 이미 엄청난 자비를 베푼 셈이었다.

"놔둬. 이것도 교육이야."

마치 교육 담당자라도 된 양 심하게 구는 태성 때문에 시온은 속이 부글부글 끓었다.

"괜찮습니다. 신경 쓰지 말고 식사하십시오."

"가서 식사라도 하기요."

"그냥 냅두라니까. 안 먹어도 기운이 뻗치는 애야."

시온은 치밀어 오르는 부아를 억지로 꾹 내리눌렀다. 그리고 일송에게 상냥하게 물었다.

"질문 좀 드려도 되겠습니까?"

"얼마든지 해보오."

"두 분, 어떤 관계이신지 궁금해서요."

"알아서 뭐 하게?"

태성의 무시하는 투에 시온이 어처구니없다는 듯 따졌다.

"그렇게 예의 따지는 사람이 연세도 한참 높으신 분한테 너무 싸가지가 없는 것 같아서요."

그가 밥을 먹다 말고 눈을 치켜떴다.

"뭐? 싸가지? 이걸 어디서부터 어떻게 새로 구성을 해야 해?"

자칫 싸움이 날 기세라 일송이 서둘러 거짓말로 둘러댔다.

"아가씨가 이해하기요. 미국에서 오래 살다 보니 경어를 쓸 줄 몰라 그러오."

"나더러 높임말을 쓰란 거야?"

"높임말뿐이갔어, 그 말투부터 고치라니끼니."

저 성질머리는 왜 예전으로 돌아가지 않았는지 모를 일이었다. 서른 즈음의 그는 지금처럼 꼬장꼬장하고 까다롭지 않았다. 다정다감한 성격은 아니었지만, 그렇다고 지금처럼 세월의 묵은 때가 덕지덕지 묻지도 않았었다. 그는 순수했고, 매사 열정적이었으며, 그 누구보다 가슴이 따뜻한 사람이었다.

몸은 그 영혼을 담는 그릇이다. 결국, 그는 몸만 서른의 나이로 돌아갔을 뿐 성격은 변한 게 없었다. 일송은 몸과 영혼이 따로 노는 그가 진심으로 안타까웠다.

마음 같아선 당장 병원에 데려가고 싶지만, 그의 말마따나 목숨이 달린 문제라 섣불리 나설 수가 없었다. 영영 늙지 않거나 다른 부작용이 발생할지도 모른다. 백호의 인생은 이미 뒤죽박죽이었고, 해결책은 묘연했다.

그러다 일송은 불현듯 깨달았다. 어느새 그를 백호로 믿고 있다는 사실을. 그도 그럴 것이 나이만 젊어졌다 뿐 하는 짓이 백호와 조금도 다를 바 없으니 믿지 않으려야 믿지 않을 수가 없었다. 그가 진짜 사기꾼이라면 이보다 더 완벽할 순 없을 것이다.

"말투가 왜 그런가 했더니, 노인한테 한국말을 배운 거였군요."

시온은 그간의 의문이 풀려 조금 마음이 누그러졌다. 그렇게 이해하는 편이 좋을 것 같아 일송이 얼른 동조했다.

"그런 셈이다. 성격이 괄괄해 그런 거뿐이니, 아가씨가 이해하기요."

교육이라는 핑계로 곁에 두는 걸 보면 뭔가 이유가 있을 터. 무작정 사람을 괴롭히는 그가 아니었기에 일송은 앞으로 시온을 주의 깊게 지켜볼 생각이었다. 어울리지 않게 젊은 아가씨와 티격태격하는 것이 우습기도 했고 말이다.

"쓸데없는 소리. 흠! 자넨 나가 있어. 자네가 있으니까 식사 방해돼서 안 되겠어."

'있으라 그랬다, 나가라 그랬다. 변덕이 죽 끓듯 해, 뭔 남자가.'

태성에게 미운 눈초리를 보내던 시온이 일송에겐 친절하게 '맛있게 드십시오' 인사하곤 밖으로 나갔다.

"거 에미나이, 성깔 보통 아니구나야."

"우영이 그 녀석은 저런 앨 어떻게 알아가지고."

"우영이가 제주도에 여잘 숨겨뒀을 리도 없구. 그 녀석이 신경 쓰는 아가씨라니, 단순한 사이는 아니갔구만기래."

그럼 우영의 짝으로 점지해 둔 건가?

우영을 친아들처럼 예뻐하기는 일송도 매한가지라 시온에게 더욱 마음이 갔다.

"꼭 알아도 저런 천방지축을……. 쯧쯧."

연신 볼멘소리를 내는 태성 때문에 일송이 하하 큰 소리로 웃었다.

"그래서 젊은 기 좋은 거이야. 천방지축을 떨어도 이뻐 보이는 나이 아니갔어."

"이쁘긴 뭐가 이뻐? 위아래도 못 알아보는데."

일송이 태성을 향해 의미 있는 눈길을 보냈다.

"이쁜 구석이 하나도 없으믄 자네 성격에 기회조차 없었갔디."

"……."

우도를 관광하자고 해서 배를 타고 들어갔더니, 태성의 앞에 놓인 건 스쿠터 두 대였다. 시온이 그를 향해 의기양양하게 미소를 지었다. 미소 속에 불순한 의도가 보여 태성이 경계하듯 물었다.

"뭐야, 이게?"

"제가 특별히 고객님을 위해 준비한 겁니다. 일명, 스쿠터라고 하죠."

"나더러 이걸 타라고?"

"왜? 스쿠터 못 타십니까? 험준한 산을 오르내리는 것도 아닌데 무서우신가 보죠?"

젊어서 한때 오토바이를 탄 적은 있었지만, 일이 바빠지면서 오토바이는커녕 자전거도 탈 시간이 없었다. 더욱이 너무 오랜만에 타는 것이어서 덜컥 겁이 났다. 정말 제대로 탈 수 있을까?

"누가 무섭대? 굳이 차 놔두고 이걸 왜 끌고 다녀야 하는지 모르겠으니 하는 말이지."

"아, 무서우시다고요. 그럼 할 수 없죠. 앞으로 쭉 무서운 건 못 하시는 걸로 알고 있겠습니다."

"말귀를 못 알아먹어, 왜. 무서운 게 아니라······."

"알았다니까요, 고객님. 무서우면 못 타는 거지 어쩌겠습니까?"

끝까지 하지도 않은 말을 주워섬기는 그녀의 속내를 알아차리고 태성은 끙 신음을 삼켰다.

'일부러 자존심 건드리자는 꼼수를 모를 줄 알고?'

'흥! 남자가 돼서 이깟 스쿠터도 못 타는 주제에 큰소리는.'

"뭘 하든 고객 의향부터 물어봐야 하는 거 아냐? 무조건 들이

대기만 하면 그만이야?"

그의 힐난에도 시온은 마냥 느물스럽게 대꾸했다.

"전 하도 언행이 와일드하시길래 당연히 이 정도는 눈 감고도 탈 줄 알았죠. 무서워할 거라곤 상상도 못 했답니다, 고객님."

자꾸만 도발하는 시온 때문에 그는 이까짓 거 못 타랴 자존심이 발동했다. 자가용 운전도 거뜬히 해내지 않았던가.

그리하여 울며 겨자 먹기로 스쿠터를 타게 된 그였다. 좀처럼 속도를 내지 못하는 그의 곁에서 앞질렀다 뒤처졌다 자유자재로 속도를 조절하며 시온은 무척이나 신이 나 있었다. 흔히들 타는 스쿠터가 뭐가 무섭다고 저리 몸을 사리는지. 보기보다 꽤 겁이 많은 남자였다.

"무서우면 지금이라도 포기하시죠, 고객님."

"……."

"이런 건 속도 쫙 내면서 타야 제맛인데. 고객님 수준으론 무리겠죠?"

옆에서 시온이 계속 깐족거렸다. 단순히 도로를 달리는 것뿐인데도 태성은 스쿠터가 겁이 나 좀처럼 속도를 내지 못했다.

결국 멈춰 선 그는 안전모를 벗었다. 그의 옆에 스쿠터를 멈추고 안전모를 벗은 시온이 핀잔을 주었다.

"이럴 거 뭐 하러 오자고 합니까? 당최 재미가 있어야죠, 재미가. 돌아갑시다."

있는 대로 자존심이 구겨진 그가 짧게 변명했다.

"오랜만에 타서 그래."

끝까지 인정을 안 하시겠다?

"완전 초보인 거 티 팍팍 나거든요. 이래 가지고 돌아갈 수나 있으시겠어요, 고객님?"

'저 여우 말에 말려드는 게 아니었는데. 몸만 젊어지면 뭘 해. 할 줄 아는 게 없잖아! 내가 이 나이 땐 베트콩 잡는 전설의 호랑이였다고.'

그 순간, 그는 이제껏 간과하였던 사실 하나를 깨달았다.

'그래! 난 지금 노인이 아니잖아. 편견을 버려, 편견을.'

그는 홀린 듯이 안전모를 쓰고 스쿠터를 다시 몰기 시작했다.

"뭐 하는 겁…… 어, 어디 가는 거야?"

순식간에 달려가는 그를 보며 시온은 기함했다.

"저 또라이!"

정신없이 태성의 뒤를 쫓아갔으나, 그는 조금 전과는 완전히 달라진 모습으로 그녀를 경악케 했다. 숫제 경주하듯 질주하는 그를 향해 시온이 비명에 가까운 소리를 질렀다.

"뭐 하는 짓이야? 안 서!"

경고를 무시한 채 달리는 태성 때문에 그녀는 사고라도 날까 오금이 저릴 지경이었다.

"야! 죽고 싶어! 속도 줄이라구!"

"따라올 테면 따라와 봐!"

자신감이 붙은 그는 엄청난 속도로 달아나 버렸다. 아하하하! 아하하하! 통쾌한 웃음을 흩날리면서.

"아 놔. 뇌에다가 다림질을 했나. 야! 서라고, 좀!"

얼마 후 하고수동해수욕장 앞에서 멈춘 태성은 아까와 딴판으로 세상을 다 얻은 듯 완전히 고취된 표정이었다. 눈부신 백사장과 에메랄드빛 바다가 그의 두 눈에 가득 들어찼다. 잃어버린 자신의 정체를 찾은 양 뿌듯함을 넘어서 뭉클하기까지 했다.

'나 아직 죽지 않았어!'

뒤이어 도착한 시온은 스쿠터를 팽개치듯이 내렸다. 그리고 혼자 환희와 감격에 젖어 눈물을 글썽이고 있는 그에게 벼락같이 화를 냈다.

"야! 너 뭐야! 사고라도 나면 어쩌려고!"

"재미없다지 않았나? 기껏 실력 발휘했더니 왜?"

"놀랐잖아. 다치는 줄 알고."

"……."

아닌 게 아니라 그녀의 얼굴이 새파랗게 질려 있었다. 태성은 그녀가 진심으로 걱정했다는 걸 알자 약간 미안해졌다.

"많이…… 놀랐어?"

그녀는 애초에 스쿠터를 타게 된 까닭을 이야기했다.

"초보인 줄 알고 가르쳐 주면 되겠다 싶었지, 난. 아깐 왜 그런 건데? 이렇게 잘 타면서……."

저런. 식은땀까지 흘린다. 이 정도로 놀랄 줄은 몰랐는데. 가끔 참 안 어울리는 짓을 하는 여자다.

안쓰러운 마음에 태성은 자기도 모르게 손을 뻗어 그녀의 뺨으로 방울져 흘러내리는 땀을 쓱 닦아주었다. 그의 갑작스러운 행동에 시온의 가슴이 철렁 내려앉았다. 이제껏 보여주지 않았던 다정함 때문이었을까. 짜릿한 무언가가 머리끝에서부터 발끝까지 전신을 훑고 지나갔다. 이게 진짜 전기였다면 감전사하고도 남을 정도의 충격이었다.

"그러게 왜 잘난 척이야?"

"……."

가슴이 뛰어 아무 말도 할 수 없는 그녀의 마음을 아는지 모르는지 태성은 이내 바다를 향해 돌아섰다. 시원하게 부는 바람이 그의 머리칼을 마구 흩어놓았다.

"하아— 오랜만에 신나게 달렸더니 속이 다 뻥 뚫리는 것 같다."

손으로 가볍게 땀을 훔치는 그의 모습이 섹시해 보여 시온의 얼굴이 발갛게 달아올랐다.

'왜 가슴이 쫄깃거리는 거야?'

시온은 자신의 감정 상태가 당혹스러워 그의 땀에 젖은 얼굴만 뚫어져라 바라보았다.

우도를 나와 쇠소깍으로 온 태성과 시온은 투명카약에 올랐다. 쇠소깍의 절경이 기가 막혔으나, 그녀의 눈에는 제대로 들어오지 않았다. 스쿠터 사건 이후 그녀의 기분은 계속 침체된 상태였다. 자상하게 땀을 닦아주던 그의 모습이 자꾸 떠올랐던 탓이다. 뿐인가. 바닷바람을 쐬며 땀을 훔치던 모습이 섹시하기까지 했던 순간을 떠올리자 눈앞이 아찔했다.

생각할수록 기가 찰 노릇이었다.

"절대 아냐! 악마한테 잠깐 홀린 거라고!"

너무 생각에 빠진 나머지 갑자기 시온이 벌떡 일어서는 바람에 중심을 잃고 배가 기우뚱했다. 깎아지른 경치를 감탄하며 구경하던 태성이 놀라 외쳤다.

"앉아!"

"어라라라!"

태성이 중심을 잃고 흔들리는 그녀의 손목을 확 잡아채 끌어당겼다. 그의 품으로 폭 안기며 시온이 외마디를 질렀다.

"악!"

배가 몹시 흔들려 그는 자기도 모르게 시온을 꽉 끌어안았다. 그리고 소스라치게 놀라 일어나려는 그녀를 야단쳤다.

"가만있어!"

그의 탄탄한 가슴에 안긴 시온은 그만 우주 한복판에 떨어진 것처럼 정신이 아득해졌다. 처음 바닷가 바위 위에서 만났을 때와 비슷한 형국이었으나, 그녀의 마음은 극과 극이었다. 불과 한 시간 전까지만 해도 괴상하기 그지없던 그가 어떻게 멋진 남자로 보이는 건지 알다가도 모를 일이었다.

분명 마법에 걸린 게 틀림없었다.

❖　　❖　　❖

"오늘 또 뭔 일이 있었길래 폭주냐. 무섭다 난, 얘."

회식이라고 2차로 생맥주 집에 와서는 연거푸 술을 마시는 시온을 보며 혁보가 지레 겁을 냈다. 알딸딸하게 취한 그녀가 푸시시 실없는 웃음을 흘렸다.

"역시 찬 게 들어가니까 속 차려지네. 으흐흐."

"진심 궁금하다. 캐릭터를 막 파헤쳐 보고 싶어."

기찬이 시온에 대한 탐구 의욕을 불태우자 안주만 홀랑홀랑 집어 먹던 닉이 맞장구를 쳤다.

"평범한 캐릭터는 아니지. 후후."

시온이 뭘 해도 못마땅한 고지는 입꼬리를 비틀며 짜증을 냈다.

"좀 보내 버리면 안 돼? 다들 걷는데 혼자 달리면 어쩌자는 거야? 눈치도 없이."

고지가 구박을 하든지 말든지 시온은 원석에게 술잔을 내밀며 애교를 부렸다.

"팀장님, 저 술 뚜떼요."

그녀의 혀 짧은 애교에 모두 찬물을 뒤집어쓴 표정이었다.

"천천히 마셔요, 시온 씨. 급하게 마시면 체해요."

혼자만 귀여워 보이는지 원석이 자상하게 그녀를 챙기자, 이번엔 모두 멍한 시선으로 원석을 바라봤다. 남자고 여자고 구분 없이 대하던 원석이 맞는가? 처음 시온을 만났을 때부터 심상치 않더니 완전히 시온의 마법에 걸려든 것 같았다.

"아잉, 어떠용."

계속되는 시온의 애교에 원석이 빙그레 웃으며 술을 따라주었다. 원석을 웃게 만드는 그녀가 신기해 기찬과 닉이 되레 흥분했다.

"와, 이 누나 장난 아니다. 돌부처를 아주 녹여 버리네."

"난 팀장님이 웃는 것도 처음 봤어."

애교마저 밀린 고지는 끓는 속을 달래려 애꿎은 술만 벌컥대며 마셨다.

결국 흠뻑 취해 버린 시온은 원석의 어깨에 기대 꾸벅꾸벅 졸았고, 그 모습을 봐야 하는 고지의 눈에선 집채만 한 불이 활활 타올랐다. 터지기 일보 직전인, 풍선처럼 팽팽한 분위기 속에서 혁보는 마른 한숨을 푹푹 쉬어댔으며, 기찬과 닉은 살얼음을 걷듯 슬슬 눈치만 봤다.

"안 되겠다. 시온 씨 데려다 주고 올게."

고지 때문이라도 자리를 떠야겠다 싶어 원석이 시온을 부축해 일어나자, 혁보가 냉큼 거들었다.

"그래, 얼른 데려다 줘라. 살벌해서 술도 안 취한다."

원석이 시온을 데리고 나가자마자 고지가 분풀이라도 하듯이 포크로 먹다 남은 치킨을 쿡쿡 찔렀다. 그 모습이 너무나 무서워 혁보가 구시렁댔다.

"오늘 또 힘들어지게 생겼네. 후우—"

모처럼 일찍 퇴근하던 혜미는 맞은편에서 걸어오는 태성을 발견하고 반색했다. 혹시나 하고 리조트 주변을 돌아봐도 좀처럼 만날 수 없었던 사람이 거짓말처럼 눈앞에 나타난 것이다.

"안녕하세요?"

이런저런 고민에 잠겨 있다가 태성이 고개를 들었다.

'혜미?'

반가운 얼굴을 보자 그는 미소를 지으며 다정히 말을 건넸다.

"늦었구먼."

"네?"

또 어색한 말투가 문제였던가 보다. 그녀를 의식해 태성은 얼른 젊은이 말투로 바꾸었다. 그간 열심히 DVD 본 효과를 발휘해 보실까나.

"아…… 늦게 뭐 하냐는 말이었어."

꾸민 말투가 조금 어색했지만, 혜미가 듣기엔 그렇지 않았던 모양이다. 생긋 웃으며 편하게 다음 말을 이어갔으니 말이다.

"산책 중이었어요."

태성은 까만 하늘에 휘영청 떠 있는 달을 올려다봤다. 달 주위에 별들이 반짝반짝 수를 놓았다. 서울에선 보기 드문 장관이었다.

"산책하기엔 정말 근사한 밤이지?"

혜미의 눈엔 그런 그가 매우 낭만적으로 보였다. 목소리가 성우처럼 근사한 데다 말투도 어쩜. 한 자 한 자 집중하게 만든다.

"오늘은 성함 알려주세요."

"백…… 태성."

"태성 씨, 그땐 경황이 없어 제대로 사과도 못 하고. 죄송했어요."

그녀는 수줍은 마음에 계속 찾았다는 말은 꺼내지 못했다.

"새삼스럽게 뭘. 지금은 괜찮은가?"

"네."

그날 재규와 무슨 일이 있었던 건 아닐까 걱정이 된 그가 넌지시 물었다.

"무슨 일이 있었던 모양이지?"

혜미로서는 두 번 다신 생각하고 싶지 않은 일이라 쓴웃음을 지었다.

"늘 좋은 일만 있는 건 아니니까요."

'오 이사 딸만 아니어도 우리 우영이랑 짝지어주면 좋으련만.'

재규가 혜미를 좋아하는 것 같아 마음이 쓰이지만, 혜미는 그렇지 않으니 안타깝긴 했다. 하지만 우영이와는 어릴 적부터 친구이니 아주 불가능한 것도 아니었다. 답답하게도 두 녀석 다 친구 이상으로 생각하지 않아서 문제였지만.

편견을 걷어내고 보면 혜미가 조신하고 총명한 며느릿감으로는 최고였다. 어려서부터 됨됨이를 봐온 터라 오 이사에게 하듯 냉정하게 대하기가 어려웠다.

"너무 마음 다치지 말고 살아."

그가 속을 꿰뚫어 보는 것 같아 혜미는 내심 놀랐다. 위로하듯 어깨를 툭툭 두어 번 쳐주는 그의 모습에서 시선을 뗄 수가 없었다. 누군가를 찾아다니고, 그 사람 때문에 가슴이 뛰어본 적이 언제이던가. 기분이 이루 말할 수 없이 혼란스러웠다. 이런 감정, 정말 오랜만이다.

'이상해. 낯설지가 않아, 아주 오래전부터 알던 사람처럼.'

나란히 걷던 두 사람이 걸음을 멈춘 건 가로등 아래 벤치에 앉아 있는 시온과 원석을 발견했기 때문이다. 술 좀 깨보겠다고 시온이 기껏 가자 한 곳이 리조트였던 것이다.

원석이 캔커피를 따서 그녀에게 건넸다.

"괜찮아요?"

시온이 끄떡없다는 듯 싱긋 웃었다.

"이 정도에 쓰러지면 강시온 아니게요. 후후."

안간힘을 다해 버티는 것 같아서 원석은 마음이 아팠다. 태성과 트러블이 생겼을 땐 괜히 가이드를 시킨 게 아닐까 후회했고, 지금은 안 부장의 마수에 곁에 두지 않으면 안 될 상황이 되어버렸다.

"왜 집으로 가지 않고……?"

시온은 나뭇가지 사이로 보이는 리조트를 물끄러미 올려다봤다. 그 시각까지 환하게 불을 밝힌 그곳 어딘가에 태성이 있을 것이다.

왜 하필 그였을까?

곰곰이 생각해 보니 비행기에 이어 제주도에서 만난 게 처음부터 예정된 인연처럼 느껴졌다. 옆 펜션에 묵은 것도 흔치 않은 우연인 데다 약속이나 한 것처럼 리조트에서 다시 만난 것 역시 심상치 않았다. 그 모든 게 하나의 인연으로 해석하자 그를 향한 감정이 쉽게 지나쳐지지 않았다.

4월의 밤은 아직 추웠다. 시온이 오들오들 떨기에 원석은 겉옷을 벗어 어깨에 걸쳐 주었다. 온몸을 감싸는 따뜻함에 그녀는 빙그레 미소 지으며 눈을 감았다. 은은한 달빛을 받으며 앉아 있는 그녀가 예뻐서 원석은 그윽한 눈길로 물끄러미 바라보았다.

애정이 담뿍 담긴 시선으로 시온을 바라보는 원석의 눈빛에 태성은 자기도 모르게 휙 돌아서 걷기 시작했다. 더 이상은 볼 수 없을 만큼 심장 부위가 따끔거렸던 탓이다. 정체 모를 불쾌감이 그의 머릿속을 싸늘하게 식혔다.

"저럴 줄 알았어."

곁을 따라오며 혜미가 실망감으로 중얼거리는 소리에 그의 심기가 더욱 흐트러졌다.

"알다니, 뭘?"

"저 두 사람, 심상치가 않았거든요."

그녀도 속상하긴 매한가지였다. 내심 시온이 우영과 잘되길 바랐었으니 말이다. 태성이 못마땅한 듯 인상을 구겼다.

"차라리 잘됐지 뭐."

"네?"

"아냐, 아무것도."

노여움이 가득한 얼굴로 성큼성큼 앞서 가는 그를 보며 혜미는 고개를 갸우뚱했다.

"질투하는 사람처럼 왜 저래?"

새벽녘, 호텔 옥상 아래로 굵은 밧줄이 휘리릭 떨어져 내렸다. 잠시 후 누군가가 그 줄을 타고 내려왔다. 검은 옷에 복면을 한 상태라 얼굴을 확인할 수 없었으나, 능숙한 솜씨로 줄을 타는 걸로 보아 전문가였다.

　어느 정도 내려왔을 때 마침 지나던 방에서 불이 환하게 켜졌다. 살짝 안을 엿보던 복면인은 급히 몸을 날리다시피 하여 벽에 찰싹 달라붙었다. 방 안에서 태성을 본 탓이었다. 다행히 들키지 않은 모양이었다.

　다시 불이 꺼지자, 복면인은 숨을 고른 뒤 천천히 한 층 아래로 내려갔다. 그러고는 문이 열렸는지 확인하더니 곧장 어두운 방 안으로 빨려 들어가듯 사라져 버렸다.

―보고서 3

* 백태성과 천일송의 관계

천일송도 백태성이 백호의 아들이란 걸 몰랐을 가능성이 큼.
백호 회장이 지인들에게 백태성의 존재를 철저히 숨긴 것으로 판명됨.

＊ 백태성과 강시온의 관계 : 모호함.

　＊ 강시온과 소원석의 관계 : 강시온이 소원석에게 일부러 접근했을
가능성이 큼.

제7장

아침 일찍, 오 이사와 이사 3인방이 부리나케 재규의 방을 찾았다. 또 무슨 일로 이른 아침부터 들이닥쳤는지 몰라 재규는 잔뜩 얼굴을 찌푸렸다. 그런데 듣자 하니, 호텔에 도둑이 들었다는 것이다.

"가방 안에 든 게 전부 돈이었답니다. 자그마치 3억이나 되는 돈을! 근데 더 큰 문제는……."

말하다 말고 안색이 하얗게 질린 정 이사가 마른침을 꿀꺽 삼켰다.

"피해자가 부산의 유명한 살모사파 두목입니다. 야쿠자랑은 형, 아우 하는 사이랍니다."

"살모사파요?"

어리둥절해하는 재규에게 흥분한 조 이사가 빠른 어조로 설명을 이어 나갔다.

"우리가 방에 찾아갔었는데요. 글쎄, 몸이 뱀 소굴이더라고요."

그의 얼굴이 마치 진짜 뱀이라도 본 듯 사색이 되어 있었다.

"도둑놈이 검은돈인 거 알고 훔쳐 간 겁니다."

"신고해 봐야 걸릴 걸 아니까 우리한테 내놓으라 생떼입니다."

다른 이사들이 서로 앞다투어 말을 보태자, 이해가 되지 않는 부분이 있어 재규가 급히 말을 가로막았다.

"어차피 신고 못 할 돈이라면서요. 우리 쪽에서 신고하면 그쪽도 곤란해지는 건 마찬가지 아닙니까. 근데 왜 우리가 벌벌 떨어야 하죠?"

오 이사가 답답하다는 듯 대꾸했다.

"간단한 문제가 아닙니다. 자칫 리조트가 범죄의 소굴로 비쳐질 수도 있습니다. 도둑에 조폭에 검은돈까지. 마약 거래라도 한 돈이면 어쩔 겁니까. 가족 리조트 이미지에 큰 타격을 입게 되는 데다 고객들이 불안에 떨 겁니다."

"그럼 어쩌자는 겁니까? 그냥 순순히 돈을 물어줘야 한단 겁니까? 그러다 소문나서 너도나도 일일이 다 변상해 달라 하면 그땐 또 어쩌려고요? 한 번 변상해 주기 시작하면, 작은 것 하나도 다 해줘야 합니다."

"살모사가 아니라 능구렁입니다."

"예?"

"신고해도 상관없답니다. 대신, 조용한 영업은 기대하지 말랍니다."

"협박을 했단 말입니까?"

오 이사는 재규의 굳어진 얼굴을 흥미롭게 바라보았다. 이번 일은 백 회장이 없는 사이, 재규에게 처음으로 찾아온 위기였다. 과연 그가 어떻게 일을 처리할지 궁금했다.

"시간 끌어봤자 마찰만 더 심해질 겁니다. 결정을 내리시죠. 신고를 할지 아니면 적당히 구슬려 합의를 볼지."

땅!

태성이 친 공이 시원하게 포물선을 그리며 공중을 날아갔다. 골프만큼은 프로급인 그는 긴 다리와 긴 팔로 완벽한 자세를 보였고, 표정 또한 자신감이 충만했다. 상큼한 코발트빛이 들어간 골프복 차림의 시온이 '오올!' 하는 표정으로 짝짝 박수를 쳤다. 하지만 속마음은 한가하게 박수나 치고 있을 상황이 아니었다. 어제 스쿠터에 대한 보복 골프가 아닐까 싶을 정도였으니.

"안 치고 뭐 해?"

불안감은 곧 현실로 돌아왔다. 난감해진 시온이 선뜻 앞으로 나서지 못하고 쭈뼛거렸다.

"골프 한 번도 안 쳐봤는데……."

"맨날 퍼펙트만 외쳐 대더니 못 하는 게 다 있었어? 오늘은 내가 하고 싶은 걸 골라도 된다면서. 하도 잘난 체하길래 이 정도는 식은 죽 먹긴 줄 알았지."

그녀는 지고 싶지 않아 느물스럽게 대꾸했다.

"제가 운동신경이 남다르긴 합니다, 고객님."

"해봐, 그럼."

도도하게 고개를 들고 앞으로 나와 자세를 잡은 시온은 골프채를 꽉 쥐고서 힘껏 스윙했다. 하지만 쉬잉— 바람을 가르며 시원스레 날아가는 골프채만 볼 수 있었다. 두 팔을 높이 치켜들고 몸을 비튼 그 자세로 얼어붙은 그녀를 보고 그가 비웃었다.

"힘 좋은 건 확실하구면."

'망신, 망신, 개망신!'

실수를 만회하고자 그녀는 한껏 의욕을 불태웠다.

"한 번 실수는 병가지상사라고 했습니다, 고객님."

그가 건네는 다른 골프채를 잡고서 진지하게 조준했다. 이번엔 기필코 성공하리라. 그리고 야심 차게 스윙!

각오가 허무하게 헛스윙하고 비틀거리며 한 바퀴 턴을 한 시온은 그 후로도 거듭 도전했으나 번번이 실패만 맛보았다. 뜻대로 되지 않아 약이 오를 대로 오른 그녀에게 태성이 이죽거렸다.

"남다른 운동신경은 언제 보여줄 건가?"

대답도 못 하고 애꿎은 허공을 향해 씩씩대는 그녀에게서 골프채를 빼앗은 그가 나섰다.

"이리 내. 내가 하는 거 보고 잘 따라 해. 알았어?"

골프채를 살짝 쥐고서 기다란 몸을 비틀어 가볍게 스윙한 태성은 으쓱해하며 시온에게 골프채를 건넸다. 멋지게 시범을 보인 그를 따라 시온도 다시 자세를 잡았다. 이번엔 제대로 쳐보자는 심산으로 열중, 또 열중.

"어허― 그게 아니지."

똑바로 자세를 잡아주는 그의 자상한 손길에 그녀는 일순 몸이 굳는 느낌이었다.

이건 온기가 아닌 열기. 그에게서 뿜어져 나오는 건 분명 뜨거운 에너지였다. 단순히 손끝만 스친 것일 뿐인데도 엄청난 화기를 느끼고 그녀는 당혹감을 감추지 못했다.

"왜 이리 뻣뻣해. 힘 빼. 심호흡."

마치 온순한 양이 된 것처럼 시온은 그가 시키는 대로 했다. 실은, 어떻게 대응해야 할지 당황스러워 얌전히 그의 말에 따를 수밖에 없었다.

둥둥둥둥.

심장이 KTX 속도보다 빨리 뛰었다.

"스윙!"

태성의 코치에 맞춰 골프채를 휘두르자 제대로 맞은 공이 허공으로 쭉쭉 뻗어 나갔다. 그가 기특하다는 듯 시온을 봤고, 그녀는 기쁨에 차서 입이 함지박만 하게 벌어졌다.

"와아! 봤지, 봤지? 대박!"

신이 나서 춤이라도 출 것 같은 그녀 때문에 태성의 입에도 은근한 미소가 감돌았다. 역시 성과를 내는 방법 중에 자극만큼 좋은 건 없었다.

그는 진심으로 그녀에게 축하의 박수를 쳐주었다.

"나이스 샷!"

리조트로 돌아가는 길에서도 시온은 처음 쳐본 골프에 흥분을 가라앉히지 못했다. 그가 계속 코치를 해주어서 실력이 쑥쑥 올라갔다. 처음으로 마음과 뜻이 맞는 시간이었달까. 모처럼 화기애애한 시간이었던 덕에 그녀도 태성도 무척 기분이 좋았다.

"나, 완전 잘하지 않아? 골프를 왜 치나 했는데, 해보니까 알겠더라고. 골프 친 지 얼마나 됐어? 선수 해도 되겠더라."

"겨우 몇 번 맞았다고 호들갑은. 쯧쯧."

그가 야단을 쳐서야 시온은 찔끔했다. 또 본분을 잊고 실수를……. 그의 말마따나 지금은 업무 중인 것이다. 얼른 사무적으로 표정을 바꾼 그녀는 정중히 경어를 썼다.

"제가 깜박했습니다, 고객님. 또 하고 싶은 거 있으십니까?"

"저녁에 파티가 있어. VIP 고객들과 팀장급 이상 참석이야. 연락 못 받았어?"

며칠 전부터 공지를 듣긴 했으나, 그녀와는 하등 관계없는 일이어서 까맣게 잊고 있었다.

"참. 그럼 오늘 일정은 이걸로 마치겠습니다, 고객님."

시온이 태성과 헤어져 사무실로 돌아왔을 때 혁보 혼자 그곳을 지키고 있었다. 컴퓨터로 무언가를 보고 있다가 시온이 들어오자 황급히 끄고 다른 창을 켠다. 화면에 산, 사무실, 실내훈련장, 회식 때 찍은 직원들 사진들이 보였다.

컴퓨터 너머로 힐끗 그녀를 보며 혁보가 알은체를 했다.

"일찍 왔다?"

"네. 저녁에 파티 있잖아요. 덕분에 자유시간이에요. 뭐 보세요?"

"옛날 사진. 소 팀장 우리 회사 들어오고 얼마 안 돼서 찍은 거. 벌써 1년이 지났네."

감회가 새로운 듯해 시온이 관심을 가지고 그에게 다가갔다.

"저도 좀 봐도 되죠?"

"되지, 그럼. 와서 봐."

혁보 옆으로 가 사진을 들여다보며 시온이 넌지시 물었다.

"근데요, 과장님은 팀장님 어떻게 알게 됐어요?"

"어? 어, 그게…… 트레킹 하다가."

"안 지 오래됐어요?"

"꽤 됐지. 7, 8년 됐지, 아마. 왜?"

'그렇게 오래?'

대체로 편안한 분위기의 직원들이었으나, 원석 혼자만 동떨어진 느낌이라 알고 지낸 지가 얼마 안 된 줄 알았다.

"아, 아뇨. 그냥…… 기찬 씨가 팀장님이 신비주의 콘셉트라 그러길래."

"신비주의 콘셉트?"

혁보가 너털웃음을 터뜨렸다.

"맞아. 그래서 나도 아는 게 없다."

"7, 8년이나 됐는데도요?"

"연수만 그렇지, 가깝게 지낸 건 우리 회사 들어오고 나서라 1년 정도밖에 안 돼. 시온 씨도 너무 알려고 들지 마. 뭐, 봤으니까 알겠지만, 사람은 좋아. 믿을 만하고."

"……."

뭔가 알아낼 수 있을까 했더니 허탕이었다. 혁보가 숨기는 건지 원석이 수상한 건지 아리송했다.

그로부터 두 시간 후, 시온은 원석의 구두를 들고 부랴부랴 호텔 파티장으로 달려가야 했다. 깜박 잊고 양복만 가져가고 사무실에 구두를 놓고 간 원석에게 부탁 전화를 받은 것이다.

파티장은 안팎으로 준비에 여념이 없었는데, 하나둘 손님들이 도착해 금세 붐비기 시작했다. 네팔에서도 종종 친구들끼리 모여 파티를 하곤 했지만, 차원이 너무나 달라서 그녀는 신기해하며 파티장 안을 기웃거렸다.

"시온 씨!"

원석이 부르는 소리를 듣고 돌아보자 엘리베이터 쪽에서 그가 걸어왔다. 감색 슈트를 쫙 빼입고 멋스럽게 머리 손질까지 한 그를 보자 다른 사람 같았다. 아빠와 얽힌 사람만 아니라면 진즉에 반했을지도 모르겠다. 아직 아무것도 밝혀지지 않은 이상 선입견은 잠시 접어두고 시온은 진심으로 그를 칭찬해 주었다.

"와우, 슈트발 최고!"

엄지를 척 들어 올리는 그녀 때문에 원석이 소년처럼 얼굴을 붉히며 쑥스러워했다.

"미안해요, 시온 씨."

"괜찮아요. 어서 갈아 신으세요."

시온이 그의 발 앞에 구두를 가지런히 내려놓았다.

"고마워요."

원석이 구두로 갈아 신자, 시온이 냉큼 벗어놓은 운동화를 챙겨 구두를 담았던 종이가방에 넣었다.

원석이 파티장 안으로 들어가는 것을 보다가 그녀는 천천히 엘리베이터로 향했다. 화려한 차림으로 지나가는 사람들을 눈이 휘둥그레져 바라보았다. 산에서만 줄곧 살아온 그녀에게 이런 광경은 무척 생경했다.

"시온 씨."

누군가 부르기에 쳐다봤더니 그 여의사였다. 오혜미라고 했던가.

"어! 의사쌤."

청아하고 아름다운 드레스를 입은 혜미를 보자 시온은 입을 다물지 못했다. 이지적이고 우아한 건 알았지만, 같은 여자가 봐도 그녀는 정말 눈이 부셨다.

"우와, 정말 예뻐요."

옷차림을 봐선 파티에 온 것 같지 않아 혜미는 시온이 이곳에 온 이유가 궁금했다.

"누구 기다려요?"

시온은 운동화가 담긴 종이가방을 슬쩍 뒤로 감췄다.

"만나고 가는 길이에요. 심부름 왔거든요."

"왜요? 같이 참석하지."

"VIP들이랑 팀장급 이상 참석하는 자리잖아요."

그랬나? 그것까진 관심이 없었던 혜미는 마침 시온을 만난 게 기뻤다.

"어차피 격려 차원인데요, 뭘. 잘됐네요. 내 친구 좀 해줘요. 우영이도 반가워할 거예요."

"우영…… 이요?"

"전에 병원 데려왔던, 회장님 비서요."

"아! 도우영 비서님. 에이, 그래도 제가 어떻게……. 됐어요. 들어가세요. 전 가볼게요."

시온이 아쉬운 얼굴로 돌아섰고, 점점 멀어져 가는 그녀의 뒷모습을 혜미가 생각이 깊은 눈으로 바라보았다.

❖　　❖　　❖

일송의 호텔방에서는 턱시도로 갖춰 입는 태성을 일송이 바라보고 있었다. 단단한 체격 덕분에 옷맵시가 제대로 나는 그를 보자 일송은 자기도 모르게 흐뭇한 미소를 지었다.

"이렇게 갖춰 입으니끼니 더 똑같구만기래."

태성도 거울에 비친 자신과 일송을 보며 기분이 묘했다. 어려서부터 같이 나이가 들어온 친구가 낯설게만 느껴졌다.

"문득문득 두려워져."

"어째?"

"내 생체 시계가 이대로 멈춰진 건 아닐까. 서른에서 다시 새 인생을 살아야 하는 걸까. 아니면 이러다 갑자기 시간이 멈춰 버리는 건 아닐까."

일송의 표정이 문득 결연해졌다.

"나 같음 이럴 때 승부 한 번 멋지게 걸어보갔다."

"승부?"

"70년을 살았다. 앞으로 1년을 살지, 10년을 더 살지 신밖에 모르는 일 아닌가? 자네가 젊어진 거이 신의 선물일지 어찌 알갔어?"

그랬다. 신의 선물인지 사기일지는 두고 봐야 알 일이다. 어느새 일송은 이 믿기지 않는 현상이 사실이길 바라고 있었다. 이유는 간단했다. 백호처럼 유능한 사람이 이대로 인생의 뒤안길로 사라지는 게 아쉬웠기 때문이다.

"신의 선물?"

"기래. 그러니 두려워 말고 맞서라우. 자네답게. 안 그럼 내래 자넬 믿어준 거이 억울하디 않갔어."

일송의 믿음이 이전보다 훨씬 커진 걸 알고 태성이 빙긋 미소를 지었다.

"자넨 정말 안 갈 텐가?"

일송이 내키지 않는 듯 손을 휘적휘적 저었다.

"내래 파티 같은 거 홍미 없어야. 나보다야 자네가 참석해야 할 자리 아니네. 다녀오라우. 들키지만 말구서리."

"아들놈도 못 알아보는데 뭘."

이전 레스토랑에서 재규와 마주쳤던 일을 떠올리며 태성이 씁쓸해하자, 일송이 불현듯 눈빛을 번뜩였다.

"오 이사는 조심해야 할 거이야. 여우처럼 눈썰미가 보통 아니야. 도 비서랑 마주치는 것도 조심하구. 괜히 아는 척했다가 사람들 눈에 띄면 골치 아프니끼니. 고저 그림자처럼 살펴만 보구 날래 오라우. 알간?"

"불안하긴 한가 보군. 자네답지 않게 잔소리가 긴 걸 보니. 다녀올게."

그가 나가는 걸 보다가 일송이 혼잣말로 중얼거렸다.

"새 인생 다시 살아보는 것도 나쁠 거 없디. 그럼 후회할 일도 안 생길라나."

한 시간 후, 파티는 이미 시작되어 삼삼오오 모인 사람들이 정겹게 담소를 나누고 있었다. 사람들 사이를 헤치며 우영을 찾던 혜미는 클러치백 안에서 핸드폰을 꺼내 전화를 걸었다.

"어디 있어? ……찾았다."

우영은 두리번거리다가 저만치에서 걸어오는 혜미를 발견하고 전화를 끊었다. 파티가 시작되고 한 시간이 지나도록 나타나지 않아 무슨 일인지 걱정했었다. 급한 일이 생겨서 늦을 거란 전화는 받았었지만, 이 정도로 늦을 줄은 몰랐던 것이다.

"왔어?"

그런데 혜미 뒤에 누군가가 숨어 있었다. 얼핏 보이는 붉은빛이 은은히 감도는 드레스 자락이 그의 시선을 끌었다.

"누구……?"

"서프라이즈!"

혜미가 장난기 어린 표정을 지으며 쓱 비켜서자, 그곳엔 민망해 어쩔 줄 몰라 하는 시온이 서 있었다. 무작정 혜미의 손에 이끌려 급하게 머리 손질과 드레스까지 차려입은 시온의 모습은 무척이나 섹시했다. 어깨와 등이 고스란히 드러나고, 가슴과 허리를 타이트하게 조이다가 엉덩이 선을 따라 자연스럽게 흐르는 드레스에 정작 본인은 어색하기 그지없었지만 말이다. 편한 옷차림이 진리라 여겼던 그녀에게 드레스는 그야말로 신세계였다.

"하하…… 안녕하세요, 도 비서님?"

시온의 새로운 모습에 우영은 정신이 멍해져 버렸다. 예쁜 줄은 알았지만 이 정도일 줄은 몰랐다. 가슴이 쿵닥쿵닥 뛰어 어떻게 인사를 해야 할지도 잊어버렸다.

그 모습을 멀찌감치 서서 똑같이 바라보고 있는 사람이 있었으니, 바로 원석이었다. 돌아간 줄로만 알았는데 어떻게 된 건지 의아했다. 그보다 원석은 시온의 아름다운 모습에 취해 가슴이 두근대는 것도 의식하지 못했다. 넋이 빠져 있다가 퍼뜩 정신을 수습한 그가 큰 걸음으로 그녀에게 다가갔다.

"시온 씨."

"앗! 팀장님."

"어떻게 된 거예요?"

"그렇게 됐어요. 오 쌤이 같이 오자 그래 갖고. 근데 진짜 와도 되나 몰라."

약간 흥분한 듯 두 볼이 볼긋해진 시온이 주변 눈치를 봤다. 원석의 은근한 눈빛이 그녀에게서 떨어질 줄 몰랐다.

"걱정 말아요, 나랑 같이 왔다고 하면 되니까."

"그러다 팀장님 욕먹으면……."

"공동 책임지죠, 뭐."

"주범은 나고요."

우영과 혜미까지 합세해서야 시온은 비로소 환하게 웃음 지었다.

참 좋은 사람들.

하지만 원석에게 시선이 머물자 그녀의 얼굴에서 서서히 웃음이 사그라졌다. 원석만 보면 그를 속이고 있다는 죄책감을 떨칠 수가 없었다.

혜미와 칵테일을 마시며 우영은 조금 떨어진 곳에서 원석과 이야기 중인 시온을 힐끔거렸다. 시온과 다정해 보이는 원석이 자꾸 신경에 거슬렸다. 질투였겠지만, 두 사람은 팀장과 부하 직원이라기보다 연인 같았다.

시온에게 슬쩍 물어보니 아니라고 해서 일단 안심했지만, 남녀 사이란 언제든 발전할 수 있었다.

줄곧 시온만 눈으로 좇고 있는 우영에게 혜미가 넌지시 충고했다.

"분발 좀 해야겠다."

"어?"

"시온 씨 말야. 기껏 꾸며서 데려왔더니 딴 사람 좋은 일 시키는 것 같아서."

"나 때문에 시온 씨 데려온 거야?"

"나름 성형외과 의사로서 실험정신도 있었지. 시온 씨 매력적이잖아. 그 매력이 어디까지일까 알아보고 싶었어."

"시온 씬 안 꾸며도 예뻐. 근데 꾸며놓으니까 백만 배는 더 예쁘다."

팔불출처럼 입이 헤 벌어지는 우영에게 혜미가 곱게 눈을 흘겼다.

"그러니까 좀 잘해보라고, 이 누님 노력이 헛되지 않게."

그녀의 진심 어린 충고에 우영이 멋쩍게 웃었다.

"알려줘 봐, 어떻게 해야 하는지."

사실, 변변히 연애도 못 해본 처지라 어떻게 해야 하는지 도통 감이 잡히지 않았다. 바라만 봐도 가슴이 두근거릴 만큼 좋은 여자와 연인이 되는 방법이란 그에게 공부보다 더 어려운 숙제였다.

우영이 고민에 빠진 사이, 얘기하다 말고 두리번거리는 시온에게 원석이 의아하게 물었다.

"왜요? 누구 찾아요? 백태성 씨?"

시온이 하얀 이를 드러내며 씩 웃었다.

"보여줘야죠, 나의 이 퍼펙트한 모습을."

그녀는 엉뚱하게도 태성에게 자신의 예쁜 모습을 보여주고 싶었다. 그동안 무시당한 게 억울해서라도 색다른 매력을 어필하고 싶었는데 도통 보이질 않으니 애가 탔다. 일부러 찾아다닐 수도 없고. 이대로 파티가 끝나 버리면 무척 아쉬울 것이다. 이렇게 꾸미기가 어디 흔하랴.

주로 현장에서 일을 했던 탓에 원석은 고급스러운 양복을 입고 와인을 마시며 사람들과 어울리는 일이 아직도 어색했다. 그나마 시온이 곁에 있어 중간에 몰래 빠져나갈 일은 없어졌다. 아니, 오히려 그녀와 함께 있는 이 시간이 길면 좋겠다고 생각했다.

그런데 태성을 찾는 시온을 보자 이루 말할 수 없이 서운했다. 안 부장의 협박 때문에 곁에 두고 있지만, 이러다 정말 시온이 태성과 엮여 버리면 낭패가 아닌가. 시온과 태성이 더 가까워지기 전에 무슨 수를 써야 한다. 태성이 개인 가이드를 요청했을 때 말리지 못한 게 두고두고 후회가 되었다. 그렇다고 갑자기 가이드를 바꿔 버리면 그의 의심을 살지도 모른다. 안 부장 말마따나 그가 '야누스'에 대해 알고 있을지도 모르잖는가.

❖　　❖　　❖

　시온의 아리따운 자태에 놀라움을 금치 못하는 사람은 비단 우영과 원석만이 아니었다. 바로 파티장 뒷문 쪽에 서 있던 태성이었다. 자기 얼굴을 알 만한 사람들을 피해 다니며 파티장에 온 사람들과 분위기를 살피던 그는 뜻밖에 시온을 발견하고 시선을 빼앗겼다.

　'강시온 아냐. 허— 마법사라도 만난 모양이군.'

　붉은빛이 은은히 감도는 드레스 덕분인지 몰라도 그녀의 속살이 눈부시도록 새하얗다. 원석을 향해 뽀얗게 웃는 모습에 태성은 심장이 떨릴 지경이었다.

　'내가 왜 이러지?

　그는 자신의 감정이 낯설었지만, 아주 이해가 안 되는 건 아니었다. 산책로에서 시온이 원석과 함께 있는 걸 본 이후 수시로 그녀 생각이 났었다. 아니다. 정확히는 핸드폰 때문에 호텔 앞에서 그녀를 기다리고 있을 때, 원석이 찾으러 온 그날부터라고 해야 옳다. 자꾸 신경에 거슬리던 이유가 처음엔 안하무인인 그녀의 태도 때문이라고 여겼다.

　하지만 지금은 달랐다.

　그녀는 젊었고, 예뻤으며, 상큼했다. 가끔은 귀엽기까지 했다.

　어쩌면 그동안 편협심에 그녀를 오해했었는지도 모르겠다. 그저 발랄하고 자기주장이 확실한 아가씨일 뿐인데.

원석에게 웃는 건 이상하리만치 불쾌하지만, 태성은 그 불쾌한 원인조차 원석이 젊어서라고 쉽게 결론지어 버렸다. 그러니까 그는 원석을 질투하는 게 아니라 그들의 젊음을 질투한 것이었다. 그들에 비하면 자신은 껍데기에 불과했다. 그 사실이 그를 슬프게 했고, 질투의 시선을 거둬 돌아서게 만들었다.

파티장에서 나온 태성은 곧장 화장실로 향했다. 세면대 앞으로 간 그는 손목시계를 벗어놓고 꼼꼼하게 손을 씻었다. 그의 옆으로 오 이사가 다가와 섰다. 손수건을 꺼내던 태성은 오 이사를 보자마자 흠칫 놀라 얼른 돌아섰다. 파티장 안에서 용케 피해 다녔는데, 하필 여기서 마주칠 게 뭔가.

오 이사 앞에 나서기는 아직 이르다. 회장의 숨겨둔 아들이 있다는 것만으로도 발칵 뒤집힐 일인데, 하물며 그 아들이 적수라면 달가울 리 없었다.

서둘러 걸음을 옮기던 그는 오 이사의 부름에 멈칫 걸음을 멈춰야 했다.

"잠깐!"

태성은 가슴이 쿵 떨어졌지만, 등을 돌린 채 침착하게 물었다.

"왜 그러시죠?"

그의 뒤통수를 빤히 쳐다보던 오 이사가 떨어진 손수건을 주웠다.

"손수건 떨어졌어요."

"고맙습니다."

얼굴이 보일까 조심하며 태성은 손만 내밀어 손수건을 홱 빼앗아 나가 버렸다.

그의 무례한 행동에 오 이사는 황당함을 금치 못했다.

"건방진 놈. 어느 부서야?"

VIP 고객이라면 모를 리 없어 그는 태성을 리조트 직원이라 오해했다. 불쾌한 얼굴로 다시 세면대로 돌아서다가 벗어놓은 시계를 발견하고 집어 들었다. 시계를 보던 그의 얼굴이 단박에 굳어졌다.

"이, 이건……!"

기겁하듯 놀라 화장실을 뛰어나간 오 이사는 저만치 손수건으로 손을 닦으며 바삐 걸어가는 태성을 불렀다.

"잠깐만요!"

태성의 등이 긴장감으로 경직되었나 싶었는데, 마침 화장실에서 나오던 고객이 오 이사에게 인사를 했다. 인사를 받다가 보니 태성은 이미 모퉁이로 사라지고 없었다.

오 이사는 혹시나 잘못 봤나 싶어 시계를 다시금 자세히 살폈다. 세계적으로 단 열 개밖에 없는 시계로 장인이 특별한 사람들에게만 선물로 주었다고 들었다. 그중 하나가 백호 회장에게 있었다.

한데 저자가 대체 누구기에 이 귀하디귀한 시계를 갖고 있단 말인가.

그 시각, 파티장 안에서는 재규가 계속 혜미를 지켜보고 있었다. 우영과 다정한 모습에 질투심이 끓어올라 견딜 수가 없었다. 간간이 사람들이 그에게 인사를 해왔지만, 그는 건성으로 대할 뿐 파티에 홍미조차 없었다. 그가 파티에 온 이유는 단 하나. 혜미를 보기 위해서였다.

숨이 막힐 만큼 아름다운 그녀의 모습을 보자 비로소 파티에 의미가 부여되었고, 우영만 아니었다면 즐길 마음도 생겼을 것이다.

하지만 언제나 그렇듯 우영이 그의 기분을 점점 망가뜨렸다.

「잘 어울리네, 우리처럼.」

고개를 돌리니 칵테일잔을 든 제시카가 빙글거리며 다가왔다. 재규의 미간이 사납게 찌푸려졌다. 재빨리 주변을 살핀 그가 목소리를 낮췄다.

「네가 여기 왜 있어?」

「뭐가 좋을까? VIP 자격? 아님, 당신 애인 자격?」

재규는 어이없는 표정으로 시선을 돌리다가 혜미와 눈이 마주쳤다. 쌀쌀맞게 고개를 돌리는 그녀 때문에 재규는 미칠 노릇이었다. 그토록 쳐다봐 주길 애타게 기다릴 때는 눈길조차 주지 않다가 하필이면 거머리처럼 졸졸 따라다니는 여자와 함께 있을 때일 게 뭐란 말인가.

그를 보기가 역겨웠는지 자리를 뜨는 혜미의 뒷모습을 눈으로 좇는 재규를 제시카가 홍미롭게 쳐다보았다.

혜미가 정문으로 걸어갈 때였다. 갑자기 문이 열리며 험상궂

은 사내들이 들이닥쳤다. 살모사파였다. 깜짝 놀란 혜미는 한꺼
번에 들이닥친 조폭들 때문에 주춤주춤 뒤로 물러서다 누군가와
부딪쳐 넘어지고 말았다.

그 모습을 보고 있던 재규가 한 발 떼려는 찰나, 조폭 하나가
다가와 혜미의 손목을 거칠게 잡아 일으켰다. 순간, 재규의 가슴
이 쿵 떨어졌다.

"파티 끝나고 나랑 어때, 아가씨? 엘리베이터만 타면 바로 호
텔인데 멀리 갈 것도 없고."

능글맞게 수작을 거는 놈에게서 앙칼지게 손을 뿌리친 혜미가
조금도 기죽은 얼굴이 아닌 경멸스러운 표정으로 노려보았다.
혐오감이 가득한 그녀의 눈빛에 더욱 화가 난 놈이 버럭 소리를
질렀다.

"손님 대접 이따위로 할래!"

그러더니 거칠게 혜미의 긴 머리채를 움켜잡았다. 그녀의 입
에서 단말마의 비명이 터져 나왔다.

"아악!"

재규는 움찔 몸을 움직였지만, 바람처럼 달려온 원석 때문에
타이밍을 놓쳤다.

원석은 몸을 날려 혜미를 잡고 있는 놈을 때려눕혔고, 너무 순
식간이라 모두 얼음이 되고 말았다. 그의 등장에 조폭들도 당황
한 눈치였다.

구겨진 옷자락을 툭 털고 난 원석이 조폭들을 향해 무섭게 뇌
까렸다.

"지금 나가는 게 좋을 거다, 네 발로 기어나가기 싫으면."

부하들 사이로 저벅저벅 걸어 나오는 살모사파 두목은 거구의 사내였다. 일순 개미 소리도 안 들릴 만큼 고요해진 실내에서 누군가 신고하려 핸드폰을 들었다.

"어이, 거기. 손가락 하나로 문자 하게 만들어줄까?"

부하의 엄포에 중년의 남자는 조용히 핸드폰을 내려놓았다. 두목이 손가락을 까닥까닥하자 곁에 섰던 또 다른 부하가 금방 의자를 대령했다. 거만하게 의자에 걸터앉은 두목이 고개를 쳐들고 원석을 쳐다봤다.

아랑곳하지 않고 원석은 그를 향해 나직이 물었다.

"니들 뭐야?"

그러자 두목 곁에 있던 부하가 비아냥댔다.

"말했자네. 아침부터 쭉 그 머저리 같은 원, 투, 쓰리, 포, 네놈한테. 근데 와 대답이 없냐고. 우리가 24시간 대기하는 니들 똘마니가?"

처음부터 사태를 관망만 하고 있던 오 이사가 바로 옆에 서 있던 김 이사를 툭 밀쳐 냈다. 김 이사가 당황하여 쳐다봤으나, 오 이사는 시치미를 뚝 뗐다. 그 옆에서 조 이사는 자기가 아니어서 천만다행이란 표정이었고, 정 이사는 자기와는 아무 상관 없는 일이라는 듯 쓱 외면했다.

"저 있네. 머저리 원. 퍼뜩 튀어 온나."

부하의 명령에 김 이사가 진땀을 흘리며 후다닥 두목 앞으로 뛰어갔다.

"나가서 얘기하시죠. 저희가 따로 자리를 마련하겠습니다. 밖에 나가서 기다리시면……."

원석을 지그시 노려보던 두목이 묵직하게 한마디 했다.

"회장님 어데 계시노?"

"나가지, 조용히."

원석의 일갈에 피식 웃고 난 두목이 쓱 자리에서 일어났다.

"따라온나, 니만."

두목이 원석을 지목하자, 혜미가 얼른 반대편의 재규를 쳐다보았다. 하지만 나설 용기가 없는 재규는 자기도 모르게 그녀의 시선을 피하고 말았다.

그의 비겁한 태도가 경멸스러워 혜미는 비웃음을 지었다. 차라리 기대나 말 것을.

"제가 데리고 나가겠습니다."

원석의 말에 김 이사가 사시나무 떨듯 떨며 말했다.

"그, 그래 주겠나?"

부하가 모두에게 으름장을 놓았다.

"30분 주께. 그 안에 회장 안 나타나모 인마 진짜 예수로 만들어 버릴 끼다."

두목이 앞서 나가자 조폭들이 원석의 어깨를 잡아서 끌고 나갔다. 원석이 불쾌하게 손을 떨치며 제 발로 걸어 나갔다.

보다 못한 시온이 원석에게 달려갔다.

"팀장님!"

멈칫, 걸음을 멈춘 원석이 그녀를 돌아보았다.

'괜찮아요, 난. 걱정하지 말아요.'

걱정하지 말라는 눈빛에 시온은 왠지 모르게 가슴이 뭉클했다. 후계자도 나서지 않는 일에 그가 왜!

"가지 마요……."

가지 마요.

내심 한구석엔 그가 아빠를 죽게 한 사람이 아니라고 믿고 있었는지 모른다. 다만, 아빠의 죽음에 피치 못하게 연루되어 있는 것뿐이라고 믿고 싶었는지도. 누구보다 용감하고 책임감이 강한 원석이 나쁜 사람일 리 없었다.

그녀의 복잡한 눈빛을 마주 바라보던 원석은 안심시키듯 빙그레 웃음 지었다. 그리고 조폭들에 둘러싸여 문밖으로 사라져 버렸다.

혼란스럽던 마음에 죄책감까지 더해져 시온은 그 자리에 털썩 주저앉고 말았다. 그 옆에 무릎을 세우고 앉은 우영이 걱정스러운 눈길로 그녀를 바라보았다.

"시온 씨, 괜찮아요?"

"어떡해요. 팀장님 어떡하냐고요……."

"너무 걱정하지 말아요. 경찰 부르면 돼요."

우영이 급히 핸드폰을 꺼냈다. 그런데 어느 틈엔가 다가온 오 이사가 핸드폰을 홱 빼앗았다.

"허락도 없이."

"이사님!"

"결정은 백 이사님이 하는 거야."

오 이사의 차가운 일갈에 모두의 시선이 재규에게로 집중되었다. 안타깝게도 재규는 애초에 이런 일을 감당할 능력이 없는 사람이었다. 가뜩이나 스스로가 한심해 견딜 수 없었던 그는 혜미의 차디찬 눈빛에 더욱 분노가 치밀었다.

"파티는 끝났다고 전하세요."

그 말만을 남긴 채 서둘러 자리를 뜨는 재규를 보자 시온은 기가 막혔다.

"도망가는 거야?"

"제가 가서 얘기해 볼 테니까 뒷정리는 이사님들께서 해주십시오."

재규를 대신해 우영이 호기롭게 나서자, 오 이사가 기다렸다는 듯이 말했다.

"혼자 괜찮겠나? 나중에 우리한테 등 떠밀려서 갔다는 말 하면 안 되네."

"그럴 일, 절대 없을 겁니다."

우영이 뛰어나가자, 시온도 급히 그의 뒤를 따라갔다.

"같이 가요!"

긴 옷자락을 손으로 말아 쥔 혜미도 당장 쫓아갈 기세였다. 깜짝 놀란 오 이사가 다급히 그녀를 붙잡았다.

"어딜 가려고?"

"다들 비겁하기 짝이 없네요. 이런 일을 어떻게 가이드 팀장이랑 비서한테만 맡길 수가 있어요?"

"도 비서가 그냥 비서야? 회장님에겐 백 이사보다 더 아끼는

아들이야. 백 이사가 못 하면 도 비서라도 회장님을 대신하는 게
당연해."

"이럴 때만 회장님 아들이죠."

혜미는 오 이사의 손을 뿌리치고 달려가며 클러치백에서 핸드
폰을 꺼냈다.

"거기 경찰서죠?"

"으윽!"

회의실로 끌려가 흠씬 얻어맞고 쓰러진 원석의 입에서 붉은
피가 뿜어졌다. 회장석 테이블 위에 올라앉은 두목이 그 모습을
주의 깊게 지켜보았다.

'점마 저거…… 전문간데.'

몸놀림이 범상치 않아 한낱 리조트 직원이라는 게 의심스러웠
다. 이곳 회의실에 와서도 그는 스무 명을 상대로 꽤 날렵한 솜
씨를 보였다. 물론 지금은 쪽수에 밀려 일방적으로 맞고 있지만,
맞는 것에도 기술이 있게 마련이다. 그는 부상을 피하기 위해 교
묘히 몸을 움직였고, 그것은 오랜 훈련을 통해 익힌 솜씨가 분명
했다.

두목의 곁에 선 부하가 엄포를 놓았다.

"15분 경과. 20분부터는 1분에 손가락 한 개씩. 30분이 돼도
회장이 안 나타나모 니는 평생 말을 못 하게 될 끼다. 내가 니 혀

를 뽑아뿔 끼거든. 그게, 오늘 시나리오의 결말이다."

원석 혼자 상대하긴 버거운 인원이었다. 시간이 지체될수록 불리해진다. 승냥이 떼처럼 우악스럽게 달려드는 놈들을 상대로 큰 부상을 입지 않으려 애쓰고 있지만, 아차 하는 순간에 눈두덩을 맞은 건 치명적이었다. 피부가 찢어져 흘러내린 피가 시야를 가린 탓에 눈을 뜨기조차 어려웠다.

그의 흐릿한 시야에 문이 벌컥 열리며 들어오는 우영이 잡혔다. 그 뒤로 시온과 혜미가 뛰어 들어오자, 조폭들이 기가 막히는 듯 탄식했다.

"하이구야. 뭐꼬? 지원군이 달랑 남자 하나에 여자 둘이가."

우영이 급히 시온과 혜미에게 말했다.

"팀장님 모시고 얼른 가."

두목 곁에 섰던 부하가 윽박지르듯 그의 말을 막았다.

"누구 맘대로."

"저와 얘기하시죠. 전 회장님 비서 도우영이라고 합니다."

"장난하나. 회장 보내라니까 비서?"

"회장님은 지금 안 계십니다."

부하가 크게 코웃음을 쳤다.

"누굴 동네 양아치로 아나. 회장한테 전화해. 그런 성의 정도는 보여줘야 되잖아. 우리가 지금 조무래기들이랑 협상하게 생겼나."

"……"

"몬 하겠으마 치아. 저 한 놈만 제대로 조지가 회장실에다 전

259

시용으로 걸어불라니까."

원석을 억지로 테이블 위에 엎어놓은 조폭들이 칼로 그의 손가락을 내려치려는 찰나, 시온이 불같이 고함을 질렀다.

"야! 니들 팀장님 손가락 하나라도 건드리기만 해!"

"눈물겨워가 두 눈 뜨고는 몬 봐주겠다 고마. 그라모 뭐 어쩔 수 없지. 우리도 우악스런 머스마 손보다는 야들야들 보드라운 가시나 손이 더 좋아."

이번엔 시온을 끌고 온 조폭들이 원석과 똑같이 테이블에 엎어놓고 손을 붙잡았다. 시온이 손가락을 펴지 않으려 안간힘 쓰는 사이, 혜미는 경찰이 빨리 오지 않아 발을 동동 굴렀다. 우영의 온몸으로 식은땀이 비 오듯 쏟아졌다.

"전화할게요. 회장님과 통화해 볼 테니까 그 두 사람 놔줘요."

"퍼뜩 해라이. 20분 다 됐다."

우영이 서둘러 백호에게 전화를 걸었다. 그런데 어쩐 일일까. 벨소리가 문밖에서 들려왔다. 모두의 시선이 일제히 그쪽으로 쏠렸다.

"문 열어드리라."

두목의 명령에 조폭 하나가 달려가 문을 열었다. 서서히 모습을 드러낸 그를 보자마자 모두 놀란 얼굴을 했다.

난데없는 그의 등장에 전화번호를 확인한 우영은 낭패인 양 온몸이 굳어버렸다. 당황해서 백호 위에 있는 백태성 전화번호를 누른 것이다.

"죄, 죄송해요, 백태성 씨."

"죄송할 거 없어."

안으로 뚜벅뚜벅 걸어 들어온 태성이 두목에게 느긋이 제안했다.

"얘기는 나랑 하지."

그가 나설 자리가 아니어서 우영은 적잖이 당황했다.

"아니, 저……."

"니가 회장님 아들이가?"

"그건 알 거 없고."

완전히 무시하는 투에 모두 헉 가파르게 숨을 들이켰다. 태성의 기개에 두목도 기가 찼는지 두툼한 입술을 일그러뜨렸다.

"회장님도 아니고, 아들도 아닌 기 죽을라꼬 왔나."

"설마 죽으려고 왔으려고."

웃음까지 보이며 여유를 부리는 태성 때문에 욱하고 치밀어 오른 두목이 무섭게 을렀다.

"회장님이 내를 너무 만만히 보셨는갑네."

"만만한 게 아니라 쓰레기로 봤지."

"뭐라꼬!"

"회장님 말씀 그대로 전한다. 절대, 쓰레기 따위와는 협상 안해."

어디서 저런 용기가 나오는지 시온은 그의 카리스마에 심장이 멎는 것 같았다. 놀란 사람은 그녀뿐만이 아니었다. 우영과 혜미, 원석도 방금 그가 한 말을 되새기며 아연실색했다.

태성이 회장님과 아는 사이?

"미친노움—!"

도저히 참지 못하고 두목이 자리를 박차고 일어나려는 찰나, 두목의 핸드폰이 울렸다.

"누꼬?"

전화를 받은 두목의 안색이 죠스라도 본 것처럼 순식간에 파리해졌다. 그리고 그는 보았다, 태성이 짓는 회심의 미소를.

혜미가 원석을 데리고 병원에 간 동안, 파티장 창가에서는 시온과 우영이 나란히 서서 경찰들에게 잡혀가는 조폭 일당을 지켜보았다. 격전을 치른 뒤 두 사람의 모습은 지친 기색이 완연했다.

"진짜 이상하네. 누구 전화를 받았길래 살모사가 순한 양처럼 돼버렸대."

궁금증이 가시지 않는 얼굴로 시온이 중얼거리자, 우영도 내내 품고 있던 의구심을 드러냈다.

"백태성 씨가 회장님 지시를 받을 만큼 가까운 사람이었나?"

"미국 투자회사에서 왔다고 하지 않았어요?"

"그렇긴 한데…… 회장님과 그 정도 친분이면 제가 모를 리 없거든요."

그런 줄 철석같이 믿고 있던 시온은 우영의 말에 혼돈이 왔다.

"그럼 뭐예요, 그 사람?"

우영이야말로 진실을 알고 싶었다. 어떻게 자신도 모르게 회장님을 아는지 말이다. 그러고 보니 석연치 않은 점이 한둘이 아니었다. 일송도 처음엔 그를 전혀 몰랐다가 뒤늦게 알게 됐었다. 무엇보다 회장님을 쏙 빼닮은 게 마음에 걸렸다.

'설마⋯⋯.'

불현듯 떠오르는 생각에 우영의 얼굴이 사색으로 변했다.

❖　　❖　　❖

"미국 투자회사 '하임(ayyim) IC' 직원이 맞습니다."

재규의 호텔방에서 재규와 오 이사 또한 정체불명의 남자를 캐기에 바빴다.

"만나봤습니까?"

"아뇨. 혜미 말로는 경찰이 오기 전에 사라졌답니다. 호실을 알아뒀으니 내일이라도 찾아가 보겠습니다. 인사는 해야 하지 않겠습니까."

"살모사 두목은 뭐라던가요?"

"김 이사가 경찰서에 다녀왔습니다만, 웬일로 백태성이란 사람에 대해선 두목도 함구하고 있답니다. 도난 건도 마찬가지고요."

오 이사가 전하는 말에 재규의 낯빛이 더욱 어두워졌다. 그 소란을 떨어놓고 두목이 일체 말이 없다는 게 이해가 가지 않았다.

"파티장에서 있었던 일은 직원들 입단속을 시켜놨습니다. 그점에 대해선 걱정 안 하셔도 될 것 같습니다."

"백태성 그 사람, 좀 더 알아보세요."

"알겠습니다. 저기, 혹시……."

오 이사가 주머니에서 시계를 꺼내 재규 앞으로 내밀었다. 화장실에서 주운 태성의 시계였다.

"뭡니까?"

"명품인 것 같은데, 이사님도 본 적이 있으시죠?"

시계를 흘끗 쳐다본 재규는 시큰둥하게 대답했다.

"아버지 거랑 똑같네요. 왜요?"

"선물로 딱 열 개만 있는 걸로 압니다만."

"근데요?"

"파티장 화장실에 어떤 남자 고객이 두고 간 겁니다."

주인이 VIP 고객일 테니 의아해할 일도 아니었다.

"지금쯤 찾고 난리 났겠군요. 주인이나 빨리 찾아주세요."

가뜩이나 리조트에 도둑이 들어 어수선한데 시계까지 도난당했다고 신고라도 들어오면 곤란했다.

"아직 찾아달라는 사람이 없어서……."

급기야 재규가 버럭 짜증을 냈다.

"시계 주인까지 나더러 찾으라는 겁니까?"

'짜식이! 짜증은.'

그만 기분이 상한 오 이사는 슬그머니 시계를 바지주머니에 도로 넣었다.

"제가 찾아보겠습니다."

❖　　❖　　❖

　호텔 409호 거실에선 태성이 혼자 쓸쓸하게 술을 마셨다. 처음부터 파티장에서의 상황을 전부 지켜봤던 그는 무엇보다 재규의 나약함이 가슴 아팠다. 이미지 쇄신을 할 기회를 허무하게 날려버리다니.

　더군다나 시온이 회의장까지 쫓아가는 멍청한 짓을 하지만 않았어도 굳이 자신이 나설 이유가 없었으리라. 하지만 그 순간, 앞뒤 가리지 않고 파티장을 박차고 달려 나갔다. 괜한 일에 끼어 다치기라도 하면 큰일이었으니. 덕분에 그는 자신의 정체를 드러내는 위험을 감수해야 했다.

　무엇보다 그의 신경을 거슬린 것은 난데없는 살모사의 등장이었다. 살모사를 움직인 것은 야쿠자일 터. 오래전 일이긴 하지만 사업상 그들과 적대적 관계가 된 계기가 있어 리조트 오픈에 맞춰 일부러 시비를 걸어온 게 아닐까 추측했다.

　노크 소리에 태성은 생각에서 급히 빠져나왔다.

　연락도 없이 이 시각에 찾아올 사람이 누굴까?

　문으로 다가간 그는 약간 긴장한 채 손잡이를 당겼다. 놀랍게도 그곳엔 우영이 굳은 얼굴로 서 있었다.

　"죄송합니다, 늦은 시각에 불쑥 찾아와서."

　"무슨 일이야?"

　"잠시 들어가도 되겠습니까?"

파티장에서의 일 때문인 건 알지만 표정이 심상치 않아 하는 수 없이 안으로 들어오게 했다.

"마시겠나?"

태성이 술을 권했다. 평소 술을 못 하는 우영이 웬일로 술잔을 받았다. 태성이 따라주는 술을 단숨에 들이켠 그는 떨리는 손으로 술잔을 테이블에 내려놓았다.

"사실대로 말씀해 주시겠습니까?"

"뭘?"

우영이 초조하고 불안한 눈빛으로 태성을 뚫어져라 응시했다.

"회장님 지시를 받는 사람은 저뿐인데…… 어떻게 된 건지…….."

"그럴 만한 사이야. 됐나?"

"곰곰이 생각해 보니 이상한 점이 한두 가지가 아니더라고요. 조폭 두목이 협상도 포기하고 경찰에 순순히 잡혀간 것도 그렇고, 천 사장님과 쉽게 친해진 것도요. 천 사장님이 아무나 곁에 두시는 분이 아니거든요. 게다가…… 결정적으로 회장님 젊었을 때랑 정말 똑같이 닮았어요."

"그래서?"

"그럴 리는 없겠지만…… 절대 그럴 리는 없겠지만, 회장님과 어떤 사이인지 정확히 말씀해 주시면 안 되겠습니까?"

태성도 우영이 눈치를 채고 찾아온 이상 더는 숨거나 도망칠 처지가 못 되었다. 일송에게 그러했듯이 우영에겐 지금이 말할 최적기인지도 모른다.

"백호 회장님의 아들."

우영의 얼굴이 하얗게 질렸다. 태성은 우영이 걱정되었지만, 애써 냉정을 유지했다. 이미 그는 돌이킬 수 없는 결정을 했고, WT의 미래를 위해서라도 감정에 휘둘릴 때가 아니었다.

"충격받았나?"

"회장님은 어디 계십니까?"

"직접 듣기 전엔 못 믿겠다 그거군."

"저한테 말씀 안 하셨을 리가 없습니다!"

우영은 회장님에게 숨겨둔 아들이 있었다는 것보다 자신에게 마저 비밀로 했다는 사실에 더 큰 충격을 받았다.

태성의 측은한 눈빛이 우영을 향했다.

"널 실망시키고 싶지 않았겠지."

"예……?"

"피 한 방울 안 섞인 널 친아들처럼 키운 분이야. 엇나가는 아들 때문에 더 애착을 가진 것도 있어. 그런 녀석한테 또 다른 아들이 있다고 어떻게 말을 하겠어. 언제 쫓겨날까 전전긍긍하며 아버지 눈 밖에 나지 않으려고 발버둥 치는 녀석한테."

우영은 상처로 곪은 가슴이 갈가리 찢기는 것 같았다. 절대 내색하지 않았다고 생각했다. 그런데 회장님은 속속들이 알고 있었다.

"그걸 어떻게……?"

"회장님에 대해 누구보다 잘 안다고 생각하지? 하지만 난 네가 아는 것보다 훨씬 더 회장님을 잘 알아."

패배감이 몰려와 우영은 낮게 신음했다.

"천 사장님도 모르고 계셨던 겁니까?"

"여기 와서 알았지."

"그 정도로 철저히 숨기셨던 거군요. 근데 왜 갑자기 밝히신 겁니까? 단지, 우리가 위험에 빠져서였습니까?"

"재규 때문이라고 해두지."

우영의 미간이 좁혀졌다.

"백 이사님이요?"

"아버지는 곧 퇴임이시고, 재규 혼자 감당 못 한다는 거 아니까."

"회장님 대신…… 백태성 씨를 보냈단 겁니까?"

"피곤하군. 이만 가주겠나?"

태성이 부정하지 않는 걸로 봐서 사실인 모양이었다.

회장님에게 아들이 또 있었다는 사실도 충격이거니와 회장님을 대신해 이곳에 보냈다는 건 더 큰 충격이었다. 그것은 곧 후계자가 바뀔 수도 있다는 뜻이었으므로.

더는 캐묻지 못하고 방을 나온 우영은 도저히 믿기 어려운 사실에 한참을 복도에 서 있었다. 억지로 정신을 차리고, 회장님에게 전화를 하려 핸드폰으로 번호를 찾았다. 태성이 말한 게 전부 사실인지 확인해야 했다.

우영은 '아버지'라고 입력한 백호의 전화번호를 물끄러미 바라봤다. 전화를 걸어야 하는데 그의 손가락은 계속 머뭇거리기만 할 뿐이었다. 머릿속이 너무 복잡해서 무슨 말을 어떻게 해야 할지 도무지 떠오르지가 않았다.

끝내 통화 버튼을 누르지 못한 그는 차라리 모든 게 거짓말이
길 바라며 두 눈을 꼭 감았다.

제8장

"괜찮아요?"

병원 1인실 침대에 누운 원석의 옆에 앉아 시온이 안쓰러운 시선을 보냈다. 찢어진 눈두덩 때문에 시커멓게 멍든 그의 왼쪽 눈이 퉁퉁 부어 있었다.

"아직 안 갔어요?"

원석이 빙그레 미소를 지었다. 그 미소가 왠지 슬퍼 보여서 시온은 기분이 축 가라앉았다.

"팀장님."

"네."

"왜 그랬어요? 후계자도 도망치는 일에 팀장님이 뭐 하러? 보세요, 찾아오지도 않는 거."

시온은 자꾸 속이 상해 원망을 늘어놓았다. 원석이 가만히 그녀의 손을 잡았다. 커다랗고 따뜻한 손이 그녀의 거친 손을 꼭 감쌌다.

"시온 씨가 찾아와 줬잖아요. 그걸로 충분해요."

그녀가 모든 사실을 알고 일부러 찾아왔다고 한들 무슨 할 말이 있을까. 눈보라가 치던 그날 밤, 젤리를 좇아 안나푸르나에 올랐을 때 인태를 말리지 못했던 게 후회될 뿐. 몇 번이고 위험하니 돌아가자고 하던 인태의 말대로 할 수 없었던 건 안 부장의 명령 때문만은 아니었다. 자신은 젤리를 포기하고 싶지 않았다. 그 욕심이 그를 죽음으로 몰아간 것이다.

누구보다 헌신적이고 인간적이었던 첸. 때론 아버지 같고, 때론 삼촌처럼 친근했던 아저씨가 죽자 원석은 두고두고 자신의 실수가 뼈아팠다. 좋아하는 사람을 위험에 내몰면서까지 나라의 안위와 이익을 위해 싸우는 일이 더 이상 아무 의미가 없어졌다.

한국으로 돌아와 미련 없이 사표를 낸 후 제주도로 내려왔고, 트레킹 가이드로서 새롭게 출발했다. 그렇게 다 잊을 수 있을 거라 생각했는데, 운명처럼 그녀가 찾아온 것이다.

시온은 감아쥔 원석의 손을 다정히 토닥거렸다.

"지금은 아무 생각하지 말고 푹 자요."

병원을 나오며 그녀는 묵직하게 가슴을 짓누르는 아빠 생각에 눈시울을 붉혔다. 처음부터 원석은 자신이 찾아온 이유를 알고 있었는지 모른다. 그래서 빚이니 뭐니, 제주도를 떠나는 날 얘기하겠다고 했는지도.

시간이 필요하다면 기다려 주리라. 1년을 넘게 기다렸는데 더 못 기다리겠는가.

원석이 비겁하게 도망칠 사람이 아니란 걸 알기에 시온은 기회를 주고 싶었다. 태성이 그녀에게 그랬던 것처럼.

터벅터벅 복도를 걷는데 전화벨이 울렸다. 가방 안에서 핸드폰을 꺼내 확인하니 태성이다. 시온은 얼른 전화를 받았다. 안 그래도 그의 정체가 궁금하던 차였으니 말이다.

"어, 말해."

[어디야?]

"팀장님 병문안 하고 나오는 길이야."

[좀 어때?]

"궁금하면 직접 와서 봐."

[넌 괜찮아?]

괜찮을 리가. 아직도 그때의 충격이 가시지 않는다. 조폭들에게 잡혔던 손목이 계속 시큰거렸다. 그녀는 핸드폰을 쥔 손의 손목을 매만지며 시무룩하게 물었다.

"그거 물어보려고 전화한 거야?"

[안 다쳤으면 됐어. 끊……]

전화를 끊을 심산이라 재빨리 그의 말을 막았다.

"잠깐만!"

[왜?]

"다쳤어, 많이. 그러니까 나도 약 좀 사주라."

"이게 약이야?"

많이 다쳤다기에 놀라서 나왔더니, 시온이 기껏 간 곳은 약국이 아닌 술집이었다. 칸막이가 되어 있는 작은 테이블에 앉은 태성은 비좁은 공간이 마음에 들지 않았다.

"우울한 데 술이 약이지 뭐."

아닌 게 아니라 그녀의 모습이 몹시 울적해 보였다. 괜스레 조폭 사건에 끼어 곤욕을 치르게 한 것 같아 안쓰럽고 또 미안했다.

"쯧쯧. 젊은 사람이 술로 달래면 쓰나."

술잔을 기울이다 말고 시온이 의문 가득한 시선으로 그를 쳐다보았다. 뜨끔한 태성이 쓰윽 외면하며 물었다.

"왜 그렇게 봐?"

"너 정체가 뭐야?"

그는 대답 대신 급히 술을 들이켰다. 말할 수 없을뿐더러 말해준다 해도 그녀는 믿지 않을 것이다. 물론 그녀가 궁금한 건 노인이냐 젊은이냐가 아니겠지만. 그렇다고 숨겨둔 아들이니 뭐니, 구질구질하게 설명할 필요가 있을까? 가뜩이나 언제 만천하에 드러날지 몰라 전전긍긍하는 마당에.

"자넨 상상도 못 할 몸이시다. 됐어?"

술잔을 드는 그녀의 표정이 뾰로통했다.

"영원히 가까울 수 없는 사이다, 라는 말을 되게 재수 없게 말한다, 넌."

투덜대는 그녀를 태성이 공연히 찔려서 나무랐다.

"겁도 없이 거긴 왜 쫓아간 거야? 정말 다치기라도 했으면 어쩔 뻔했어?"

순간, 시온의 눈빛이 필요 이상으로 반짝였다. 그녀는 테이블에 팔꿈치를 괸 채 그를 빤히 응시했다.

"아까 정말 멋있더라."

웬일로 칭찬을 하는 바람에 술을 마시다 말고 그는 멈칫했다.

"진심이야?"

"인정할 건 깔끔하게 인정해, 나도. 지금껏 본 모습 중에 최고로 멋있었어."

"……."

놀리는 것 같아 그는 미심쩍은 눈길로 그녀를 계속 쳐다보았다.

"어쨌든 때맞춰 나타나는 바람에 살았잖아. 덕분에 내 예쁜 손가락도 멀쩡하고."

시온은 그의 앞에 다섯 손가락을 펴 보였다. 늘 산에서만 살았던 탓일까. 그녀의 말과 달리 손가락은 그다지 예쁘지 않았다. 아가씨 손이 맞나 싶게 투박한 데다 여기저기 흉터도 남아 있었다. 그리고 손목에 멍까지. 손을 보면 인생을 안다더니, 그녀의 삶도 그다지 녹록하지는 않았던 모양이다. 무지막지한 놈들에게 손목을 잡히고 회의실 테이블에 사정없이 짓눌렸던 장면을 떠올리자 태성의 눈매가 매서워졌다.

"아까 그 조폭 두목한테 걸려온 전화 말이야, 누구야? 아는 사람 같던데."

그는 대답 대신 슬그머니 화제를 돌렸다.

"자네야말로 제주도엔 왜 온 거야? 단서를 잡았다는 건 또 뭐고?"

대답을 회피하는 게 느껴져 시온은 불만스럽게 입술을 삐죽거렸다.

"나한텐 말해주기 싫다 이거지? 나도 말 안 해."

그녀의 투정에 태성은 진심으로 충고했다.

"다음에 또 그런 일 있거든 잽싸게 도망쳐. 끼어들어서 될 일이 있고 안 되는 게 있는 거야."

"동료가 죽게 생겼는데 가만히 있는 게 말이 돼? 너도 그 자리에 있었으니 봤을 거 아냐. 직원이 조폭들한테 끌려 나가는데 후계자란 사람이 도망치는 거. 회장님이라면 어떻게 하셨을까?"

그는 착잡하게 대답했다.

"적어도 비겁하게 도망치진 않았겠지."

"회장님께 전해줘. 뭐, 일개 직원 따위의 말을 귀담아들으실지 모르겠지만."

"해봐."

"하나를 보면 열을 안다고, 그 닭똥집은 후계자 자격 없어. 적어도 지금은. 그러니까 아들을 위해서라도 그만 돌아오시면 안 되겠냐고."

"전하긴 하겠지만, 당장 오시진 못할 거야."

"왜?"

그가 시온의 눈을 깊이 들여다봤다. 이 당돌하고 호기심 많은 아가씨에게 어떤 대답을 해줘야 할까 하는 심정으로.

"좀 복잡한 일이 생겼거든. 이런 말, 다른 사람한텐 안 하면 좋겠어. 약속해 주겠어?"

"알았어. 무슨 일이 있어도 약속은 꼭 지킬게."

그의 낯빛이 어두워 시온은 더는 캐묻지 못하고 입을 다물었다. 회장님에게 무슨 일이 생긴 건 확실했으니까. 굳이 하지 않아도 될 말을 해준 그에게 약간 감동한 그녀였다. 그만큼 편해졌다는 뜻이리라. 그래서인지 그를 바라보는 그녀의 눈빛에도 한층 따스한 기운이 감돌았다.

"파티장엔 왜 갔어?"

경찰서에 앉아 취조를 받는 살모사 두목의 얼굴에선 아직도 두려움이 가시지 않은 채였다.

"니들이 리조트 직원이야?"

형사의 채근에도 그는 묵비권을 고수했다.

"너 계속 말 안 하지?"

"빙빙 돌린 거 읍다. 파티장 난입했고, 한 놈이 시건방지구로 나대길래 회의실로 끌고 가가 쪼매 패줬고, 경찰 왔고, 잡혀왔고, 있는 그대로 얘기 다 했구마는, 뭘. 리조트에서도 없던 일로 하자꼬 했다믄서. 오픈하자마자 시끄러운 거 싫다꼬. 마 그라모 된 거 아이가."

내내 입을 꾹 다물고 있다가 갑자기 말이 많아져 경찰관은 당황했다. 더욱이 술술 자기가 한 일을 알아서 부는 두목이 무척 의심스러웠다.

"진짜 그게 다야?"

두목은 다시 묵비권이었다. 형사는 컴퓨터로 신원 조회한 내용을 쫙 훑어보며 연신 캐물었다.

"너, 마약 거래하러 제주도 왔지?"

울컥한 두목이 강하게 항의했다.

"깡패도 관광해."

하지만 형사는 쉽사리 그의 말을 믿어주지 않았다. 그러기엔 놈의 언행이 너무나 괴상망측했다. 이유를 모르겠지만, 동공이 쉴 새 없이 흔들리는 게 잔뜩 겁을 먹은 듯했다. 검찰도 쥐락펴락한다는 놈이 겁먹은 표정이 웬 말인가. 형사야말로 무시무시한 살모사 두목과 마주 앉아 있다는 사실이 실감이 나지 않았다.

"이상하단 말이야. 네가 얌전히 잡혀올 놈이 절대 아니에요. 너 진짜 살모사 두목 맞어?"

"내도 아니고 싶다, 이 순간만큼은."

무언가에 홀린 듯한 표정으로 두목은 호텔 회의장에서 받았던 전화 내용을 다시금 상기했다.

"누꼬?"

[상어다.]

그 이름을 듣는 순간, 얼굴에서 핏기가 싹 가시는 느낌이었다. 얼음장처럼 굳어버려 꼼짝을 할 수가 없는데, 또다시 지옥에서 들려오는 듯 지독스레 낮고 한기 서린 음성이 들려왔다.

[오늘 밤 둘 중 하나, 경찰서에 있든지 나랑 있든지. 선택해.]

두목은 그때 회심의 미소를 짓는 백태성이란 자가 마치 상어처럼 느껴져 전신이 오싹했다. 상어와 친분이 두텁지 않고서야 전화가 걸려올 리 없었다. 컴퓨터 하나로 전 세계의 정보망을 꿰뚫고 있으며, 불과 몇 년 전까지만 해도 소리 소문 없이 사람을 죽였던 전설의 킬러, 상어.

그의 얼굴을 본 자는 틀림없이 죽는다.

그것은 상어가 정해놓은 불문율이었다.

'금마, 뭐지?'

두목은 상어의 비호를 받는 백태성의 정체가 실로 궁금했다.

함께 술집을 나와 택시를 탄 두 사람은 얼마 후 시온의 펜션 앞에 섰다. 내리려는 시온에게 태성이 가방을 뒤져 불쑥 무언가를 내밀었다.

"뭐야, 이게?"

"파스. 손목 멍들었던데 바르고 자. 많이 아프면 내일 병원 가보고."

정말 약을 사올 줄은 몰라서 시온의 가슴에 작은 감동이 잔잔한 파동을 일으켰다. 술집에서 잠시 자리를 비우더니 약국을 다녀온 모양이었다. 흐릿한 조명에 손목의 멍이 자세히 보일 리 없었을 텐데 꽤 눈썰미가 좋았다.

그가 내민 파스를 받아 들며 시온이 수줍게 인사했다.

"고마워. 덕분에 빨리 낫겠다."

그녀를 내려준 뒤 리조트로 돌아가며 태성은 착잡한 마음뿐이었다. 리더의 자질이라곤 보이지 않는 재규 때문에 마음이 무거웠고, 충격받은 우영의 모습이 계속 눈에 밟혔다. 피가 섞였든 섞이지 않았든 두 녀석은 그에게 똑같은 아들이었다. 주인 의식이라곤 없이 자신을 우영보다 못 하다고 여기는 재규에게도, 친부자지간이 아니라는 것 때문에 늘 재규에게 열등의식을 안고 사는 우영에게도 자극과 도전이 필요한 시기였다.

동기 부여.

두 녀석에겐 무엇보다 하나로 뭉칠 계기가 필요했고, 이왕 이렇게 된 거 태성은 기꺼이 그 계기가 되어줄 생각이었다. 설사 나중에 정체가 탄로 나 목숨이 위태로워진다 해도 자신보다 더 중요한 건 자식이었고, 그들에게 물려줄 회사였다. 그러니 무엇이 두려우랴.

그동안 숨고 감추기에만 급급했던 그는 자식들과 회사를 위해 좀 더 용기를 내보기로 했다.

호텔방으로 돌아오자마자 우영에게 전화를 걸었다. 오래도록 이어진 신호 끝에 우영이 다소 가라앉은 음성으로 전화를 받았다.

[예, 회장님.]

"태성이한테 연락 받았다."

[회장님⋯⋯.]

잔뜩 물기를 머금은 음성이었다. 우영이 아직도 혼란에 휩싸여 있는 듯해 그는 아스라이 마음이 아팠다.

"알아, 네 마음. 어떤 심정일지."

[모르십니다. 회장님은 모르세요.]

'우는 건가, 이 녀석?'

그의 미간이 슬쩍 찌푸려졌다.

"우영아."

[정말 모르겠습니다. 회장님을 잘 안다고 생각했던 제가 너무 바보 같아요.]

"속인 건 미안하게 됐다. 하지만 이게 최선이었어, 나한테는."

[회장님은 언제나 옳은 판단을 하시죠. 그 판단은 항상 적중했고요. 근데 전 회장님이 좀 무섭습니다. 냉철한 분인 건 알지만, 천 사장님도 모르실 정도로 감쪽같이 속였다는 게 믿어지지 않아요.]

"⋯⋯."

정떨어진다는 소리로 들려 태성은 가슴이 서늘했다. 사실대로 말하고 싶은 마음이 굴뚝같았지만, 아직은 때가 아니었다.

깊은 한숨을 내쉰 우영이 젖은 음성으로 말을 이었다.

[욕심이란 거 압니다. 회장님에 대해 사소한 것 하나까지도 알아야 한다고 생각했었거든요. 그게 제가 할 일이라고 믿었으니까요. 다른 일 같으면 어떻게 해야 하나 고민부터 했을 텐데, 이번 일은 그게 잘 안 되네요.]

우영이 이 정도로 거부 반응을 일으킬 줄 몰랐기에 태성은 매우 당황스러웠다.

[제가 어떻게 하길 바라십니까? 재규 형이 알면 태성 씨 괜찮을까요? 언론에 알려지는 건 또 어떻게 하실 건데요? 왜 하필 이때 태성 씨를 이곳에 보내신 겁니까?]

태성은 시온과 마신 술기운에 취해 소파에 더욱 깊숙이 몸을 파묻었다. 그는 잠시 고민하는 듯 눈을 감았다가 신중히 말을 꺼냈다.

"후계자, 다시 뽑을 거다."

[태성 씨로 말입니까?]

"시험을 해볼 생각이야. 너희 셋 중에 누가 후계자로 적합할지."

[셋…… 이라고 하셨습니까?]

"그래, 너도 포함해서 셋."

[제가 어떻게……?]

"넌 그 자격지심이 문제야. 넌 싫다고 했지만, 난 널 단 한 번도 아들이 아니라고 생각해 본 적이 없었어."

말문이 막힌 건지 우영은 한동안 말이 없었다. 마음을 비운 탓에 입가에 엷은 미소를 머금은 태성이 다시 말을 이었다.

"경쟁해 봐, 당당히. 백호의 아들로서. 넌 그럴 자격이 충분해."

이 몸 상태가 언제까지 갈까?

일주일, 한 달, 6개월, 1년.

1년보다 더 길 수도, 일주일보다 더 짧을 수도 있다.

정년퇴임 전에 후계자를 다시 정해야만 한다.

태성은 정말로 후계자를 다시 세울 생각이었다. 그것만이 재규와 우영 둘 다를 살리는 길이었다. 그리고 회사를 위해서도 옳은 결정이었다.

"자상한 면이 있었네."

태성이 사준 파스를 손목에 붙이고 침대에 누운 시온은 마냥 흐뭇한 표정이었다. 불미스러운 일로 기분이 우울했었는데 겨우 파스 하나로 행복해지다니, 사람 마음이 참으로 간사하지 뭔가.

아프다는 말을 듣고 한달음에 달려와 준 것만 봐도 이전과는 확실히 달라진 점이 많았다. 그를 마음에 담아서일까. 작은 것 하나에도 쉽게 감동을 받게 된다.

시온은 스탠드 불빛이 어른거리는 천장을 똑바로 올려다보며 파티장 옆 회의실로 절체절명의 순간에 구하러 왔던 태성을 떠올렸다. 스무 명 남짓 한 조폭들 앞에서 조금도 기죽지 않고 오히려 당당하던 그의 모습을 보며 속절없이 떨리던 심장이 또 통통 튀어 올랐다.

❖　　❖　　❖

시온이 태성의 생각에 뒤척이는 그 시각, 리조트 성형센터의 혜미 진료실 앞에서는 재규가 술에 잔뜩 취해 비틀거리며 걸어와 벽에 주저앉았다. 숨을 내뿜을 때마다 역한 술 냄새가 코를 찔렀다.

술기운을 견디느라 잠시 눈을 감았다 떴을 때 몽롱한 시선 속에 혜미의 단아한 모습이 보였다. 하지만 늘 그렇듯 시선만큼은 경멸에 가득 차 있었다.

기가 막히다는 표정으로 지나치는 혜미를 재규가 아프게 불렀다.

"혜미야, 잠깐만……."

그 부름이 몹시 낯설게 느껴져 혜미는 자기도 모르게 걸음을 멈추었다. 평소의 그가 아닌 듯 목소리에는 애절한 호소가 담겨 있었다.

'아파, 저 사람.'

의사의 직감이었을까. 문득 혜미는 재규가 깊은 병에 걸린 사람처럼 느껴졌고, 어느새 그를 향해 돌아섰다. 하지만 차디찬 복도에 다리를 길게 늘어뜨린 채 주저앉아 있는 재규를 보자 저절로 인상이 찌푸려졌다. 그의 얼굴이 너무나도 고통스러워 보였다.

아버지에게조차 인정받지 못하는 후계자.

모든 게 허울뿐인 그가 경멸스럽다 못해 불쌍할 지경이었다.

"어리광 피우지 말고 일어나. 그래 봐야 나아질 건 아무것도 없어."

혜미의 냉정한 말이 재규의 심장을 잔인하게 찔렀다. 그저 아무것도 해주지 못해 미안하단 말이 하고 싶었을 뿐이다. 용기도 없고, 패기도 없는 자신이 한없이 미웠다.

할 말은 굴뚝같은데 왜 표현하기가 이토록 어렵고 힘든 것일까. 미안하다, 용서해라. 그 짧은 말조차 솔직하게 하지 못하는 멍청이!

그녀의 말대로 누군가의 위로가 절실히 필요해서 부리는 어리광일지도 모르겠다. 아무 말 없이 따뜻한 품에 안길 수만 있다면. 그래서 펑펑 울고 나면 조금은 후련해질 것도 같은데, 그에겐 넉넉하게 가슴을 내어줄 사람이 아무도 없었다. 그토록 바라는 품이 혜미의 것이라면 더더욱 좋겠지만, 가장 가능성이 희박한 바람이리라.

고독한 절망감이 재규의 전신을 휘감았다.

"술 마시고 무턱대고 찾아오는 일, 없었으면 해. 소름 끼치게 불쾌하거든."

머리를 벽에 기댄 재규가 어렵사리 혜미와 눈을 맞췄다. 차오르는 눈물 때문인지 취기 탓인지 그녀의 얼굴이 여전히 흐릿했다. 하지만 그는 똑똑히 기억하고 있었다. 혜미의 깊고 그윽한 눈빛이 얼마나 아름다운지를. 그녀의 태양처럼 환한 미소가 얼마나 가슴 설레는지를.

재규는 그녀를 향해 힘겹게 손을 뻗었다. 잡고 싶었다. 영영 잡히지 않을 것 같은 그녀를. 아니, 그녀가 잡아주길 바랐다. 거짓이라도 좋으니, 동정이라도 괜찮으니 잠시만이라도 안식이 되어주기를 원했다.

'뭐 하는 거지?'

재규가 내민 손에 당황한 혜미는 어깨에 멘 핸드백만 꼭 부여잡았다. 얕은 동정심으로 저 손을 잡았다간 영원히 빠져나오지 못할 것 같았다.

"내가 주정이나 받아주는 사람처럼 보이나 본데, 제발 꺼져줘. 더 이상 추한 모습 보이지 말고. 역겨워서 참을 수가 없어."

잠깐의 동정을 말끔히 지운 채 획 돌아서서 가버리는 혜미의 뒷모습을 바라보며 재규는 힘없이 팔을 떨궜다.

무슨 저주를 받아서 자신에게 따스한 시선 한 번 주지 않는 여자를 사랑하게 된 걸까?

남자로서 멋진 모습은커녕 허구한 날 지질한 모습만 보여주면서 왜 자꾸만 그녀를 찾아온단 말인가. 이런 모습 보이는 게 미치도록 싫은데…… 정말 미치도록 싫은데, 왜?

재규는 오늘도 해답이 없는 방황 속에서 허우적대다가 차디찬 바닥에 쓰러져 버리고 말았다. 혜미가 완전히 사라진 그곳, 짙은 우울 같은 어둠이 무겁게 그를 짓눌렀다.

[『살모사 두목이 잡혀가?』]

의문이 가득한 보스의 음성을 듣다가 젤리는 씹던 검은색 젤리를 목구멍 너머로 꿀꺽 삼켰다. 젤리의 달콤함보다 씁쓰레한 맛이 입안에 퍼졌다. 살모사파의 일은 그로서도 그다지 달갑지 않았다.

『백태성이 회의실에 들어간 후로 살모사가 순순히 경찰의 손에 끌려 나왔습니다. 보고 있는 저도 두 눈이 의심스럽더군요.』

[『백 회장이 손을 쓴 거겠지. 근데 어떻게?』]

그걸 알면 초조하지도 않을 것이다.

『알아보겠습니다.』

[『재미있군. 백 회장이 백태성을 통해 뭘 할지 좀 더 지켜봐야겠어.』]

보스만큼이나 구미가 당기는 건 젤리도 마찬가지였다. 간만에 짜릿한 자극제가 되어주고 있었으니까.

『근데…… 제아무리 살모사 두목이라 해도 백호 회장을 상대로 난동을 부렸다는 게 수상합니다.』

[『자그마치 3억이야. 그걸 도둑맞았는데 이성을 잃을 만도 하지.』]

『그럴까요?』

[『어쨌든 백태성이 설칠수록 유리한 건 우리야. 더 설치도록 내버려 둬. 그래야 숨어 있는 백 회장과 국정원 놈들이 모습을 드러낼 것 아닌가.』]

보스는 꽤나 예리했다. 아무리 변장을 해도 젤리가 움직이는 곳마다 귀신처럼 따라붙던 국정원 놈들이었다. 그런데 이번엔 좀 달랐다. 국정원 놈들은 미세한 감지조차 할 수 없게 조용했다. 강인태의 딸 강시온과 소원석이 백태성 가까이 있음에도 국정원에서 움직임이 없다는 건 소리 없는 전쟁을 의미했다.

전화를 끊은 젤리는 한라산 자락에 우뚝 서 있는 리조트의 전경을 빙 둘러보았다. 이곳 어딘가 놈들이 잠복해 있다. 이곳 직원일 수도 있고, 손님일 수도 있다.

젤리는 잿빛처럼 흐린 하늘을 힐끗 올려다봤다. 젖은 흙 냄새가 나는 걸 보니 금방이라도 비가 쏟아질 듯했다.

주방으로 돌아왔을 때였다. 그의 앞으로 낯선 사내 두 명이 다가왔다. 이 시각에 이곳까지 들어온 걸로 보아 젤리는 직감적으로 그들이 형사라는 걸 알아차렸다.

주룩주룩.

굵은 빗줄기가 창문에 부딪히는 소리에 원석은 어렴풋이 잠에서 깨어났다. 무심코 침대 아래를 봤다가 번쩍, 번갯불에 비친 실루엣 때문에 소스라치게 놀랐다.

"누구야?"

뚜벅뚜벅 구두 소리를 내며 다가온 사람은 안 부장이었다.

"꼴이 말이 아니군. 쉬는 동안 실력이 준 모양이야."

"악취미인 건 여전하네요, 이 새벽에 병문안이라니."

"자넬 이렇게 만든 게 살모사 두목이라지? 백태성이 따라 들어간 직후 경찰 손에 순순히 잡혀갔다던데 사실인가?"

'대체 몇 명이나 심어놓은 거지?

백태성의 일거수일투족을 감시하는 것도 모자라서 새벽에 찾아와 캐묻는 안 부장이 몹시 짜증스러워 원석은 끄응 신음하며 침대에 다시 몸을 눕혔다.

"지금은 새벽이고, 전 입원했습니다."

"작전에 시간과 장소를 가리지 않는 게 우리 아닌가. 경찰 쪽에 알아보니 살모사 두목이 뭔가 숨기고 있다더군. 자넨 이유를 알 것 같아서."

"모릅니다."

안 부장이 차갑게 조소를 흘렸다.

"흔한 거짓말. 현장에 있던 사람이 진실을 숨기기 위해 주로 하지."

"정말 모릅니다. 두목에게 전화가 걸려왔고, 그때 마침 경찰이 들이닥쳤어요. 제가 아는 건 그게 답니다."

"전화를 받았고, 경찰이 왔는데 반항 한 번 없이 잡혀갔다고? 사람 목숨을 파리보다 하찮게 여기는 그 악질 살모사가?"

"예."

"정말 이상하군. 상대가 백호 회장이야. 살모사가 악명이 높아도 맘대로 휘두를 상대가 아니란 말이야. 뭔가 있어."

기민하게 눈동자를 굴리던 안 부장이 더없이 딱딱한 어조로 말을 이었다.

"앞으로 백태성 주변에 일어나는 일은 빠짐없이 보고하도록 해. 그때도 말했지만 자네가 제대로 임무를 해내지 못하면 우린 강시온을 쓸 수밖에 없어. 자네가 강력히 반대해서 철회하긴 했어도, 가능성은 늘 남겨두고 있다는 걸 명심해."

"저도 한 가지 묻죠. 대체 감시자들이 몇입니까?"

"자세한 건 말해줄 수 없어. 감시자들 중에 요원들만 있는 건 아니야."

"일반 정보원들도 있단 말씀이십니까?"

"자네도 알다시피 그들은 신분 노출을 원치 않아. 요원들 외의 정보원들은 서로 누가 누군지도 몰라. '연동회'를 모르진 않겠지? 놈들 눈치가 얼마나 빠른지. 자칫했다간 정보원들이 놈들 손에 죽어."

그 말은 곧 원석 자신도 목숨이 위태롭다는 뜻이었다. 시온을 끌어들였다간 그녀 역시 인태 같은 운명이 될 건 불 보듯 뻔한 일. 이쯤 되면 태성과 회장님이 약과 아무런 상관이 없길 소원이라도 빌어야 할 지경이었다. 그래야 시온도 안전해질 테니.

점점 거세지는 빗소리와 음울한 번갯불이 어둑한 병실을 날카롭게 침범했다.

"일냈구만 기래."

비가 내리는 이른 아침, 호텔 식당에서 식사 후 후식으로 커피를 마시며 태성과 일송은 조용히 담소를 나누었다. 어제 파티장에서 있었던 일로 일송은 걱정스러운 기색을 떨치지 못했다. 결국 우영은 큰 충격과 상처를 받았고, 태성은 후계자를 다시 정하겠다는 초강수를 두었다. 회사를 위해서, 그리고 우영을 위해서 어렵게 내린 결정이리라.

일송은 태성의 심정이 어떨지 헤아렸다. 최종적으로 친아들인 재규 대신 우영의 손을 들어주겠다는 뜻이었으므로. 후계자를 새로 정한다는 소식을 접하고 재규가 받을 충격과 상처는 또 어떨지……. 그러다 완전히 내쳐질지도 모를 일. 그야말로 비운의 후계자가 되는 것이다.

"재규가 가만있갔어? 다른 사람이라면 몰라도 우영이라면 이사회에서도 반대할 거이야. 우영일 양자로 들인다고 해도 쉽지 않은 일이디."

"우영이가 넘어야 할 산이야. 넘지 못하면 그 녀석도 후계자 자격 없는 거야."

"두 녀석이 싸우는 틈을 타서 오 이사에게 경영권이 넘어갈지도 모르디."

태성도 그 생각을 안 한 건 아니었다. 하지만 오 이사는 재규와 우영이 후계자가 되기 위해 반드시 넘어야 할 장애물이었다.

"회사는 유능한 리더가 필요해. 재규와 우영이 사이좋게 손잡고 일해주면 더할 나위 없이 좋겠지. 그게 불가능하다면 난 우영이를 밀 생각이야. 오 이사에게 넘겨줄 순 없어."

골똘히 생각에 잠겼던 일송이 염려스러운 눈빛으로 그를 쳐다보았다.

"기카믄 우영이에게 기랬던 것처럼 재규와 이사진에도 자네가 숨겨둔 아들이란 걸 밝혀야 할 텐데. 괜찮겄어?"

"감당해야지, 회사를 위해서라면."

"결국 국정원과 '연동회'에서도 알게 될 테고, 세상에 드러나게 될지 모르는데도?"

"외국으로 도망쳐서 평생 숨어 살 수도 있겠지, 회사만 아니라면."

일송은 그때 진짜 백호인가 하는 생각에 사로잡혔다. 이 정도로 회사에 목숨을 걸 만한 사람이 백호 말고 또 누가 있겠는가.

세상에 난도질당할 각오까지 한 그가 일송은 무척이나 안타까웠다.

"국정원에다 사실을 밝힐 생각은 안 해봤네?"

"실험용으로 써달라고 말인가? 싫어. 죽으면 죽었지, 나라를 위해 몸 바치는 거 한 번이면 됐어."

일송은 착잡한 마음을 금할 수 없었다.

"자네 목숨이 달린 일이야."

"자네 말대로 언제 죽을지 모를 목숨, 승부 한 번 걸어볼까 해. 우리야 어차피 후세대를 위해 떠나줘야 할 사람들 아닌가."

그 말에는 일송도 동조하지 않을 수 없었다. 그리고 그녀는 이제 태성을 사기꾼이 아닌 진짜 백호로 인정해도 괜찮을 성싶었다.

"그 도둑놈은 어케 할 거이가?"

"피해자가 입 다문 도둑놈을 우리 쪽에서 어떻게 잡아?"

"그러다 또 도둑맞으믄 어카간?"

"간이 배 밖에 나온 놈이 아니고서야 또 도둑질을 하려고?"

혹시나 리조트에 묵은 고객 중 도둑이 있을까 하여 어제오늘 퇴실한 고객 명단을 살펴봤지만, 하나같이 신원이 확실해서 의심이 갈 만한 사람은 없었다. 그렇다면 범인은 아직 리조트에 묵고 있는 고객이거나 직원, 또는 외부 소행이란 뜻인데······.

❈　❈　❈

원석이 입원했다는 소식에 손님들이 시온을 둘러싸고 한꺼번에 원성을 토해냈다.

"병실 알려달라니까."

"얼마나 다쳤어? 얼마나 아플까? 내가 가서 간호해 줘야 빨리 나을 거 아냐."

"그럼 가이드가 이제 완전히 아가씨로 바뀌는 거야? 이럴 거면 왜 바꿨대?"

특히나 아줌마들이 더 아우성이라 시온은 머리가 깨질 듯했다. 트레킹 가이드부에 F4가 있다는 소문을 듣고 고객들이 더 극성맞게 몰려오는가 싶었다. 비록 꽃미남은 아니지만 힘 좋은 마당쇠 타입의 혁보까지 덩달아 인기 가도를 달리고 있는 걸 보면, 앞으로 망할 염려는 없을 것 같다.

"팀장님 퇴원하면 다시 바꿔 드릴 거니까 안심하시고요. 오늘은 비가 와서 야외 활동은 안 할 거예요. 일정표 다시 짜 왔으니까 보세요."

사람들에게 시달리던 시온은 일정표를 재빨리 나눠준 후에 무리 속에서 빠져나왔다. 기찬이 너덜너덜 만신창이가 된 그녀를 보더니 딱한 얼굴을 했다.

"사람들 말 일일이 새겨듣지 말아요. 팀장님이 워낙 인기가 많아서 그래요."

"정말 너무들 해. 그래도 원래 가이드는 나였잖아요. 어떻게 잘 지냈냐는 소리 한마디 없이 팀장님만 찾을 수가 있어요? 인정머리들이 없어, 쳇."

"시온 씨 찾는 사람 딱 한 명 있긴 했다."

"누군데요, 그게?"

기찬이 턱짓으로 가리키는 곳을 보니 외따로 소파에 앉아 심각한 표정으로 디카를 들여다보는 규림이 있었다. 이쪽으로는 시선조차 주지 않는 규림을 보고 시온은 어깨를 으쓱했다.

"그다지 반기는 분위기가 아닌걸."

아닌 게 아니라 이전 산책로에서 만났을 때와 달리 오늘은 반가워하는 기색이라곤 없었다.

기찬이 다음 장소로 이동하기 전 인원을 체크하러 자리를 옮기자, 시온이 규림에게 다가갔다. 규림은 그녀를 보더니 황급히 디카를 끄고 가방 안에 넣는다.

"뭘 그렇게 봐?"

"아니에요, 아무것도."

새침하게 대꾸하곤 피하듯이 자리에서 일어난 규림이 가려다 말고 시온 쪽으로 몸을 돌렸다.

"언니."

"어?"

"파티장에서 잡혀간 사람들 말인데요. 무슨 일 때문에 그런 거예요?"

"별거 아냐."

"팀장 아저씨도 그 사람들이랑 싸우다가 다친 거라던데요."

함구 명령이 떨어진 탓에 도둑 때문이라고 곧이곧대로 말할 순 없었다. 시온은 난감하게 둘러댔다.

"조폭들이 행패를 좀 부렸거든. 이젠 그런 일 없을 거니까 걱정 안 해도 돼. 부모님께도 꼭 그렇게 말씀드려."

"네……."

비가 계속 내리는 탓인지 모처럼 리조트 주변이 한적했다. 일정을 전부 마치고 차를 타기 위해 기찬과 나란히 우산을 쓰고 가던 시온이 나른하게 중얼거렸다.

"아유, 피곤해. 한숨 푹 잤으면 정말 좋겠다."

말이 떨어지기 무섭게 전화가 오기에 확인하니 태성이다.

"어떻게 끝나는 시간 딱 맞춰서 전화하냐? 일정을 다 꿰고 있나? ……어, 나."

[끝났으면 방으로 좀 와. 할 일 있어.]

"알았어, 금방 갈게."

전화를 끊는 시온을 보더니 기찬이 호기심 어린 눈빛으로 묻는다.

"백태성 씨?"

"네."

"왜요? 만나재요?"

"할 일이 있다고 방으로 오래요. 이제 좀 쉬나 했더니 글렀네."

"그 사람, 누나한테 사심 있는 거 아니에요?"

시온이 쓸쓸하게 웃었다. 사심이라도 있으면 다행이지.

"그런 사람이 날 자르겠다고 그 난리를 쳤을까. 그럴 사정이 좀 있어요. 비즈니스 차원으로다가."

우영과 원석 때문에 기사회생한 시온은 오히려 태성에게 사심을 느낀 건 자신이라 곤욕스러웠다. 오늘도 종일 손목에 붙인 파스를 볼 때마다 그의 생각에 젖곤 했었다. 울적하다가 가슴이 설레기도 했다가 실없이 미소를 짓기도 했다.

그래서 사실 그에게 전화가 왔을 때 내심 기뻤다. 내내 붙어 다니다가 원석의 일을 대신하느라 하루 떨어져 있었기로 그가 무척 보고 싶었다.

기찬과 헤어져 부리나케 태성이 묵는 409호로 달려갔다. 문이 열리고 그의 모습을 보는 순간 반가워 절로 환하게 웃음이 지어졌다.

하지만 태성은 무덤덤한 얼굴로 그녀를 맞았고, 소파로 돌아가 보고 있던 드라마에 집중했다.

"할 일이 뭐야?"

"앉아."

그가 눈짓으로 소파를 가리켰다. 시온은 쭈뼛거리며 그의 옆으로 가서 앉았다.

"신사의 품격이네. 나도 저거 비디오로 봤는데. 드라마 좋아하나 봐?"

"전혀. 그냥 공부 중이야."

"무슨 공부?"

"회화."

"맞다. 미국에서 살아서 한국말이 서툴다 그랬지? 내가 봤을 땐 대화가 안 될 정도의 어휘력은 아니야. 억양만 싹 뜯어고치면 돼. 뭐, 처음보단 많이 나아진 것 같지만."

"아무래도 드라마를 잘못 고른 것 같아."

"왜? 저기 나오는 남자들 말발 하나는 끝내주는데. 제대로 잘 골랐어."

그가 못마땅하다는 듯이 고개를 저었다.

"40대가 10대 흉내 내는 것 같아서 어색하고 찜찜해. 저건 말이 아니라 말장난이야."

"참 나. 하나같이 멋있기만 하구만. 따라 하기 힘드니까 괜히 트집이야. 아니면 무난한 걸로 보든가."

"그게 뭔지 모르겠어서 널 부른 거야. 하나 추천해 봐."

그래서 고른 게 류승룡 주연의 '7번 방의 선물' 이란 영화였다.

"이걸 추천한 이유라도 있나?"

"내가 감명 깊게 본 거거든."

제목만 들었지 자세한 내용은 몰랐던 태성은 지능이 떨어지는 주인공이 등장했을 때 다소 당황했다. 말투를 배우기엔 적합하지도 않았다. 하지만 곧 '부성애'에 관한 주제를 다룬 영화가 생각 외로 꽤 재미가 있어 집중해서 시청했다.

나란히 앉아 시청하던 시온은 점점 시간이 지나자 솔솔 잠이 오기 시작했다. 어젯밤 태성 생각에 잠을 설친 데다 비까지 오니 무척 노곤했다.

태성은 툭, 어깨에 기대오는 시온 때문에 TV에서 시선을 떼어 쳐다보았다. 어느 틈엔가 곤하게 잠이 든 그녀가 무거운 머리를 못 이기고 기댄 것이다.

그는 그녀의 머리를 밀어내려다가 천천히 손을 거뒀다. 쌕쌕 숨까지 고르며 자는 그녀의 모습이 그의 시선을 빼앗았다. 가는 얼굴선과 티셔츠 위로 봉긋 솟은 가슴을 보는데 순간 속에서 뜨거운 열기가 훅 올라왔다. 그것은 틀림없이 이성 간에 느끼는 강한 이끌림이었다. 남자로서의 육체적 반응. 이제껏 시온을 이성으로 생각해 본 적이 없다고 스스로 강변해 왔던 그로서는 정말 뜨악할 일이었다.

그는 곤혹스러운 감정을 감춘 채 시온을 소파에 기대놓고 도망치듯 욕실로 향했다. 그러고는 세면대 물을 틀어 찬물로 달아오른 열기를 식혔다. 실상은 불끈 기립한 앞섶을 가라앉히기 위함이었으나, 세수만으로는 역부족인 듯싶었다. 거울로 자신의 젖은 얼굴을 보자 가시지 않는 열기로 얼굴이 붉게 달아올라 있었다.

"미쳤군. 다른 건 다 해도 상관없어. 하지만 여잔 아니야. 아니고말고. 아니다마다."

몸이 젊어졌다고 모든 게 가능한 건 아니었다. 그건 젊어진 걸 핑계로 한 방종에 불과했다.

태성은 가만히 눈을 감고 마음을 다스렸다. 일시적인 육체적 현상일 뿐이라고 스스로 세뇌시켰다. 그러고 나니 한결 기분이 나아졌다.

가까스로 마음과 몸을 진정시킨 뒤 다시 소파로 돌아왔을 때 시온은 업어가도 모를 만큼 깊은 잠에 빠져 있었다. 몹시 고단해 보이는 그녀를 물끄러미 바라보던 태성은 TV를 끄고 침실에서 얇은 블랭킷을 가져와 가만히 덮어주었다. 그녀를 바라보는 눈길에 남아 있는 혼란스러움은 채 거두지 못한 채였다.

한숨 푹 자고 깨어난 시온은 그곳이 태성의 호텔방이란 걸 알고 화들짝 놀라 일어났다. 그녀의 몸을 덮고 있던 하얀 블랭킷이 스르륵 미끄러져 바닥으로 떨어졌다. 어둑한 실내를 급히 둘러보다가 그를 찾아 침실 쪽으로 쪼르르 달려갔다.

"저기, 안에 있어?"

아무 소리가 없었다. 여기저기를 돌아보아도 그의 모습은 보이지 않았다. 외출한 모양이었다. 주인도 없는 방에서 두 시간이나 잤으니 여간 민망한 게 아니었다. 시온은 미안한 마음에 어쩔 줄 모르며 전화기를 들었다. 잠이 든 새 와 있는 전화와 문자가 여러 통이었다. 시온은 그중 닉이 보낸 문자를 확인했다.

─누나! 우리 지금 팀장님 병문안 왔어요. 팀장님이 누나 찾으시는 눈치예요. 나중에라도 들러요. 꼭!!

하지만 지금은 더 급한 전화가 있었다. 시온은 태성의 번호를 찾아 통화 버튼을 꾹 눌렀다. 이윽고 그의 음성이 나지막이 들려왔다.

[일어났군.]

"어디야?"

[저녁 먹어야지. 내려와. 밑에서 기다릴게.]

호텔 앞으로 나갔을 때 태성은 차에 앉아서 기다리고 있었다. 시온은 그가 시키는 대로 옆 좌석에 올랐다. 줄곧 운전만 하다가 조수석에 앉으니 기분이 이상했다.

태성이 운전하는 차는 곧 리조트 앞의 긴 도로를 빠져나갔다.

"어디 가는데?"

"밥 먹으러. 먹고 싶은 거 있으면 얘기해. 사줄게."

시온은 불안하게 그를 쳐다봤다.

"또 자르겠다고 협박할 거면 그냥 해. 선심 쓰는 척 뒤통수치지 말고."

"잘릴 짓 한 건 아는 모양이군."

"어제 잠을 못 잤거든. 실수한 거 알아. 그러니까 무섭게 굴지 마."

"그래, 난 무서운 사람이야. 자네한텐 그런 사람이어야 해."

만만하게 보지 말라는 뜻이리라. 조금은 가까워졌다고 생각했는데 착각이었던 걸까.

시온은 금세 시무룩해졌다.

"애인 없어?"

그의 뜬금없는 질문에 그녀는 재빨리 고개를 저었다. 왜 갑자기 그런 질문을 하는 걸까 의아해하면서.

"아니, 왜? 소개시켜 주게?"

"자넬 좋아하는 사람도 없어?"

"많을걸. 셀 수도 없을 만큼."

"좋은 남자 생기면 이것저것 재지 말고 잡아. 자네만 알고, 자네만 좋아해 주는 사람으로."

이 남자가 왜 이러나 하는 눈초리로 그녀가 툴툴거렸다.

"뜬금없이 웬 연애 상담이야? 드라마 보더니 갑자기 연애에 관심 생겼어?"

"생각해서 하는 소리니 귀담아들어. 연애도 시기가 있더라고. 사랑이란 감정이 아무 때나 오는 건 아니잖아."

묻지도 않은 연애 상담을 진지하게 늘어놓는 그를 물끄러미 보다가 시온은 역으로 질문했다.

"넌? 애인 있어?"

"있어."

"있어?"

"죽어서도 못 잊을 여자지."

"그래……?"

그의 마음에 비집고 들어갈 틈이 없다는 걸 인지하자 가슴속에서 푸시시 꺼져드는 실망감에 시온의 목소리가 작게 사그라들었다.

그의 마음을 오랫동안 붙잡고 있는 여자는 누구일까? 미국에 있을까? 이곳엔 잠깐 다니러 왔을 테니 언젠간 그녀에게 돌아가겠지?

많은 의문들이 그녀의 작은 머릿속을 동동 떠다녔다. 아빠의 일만 밝혀내면 네팔로 떠나긴 그녀도 마찬가지다.

'그럼 이 남자와도 끝인 거네?'

영영 못 볼 거라 생각하니 가슴 한구석이 스산하게 아파왔다. 이별이 당연하게 받아들여지지 않는 건 그만큼 마음이 깊어진 이유이리라.

갑자기 울적해진 그녀를 흘끗 쳐다본 태성이 짐짓 가라앉은 분위기를 바꾸었다.

"뭐 먹을 건지 어서 얘기해. 파티장에서 애썼던 거 기특해서 상 주는 거야."

'그런 거였어? 난 또.'

이왕이면 제주에서 유명한 음식을 맛보고 싶은 마음에 그녀는 핸드폰으로 검색을 시작했다. 제주도 유명 맛집을 소개한 블로 그들을 쭉 살펴보다가 구미가 당기는 곳을 발견했다.

"돔베고기랑 막걸리 어때?"

돔베고기라면 태성이 무척 좋아하는 음식이었다. 제주도에 올 때마다 우영과 함께 꼭 먹는 음식 중 하나였다.

빗속을 뚫고 달려간 곳은 서귀포의 '옛날 옛적에' 라는 유명한 맛집이었다. 외관부터 향토적 분위기가 물씬 풍기는 그곳에서 태성과 시온은 돔베고기와 한라봉 막걸리를 시켰다.

제주도 방언으로 도마를 '돔베' 라 부른다. 도마 위 그대로 삶은 흑돼지 고기가 나오는데, 맛이 쫀득쫀득하니 그만이었다. 정갈한 밑반찬들과 해물뚝배기도 좋았지만, 묵은지와 다시마에 싸 먹는 돔베고기는 비가 오니 더욱 맛있게 느껴졌다.

미국에서 오래 살아 토속음식이 입에 맞을까 걱정했었지만, 그는 배가 고팠었는지 꽤 먹성 있게 음식을 골고루 섭렵했다. 마치 평소 즐기는 음식을 먹는 듯해 한국인은 어쩔 수가 없구나 싶었다.

이토록 정겹고 오붓한 시간은 처음이라 시온은 한껏 들떴다. 그의 말마따나 사랑이란 감정이 늘 찾아오는 건 아니다. 이 시간도 마찬가지. 한 번 지나간 시간은 다시 오지 않는다. 그래서 누군가를 사랑하는 시간은 그만큼 치명적이다.

"부모님도 네팔에 사시나?"

"아니, 돌아가셨어. 엄만 10년 전에, 아빤 1년 전에."

"저런. 다른 형제는 없어?"

시온은 쓸쓸하게 고개를 저었다.

"나 혼자야. 한국에 친척이 있긴 한데, 어려서부터 네팔에서 살아서 왕래가 없어. 내가 한국에 온 줄도 몰라."

"외롭겠군."

"아빠가 돌아가신 후론 좀 그래. 아빠 살아 계실 땐 정말 좋았거든. 엄마 몫까지 해주셨으니까."

시온의 두 눈에 물기가 어려 태성은 슬그머니 돔베고기 한 점을 집어 그녀의 개인접시에 놓아주었다.

"먹어. 외로울 땐 음식이 약이 되기도 해."

그건 맞는 말이었다. 군것질이나 야식도 따지고 보면 배고픔보다 허전함 때문이 크지 않던가.

"넌 형제가 어떻게 돼? 부모님은 미국에 계셔? 혹시 회장님이랑 친척이야? 성이 회장님이랑 같은 백씨길래."

예리한 질문에 뭐라고 대답해야 할지 망설여져 그는 괜스레 완고한 표정으로 그녀를 꾸짖었다.

"자꾸 너라고 하지 마. 그거 아주 기분 나빠. 말 높이라는 것도 그새 까맣게 잊어버리고. 쯧쯧."

"다시 고객님이라고 불러줘?"

"차라리 그게 낫겠어."

"쳇. 미국에선 다 'you'로 통하지 않나?"

"자네랑은 'you'나 '너' 따위로 통하고 싶지 않아. 난 자네가 깍듯하게 모셔야 할 사람이야."

그가 자신에게 일부러 거리를 두려는 것 같아 서운한 마음에 그녀가 빈 막걸리 통을 들어 흔들었다.

"비었네. 제주막걸리 한 통 더?"

술이 그리 강한 편은 아니어서 그곳을 나올 때 시온은 알딸딸
하니 기분 좋게 취한 상태였다. 그리고 얼마 후 두 사람은 대리
운전기사가 모는 차 뒷좌석에 나란히 앉았다. 술에 취한 시온이
머리의 무게를 견디지 못하고 스르륵 태성의 어깨에 기대었다.

잠시 당황했던 태성은 그녀의 머리를 밀어내리려다가 가만히 손
을 거두었다. 호텔에서 그랬던 것처럼 또다시 가슴이 쿵쿵 뛰어
오르더니 목덜미가 근질거렸다.

그때, 잠든 줄 알았던 시온이 살며시 눈을 떴다.

두근두근.

그를 향해 주체할 수 없이 빠르게 달려가는 심장 소리가 점점
걷잡을 수 없이 커지고 있었다.

―보고서 4

딩동!

노트북을 놓아둔 책상 위 핸드폰에서 문자 벨이 울렸다. 정보
원으로부터 온 것이었다. 문자는 실시간으로 왔는데, 시온이 태
성의 호텔방에 들어간 것부터 음식점인 '옛날 옛적에'에서 나온
것까지 문자에 찍혀 있었다.

─p.m. 11:10. 강시온 펜션에 함께 들어감. 대리운전기사를 돌려보낸 걸로 보아 함께 밤을 보낼 것으로 추정.

─조금 더 지켜보기 바람.

정보원에게 문자를 보낸 감시자는 문자 내용대로 노트북에 타이핑을 이어 나갔다. 그로부터 한 시간 후 또다시 문자가 들어왔다.

─펜션에 불이 꺼졌음. 백태성은 아직 펜션에 있음. 계속 지켜봐야 하는지?

─철수 바람.

감시자는 그쯤에서 타이핑을 마무리했다.

─p.m. 12:10. 둘이 함께 밤을 보내는 게 확실함. 지금까지 지켜본 바 협력관계라고 보기엔 무리가 있음. 연인 관계로 발전했다고 보기도 어려움. 계속 지켜보겠음.

3막
Maya

제9장

억수같이 쏟아지는 빗속에서 차 안에 있던 누군가가 펜션 앞을 떠난 그 시각, 펜션 1층 침실 침대에 누운 시온은 미안함이 가득한 얼굴로 문자 보내기에 여념이 없었다.

—잠자리 불편하지 않아? 쏘리!

문자는 2층 침실 침대에 팬티 차림으로 누운 태성에게 전송되었다. 씩씩대며 쿠션을 끌어안고 누웠던 그는 문자를 확인하곤 답장도 보내지 않은 채 침대에 툭 던져 버렸다. 생각할수록 기가 찼다.

"5분만 더 빨리 왔어도……."

한 시간 전 차 안에서 그녀가 기대왔을 때 조짐을 알아챘어야
했다. 시온이 얼마 못 가 티셔츠와 바지에 먹은 걸 고스란히 토
해놓는 바람에 꼼짝없이 펜션에 함께 들어온 것이다. 그 꼴로 호
텔까지 갈 순 없었다. 당장에라도 씻지 않으면 견디기 어려울 만
큼 고역이었으니.

급한 대로 펜션으로 들어와 부랴부랴 씻긴 했으나 갈아입을
옷이 있을 리 만무했다. 우영에게 옷을 가져다 달라고 부탁할 수
도 없어 팬티 바람으로 잠을 청해야 할 판이었다. 모처럼 가졌던
화기애애한 분위기가 그렇게 산산조각이 나버렸다.

또르릉!

―화 많이 났어? 지금이라도 옷 구해볼까?

문자 누르는 시간이 더뎌 '이 밤에 자네랑 여기 있는 거 소문'
까지 쳤을 때 다시 문자가 들어왔다.

―안 자는 거 알아. 답장 좀 해주면 안 돼? 이러다 또 밤 꼴딱 샐 것
같아서 그래.
―이 밤에 자네랑 여기 있는 거 소문나기 시러.
―알았어. 아침에 일어나자마자 새 옷으로 사다 줄게. 빤 옷은 나중에
챙겨다 주고.
―그만 자. 성가셔.
―……잘 자.

문자는 더 이상 없었지만, 태성은 계속해서 마지막 문자를 들여다봤다. '잘 자'라는 말을 들어본 적이 언제였던가. 늘 대문 앞에서 우영에게 들었던 인사와는 느낌이 너무 달라서 기분이 이상했다. 따뜻한 기운이 살며시 가슴속을 휘젓는 느낌이랄까. 비록 낯선 방에서 볼썽사납게 누워 있지만, 점차 화가 났던 마음이 사그라지고 빙그레 웃음이 나오는 이유도 그 때문이리라.

❖　　❖　　❖

비가 억수같이 쏟아지는 경찰서 앞. 조사를 마친 젤리가 밖으로 나왔다. 줄곧 차 안에서 그를 지켜보던 우영이 우산을 들고 차에서 내렸다. 옥상엔 단순히 바람을 쐬러 올라간 것뿐, 형사 말로는 용의자와 거리가 멀다 했다.

그날 밤, 옥상에 머문 시간도 겨우 10분. 같이 일하는 직원들이 증언했듯이 알리바이가 확실했다. 재규가 비공개로 수사하라고 지시하는 바람에 애먼 사람만 의심한 꼴이었다.

"유종현 씨!"

젤리가 걸음을 멈추고 돌아섰다. 한달음에 달려온 우영이 몹시 미안한 얼굴로 자기소개를 했다.

"전 회장님 비서, 도우영이라고 합니다."

젤리는 빤히 우영을 쳐다보았다. 조사받은 걸 입막음하러 찾아온 것일까?

"얘기 들어서 알겠지만, 호텔에 도둑이 들었습니다. 작은 돈도 아니고 거금이 사라졌어요. 실례가 된 줄은 알지만, 그날 밤 옥상에 올라간 사람이 유종현 씨뿐이어서요."

"……."

"죄송합니다."

우영이 정중히 고개를 숙이자, 젤리도 검은 속내를 감추고 금세 사람 좋은 얼굴이 되어 너그럽게 말을 건넸다.

"저라도 의심했을 겁니다."

화를 낼 줄 알았는데 그렇지 않아서 우영은 오히려 당황스러웠다.

"이해해 주시니 다행입니다. 기분 나쁘다고 트레킹 가이드 관두는 일은 없으셨으면 합니다. 다시 한 번 정중히 사과드립니다. 마음에 상처 입으신 건 보상해 드리겠습니다."

"그러실 필요 없어요. 그럼."

빗속을 걸어가는 그에게 우영이 마지막까지 최선을 다했다.

"댁까지 모셔다 드리겠습니다."

하지만 대꾸 없이 가버리는 젤리 때문에 그는 더욱 미안한 마음이었다.

베트남 여자를 구해준 후 며칠 마을에 머무는 동안 백호는 그녀가 자신을 지켜보고 있다는 걸 알았다. 그녀는 의지할 데 없는 전쟁터에서 자신을 구해준 그에게 선의를 품었던 모양이었다. 날카로운 대치로 몇몇 전우와 사이가 더욱 나빠졌지만, 그는 개의치 않았다. 사사로운 감정싸움을 할 만큼 마음의 여유가 없었다. 그곳은 생사를 넘나드는 전쟁터 한복판이었고, 그는 자신을 지키는 데 익숙해져 있었다.

하지만 인질 아닌 인질로 잡혀 있는 베트남 여자에게 자꾸만 시선이 가는 것은 비단 그녀의 애처로운 눈길 탓만은 아니었으리라.

그는 외로웠고, 그녀 또한 그러했을 것이다.

「이름이 뭐지?」

「응옥 타잉(Ngoc Thanh).」

「타잉. 예쁜 이름이군.」

그의 칭찬에 타잉은 희미한 미소를 지었다. 여릿한 외모였지만, 까만 눈동자에는 굳센 의지가 담겨 있었다. 살짝 웃을 때 왼쪽 뺨에 깊이 패는 볼우물이 인상적이었다.

「당신 이름을 알아요.」

뜻밖의 말을 듣고 그의 두 눈이 커졌다.

「날 안다고?」

「군인들이 하는 얘기 들었어요. ‘하얀 호랑이’. 백호.」

그의 이름을 읊조리는 그녀의 눈빛이 유난히 반짝거렸다.

「몇 살이지?」

「스물한 살이에요.」

제대로 씻지도 못 해 흙먼지를 뒤집어쓴 그녀였지만, 그의 눈엔 예쁘게만 보였다.

「제 부모 형제 모두 베트콩들에게 죽었어요. 당신들을 도왔다고 말이죠. 그런데 당신들은 또 날 죽이려 하는군요.」

그녀는 억울한 듯 분노를 담아 그에게 심정을 토로했다. 안타까운 현실에 그는 달리 그녀를 위해 해줄 말이 없었다.

「전쟁이 끝나면 뭘 하고 싶어?」

「부모 형제의 장례식을 치러줄 거예요. 그다음엔…… 다시 학교에 가야죠.」

「학교?」

「의대생이거든요.」

「아, 그럼 네 미래는 의사선생님이겠구나. 멋진데.」

타잉이 좀 더 환하게 웃었다.

「당신도 멋져요. 지금까지 내가 본 사람 중에 제일.」

「그렇지 않아. 이 손으로 사람도 많이 죽였는걸.」

백호는 침울하게 자신의 손을 내려다봤다. 타잉이 그의 손바닥 위에 목에 걸었던 목걸이를 풀어 가만히 올려놓았다. 조각한 듯 작은 금속 인형이 달린 목걸이였다.

「행운의 목걸이예요. 아버지가 선물해 주신 거죠.」

「이걸 왜 나한테……?」

「당신을 잊지 않으려고요. 제 목숨을 구해준 은인이잖아요.」

그녀의 순수한 눈망울에 잠시 매혹된 그는 목걸이를 받아도 될지 갈등했다. 하지만 호의를 저버리기엔 그녀의 마음이 예뻤다.

「고마워.」

타잉이 직접 그의 목에 목걸이를 걸어주었다. 그녀의 손길이

목덜미에 와 닿자 그는 별안간 숨이 멈추는 느낌이었다. 삭막한 전쟁터에서 따스한 여자의 손길이 그의 감정을 건드린 것이다.

그의 뜨거운 눈길이 그녀의 얼굴 위에 머물렀고, 그녀 또한 어색하게 그의 목을 감쌌던 두 손을 재빨리 거둬들였다. 빨갛게 홍조가 이는 그녀의 두 뺨이 사랑스러웠다.

빙긋 미소를 머금은 백호는 자연스럽게 그녀의 얼굴에 묻은 검댕을 닦아주었다. 그 때문인지 그녀의 얼굴은 더욱 붉게 달아올랐고, 그의 가슴에도 모처럼 열감으로 가득 채워졌다. 그의 목에 걸린 금속 인형이 그 증명이나 되는 듯 두 사람의 끈끈한 감정을 한데 이어주었다.

❖　　❖　　❖

잠에서 깬 태성은 창을 통해 들어오는 강한 햇살에 눈이 부셔 손으로 얼굴을 가렸다. 부석해진 얼굴을 매만지다가 이불을 차내고 잤다는 걸 알았다. 팬티 바람으로 어색하게 침대를 내려오던 그는 협탁에 놓인 작은 음료수병을 발견했다. 노란 메모지가 붙어 있어 기가 막혔다. 몰래 방에 들어와 놓고 간 게 분명했으니.

참으로 경악할 노릇이라 그는 음료수병에서 메모지를 홱 뜯어내어 읽어보았다.

─난 출근해. 옷 사서 다시 올게. 주방에 먹을 거 있으니까 챙겨 먹어.

"이 꼴로 펜션을 돌아다니라고? 볼만하겠군. 팬티만 입고 남의 펜션에서 꾸역꾸역 음식을 먹고 있는 모습이라니."

상상만으로도 끔찍해 오만상을 찌푸리던 태성은 갑자기 울컥했다.

"무슨 여자가 남자 자는 방에 함부로 들어와서는 태연히 메모를 남겨? 하여간 뻔뻔하고 무례해. 단시간에 새롭게 구성하긴 어렵겠어. 시간도 없는데……."

이 몸으로 있을 수 있는 시간이 얼마나 남아 있는지 가늠조차 할 수 없어 그는 몹시 울적했다.

점심시간이나 되어서야 시온은 펜션으로 돌아왔다.

옷을 사서 부리나케 펜션에 왔을 때, 태성은 마침 주린 배를 참지 못하고 주방에서 라면을 끓여 먹던 참이었다. 팬티 바람으로 식탁에 앉아 라면을 먹는 모습이 가관이었다.

허겁지겁 라면을 먹느라 시온이 들어온 줄도 몰랐다가 그는 당황한 나머지 사레가 들려 콜록콜록 기침을 했다. 아침에 그의 방에 들어갔을 때처럼 또 알몸을 보게 된 그녀는 멋쩍은 듯 옷 가방을 들어 보였다.

"여기, 옷. 팬티도 사왔어……."

그녀가 사온 팬티와 옷으로 갈아입고 거실로 나온 태성은 이전의 말끔한 모습으로 돌아왔다. 이제야 제 모습을 찾은 것 같아 시온이 흐뭇하게 미소를 지었다.

"다행이다, 잘 맞아서. 지금 갈 거지?"

"가야지. 신세 많이 졌어."

"신세는 뭐. 내가 미안하지. 다음에 저녁 살게."

"밥만 사. 자네와는 절대 같이 술 안 마셔."

어제 일을 꽁하게 담아놓는 태성 때문에 시온은 민망해서 입을 삐죽였다. 누군들 좋아하는 남자의 옷에다가 토하고 싶었겠는가.

펜션 앞에서 각자의 차에 올랐을 때, 태성은 퀴퀴한 냄새에 질색했다. 환기를 시키지 않은 탓에 구토한 흔적이 고스란히 차에 배어 있었다.

"젠장."

세차를 하러 가던 그는 아까부터 따라오는 차량의 모습에 의심스러워졌다. 분명히 펜션 앞에서부터 따라온 것 같은데 길 건너편에 정차해 있다가 세차가 끝나자 감쪽같이 사라져 버렸다. 짙은 선팅 때문에 운전자를 확인하는 건 무리였다. 도로에서도 교묘히 차들 뒤에 숨어 쫓아와서 끝내 얼굴을 보지 못했다.

섬뜩한 느낌을 지울 수 없었다. 누군가 처음부터 미행한 거라면 큰 낭패가 아닌가.

'설마 내가 젊어진 걸 안 건가?'

하지만 곧 그건 아니라는 결론을 내렸다. 그렇다면 몰래 미행 따윈 하지 않을 테니까.

'날 찾아냈다는 건 내 뒷조사를 했다는 뜻이겠지?'

그 길로 일송의 호텔방으로 간 그는 자세히 정황을 알렸다. 태성이 감시당하고 있다는 걸 알자 일송도 염려가 되는 듯했다. 언젠가 그들에게 노출될 거라 짐작했었지만, 생각보다 빨리 그때가 다가오자 불안했다.

그녀 역시 이젠 마지막 선택의 기로였다. 늘 마음 한구석에 의심의 끈을 놓지 않았지만, 순순히 국정원이나 '연동회'에 그를 빼앗길 순 없는 노릇이었다. 그가 정말 백호가 맞다면 그녀는 필사적으로 그를 보호해야만 했다.

"이리된 이상, 자네가 회장님의 숨겨둔 아들이란 걸 확실시해야갔어. 하루라도 빨리."

어차피 그럴 생각이긴 했지만, 왠지 갑작스러워 태성은 대꾸할 말을 잃었다. 엄청난 해일 앞에 마주 선 기분이었다.

그에게서 망설이는 기색이 엿보이자 일송이 냉정한 얼굴로 다그쳤다.

"정신 차리라우. 어영부영했다간 놈들에게 당하고 말 기야. 평생 도망자처럼 숨어 사느니 이편이 더 나을지 몰라."

"무슨 생각이지?"

"부딪쳐 보자우, 자네의 새로운 인생을 위해서. 나도 자네가 WT를 계속 맡는 게 이익이디 않갔어."

"내가 계속 WT를 맡아?"

"내가 봤을 땐 재규나 우영이는 후계자가 되기엔 아직 그릇이 못 돼. 애송이들한테 맡겨놓고 노심초사하느니 자네가 낫갔어."

태성은 머리를 한 대 얻어맞은 것처럼 띵했다.

"무슨 뜻이야?"

"차라리 진짜 백태성으로 살라우."

진짜 백태성으로 산다!

자식들과 회사를 위해 가짜 아들 노릇은 얼마든지 할 수 있었다. 하지만 진짜 백태성이 되라는 건 너무 위험 부담이 컸다.

"뭐?"

"진짜 백태성이 돼버리믄 의심도 거두갔디."

"그러다 원상태로 몸이 돌아오면 어쩌려구?"

태성은 답답해 미칠 지경인데, 일송은 끝까지 냉철했다.

"정말 신의 선물일지 재앙일지는 두고 보면 알갔디."

배포가 큰 줄은 알았지만 이 정도일 줄이야. 젊음을 얻은 대신 그는 평생 쫓기며 살아야 할지 모른다. 다시 이전의 모습으로 돌아온다면 별문제가 없겠지만, 일송의 제안을 듣자 혼란스럽기 그지없었다.

백태성으로 산다는 게 진짜 가능하긴 한 일일까?

"낮부터 무슨 술이야? 무슨 걱정 있어?"

술집 Bar에 나란히 앉아 술잔을 기울이던 혜미가 좀처럼 말이 없는 우영에게 물었다. 내내 안색이 어둡던 그가 드디어 말문을 열었다.

"혜미야, 만약에 말이야."

하지만 뒷말을 잇지 못하고 계속 망설였다. 혜미가 태성의 존재를 알게 된다면 어떤 반응을 보일지 예측할 수 없었기 때문이다. 혜미는 어려서부터 회장님을 존경했다. 그 신뢰에 금이 갈까 봐 솔직하게 털어놓기가 힘들었다.

"뭔데 그래? 너 이러는 거 처음 봐."

우영은 차마 회장님에게 숨겨둔 아들이 있다는 말을 꺼내지 못해 애꿎은 술만 들이켰다. 숨겨둔 아들의 존재를 받아들이기도 벅찰 지경인데 두 아들을 상대로 당당히 경쟁하라던 회장님의 말이 더욱 충격이었다. 회장님의 양자로 입적하길 포기했을 때 그의 미래도 정해졌었다. 친아들인 재규와 경쟁하고 싶지도 않았고, 그런 욕심조차 부린 적이 없었다. 아들 한 명도 상대하기 버거운 그에게 두 아들을 상대로 경쟁한다는 건 무거운 짐이었다. 자칫했다간 두 아들 사이에서 자신의 모양새만 우습게 될 터였다.

"아니다. 화장실 좀 다녀올게."

우영이 자리를 뜨고 얼마 안 있어 테이블에 두었던 그의 핸드폰에서 진동이 울렸다. 급한 전화일지 몰라 발신자를 확인했더니, 태성이었다.

며칠 전 파티장에서 그의 활약을 본 뒤 더욱 호감이 갔던 혜미는 냉큼 전화를 받았다.

"도우영 씨 핸드폰입니다."

[자리에 없나 보군. 오면 전화 좀 부탁한다고 전해주게.]

누군지도 모르면서 대뜸 반말을 하는 그가 어이없어 그녀는 피식 웃고 말았다.

"안녕하세요? 오혜미예요."

[혜미? ……함께 있었던 모양이군.]

"안 그래도 통화하고 싶었었는데 마침 잘됐네요."

[나랑? 왜?]

"시간 좀 내주세요."

[시간을?]

그녀의 얼굴이 장난스러운 표정에서 한순간 진지하게 변했다.

"데이트 신청하는 거예요, 저."

말이 끝나기가 무섭게 핸드폰 안에서 호통 소리가 터져 나왔다.

[너랑 난 데이트할 사이가 절대 못 돼!]

'그렇게 강조할 것까진 없잖아.'

제대로 상처받은 혜미가 집요하게 물고 늘어졌다.

"왜죠? 애인이라도 있어요?"

[그런 거 없어. 없어도 너랑은 데이트 같은 거 안 해. 아니, 못 해! 우영이, 아니, 도 비서한테 전화 달라고 해줘.]

"여보세……!"

일방적으로 끊어버린 전화에 혜미는 황당함을 금치 못했다. 질색하는 게 너무 표가 났으니 말이다.

"내가 그렇게 매력이 없나?"

마음에 드는 남자에게 단칼에 거절당했으니 꼴이 참 우습게 됐다. 그만 의기소침해져 핸드폰을 테이블에 내려놓고 술잔을 기울이는데 우영이 돌아왔다. 그녀는 새치름하게 턱으로 핸드폰을 가리켰다.

"백태성 씨한테 전화 왔었어. 전화 달래."

하지만 우영은 전화할 기분이 아닌 듯 심드렁했다.

"나중에. 한데 넌 표정이 왜 그래? 실연당한 사람처럼."

혜미가 우울하게 중얼거렸다.

"맞아. 나, 방금 실연당했어."

"뭐? 누군데, 그놈이?"

"네가 나중에 전화하겠단 사람."

"백태성?"

뜨악해하는 우영을 보자 그녀는 속이 이루 말할 수 없이 쓰렸다.

"데이트 신청했다가 보기 좋게 거절당했지 뭐야. ……창피해."

아마 그녀로서는 처음 있는 일이기도 하거니와 누군가에게 거절당하는 일이 흔치 않았으리라. 그만 할 말을 잃었던 우영은 무너진 그녀의 자존심을 세워주려는 듯 다정히 어깨를 토닥였다.

"행여 말아라, 오혜미. 내가 생각해도 네 상대는 아닌 것 같다."

졸지에 그녀가 두 형제와 삼각관계가 되어 일이 더 복잡해질 생각에 우영은 고개를 절레절레 흔들었다. 재규가 태성의 존재를 알게 되는 것도 살얼음판인데, 혜미가 태성을 좋아한다는 걸 알면 피바람이 불지도 모를 일이었다.

"넌 별로야, 그 사람?"

"네가 백만 배는 아깝지."

빈말은 아닌 것 같아 그녀는 무너졌던 자존심이 조금이나마 회복됐다.

"정말 그렇게 생각해?"

"어. 그러니까 완전히 빠진 거 아니라면 접어. 네가 상처받는 거 정말 싫으니까."

"우영아……."

"재규 형한테도, 백태성 씨한테도 네가 상처받는 거 싫어, 난. 너, 아버지한테 상처 많이 받았잖아. 사랑하는 사람은 좀 편한 상대였으면 좋겠어. 친구로서 충고이자 소망이야."

"그런 넌? 시온 씨한테 상처 안 받을 자신 있어?"

안 그래도 우영은 태성이 회장님의 숨겨둔 아들이란 걸 알았을 때, 시온과의 친분이 신경 쓰였다. 두 사람의 관계가 단순히 고객과 가이드 사이가 아닐지도 모른다는 생각이 들었던 것이다. 두 사람이 연인 관계로 발전하게 된다면, 그 패배감은 또 어찌해야 할까?

"모르겠다. 떡 줄 사람은 생각도 하지 않는데 혼자 김칫국 마시게 될까 봐 솔직히 겁나. 백태성 씨랑 어떤 사이인지도 확인해 봐야겠고."

"무슨 소리야? 태성 씨랑 시온 씨랑 사귄다는 거야? 그래서 나랑은 안 된다는 거였어?"

원석이 아니라 태성이라구?

혜미는 비로소 산책로에서 태성이 시온과 함께 있는 원석을 왜 질투 어린 시선으로 바라봤는지 알 것 같았다.

"그 두 사람이랑 상관없이 넌 백태성 씨한테 관심 가지지 않았으면 해."

"……."

우영은 선천적으로 사람을 쉽게 판단하거나 매몰차게 구는 성격이 못 되었다. 그런데 태성에 대해선 꽤 단호하게 나왔다. 그런 우영이 낯설어 혜미는 할 말을 잃고 말았다. 그들 사이에 자신이 모르는 무슨 일이 생겼음을 알았기 때문이다. 그러자 태성에게 더욱 흥미가 생겼다. 그가 누구기에 모두를 긴장 속으로 몰아넣는 것일까.

"아저씨."

혜미와의 통화를 끝내고 리조트 앞 산책로 벤치에 앉아 있던 태성의 귀에 앳된 음성이 콕 하고 박혀왔다. 고개를 돌리니 규림이었다. 귀여운 얼굴을 보자 어둡던 마음에 불이 환하게 들어오는 느낌이었다.

"웬일이냐? 네가 전화를 다 하고."

규림이 그의 곁에 앉으며 짐짓 심각한 얼굴로 말했다.

"뭐 좀 보여줄 게 있어서요."

"뭘 말이냐?"

약간 머뭇대던 규림은 이내 결심한 듯 가방 안에서 디카를 꺼내 그에게 보여주었다. 동영상이 너무 시커메서 태성은 눈살을 찌푸렸다.

"이게 뭐냐? 아무것도 안 보이잖아."

규림이 사방을 경계하듯 둘러보더니 그를 채근했다.

"자세히 좀 봐 봐요."

그녀의 말대로 자세히 들여다보니, 동영상에 호텔 건물을 타고 내려오는 누군가가 찍혀 있었다. 어두워서 어렴풋하긴 하지만, 호텔방을 지날 때 갑자기 들어온 불빛에 확실하게 그 모습이 보였다. 바로 그 살모사의 3억이 든 돈 가방을 훔친 도둑일 게 분명해 태성은 깜짝 놀랐다.

"이거 어디서 났어?"

그가 상기된 표정으로 다그치듯이 묻자, 규림이 의기양양하게 대답했다.

"내가 직접 찍었어요."

"뭐? 근데 왜 신고를 안 하고……."

"상관하고 싶지 않았으니까요. 근데…… 파티장에서 있었던 얘기 듣고 자꾸 찜찜해서요. 아저씨 여기서 높은 사람이라면서요. 아저씨한테 얘기했으니까 내가 줬단 말 절대 하지 말기예요. 약속해요. 안 그럼 이 동영상 없애 버릴래요."

"그냥 없애긴 찜찜해서 나한테 보여준 거다, 이거냐?"

"네. 어떡해요? 없앨까요?"

태성은 당돌하기 짝이 없는 규림을 빤히 쳐다봤다. 조그만 녀석이 담력이 보통이 아니었다.

"이 녀석아, 이거 찍다가 들켰으면 어쩔 뻔했어? 위험한 짓을 한 건 아냐?"

"아니까 아저씨한테 주죠. 만에 하나 나한테 무슨 일 생기면 아저씨가 지켜줘야 하니까."

"내가?"

"나도 엄연한 리조트 고객이라고요. 위험한 거 뻔히 아는데 경찰에 직접 신고하진 않죠. 아저씨가 비밀 지켜준다고 약속하면 기꺼이 동영상 드릴게요."

"이걸로 도둑을 잡을 수 있을까?"

규림이 시크하게 대꾸했다.

"도둑 잡는 건 내 소관이 아니잖아요. 다음 일은 아저씨가 알아서 해야죠. 이 일 때문에 더 이상 오라 가라 하는 일 없게 해달라는 거잖아요."

"끙— 알았다. 약속하마."

태성의 약속을 받아내고서야 규림이 그의 핸드폰으로 동영상을 보냈다. 핸드폰으로 동영상을 재차 확인한 그가 넌지시 물었다.

"그래, 이젠 어떤 보상을 바라는지 말해봐. 날 찾았을 땐 뭔가 바라는 게 있을 게 아니냐."

규림이 어이없다는 듯 정색했다.

"아저씨도 어쩔 수 없구나."

"뭐라고?"

"보상이나 바라고 한 일 아니거든요. 그냥 지나치면 안 될 것 같아서 알려준 것뿐이라고요. 우리가 어른들 같은 줄 알아요?"

태성은 그 말을 듣는데 뒤통수를 세게 얻어맞은 기분이었다. 자기도 모르게 또 편협한 생각에 젖어 있었던가 보다. 규림의 선행을 보상 따위로 해석해 버린 자신이 정말 부끄러웠다.

기특한 마음에 그는 그녀의 머리를 쓱쓱 쓰다듬었다.

"녀석. 내가 큰 실수를 했구나. 미안하다."

머리를 쓰다듬는 그의 행동에 당황한 규림이 슬쩍 그의 손을 떼어놓았다.

"여자 머리를 함부로 쓰다듬는 것도 아주 위험한 행동이라고요."

"뭐? 하하하! 왜 그게 위험한 행동이지? 난 그저 기특하고 예뻐서 칭찬하려던 건데. 그리고 네가 여자냐, 이 녀석아."

"군대에만 고문관 있는 거 아니거든요. 이제 봤더니 아저씨가 그래. 연애 고문관 스타일이야."

"연애 고문관?"

"연애할 때 조심하세요. 여자가 펑, 폭발할 수도 있으니까."

"내가 그 정도로 폭탄은 아니……."

억울함이 담긴 그의 말을 규림이 가차 없이 싹둑 잘랐다.

"아저씨, 폭탄 맞거든요. 그것도 아주 위험한. 암튼, 전할 거 전했으니까 난 이만 퇴장할게요."

"위험하다면서 이런 걸 맡겨?"

"날 믿으니까요. 세상 그 누구도 믿지 않거든요. 그래서 날 믿기로 했어요. 그게 아니면 세상이 너무 역겹잖아요."

10대 아이의 입에서 나온 말치고는 지나치게 심오했다. 상처투성이인 마음을 알아버린 태성은 그녀에게 믿음을 주기 위해서라도 약속을 지킬 수밖에 없음을 깨달았다. 아이들에게 믿음을 주지 못한 건 기성세대의 위선과 잘못 때문이니까.

"노력해 보마. 꼭 잡을 거란 약속은 못 하겠지만."

"그게 무슨 소립니까?"

아침부터 잔뜩 얼굴을 구긴 채 방으로 찾아온 오 이사의 이야기를 듣고 재규는 아연실색했다. 이거야말로 이제껏 들던 중 가장 쇼킹한 소식이었다.

"백태성이…… 누구라고요?"

"신원 조회를 해봤더니 부친이 회장님이시더라고요. 시계도 일련번호로 알아보니까 회장님 것이 맞더군요."

오 이사가 자신을 상대로 농담할 리 만무했다. 청천벽력 같은 소식에 재규는 영혼이 송두리째 휘청대는 느낌이었다.

"아버지 아들? 백태성이?"

"저도 너무 놀랐지 뭡니까. 어쩐지 이상하다 했습니다. 아니, 회장님은 어쩌자고 혼외 자식을……."

재규가 무서운 눈길로 노려보자, 오 이사가 말을 하다 말고 흠칫 놀랐다.

"정말 모르셨습니까?"

오 이사가 미심쩍은 양 묻기에 재규는 속에서 끓어오르는 울화를 억지로 삼켰다.

"오 이사님이 모르는 일을 제가 알 턱이 있습니까?"

그의 면박에 오 이사가 멋쩍게 큼 헛기침을 했다.

"저라고 회장님에 대해 다 어찌 알겠습니까. 정말 감쪽같이 속았습니다."

단 한 번도 의심해 본 적이 없는 아버지의 외도. 그토록 철두철미하던 양반이었으니 속이기도 쉬웠으리라.

　재규의 배신감은 너무나 컸다. 그동안 자신에게 냉정하게 대한 이유를 알 것 같았다. 아무도 모르게 혼외 자식을 돌보느라 그랬다는 것을.

　그는 자기도 모르게 감아쥔 주먹을 부르르 떨었다. 왜 아무 말도 없이 사라졌나 했더니 바로 백태성을 이곳에 보내기 위해서였다. 후계자인 자신을 늘 불안해하던 아버지의 꿍꿍이를 비로소 알 것 같았다.

　"백태성 씨를 이곳에 보낸 이유, 아시겠습니까?"

　교활하게 묻는 오 이사의 두 눈을 똑바로 노려보며 재규는 걷잡을 수 없는 분노를 느꼈다. 오 이사도 같은 생각을 했다는 걸 알았기 때문이다. 같은 생각이 모이면 그것은 곧 기정사실화되게 마련이었다.

　"아버지와 통화해 보셨어요?"

　"아뇨. 전화기가 꺼져 있어서요. 설마 회장님이 백 이사님한테도 연락 안 하신 겁니까?"

　"……."

　"저런. 이해를 할 수가 없습니다. 아무리 그래도 백 이사님한테는 미리 얘기를 했어야 하는 게 아닙니까. 이렇게 사사건건 무시를 하시니, 원."

　위해주는 척 일부러 부아를 지르는 오 이사 때문에 재규는 더욱 속이 부글부글 끓어올랐다.

　"그래도 설마 하니 후계자 자리가 바뀌기야 하겠습니까? 너무 걱정하지 마십시오. 이럴 때일수록 정신을 바짝 차리셔야 합니다."

당최 누구 편을 드는 건지 오락가락하는 통에 그는 정신이 사나워 역정을 냈다.

"알아들었으니 그만 나가보세요. 다른 지시가 있기 전엔 절대 그 누구에게도 이 사실을 알려선 안 됩니다. 아셨어요?"

"물론입니다. 회장님이 아직 말씀이 없으신데 제가 감히 어떻게…… 이만 나가 보겠습니다."

오 이사가 나가고 난 뒤 재규는 속절없이 휘청대는 마음을 가눌 수 없어 급히 담배를 찾아 입에 물었다. 담배에 불을 붙이는 그의 손이 심하게 떨렸다. 이대로 후계자 자리에서 밀려나는 건 아닐까, 하는 생각에 눈앞이 캄캄했다. 아버지라면 그러고도 남았으니까.

우영에게서 느끼던 열등감과 질투와는 다른 두려움이었다. 그래도 우영보다는 피가 섞인 친자식이라는 우월감에 젖어 있었으니. 하지만 백태성은 다르다. 지금까지 비밀로 해오다가 하필 이럴 때 제주도에 보낸 걸로 봐선 아주 오래전부터 준비를 해왔다는 뜻이었다. 모두의 반대를 무릅쓰고 우격다짐으로 후계자 자리에 앉혔지만 정신 못 차리는 자식을 보고서 마음이 바뀌었을지 모른다. 그러니 아버지에게서 완전히 내쳐질 가능성을 배제할 수 없었다.

'이미 늦은 건가?'

백태성을 만나야 한다는 생각을 하면서도 재규는 떨리는 마음

을 주체하기 어려웠다. 그를 만나 무슨 얘길 해야 할지 걱정이
앞섰다. 그의 입에서 '네 자리는 처음부터 내 거였다' 는 말을 듣
게 될까 봐 두렵고 무서웠다.

타들어가는 속마음처럼 그의 떨리는 손가락 사이에서 빨갛게
타오르는 담배 연기가 오래도록 그의 주위를 어지럽게 맴돌았다.

"넌 알고 있었지?"

결국 재규가 부른 건 우영이었다. 아버지 일을 우영이 결코 모
를 리 없었다. 우영은 재규가 생각보다 빨리 알아버려서 처음엔
막막했으나, 이내 마음을 가다듬고 담담히 대답했다.

"저도 최근에야 알았습니다. 파티장에서 소란이 있었던 날."

우영도 몰랐단 말인가.

재규는 뜻밖이어서 다소 당황했다.

"아버진 뭐라셔?"

"직접 통화하지 그러십니까."

우영도 자기 못지않게 충격을 받은 얼굴이라 그는 치밀어 오
르는 화를 간신히 억눌렀다.

"왜? 후계자 다시 뽑기라도 하겠대?"

자신을 떠보는 그를 가만히 바라보던 우영이 속으로 한숨을
내쉬었다.

"어떤 결정을 하시든 회장님 뜻입니다."

"그래서 무조건 아버지 뜻대로 하겠다고? 하긴, 너한텐 오히려
잘된 일이겠어. 나보다야 백태성이 더 나을지 모르지. 안 그래?"

"형."

느닷없이 형이라 부르는 우영 때문에 재규는 바짝 긴장했다.

대체 무슨 말을 하려고?

"갑자기 동정심이라도 생긴 건가? 네가 그러니까 내가 곧 쫓겨날 게 맞나 보네. 다 알면서 모르는 척하는 건 여전해. 제발 그 가식적인 얼굴은 집어치워!"

주먹으로 후려칠 듯이 으르렁대는 재규를 보자 우영은 그의 말마따나 알 수 없는 동정심이 일었다. 회장님이 결심한 이상, 그는 절대 태성을 이기지 못한다. 그는 버려질 것이고, 비운의 후계자로 살아갈 게 분명하다.

재규는 시종일관 무거운 얼굴인 우영도 마음에 들지 않지만, 오랜만에 듣는 '형'이란 소리가 더욱 신경에 거슬렸다.

"미안해요. 제 입으로는 차마 얘기 못 하겠네요. 회장님께 직접 들으세요. 연결해 달라면 이 자리에서 통화하게 해드리죠."

아버지와 통화하는 것도 비서를 통해 해야 하는 자신의 신세가 처량해서 재규의 잇새로 실소가 흘러나왔다. 평소 같으면 아버지가 직접 전화할 때까지 고집스럽게 버텼겠지만, 지금 다급한 건 아버지가 아니라 그였다. 그는 자존심도 버리고 빨리 연결하라고 손짓했다.

우영이 백호의 번호로 전화를 걸었고, 잠시 후 전화가 연결되었다. 우영은 아무 말 없이 재규를 바꿨다.

"접니다, 아버지."

한 맺힌 듯한 재규의 음성에 잠시 말이 없던 태성이 평소와 다를 바 없이 냉정하게 대꾸했다.

[일찍도 전화하는구나.]

"제 전화 기다리셨다는 투네요."

[기다리긴 누가?]

발끈하는 아버지 때문에 재규는 치밀어 오르는 분노로 얼굴이 시뻘게졌다.

"그러시겠죠. 아버진 절대 제 전화 따위 기다릴 분이 아니시죠. 아버지한텐 친아들보다 더 애지중지하는 도 비서도 있고, 숨겨둔 아들도 있으시잖아요."

[우영이한테 들은 게야? 좀 기다리지 않고서. 쯧쯧.]

무덤덤하기 짝이 없는 그의 말에 재규는 참았던 울분을 터뜨렸다.

"어떻게…… 어떻게 그러실 수가 있어요?"

[사실대로 얘기하면 네가 이해는 하고?]

"아버지!"

[됐다. 그 얘긴 나중에 태성이 만나서 해.]

"아버지가 직접 오실 생각은 왜 안 해요?"

[당분간은 그럴 생각 없어. 모든 건 태성이한테 전해 들으면 돼. 넌 내가 왜 이래야만 하는지 궁금하긴 한 거냐?]

하지만 그의 서운함이 재규의 마음에 닿을 리 없었다. 자기 생각에만 사로잡혀 재규는 제 할 말만 떠들어댔다.

"백태성을 여기에 보낸 이유가 뭐예요? 후계자 자리 새로 정하시려는 거예요?"

[맞아. 다시 정할 거야. 너, 태성이, 그리고 우영이 셋 중에 정할 생각이다.]

재규는 핸드폰을 쥔 손에서 힘이 스르르 빠지는 느낌이었다.

"정말 다시…… 정하겠다고요?"

[너 일하기 싫어했잖아. 네가 그토록 하기 싫어하는 일, 남에게 대신 시키겠다는데 뭐가 문제야?]

"이럴 거면 처음부터 후계자 자리에 올려놓질 말았어야죠. 제 생각은 조금도 안 하세요? 제게 너무하단 생각 안 드시냐고요?"

[창피한 걸 아는 놈이 그따위로 살아? 기회를 줬는데도 요지부동이었던 놈이 누군데? 그동안 네 생각, 네 입장 충분히 이해하고도 남았어. 억지로 앉히고 싶은 마음 없어졌어, 나도. 정말 그자리에 앉아야겠거들랑 정식으로 도전해. 도전할 기회까지 빼앗진 않을 테니까.]

"장난하는 것도 아니고, 후계자 자리를 도로 내놓고 다시 도전하라는 게 말이 돼요?"

[왜 안 돼? 백 번이고 천 번이고 해야 할 일이면 해야지. 네가 회사를 위해서 한 일이 뭐가 있다고 버텨, 버티길. 우영이한테 이사회 소집하라고 할 테니까 그렇게 알아. 끊어.]

전화는 끊겼지만, 재규의 화는 좀처럼 가라앉지 않았다. 분해서 어쩔 줄 모르는 그를 가만히 지켜보던 우영이 테이블에 내던지듯 한 핸드폰을 챙기며 물었다.

"하실 말씀 더 있습니까?"

"후계자 될 욕심이라도 생긴 거야?"

비아냥거리는 그에게 우영은 무슨 말을 할까 고민하다가 조심스럽게 입을 열었다.

"진즉에 욕심을 냈어야 하나 그런 생각이 듭니다. 제가 양보했던 건 백태성 씨가 아닌 형이었거든요."

"……."

"어쩌실 겁니까? 허무하게 빼앗기고 말 겁니까?"

"넌? 넌 어쩔 생각이야?"

"형은 절대 그 사람 못 이깁니다. 하지만 저라면 한 번 부딪쳐 봐도 되겠단 생각이 드는데요."

우영에게까지 무시를 당하자 재규는 정말 화가 머리끝까지 났다.

"난 안 되고, 넌 된다 이거야?"

"백태성 씨의 실력이 어느 정도인지 알고 싶어졌어요. 회장님에게 직접 교육을 받았을 테니 대단하겠죠. 제가 후계자가 되지 않더라도, 회장님을 모셨듯이 계속 모셔야 할 분이라면 미리 알아두는 것도 나쁘지 않아요."

"한 가지만 묻자. 너, 내가 후계자가 돼도 아버지한테 하듯이 할 생각이었어?"

"전 그게 제 할 일이라고 처음부터 알고 있었으니까요."

"……."

미련하다고 해야 할지 우직하다고 해야 할지 도무지 알 수 없는 녀석이었다. 재규는 한 치의 흐트러짐이라곤 없는 우영을 쳐다보다가 머리가 복잡해져 성가시다는 듯 손을 내저었다.

"나가. 너야 원래 아버지 말만 듣잖아."

소리 없이 일어난 우영이 고개를 숙여 인사한 뒤 방을 나갔다. 머리가 터질 지경인 재규는 조급하게 담배를 꺼내다가 반으로 툭 잘라 재떨이에 아무렇게나 짓이겨 버렸다.

"젠장. 저놈 속은 알다가도 모르겠단 말이야."

복도로 나온 우영은 잠시 우두커니 서서 긴 복도 끝 정면에 붙어 있는 명화를 물끄러미 바라보았다. 백태성 때문에 재규에게 동정심이 든 건 자신도 의외였다. 막상 초조하고 불안해하는 재규를 보자 가슴이 답답했다. 차라리 회장님이 어느 한쪽 편에 서라 명령하면 판단하고 결정하기가 쉬울 터. 느닷없이 후계자의 반열에 서서 똑같이 경쟁을 하라니, 엄청난 미션을 수행해야 할 처지에 어깨가 무거웠다. 그렇다 해서 재규를 제치고 태성과 맞붙을 수도 없는 일.

"재규 형한테 자극이 됐으려나."

어쩌면 회장님의 속셈도 이것이 아니었을까. 재규 혼자서는 태성을 상대할 힘이 턱없이 모자라니 자신에게 암암리에 도움을 주라는 뜻은 아니었을까.

혼자 그렇게 해석해 버린 우영은 조금 마음이 가벼워졌다.

"이게 다 뭔 소립니까?"

비상소집에 앞서 오 이사의 부름을 받고 모인 이사 3인방은 하나같이 어리둥절한 모습이었다. 난데없이 회장님의 숨겨둔 아들이 왜 화두에 오르는지 의아했다.

느긋하게 소파에 기대앉아 있던 오 이사가 의미심장한 미소를 지었다.

"말 그대롭니다. 회장님에게 숨겨둔 아들이 있어요. 지금 여기, 제주도에 와 있습니다."

"헉! 저, 정말입니까? 아니, 어, 어떻게 그, 그런 일이······!"

"믿을 수가 없네요. 우리 아버지가 세 번 결혼을 했을 때보다 더 충격입니다."

"백 이사님도 알고 있는 겁니까?"

오 이사가 충격에 휩싸인 재규를 떠올리며 빙그레 웃었다.

"방금 전에 얘기했습니다. 하지만 여기 모인 여러분은 모르는 일로 해야 합니다. 무슨 말인지 아시겠죠?"

"여부가 있습니까마는, 너무 놀라니 아무 생각도 안 납니다. 대체 숨겨둔 아들을 보긴 하신 겁니까? 누굽니까, 그게?"

"백태성입니다."

"백태성이라면 파티장에서 살모사를 상대했던 그 남자 아닙니까?"

그제야 모두 이해가 간다는 표정이었다.

"어쩐지. 그래서 살모사와 담판이 가능했던 거군요. 회장님이 갑자기 숨겨둔 아들을 이곳에 보낸 의도가 뭐랍니까?"

오 이사가 문득 신중해져 말했다.

"내 생각엔 후계자를 새로 정하실 것 같습니다. 그게 아니라면 굳이 지금 보낼 이유가 없어요."

정 이사도 그의 말에 적극 동조했다.

"우리 회사도 드디어 형제의 난이 시작되는 겁니까?"

"그럼 우린 어떻게 해야 하는 거죠? 백 이사를 후계자 자리에서 몰아내는 게 우리 뜻이긴 했습니다만, 새로 굴러들어온 돌은 더 적응이 안 됩니다."

"회장님이 퇴임을 앞두고 마음이 급해지셨나 봐요."

"철저한 계산 속에 진행된 일일지도 모르죠."

오 이사가 진중하게 회장님의 의중을 읽자 다른 이사들도 바짝 긴장했다.

"회장님이 기습공격을 하신 거로군요."

"회장님 수는 도무지 읽을 수가 없습니다. 회장님이 쥔 조커가 숨겨둔 아들일 거라고 누가 상상이나 했겠습니까. 정말 무서운 분입니다, 우리 회장님."

조 이사가 혀를 내둘렀고, 김 이사도 그만 의기소침해져 소심하게 의견을 냈다.

"그러게 제가 뭐라고 했습니까? 우리 넷이 뭉쳐도 회장님 한 분 당해내기 어렵다고 하지 않았습니까."

그 소리에 발끈한 오 이사가 버럭 소리를 질렀다.

"약한 소리 할 거면 나가세요!"

"죄, 죄송합니다."

진땀을 뻘뻘 흘리는 김 이사를 외면하고 오 이사가 모두를 호

되게 다그쳤다.

"위기가 곧 기회란 말 모릅니까. 백태성이 아무리 날고 긴다 해도 회장님이 안 계시면 허수아비에 불과합니다. 내가 그렇게 만들고 말 겁니다. 아시겠어요?"

오 이사의 호언장담에 다른 이사들은 더 이상 아무런 말도 하지 못했다.

❈　　❈　　❈

"세탁소에서 방금 나와서 따끈따끈해."

시온이 태성의 옷가지가 든 종이가방을 그에게 내밀었다. 원석이 예정보다 일찍 퇴원하는 바람에 다시 태성의 개인 가이드로 돌아온 그녀는 일부러 그의 호텔방까지 찾아왔다. 옷에 구토하는 대참사를 저지른 죄인으로서 최대한 성의를 보이고 싶어서였다.

별말 없이 받긴 했지만 가방 안의 옷가지를 확인한 태성은 그날의 악몽이 떠오르는 듯 표정이 썩 좋지 않았다.

"약속대로 저녁 살게. 준비해서 내려와."

시온이 객쩍게 말을 건넸고, 그도 그러라는 듯 말없이 문을 닫고 들어가 버렸다.

"까칠하긴."

돌아서 복도를 걸어가는 시온의 뒤로 어느 틈엔가 젤리가 따라붙었다. 룸서비스 직원 복장이어서 아무 의심 없이 시온은 그와 함께 엘리베이터 앞까지 갔다. 한 발짝 뒤에 선 그가 살짝 신경 쓰였으나, 때마침 엘리베이터 문이 열리며 재규가 내렸다. 화들짝 놀란 시온이 자기도 모르게 '엇! 닭똥집' 하다가 헙, 손으로 입을 틀어막았다.

재규는 누군가 하고 잠시 걸음을 멈추어 그녀를 쓱 쳐다보았다. 시온이 꾸벅 인사했지만, 그는 모르는 여자여서 무시하듯 지나쳐 버렸다. 직원을 일일이 다 상대할 마음도 없거니와 지금은 더더욱 그럴 기분이 아니었다.

차갑게 지나치는 그를 보자 시온은 예전이나 지금이나 변함없는 태도에 절레절레 고개를 저었다.

'어딜 가는 거지?'

문득 호기심이 들어 그녀는 엘리베이터를 타지 않고 재규를 시선으로 좇았다. 긴 복도를 걸어가던 그가 409호 앞에 멈춰 서는 걸 보고 그녀의 눈이 휘둥그레졌다.

'어라. 백태성 방이잖아.'

재규가 방 안으로 사라진 후에야 시온은 퍼뜩 정신을 차렸다. 후계자와 투자회사 직원이 만나는 게 뭐 그리 대수랴. 더군다나 태성은 회장님과 각별한 사이가 아니던가. 자연히 재규와도 친분이 두터울 것이다.

무심코 엘리베이터 쪽으로 몸을 돌리다가 그녀는 화들짝 놀랐다. 룸서비스 직원이 여태 엘리베이터에 타지 않고 그 자리에 서 있었기 때문이다. 엘리베이터는 그새 내려간 뒤였다.

그도 재규를 알아봤으리라 생각한 시온은 같은 호기심 탓에 똑같이 엘리베이터를 놓친 거라 생각했다. 내림 버튼을 꾹 누르고 젤리를 향해 계면쩍은 웃음을 던졌다.

무표정으로 일관하던 젤리의 눈가가 실룩했다. 그로서는 그녀의 친근한 미소가 매우 당황스러웠던 것이다.

곧 함께 엘리베이터를 탄 두 사람은 어색하게 거리를 두고 섰다. 같은 리조트에서 일하는 처지에 어색한 침묵이 너무나 싫었던 시온이 재기발랄한 어투로 슬쩍 말을 걸었다.

"고생 많죠?"

불쑥 말을 걸어오는 그녀 때문에 오히려 젤리가 긴장하고 말았다. 자신의 정체를 눈치채고 부러 떠보는 건 아니리라. 그러기엔 그녀의 표정이 너무 해맑았다.

"괜찮아요."

"피곤해 보여서요. 다크서클도 짙고."

나름 변장을 했는데도 눈 밑에 다크서클만은 피해갈 수 없었던 모양이다. 그걸 정확하게 집어낸 그녀 때문에 젤리는 다시 한번 당황했다. 그녀가 가방을 부스럭거리며 뒤지길래 그는 바짝 신경을 곤두세웠다.

그런데 그녀가 꺼내서 건넨 건 다름 아닌,

"비타민 드세요."

땡!

그사이 1층에 도착한 엘리베이터가 멈췄고, 곧 문이 열렸다. 시온은 젤리의 손에 일회용 비타민을 몇 개 쥐어준 뒤 먼저 엘리베이터에서 내렸다.

얼결에 받아 든 비타민을 멍하니 내려다보다가 젤리는 그만
내릴 타이밍을 놓쳤고, 닫히는 문 사이로 시온의 뒷모습만 뚫어
져라 바라보았다.

제10장

　재규가 백태성의 존재를 알아버렸다고 우영에게서 연락을 받은 태성은 그가 직접 방으로 찾아오리라고는 생각을 못 해 적잖이 당황했다. 자신을 교묘히 살피는 재규의 시선엔 시퍼런 날이 서 있었다. 아마도 지금껏 보아온 중에 가장 형형한 눈빛이라 할 만큼 눈동자가 살아 있었다.

　"앉지."

　'웃어?'

　싱긋 미소를 배어 무는 태성을 보자 재규의 신경이 더욱 날카로워졌다. 가까이에서 보니 정말 아버지 젊었을 때와 쏙 빼닮았다. 그것마저 마음에 들지 않는다.

　"호텔은 마음에 드나?"

태성은 허세를 부리고 있는 재규의 속내에 가소롭다는 듯이
웃었다.

"누가 만들었는데. 퍼펙트해."

자기도 모르게 시온의 말투를 따라 하고 그는 머쓱해했다.

"생각보다 성미가 급하군. 도 비서 통해서 정식으로 만나려고
했었는데 말이야."

너무나 당당한 태성의 태도 때문에 재규는 심적으로 약간 밀
리는 기분이었다. 기선제압이라도 할 겸 일부러 찾아왔더니, 이
곳 주인이 자기인 양 되레 손님 취급이었다.

지구상 어딘가에 아버지의 또 다른 아들이 실재하리라 상상조
차 해본 적이 없었던 그는 태성을 물끄러미 바라보았다. 잘생기
고 말끔한 인상의 청년. 아버지를 닮아 호기로운 성격조차 부러
운.

"이 순간을 기다려 왔겠군. 어둠 속에서 발톱을 숨긴 고양이처
럼."

재규가 도발했고, 소파로 가서 앉으며 태성이 짐짓 너스레를
떨었다.

"아버지가 늘 하시던 말씀이 있었지. 하루를 버리는 사람은 자
기 인생을 송두리째 버리는 것과 같다."

"하루를 버리는 사람은 자기 인생을 송두리째 버리는 것과 같
다."

똑같이 그 말을 읊조린 두 사람은 잠시 서로를 바라보았다. 재
규가 그 말을 잊지 않고 있다는 것에 태성은 약간 감동한 눈치였

다. 실제 삶은 정반대였을지라도.

"나와 신경전 벌이느라 쓸데없이 시간 낭비하지 말란 뜻이야. 그럴 시간 있으면 후계자 자리를 지킬 방도나 연구해."

그의 자극적인 언사에 재규의 표정이 차갑게 굳어졌다.

"아버지 비호를 받는다고 네가 아버지 대신이란 착각은 하지 마."

"한 가진 확실해. 네가 내 상대가 되지 않는다는 것."

그 역시 자신을 철저히 무시하고 있단 사실을 깨닫자 재규는 분을 감추지 못했다.

"그래 봤자 넌, 아버지가 평생 숨겨야 했던 혼외 자식일 뿐이야. 아버진 누구보다 명예를 중요시해. 그런데 너 따위를 후계자로 세울 것 같아? 차라리 우영이라면 모를까 넌 아니야. 넌 다만 이용당하고 있는 것뿐이라고."

치졸한 공격이었지만, 재규의 말이 완전히 틀린 것은 아니어서 태성은 수긍이 가는 표정을 지었다.

"네 말이 맞을지도 모르지."

"머리가 나쁘진 않군, 자신이 이용만 당하고 버려질 패라는 걸 아는 걸 보니."

재규가 이죽거려도 그는 눈 하나 까딱하지 않았다.

"아버지를 위해서, 또 회사를 위해서 그만한 희생 정도는 감수해야지. 그래야 진짜 아들이라고 할 수 있지."

"뭐?"

"도 비서를 양자로 들이는 걸 반대했다지. 그럼 아들 노릇을 제대로 했어야지. 권리는 다 찾아먹고 의무는 개떡처럼 아는 네가 나한테 혼외 자식이라고 비난할 자격이나 돼? 네 주제를 알아. 혼외 자식인 나나 양자로 입적조차 못 하고 있는 도 비서보다 아버지한텐 가장 몹쓸 아들이 바로 너야."

태성이 거침없이 힐난을 쏟아냈고, 재규는 듣기 거북하여 벌떡 자리에서 일어났다. 길게 얘기를 나눠봤자 감정싸움만 될 게 뻔했다. 그는 방을 나가기 전 태성에게 경고하듯 뇌까렸다.

"나라고 포기하고 빼앗긴 게 없는 줄 알아? 그게 다 누구 때문이었는데, 이젠 너까지? 다시는 빼앗기지 않을 거다, 그 누구한테든."

재규가 방을 나간 후 태성은 곰곰이 그의 말을 되새겼다. 재규가 포기하고 빼앗긴 게 과연 무엇일까? 그 '누구' 란 우영을 뜻함인가?

"쯧쯧. 한심한 놈. 자기 자리 못 찾고 헤매지만 않았어도 내가 왜 이런 무리수를 둬."

아들과 경쟁자가 되어야 하다니, 그 역시 궁지에 몰리긴 매한가지라 몹시 씁쓸했다.

화가 나 객실 복도로 나온 재규는 벽에 기대 서 있는 제시카 때문에 흠칫 놀랐다. 가는 곳마다 따라와 신경을 거슬리는 여자였다.

"안 따라다니는 데가 없군."

「부르는 것도 모르고 어딜 바삐 가는지 궁금해서. 누굴 만났길래 안색이 썩어서 나와?」

빈정거리는 그녀에게 재규가 영어로 서늘하게 대꾸했다.

「앞서 가지 마. 이제 그 누구든 나보다 앞서 가는 사람이 있으면 보고만 있지 않아.」

뭔가 달라진 그의 눈빛에 제시카는 속으로 움찔했다. 하지만 이내 아무런 동요도 없는 척 그의 뒤를 총총 따라갔다.

맵시 있게 옷을 갈아입던 태성은 걸려온 전화에 인상을 살짝 찌푸렸다. 전화를 건 사람이 오 이사였기 때문이다. 시온이 기다릴 게 뻔했지만, 방 앞이란 말에 어쩔 수 없었다.

오늘따라 불청객이 두 명씩이나. 그로서는 준비되어 있지 않은 만남이 껄끄러울 수밖에.

얼마 후 두 사람은 소파에 마주 앉았다. 태성이 백 회장과 너무 닮은 탓에 오 이사도 놀란 표정을 감추지 못했다.

"주실 게 있다고요?"

넋이 빠져 태성을 보고 있다가 오 이사가 퍼뜩 대답했다.

"인사가 늦었습니다. 파티장에서의 일도 그렇고, 진작 인사를 왔어야 했는데."

그러면서 주머니에서 시계를 꺼내 테이블에 올려놓았다.

"파티장 화장실에서 만난 적 있었죠? 그때 손수건을 주워드렸던 거 기억 안 나십니까?"

태성이 시계를 쳐다보았다. 잃어버린 줄 알았는데 오 이사가 갖고 있었다.

"제 게 맞네요. 고마워요."

"알아봤더니, 저희 회장님이 선물 받으신 시계더군요."

"예, 아버지가 주신 거예요. 내가 누군지 알고 오셨을 테니, 소개는 생략하죠."

상당히 건방지다 싶어 오 이사가 잔뜩 목에 힘을 줬다.

"정말 회장님 아들이 맞습니까?"

"아닌 걸로 보입니까?"

"실은 백재규 이사님에게 얘기 들었습니다. 회장님께서 후계자를 다시 뽑겠다고 하셨다고요?"

"조만간 이사회 소집하시겠다더군요. 듣자 하니, 재규를 후계자로 세울 때 다들 반대하셨다면서요. 아, 오 이사님과 몇몇 분만 찬성하셨죠?"

일일이 사정을 아는 걸 보니 가짜는 아닌 모양이었다. 하긴, 가짜일 리가 있나. 백 회장이 자기 입으로 아들이라 하는데. 게다가 찍어 붙인 듯 닮은꼴이 영락없는 그의 아들이었다.

"흠! 아무리 부족하다고는 하나, 회장님 아들이 후계자가 되어야 마땅하다고 생각했으니까요."

의뭉스러운 속이 훤히 들여다보여 태성은 피식 조소했다.

"이젠 친아들이 둘에다가 친아들 못지않은 양자까지 후보가 셋으로 늘었군요. 일관성 있는 분이니까 재규에게 힘이 되어주십시오."

"저야 뭐, 회사에 득이 되는 쪽으로……."

"당연히 그러셔야죠. 안 그러면 재규가 너무 불쌍하지 않습니까. 후계자까지 됐던 몸인데, 자기편 하나 없이 쫓겨나는 건 회장님도 원치 않는 그림일 테고요."

아예 라인을 못 갈아타도록 차단하는 것 같아 오 이사는 몹시 기분이 나빴다.

"주시죠, 시계."

오 이사가 떨떠름하게 시계를 건넸고, 태성이 당당히 손목에 시계를 차고는 자리에서 일어섰다.

"제가 지금 중요한 약속이 있어서요. 정식 인사는 다음에 하죠."

거의 내쫓기다시피 밖으로 나온 오 이사는 굉장히 불쾌한 얼굴로 방문을 노려보았다.

'생긴 거며 성격까지 지 애비랑 아주 찍어났구만. 역시 재규 쪽이 낫겠어.'

차에 오르는 태성의 얼굴이 어두워 운전석에 앉은 시온은 무척 걱정스러웠다. 재규를 만난 걸 아는 탓이다. 그녀는 시간이 꽤 오래 걸려 이야기가 길어진 줄만 알고 있었다.

"무슨 일 있어?"

"있어도 말하고 싶지 않아."

말 섞고 싶지 않다는 뜻 같아 그녀는 천천히 차를 출발시켰다. 하지만 얼마 못 가 궁금증을 참지 못하고 또 말을 걸었다.

"아까 백재규 이사님 만났어, 엘리베이터 앞에서."

"그럼 내 방에 들어온 것도 봤겠군. 둘이 무슨 얘길 했는지가 궁금한 거야?"

"다들 궁금해해, 네가 누군지."

"뭐, 회장님의 숨겨둔 아들이라도 될까 봐서?"

끼익! 갑자기 차를 급정거하는 바람에 앞으로 몸이 확 쏠렸던 태성은 버럭 소리를 질렀다.

"뭐 하는 거야?"

태성보다 더 놀란 표정으로 갓길에 차를 세운 시온이 아예 그를 향해 돌아앉았다.

"정말이야?"

"이봐. 운전이나 똑바로 해."

"정말이냐니까? 회장님한테 숨겨둔 아들이 있었어? 그 아들이 너라고?"

마른하늘에 날벼락이라도 떨어진 것처럼 호들갑을 떠는 시온을 그는 미운 눈초리로 노려보았다. 자기도 모르게 툭 튀어나온 소리에 자신도 기함할 노릇이었다. 재규와의 신경전이 제대로 먹혔다고 생각했지만, 자꾸 마음 한구석이 욱신거리며 아팠다. 마치 이긴 게 아니라 진 것처럼. 그런데 이 여자까지 자꾸 아픈 신경을 건드린다.

"농담이야."

"에이, 그럼 그렇지. 한데 뭔 농담을 그렇게 살벌하게 해?"

속이 터질 지경이라 그녀에게라도 본심을 털어놓고 싶었지만, 태성은 억지로 마음을 다잡았다. 이제 곧 소문이 날 텐데 미리 말해서 무슨 소용이 있겠는가. 그저 감정 낭비일 뿐. 한편으론 세상 그 누구도 자신의 심경을 이해하지 못하리라 생각하자 외롭고 쓸쓸해졌다.

얼마 후 카페에 마주 앉아 식사 중이던 태성이 시온에게 물었다.

"부모님은 어쩌다 돌아가신 거야?"

"엄만 총 맞았다고 그랬고, 아빤 눈사태로."

흔한 죽음은 아닐진대 담담한 그녀의 말투가 놀라워 그의 눈이 조금 커졌다.

"총을 맞았다고? 누가 그런 짓을……?"

"범인을 못 잡았어. 그래서 이유도 몰라. 아빠도 마찬가지고."

"아버님은 눈사태로 돌아가셨다면서?"

"그게 설명하기가 좀 복잡해."

"보고 싶어?"

보고 싶냐는 말이 감성을 건드려 그녀의 눈시울이 뜨거워졌다.

"어. 너무너무. 친구 같았거든, 두 분 다. 아빠 계실 땐 그나마 외로움이란 걸 몰랐는데, 지금은 돌아갈 곳이 없단 생각이 들어. 고향을 잃어버린 것 같달까. 넌 부모님이랑 사이 좋아?"

태성도 돌아가신 부모님 생각에 마음이 썩 좋지만은 않았다.

"별로. 어머닌 그래도 괜찮은 편이었지. 아버지완 최악이었지만. 아버진 닮지 말자 했었는데……."

재규 생각에 마음이 착잡해져 그의 눈시울도 붉어졌다.

"닮지 말자 하면서 닮는다잖아. 나중에 후회하지 말고, 좋은 아버지 되라. 꼭! 그전에 좋은 아들부터 되고."

그녀의 충고에 태성은 씁쓸하게 웃었다.

'좋은 아들 될 기회는 놓쳤고, 좋은 아버지 될 기회도 놓쳤어.'

무거운 분위기 사이로 핸드폰 벨소리가 끼어들었다. 시온이 테이블 위에 둔 핸드폰을 들어 전화를 받았다.

"네, 팀장님."

[아직 백태성 씨와 같이 있어요?]

"네. 아직 식사 중이에요."

[우리도 식사 거의 끝나가요. 자리 이동하면 다시 전화할게요.]

사실 원석의 퇴원 기념으로 갑자기 회식이 잡히는 바람에 시온 혼자만 빠진 것이었다. 원석에게 미안했지만, 시온으로서는 지금 이 시간이 더 소중했다.

"죄송해요. 같이 가야 하는데, 선약이라……."

[있다 봐요. 다들 기다리니까.]

시온이 미안한 얼굴로 핸드폰을 테이블에 도로 내려놓는데 웬일인지 태성의 눈빛이 곱지 않았다.

"소 팀장이랑 무슨 사이야?"

"무슨 사이면 안 되는 것처럼 묻는 저의는 뭔데?"

"어떤 녀석이 불쌍해서."

"불쌍하다는 그 녀석은 누구?"

"소 팀장이랑 잘될 거면 차라리 모르는 편이 그 녀석을 위해서도 나아."

그러니 더욱 '그 녀석'이 궁금해진다. '그 녀석'이 태성이었으면 더할 나위 없이 좋겠지만. 그의 태도로 봐선 절대 아닐 것이다.

"상처받을까 봐 신경 쓰여?"

"당연하지. 내……."

자식과도 같은 녀석인데.

뒷말을 삼킨 태성은 낙담하고 있을 우영 생각에 긴 한숨을 토해냈다. 시온도 조금 가라앉은 음성으로 말했다.

"참 이상하지? 순간의 기억이란 거 말이야. 긴 억겁의 세월보다 짧은 찰나의 기억이 머릿속에 각인되는 걸 보면 사람의 뇌란 정말 신기해. 기억이 인생을 좌우한다는 말은 사실인 것 같아."

"자네 인생을 좌우한 기억은 뭔가?"

"부모님의 죽음 그리고…… 내가 살아 있다는 느낌을 받은 순간. 넌 살면서 가장 살아 있구나 하고 느낄 때가 언제야?"

"지금. 내가 지금 나로 살고 있는 게 맞는 걸까, 그런 생각하고 있었거든. 자넨 언제 그런데?"

"난 새로운 감정이 꿈틀댈 때 그래. 이를테면 사랑 같은 거."

시온이 외로워 보여 태성은 물끄러미 그녀를 바라보았다. 일전에 듣기론 제주도에 특별한 이유가 있어 왔다고 했었다. 그녀에게 뭔가 사연이 있으리란 생각이 들었다.

그때 우영에게 전화가 와 그는 시온을 피해 밖으로 나갔다.

뜰로 나온 그는 주변에 아무도 없는지 확인한 뒤 통화 버튼을 눌렀다.

"그래, 나다."

[재규 형이 백태성 씨를 만난 모양입니다.]

"태성이한테 얘기 들었어. 꽤 도전적으로 나왔다지? 그 정도면 너도 해볼 만하지 않아? 싱거운 결투를 할 바에야 경기를 안 하는 편이 나아."

[역시 회장님 의도가 그거였군요. 재규 형을 자극하기 위해 절 이용하신 거 맞습니까?]

"쯧쯧. 넌 언제까지 피해의식에 젖어 있을 거냐? 재규만 멍청한 줄 알았더니, 너도 똑같아."

[아닙…… 니까?]

태성은 일송이 한 말이 다시금 떠올랐다. 재규와 우영이 후계자 그릇이 아직 못 되니 차라리 진짜 백태성이 되어서 직접 후계자가 되라는 말이 그냥 해본 말이 아니었다. 다들 이리 물러터져서야!

"넌 좀 나은가 했더니 아니었어. 내가 언제까지 너희 곁에서 일일이 가르쳐 줄 수 있을 거라 생각해? 나한텐 시간이 없어. 내 시대는 가고 너희 시대가 왔단 걸 아직도 모르겠어?"

밥을 일일이 떠먹여 줘야 알려는지. 답답한 마음을 가눌 길 없는데, 핸드폰 너머로 우영이 뜨거운 숨을 훅 삼키는 소리가 들렸다.

[회장님, 전…….]

"하지 않겠단 말은 더 이상 듣고 싶지 않아. 그동안은 날 위해서 살았지만, 이젠 널 위해 기회를 주고 싶어. 우영아."

[예, 회장님.]

"기회 놓치지 마라. 내가 너한테 주는 마지막 선물이 될지도 몰라."

리조트로 돌아가는 길. 시온이 도통 말이 없어 태성은 뒷좌석에 앉아 그녀를 살폈다. 갑자기 말문을 닫아버린 그녀가 무척 낯설었다. 그녀는 역시 말할 때가 가장 생기 있어 보인다.

"쫑알쫑알 잘도 떠들더니 갑자기 왜 꿀 먹은 벙어리가 됐어?"

"구박을 너무 받았더니 주눅이 들어서."

그녀의 능청스러움에 그가 콧방귀를 뀌었다.

"이젠 괜찮으니 말해도 돼. 종일 생각에 잠겨서 그런지 뇌가 숨 막혀 해. 숨통 좀 트이게 음악을 틀든지 이야기를 하든지 해 봐, 어디."

시온은 이야기 대신 음악을 트는 쪽을 택했다. 그러자 그녀의 태도에 당황한 태성이 슬쩍 눈치를 봤다.

"내가 뭐 잘못한 게 있었나?"

"잘못했지, 엄청."

"수다쟁이가 말을 포기한 걸 보면 엄청나게 잘못한 게 맞나 보군. 뭔지 얘기해 봐."

시온이 그가 모르게 입술을 삐죽였다. 아무래도 내가 널 사랑하게 된 것 같다, 그런 말을 어떻게 하겠는가.

"모르는 편이 좋을 거야. 내가 보복할지도 모르거든."

"보복? 그 정도로 잘못한 건 없는데. 그럼 난 변호사를 선임해야 하나?"

"농담할 기분 아니거든."

그녀가 핀잔을 주자 태성은 실없이 농담을 던졌다가 머쓱해졌다. 저리 정색하는 걸 보니 정말 뭔가 큰 잘못을 한 모양이다. 그런데 전혀 뭔지 모르겠다.

"회식 못 간 것 때문에 그래? 아니지. 그건 자네 뜻이었잖아. 구박해서 정말 주눅이라도 들었나? 그것도 하루 이틀 일이 아닌데 뭐. 대체 뭐야? 말을 안 하니 알 수가 있나."

혼자 이것저것 가늠해 보다 끝내 열을 내는 그를 보면서도 시온은 도저히 웃음이 나오지 않았다. 사랑에 대해 깊이 생각하면 할수록 그녀의 마음도 속절없이 깊어졌기에.

얼마 후 리조트에 주차시키고 차에서 내린 시온이 그에게 키를 건넸다.

"들어가."

시무룩하게 시온이 돌아서자 태성은 선뜻 그 자리를 뜨지 못하고 자기 차로 걸어가는 그녀의 뒷모습을 물끄러미 바라보기만 했다. 이 묘하고도 이상한 기류는 무엇일까. 시무룩해진 그녀가 신경 쓰이다 못해 끈끈한 무언가가 그의 마음을 강하게 옭아맸다.

'소 팀장이랑 좋은 감정을 갖고 있는데 그 녀석 얘길 해서 신경 쓰여 그러나? 굳이 이간질하려던 건 아니었다고.'

이런저런 생각에 빠져 있다가 그는 고개를 휘휘 저었다.

"정말 종잡을 수가 없구먼. 구성이 단순한 줄로만 알았더니, 아니야. 복잡해. 복잡해도 너무 복잡해."

[후계자를 바꿔?]

"보고된 사항으로는 그렇습니다, 원장님. 도우영까지 삼파전이 될 것 같습니다."

[정말 그것 때문에 백 회장이 백태성을 제주도에 보냈단 거야? 약하고는 아무 상관 없이?]

당혹스러운 기색이 역력한 국정원장의 물음에 안 부장은 난감하게 대답했다.

"그건 아직……."

[대체 뭘 하고 있는 거야? 젤리도 못 찾았다, 약도 못 찾았다. 우리가 남의 집안 후계자 다툼이나 보자고 수많은 인력을 동원한 줄 알아? 어떻게 일이 진척이 없어!]

국정원장이 불같이 화를 냈고, 안 부장이 진땀을 삐질삐질 흘렸다.

"죄송합니다."

국정원장에게 잔뜩 혼만 난 뒤 차 안에 앉아 짙은 어둠이 깔린 바깥을 바라보던 그는 연이어 걸려온 전화를 받았다. 핸드폰 액정에는 숫자 '0'이라고 적혀 있었다.

[접니다.]

음악 소리가 요란한 걸로 보아 나이트클럽쯤 되는 모양이었
다.

"그래, 말해."

[시온 씨가 '야누스'와 아무 관련이 없다는 걸 증명하면 손떼
게 해주겠단 약속, 정말 지키실 겁니까?]

일전에 병실에서 원석에게 약속한 내용이었다. 안 부장을 믿
지 못하는 원석이 재차 확인 전화를 한 것이다.

안 부장은 가뜩이나 심기가 불편하던 차에 저런 이야기를 듣
자 몹시 짜증스러운 투로 대답했다.

"백 회장이 후계자를 바꿀 생각이야. 그게 무슨 뜻일 것 같은
가? 갑자기 백태성을 내세운 게 난 아무래도 찜찜해. 게다가 도
우영까지 후보에 올렸어. 이슈를 만들어서 세상의 이목을 돌려
보겠다는 뜻 아니겠나."

[회장님이 '야누스'로 무슨 일을 꾸미고 있다고 믿으세요?]

"백 회장은 장사치야. 백 회장 수완이면 얼마든지 가능한 이야
기라고."

[하지만 퇴임을 곧 앞둔 사람이 그런 무리수를 둘까요? 그분은
도덕적이고 불의를 싫어하십니다.]

"도덕적인 양반이 혼외 자식을 둬? 불의를 싫어하는 사람이 지
금의 부를 어떻게 축적할 수 있었겠나? 자네 정말 순진하군."

안 부장이 한껏 비아냥거렸지만, 원석은 회장님에 대한 신뢰
를 잃고 싶지 않았다.

"호랑이? 아니야. 그도 사실은 능구렁이만 속에 꽉 찬 늙은이에 불과해. 지금도 봐, 평생 숨겨두었던 아들을 앞세워 뒤로는 무슨 짓을 꾸미고 있는지."

[속단하기엔 이릅니다. 회장님이 무슨 일을 하고 계신지 밝혀진 건 아무것도 없지 않습니까.]

"그러니 자네한테 캐내라는 거 아닌가. 약속은 꼭 지키지. 자네 소원대로 이번 일이 마지막이 될 거야."

❖   ❖   ❖

전화를 끊는 원석 뒤로 잔뜩 멋을 낸 젊은 남녀들이 분주히 나이트클럽 복도를 오갔다. 직원들을 데리고 2차로 나이트클럽에 온 원석은 혼자 빠져나와 안 부장에게 전화를 건 것이었다. 안 부장의 집요한 성격을 알기에 시온이 다칠까 먼저 조건을 걸었다. 시온뿐 아니라 회장님도 의심을 받는 상황에서 어떻게든 혐의를 벗겨주고 싶었다. 그래서 그들을 안전하게 지켜주고 싶었다. 그것이 인태에 대한 예의였고, 존경하는 회장님에 대한 의리였다.

"팀장님!"

뒤에서 들리는 발랄한 목소리에 원석은 짙은 상념에서 벗어났다. 돌아보니 시온이 쪼르르 달려온다. 그의 얼굴에 순간 밝은 빛이 깃들었다.

룸으로 들어가자 혁보와 고지가 마주 앉아 술을 마시고 있었다. 혁보는 고지와 단둘이 있는 게 마냥 좋은 얼굴이고, 고지는 술을 마실 때도 고고한 표정을 유지했다. 기찬과 닉이 보이지 않아 시온이 두 사람을 찾았다.

"기찬 씨랑 닉은요?"

"부킹."

"단합회 와서 지들끼리만 놀아? 기합이 떨어졌지, 이것들이."

당장 전화하려는 원석을 보더니 혁보가 방해하지 말라는 듯 시온에게 눈치를 주었다. 시온이 혁보의 의도를 알아채고 갑자기 아픈 시늉을 했다.

"아이고, 배야."

시온이 배를 움켜잡자 깜짝 놀란 원석이 얼른 전화를 껐다.

"왜 그래요, 시온 씨?"

"아우, 이상하네. 먹은 게 체했나. 팀장님, 저 병원 가봐야 할 것 같아요."

시온이 슬쩍 그의 옷을 잡아당겼다. 그제야 원석이 눈치를 챘고, 그녀를 번쩍 안아 들었다. 놀란 시온이 짧게 비명을 질렀다.

"헉!"

"우씨!"

무척이나 약 올라하는 고지를 뒤로하고, 원석은 시온을 안고서 방을 나갔다. 혁보가 고맙다고 윙크를 찡긋하기에 시온은 어설픈 웃음만 흘렸다. 두 사람의 연애에 왜 자신이 희생해야 하는지 알다가도 모를 일이었다.

복도로 나와 엘리베이터로 걸어가는 동안에도 원석은 시온을 내려놓지 않았다. 복도에서 통화 중이던 기찬이 두 사람을 발견하고 급히 전화를 끊었다. 하지만 엘리베이터 문이 닫히는 바람에 두 사람을 놓치고 그는 급히 원석에게 전화를 걸었다.

엘리베이터에 탄 원석의 주머니에서 계속 핸드폰이 울렸다. 함께 탔던 사람들이 쳐다보기에 안겨 있던 시온이 민망해서 그의 귀에 속삭였다.

"그만 좀 내려놓죠."

"아프다면서요."

"연기잖아요."

"계속해요, 연기. 잘하는데."

줄기차게 울려대는 핸드폰 벨소리에 그녀는 더욱 난처해졌다.

"전화 안 받을 거예요?"

"기찬이 전활걸요."

"어떻게 알아요?"

"봤거든요, 엘리베이터 문 닫힐 때."

원석은 기어이 나이트클럽 밖으로 나와서야 그녀를 내려놓았다. 잠시 끊어졌던 전화벨이 다시 울리기 시작했다.

동기찬! 정말 귀찮게 하는 녀석이다.

원석은 퉁명스럽게 전화를 받았다.

"왜?"

[시온 누나 취했어?]

"아니."

[형이 번쩍 안고 간 여자, 시온 누나 아냐?]

기찬에겐 원석이 여자를 안아 들고 간 게 희귀한 장면이었던 모양이다.

"혁보 형이랑 고지랑 방해하기 싫어서 먼저 나왔다. 니들도 부킹하러 갔다며."

[그렇다고 말도 없이 가냐?]

"너한테 보고하고 가리?"

[형, 시온 누나랑 뭐 있지? 있어, 분명히. 그치? 내 눈은 못 속여.]

눈치 빠른 놈.

"나한테서 관심 좀 끊으라니까."

전화를 끊은 원석이 주머니에 핸드폰을 아무렇게나 쑤셔 넣었다. 옆에서 통화 내용을 가만히 듣고 있던 시온이 난감하게 중얼거렸다.

"기찬 씨 완전 오해했겠다."

"억울합니까?"

"팀장님한테 미안해서 그러죠. ……질문."

"뭔데요?"

"우리 아빠한테 팀장님은 어떤 사람이었어요?"

"좋은 사람이 되려고 노력했죠. ……근데 그렇지 못했어요. 그래서 시온 씨한텐 좋은 사람이고 싶어요."

리조트 요양병원 침대에 누워 있는 규림의 할머니와 침대 옆에 앉은 규림은 서로를 애틋하게 바라보고 있었다. 하루 중에도 몇 번씩 들르는 규림이 할머니는 기특했다. 하지만 이제 같이할 날도 머지않았다는 생각에 가슴이 찢어질 듯 아팠다.

안쓰럽게 규림을 보던 할머니가 말했다.

"그만 가. 엄마 아빠 걱정해."

"할머닌 원망스럽지 않아? 여기다 데려다 놓고 잘 와보지도 않잖아."

"규림아."

"내가 모를 줄 알아? 할머니 두고 우리끼리만 미국 가는 거."

규림의 목소리엔 부모를 향한 원망이 가득 담겨 있었다. 누군 들 이 어처구니없는 이별에 억장이 무너지지 않을까. 자식들에게 버림받는다는 거, 노인에겐 치욕을 넘어 절망이었다. 그럼에도 엄마이기에 원망할 수 없는 심정을 어린 규림이 이해하긴 어려울 것이다.

할머니는 규림의 손을 꼭 잡고서 눈물을 글썽였다.

"할미는 한국이 좋아. 병들어 미국 가봐야 치료비만 비싸고 짐만 될걸, 뭐."

"새아빠랑 엄마 돈 많잖아. 나도 그냥 할머니랑 여기 있을래."

"못써. 공부해야지. 남들은 유학을 못 가서 난리라는데. 방학때 와. 니들이 여길 떠나야 나도 안심이 될 것 같아."

"그게 무슨 말이야? 여기 있음 왜 안 되는데?"

"나랑 있어봐야 고생만 하니까 그러지."

"치. 고생은 무슨."

할머니의 깊은 한숨이 규림의 마음을 더욱 무겁게 했다. 일한
답시고 할머니 손에 어린 딸을 맡기고 나 몰라라 할 때는 언제고,
할머니가 늙고 병드니 아예 버릴 속셈이다. 이미 받을 대로 받은
상처가 덧나 규림은 도저히 엄마와 새아빠를 용서할 수 없었다.

새벽녘 호텔 벽에 줄 하나만을 의지해 대롱대롱 매달린 채, 복
면 쓴 도둑이 유리창을 도려냈다. 유리를 떼어내고 객실 안으로
침입한 도둑은 곧장 침실로 향했다. 그곳에서는 야쿠자가 자고
있었다.

발소리를 죽여 다가간 도둑이 약이 묻은 거즈로 그의 입을 틀
어막았다. 버둥거리던 야쿠자가 정신을 잃자, 개인금고로 가 몇
번 비밀번호를 눌러보더니 별로 어렵지 않게 문을 열었다. 금고
안에는 커다란 다이아몬드가 담긴 보석함이 있었다. 주머니에
보석을 넣은 도둑은 이내 방을 나가 들어왔던 창문으로 사라져
버렸다.

"도둑이 또 들었다고요?"

아침부터 또 아연실색하게 만드는 소식에 재규는 입을 다물지

못했다. 송구한 듯 고개를 숙였지만 오 이사는 그의 반응이 궁금해 눈동자만 살며시 들어 훔쳐보았다.

"이번엔 야쿠잡니다. 전에 잡혀갔던 살모사 두목과 의형제를 맺었다던. 도둑이 다이아몬드를 훔쳐 갔다는군요."

"뭐, 뭐요? 야쿠자?"

살모사에 이어 야쿠자의 보석을 훔친 도둑은 정말 간이 황소만 한 게 분명하다.

"혹시 살모사와 야쿠자에게 원한이 있는 자의 짓 아닙니까?"

"저도 그런 생각이 듭니다. 굳이 왜 그 두 조직을 노렸는지 수상합니다."

살모사 때문에 벌어진 소동을 떠올리면 간담이 서늘해지는 재규였다. 그런데 야쿠자를 어떻게 상대한단 말인가. 안 그래도 아버지가 태성의 존재를 세상에 드러낼 때만 기다리고 있던 터라 오 이사가 물고 온 도둑 사건은 정말이지 반갑지 않았다.

"회장님께 보고할까요? 두 번이나 도둑이 들었는데 나타나실지도 모르지 않습니까. 후계자 문제도 있고."

"오실 거였으면 진즉에 왔겠죠. 후계자가 정해지고 난 후에나 오실 거예요."

"그럼 우리 손으로 또 해결해야겠네요. 백태성 씨가 있으니 잘 해결하……."

재규가 무섭게 노려보는 바람에 오 이사는 말을 하다 말고 합죽이가 된 양 입을 꾹 다물었다.

"내가 어떻게 해야 할지 오 이사님이 말씀해 보세요."

순간, 오 이사의 눈빛이 매섭게 반짝였다. 그 도도하고 자존심만 강하던 재규가 드디어 먼저 손을 내민 것이다. 상황이 불리해지니 자존심도 소용없어진 모양이다.

"제게 도움을 청하시는 겁니까?"

재규는 자존심이 상했지만, 살모사 때의 굴욕을 생각해서 앞뒤 가릴 처지가 아니었다. 이번에야말로 무너진 자존심을 반드시 세우고야 말리라. 적어도 후계자 자리에서 힘없이 쫓겨나는 일만큼은 피하고 싶었다.

"저와 파트너가 되어달라 정식으로 청하는 겁니다. 설마 벌써 다른 라인을 타시려는 건 아니겠죠?"

뜨끔한 오 이사는 억지로 만면에 미소를 띠었다.

"설마 하니 제가 백태성 씨나 도 비서 라인을 타겠습니까. 아시다시피 전 처음부터 백 이사님을 밀었던 사람입니다."

그건 사실이었다. 태성보다야 멍청한 재규를 주무르기가 쉬웠으니까. 어차피 경영 능력이 없는 놈이니 혜미와 결혼시킨 후 자연스럽게 자신이 경영권을 쥘 수 있으리란 계산이었다.

하지만 태성이 등장한 이상 라인을 잘 타야 무리가 없었다. 백 회장이 백태성 패를 들이밀었을 땐 재규가 이미 버려진 패인 게 틀림없었다. 혈통 면으로 봐서는 우영이 태성에게 밀릴 건 뻔했으니, 지금 가장 유력한 사람은 단연 태성이었다.

그렇다고 백태성 라인을 타기도 어렵게 되어버렸다. 무능한 재규와는 달리 패기가 상당했으니 말이다. 혜미와 엮기는 더더욱 어려울 것이다. 자칫 닭 쫓던 개 신세로 전락할 수도 있었다.

'결국 재규냐 태성이냐의 싸움인데……'

말은 자기편인 양 굴지만 머리를 굴리는 게 훤히 보여 재규는 쓴웃음을 지었다.

'세상에 내 편은 하나도 없군.'

"정말 자신 있으십니까?"

오 이사가 돌연 진지하게 묻자, 재규는 얼굴에서 순식간에 쓴웃음을 지웠다.

"오 이사님만 제 편이 되어주신다면 승산 있어요. 오 이사님도 백태성보단 절 미는 게 유리하지 않습니까?"

멍청한 줄만 알았더니 속을 꿰뚫고 있는 재규에게 오 이사는 처음으로 섬뜩한 느낌을 받았다. 이토록 계산적인 놈이 그동안 왜 무능하게 살았는지 이해할 수가 없었다. 갑자기 위기가 닥치니 없던 기지라도 생겨난 걸까.

속내를 들키고 어설피 웃음을 흘리던 오 이사는 의미심장하게 말했다.

"이렇게 밀려나기엔 어머님 잃고 아버지마저 도우영에게 빼앗긴 세월이 너무 억울하지 않습니까? 되찾게 해드리죠. 제 조건만 들어주신다면. 제 딸아이와 결혼하시죠."

재규는 가슴이 쿵쿵 뛰었다. 오 이사는 재규가 혜미를 사랑하고 있다는 걸 전혀 모르니 결혼을 조건으로 내걸었겠지만, 그것이야말로 재규가 바라고 또 바라던 바였다. 그녀를 손에 쥐고 있으면 오 이사를 마음대로 움직일 수 있으리라. 오 이사를 움직일 힘을 가진다는 건 곧 경영권을 쥔다는 뜻이었다.

오 이사는 야심이 큰 사람이다. 딸까지 팔 정도로.

하지만 그 또한 마음대로 하게 내버려 두진 않을 것이다. 재규에겐 이제 확실한 목표가 생겼고, 더 이상 굴욕적으로 살기를 거부했다. 그것이 아버지의 의도였다면 적중했다.

기꺼이 따라줄 것이다. 그래서 아버지와 자신을 무시했던 모두에게 보여주고 말리라. 진정한 후계자가 누구인가를.

"제안, 받아들이죠."

거래가 성사된 두 사람의 입가에 비정한 미소가 하얀 서리처럼 피어났다.

"도둑이 야쿠자를 털었다?"

"네. 살모사와도 연계가 있는 야쿠잡니다."

이른 아침부터 우영이 찾아와 하는 얘길 듣고 태성은 심란하게 미간을 찡그렸다. 규림이 전해준 동영상을 어느 시점에 경찰에 알려야 할지 고민하던 차에 우려했던 일이 벌어진 것이다. 일송과도 일전에 얘길 나누었지만, 정말 간이 배 밖으로 나온 도둑놈이 실재할 줄이야. 더군다나 도둑은 일부러 살모사와 야쿠자를 상대로 도둑질을 벌였다. 원한이 있거나 그 두 조직에 상당한 정보가 있는 자의 짓이 틀림없었다.

"내 호텔에 도둑고양이가 드나드는 걸 마냥 용납할 순 없지."

태성이 무심코 하는 소리를 듣고 우영은 어처구니가 없었다.

"벌써부터 당신 호텔이라고 하는 겁니까? 자만이 너무 지나치 군요."

"자만이 아니라 자신감이야. 재규는 알고 있나?"

"백 이사님한테는 오 이사님이 가셨습니다. 회장님께는 어떻 게 보고드려야 할지 몰라서 아직 말씀 안 드렸고요."

그가 테이블에 두었던 핸드폰에서 동영상을 켜 우영 앞으로 밀어놓았다.

"뭡니까?"

"도둑 동영상이야."

깜짝 놀란 우영이 급히 동영상을 들여다봤다.

"그걸로 잡을 수 있겠어?"

태성이 걱정스럽게 묻자, 고개를 든 우영이 결의에 찬 얼굴로 대답했다.

"잡아야죠, 무슨 일이 있어도. 근데 이 동영상 누구한테 받은 겁니까?"

"비밀이야. 일단 CCTV부터 확인해 보자고."

CCTV실로 가던 태성과 우영은 나란히 걸어오는 시온과 원석 을 보고 걸음을 멈추었다. 가까이 다가온 원석과 우영이 서로 묵 례를 했다.

"웬일이야, 같이?"

"도둑이 또 들었다고요?"

'누가 떠벌린 거야?'

태성은 그런 일로 또 득달같이 달려온 시온과 원석이 못마땅했다.

"자넨 그렇게 당하고도 정신 못 차리고 뽀르르 달려오나? 어떤 놈인지 잡아서 분풀이라도 하게?"

"걱정돼서 온 사람한테 왜 성질이야? 상은 못 줄망정."

태성은 시온이 원석의 편을 드는 게 몹시 언짢았다.

"상? 팔다리 부러지지나 않음 다행이지."

"말 진짜 싸가지 없게 한다."

만나자마자 싸우는 두 사람 때문에 당황한 우영이 난처하게 그녀를 말렸다.

"시온 씨, 팀장님과 그만 돌아가요. 이 일은 우리가 알아서 할게요."

항상 자신의 편을 들어주던 우영이 냉정하게 말하자 그녀는 내심 서운했다.

"우린 그냥 어떻게 된 일인지 궁금해서 온 거라고요. 아예 모르는 일이라면 모를까."

시온이 볼멘소리를 내자 태성이 엄하게 꾸짖었다.

"천방지축, 낄 데 못 낄 데 구분 못 하고. 가서 자네 일이나 잘 해."

"내 일이 너잖아. 고객의 안전은 곧 내 안전……."

"자네 안전이나 잘 지켜."

태성이 원석을 힐끗 보더니 까칠하게 그녀를 타박했고, 우영과 함께 가버리는 태성을 시온이 심술궂은 얼굴로 쳐다보았다.

어제 저녁부터 오늘 새벽 사이에 CCTV에 잡힌 사람은 아무
도 없었다. 하여, 이전 사건 당일 전후로 CCTV를 확인하던 태
성과 우영의 눈에 옥상 계단으로 올라가는 룸서비스 직원 차림
의 한 사내가 포착되었다. 우영에게 보고받기론 재규가 비공개
수사를 요청해서 조사를 받았다가 무혐의로 풀려난 자라고 했
었다.

"이 직원인가? 전에 조사받았다던."

"예. 다행히 관두지 않고 계속 일하고 있습니다. 그때도 무조
건 의심만 해서 될 일이 아니었어요."

우영은 미안한 마음이 남아 있었지만, 태성은 냉정하기 이를
데 없었다.

"부조건 믿는다고 될 일도 아니지. 옥상은 출입금지라고 한 말
을 어긴 건 잘못이잖아. 의심받을 짓 했지, 뭘. 옥상에 CCTV 설
치를 안 한 게 아쉽게 됐군. 옥상에 올라간 사람은 더 이상 없고.
벽 타고 올라갔나?"

이어 태성은 시온이 밧줄을 타고 2층으로 올라가던 생각이 나
의미심장하게 뇌까렸다.

"아주 불가능한 일은 아니지."

"CCTV를 조작했거나 날개가 달렸거나 둘 중 하나겠죠."

태성이 직원들을 살피며 목소리를 급격히 낮췄다.

"공범이 있을 거야."

그의 말에 우영 역시 동조하는 표정이었다. 살모사와 야쿠자
를 상대로 단독으로 도둑질하기엔 어렵다는 판단이었다.

얼마 후, 두 사람은 출입금지 팻말이 붙은 옥상 문 앞에 서 있었다. 현장을 둘러보고자 함이었다.

우영이 관리인에게 받아온 열쇠로 잠긴 문을 열자, 떨리는 마음으로 태성이 문을 활짝 열어젖혔다. 한 발짝 내딛자 두 사람에게로 환한 빛이 쏟아졌다. 리조트를 오픈하고 처음 보게 되는 옥상이었다.

문이 열리자 마치 정글을 연상시키는 울창한 숲이 나타났다. 감개무량한 표정으로 태성은 옥상을 둘러보았다.

리조트를 설계할 때부터 그가 특별히 주문했던 곳.

정글 옥상이 자리를 잡으면 고객들에게 또 하나의 힐링 장소로 제공할 것이다. 특히, 전쟁을 기억하는 사람들에게 이곳이 아픔과 상처인 동시에 치유의 공간이 되었으면 하는 바람이었다.

옥상에 정글을 만드느라 새로 심은 나무와 꽃들이 사람들 손에 다치기라도 할까 봐 출입금지를 명했는데, 범죄의 장소가 될 줄은 꿈에도 몰랐다.

"회장님이 먼저 보셨어야 하는데. 회장님께는 특별한 공간이라."

옥상 조경에 무척 신경 썼던 회장님인 걸 알기에 우영의 아쉬움은 컸다. 리조트를 오픈하면 옥상만큼은 단둘이 보자고 약속했었다.

아쉬움이 역력한 그의 표정에 태성은 내심 흐뭇했다. 삐쳐 있는 줄로만 알았더니, 여전히 그는 충성심 많은 직원이자 애틋하기 그지없는 아들이었다.

　태성은 난간으로 다가가 아래를 내려다봤다. 그의 옆으로 우영이 다가와 똑같이 아래를 내려다봤다.

　"공개수사해야겠죠?"

　"처음부터 그랬어야지. 당장의 이익만 생각하다가 일을 더 키워 버렸잖아."

　얼굴을 보지 않고 목소리만 들은 탓일까. 우영은 순간 회장님인 듯한 착각을 일으키고 흠칫 놀랐다. 아무리 닮은꼴 부자라 해도 미묘한 차이는 있게 마련이었다. 그런데 태성은 생김새뿐 아니라 말투며 성격까지 모든 게 회장님과 일치했다.

　"어떻게 된 건지 얘기 좀 해봐. 도둑은? 잡을 수 있을 것 같아? 한 번도 아니고 두 번쨌데 지난번처럼 조용히 지나가긴 힘들겠지?"

　호텔 복도에서 태성이 오기를 기다려 방으로 함께 들어온 시온은 바삐 창가로 다가갔다. 태성은 시온의 물음에 대답할 겨를도 없이 창밖을 아래위로 살피다가 무언가 깨달은 듯 다시 밖으로 뛰어나갔다.

　"어디 가는데?"

　그가 간 곳은 옥상이었다. 우영에게 받은 열쇠로 문을 열고 옥상으로 발을 내딛자마자 그녀의 입에서 감탄사가 터져 나왔다. 정글처럼 우거진 전경이 그녀의 눈앞에 거짓말처럼 펼쳐져 있었다.

　"대박!"

옥상을 이런 식으로 꾸며놓았을 줄 상상이나 했으랴. 누구 생각인지 참 독특하다 싶어 그녀가 농담처럼 물었다.

"궁금해서 그러는데, 여기 다른 공간으로 이동하고 그러는 건 아니지?"

태성이 아무 대답이 없기에 돌아봤더니 그의 모습이 보이지 않았다. 뒤늦게 그가 사라진 걸 안 시온이 불안하게 중얼거렸다.

"진짜 타임 슬립한 거 아냐? 악!"

갑자기 나무 뒤에서 나타난 태성 때문에 심장이 떨어질 뻔한 시온이 놀란 가슴을 진정시켰다. 그가 짓궂게 씩 웃었다.

"뱀이다!"

그 소리에 더욱 질겁한 시온이 그에게 와락 매달리며 비명을 내질렀다.

"으아악!"

덥석 안겨온 시온의 체취에 그의 가슴이 두근두근 뛰었다. 시온도 엉겁결에 안기고는 언제 놀랐나 싶게 흐뭇한 미소를 지었다.

남자의 가슴이란 산처럼 넓고 푸근한 것이로구나.

"좀 떨어지지?"

그에게 핀잔을 듣고서야 능글맞게 웃던 시온이 슬그머니 떨어졌고, 태성도 마음을 들킬까 얼른 돌아서 걸어갔다.

털썩!

급히 그를 따라가다 나무뿌리에 걸려 넘어진 시온에게 다시 돌아온 태성이 손을 내밀었다. 마치 위험에 빠진 자신을 구하러 온 정글의 왕자 같은 착각에 빠져 그녀는 수줍게 그의 손을 잡고 일어섰다. 그녀가 또 넘어질세라 손을 꼭 잡고 태성이 나무 사이를 천천히 걸어갔다.

정글을 빠져나가 난간에 나란히 선 두 사람은 건물 아래를 내려다보았다.

"도둑이 이리로 내려간 거야? CCTV는 확인했어?"

아직 공개 전인 탓에 옥상엔 CCTV가 없었고, 문 입구에 있는 것이 전부였다. 이전 사건 당일 전후에 찍힌 사람이라곤 룸서비스 직원인 유종현과 관리인 두 사람뿐이었다. 더욱이 유종현은 무혐의로 풀려나 용의자는 형체조차 없었다.

"찍힌 사람이 없어, 아무도."

"그럼 이리로 내려간 게 아닌가 보지."

"유리창을 자르고 들어갔어. 공중에서 작업을 했다는 뜻이지. 그건 밧줄이 필요하단 거고."

밧줄을 사용하려면 옥상이 아니고서는 불가능했다. 다른 건물을 통한다는 건 더더욱 불가능했다. 리조트를 제외하곤 주변에 다른 건물이 없었다.

"CCTV를 조작한 건가?"

"경찰에서 분석 중이야. 조작이 아니라면 도둑은 옥상을 통하지 않았단 뜻이겠지."

옥상을 통하지 않고 창문으로 들어갈 방법이 있을까?

시온의 시선이 문득 발아래를 향했다.

"옥상이 아니면…… 요기 아래층?"

"아래층?"

—보고서 5

WT 후계자 새로 뽑을 예정.

후보 : 백태성, 백재규, 도우영.

백태성이 새로운 후계자가 되면, 백호 회장도 모습을 드러낼 것으로 기대.

오늘도 어김없이 '태' 자를 '테'로 잘못 친 감시자는 조금 짜증스럽다는 듯 다시 정정했다.

탁!

자판에 억세게 부딪히는 손톱 소리가 들리더니 타이핑이 중지되었다. 무엇을 하는지 잠시 공백이 생겼고, 노트북 옆에 인조손톱이 하나씩 놓이기 시작했다. 긴 손톱 때문에 타이핑하기가 거추장스러웠던 모양이다.

덕분에 한결 빨라진 타이핑 소리가 탁, 탁, 탁, 조용한 공간을 울렸다.

제11장

그날 저녁, 제주 시내 고급 일식집 앞.

테이블을 사이에 두고 야쿠자와 마주 앉은 태성은 시종일관 경계의 눈빛을 늦추지 않았다. 야쿠자 미쇼 카이. 그가 왜 자신을 지목해 만나자고 했는지 알 것 같았다. 2년 전에도 지금 상황과 비슷하게 마주한 적이 있었다. 그땐 사업상의 명분이었고, 상대가 야쿠자인 걸 몰랐던 태성은 그 자리에서 그의 투자 제안을 거절했었다. 그때의 앙금이 남아 있었던 것일까. 살모사파를 보내 한바탕 소란을 피운 게 아직도 기분이 나빴다.

야쿠자가 손짓으로 먹으라는 시늉을 하자, 태성이 일어로 매몰차게 대꾸했다.

〈용건이나 얘기해.〉

상당히 건방진 놈이라 생각하며 야쿠자는 백 회장을 연상했다. 괄괄한 성격과 기고만장한 태도가 영락없이 백 회장을 닮았다.

〈상어를 안다고?〉

〈잘 알지.〉

〈회장님이 인맥이 넓으신 줄은 알았지만, 킬러도 부릴지는 몰랐군. 과연 대단하신 분이야.〉

〈야쿠자에게 칭찬받는 거, 창피해.〉

상어나 백 회장을 믿고서 까부는 것만은 아닌 듯 거침이 없었다. 야쿠자는 애송이라고만 여겼던 젊은이를 새삼스레 바라봤다.

〈상어를 만나야겠다.〉

예상한 대로였다. 야쿠자가 그를 만나길 원할 때 목적은 단 하나. 2년 전 일로 킬러의 삶을 접고 은둔한 상어를 다시 어둠의 세계로 끌어내겠다는 속셈이었다.

〈착각하고 있군. 상어는 더 이상 야쿠자 따위와 일하지 않아.〉

〈다리만 놔. 그다음 일은 우리가 알아서 한다.〉

태성의 눈에 좀 더 힘이 들어갔다.

〈나더러 상어를 넘기란 건가?〉

〈리조트에서 내 보석을 잃었으니, 회장님도 잃을 게 있어야 하지 않겠나.〉

한편, 복도 모퉁이에서는 우영이 룸 앞에 서 있는 야쿠자 부하 두 명을 몰래 훔쳐보고 있었다. 방 안이 너무 조용해서 오히려 불안했다. 만일을 대비해 밖에 대기하고 있겠다고 했지만, 태성은 되레 성가시다는 투였다. 물론 우영은 처음부터 그를 혼자 보낼 생각이 없었다. 어쨌거나 그는 회장님의 아들이었고, 그를 지키는 것이 자신이 할 도리임에는 틀림없었다.

문 앞을 지키던 부하 한 명이 수상한 인기척을 듣고 복도 끝으로 저벅저벅 걸어오는 게 보였다. 마땅히 피할 곳이 없어 우왕좌왕하는데, 느닷없이 누군가 우영의 뒷덜미를 잡아채 끌고 갔다.

얼결에 누군가에게 끌려 옆방으로 들어온 우영은 방 안에서 오붓하게 식사 중인 가족들 틈에 끼어 앉았다. 그리고 당황해하는 가족들을 작은 소리로 안심시켰다.

곧 미닫이문이 홱 열렸다. 그 부하였다. 숨이 막힐 것 같은 긴장감에 우영의 등줄기로 식은땀이 주르륵 흘렀다. 그의 옆에는 원석이 앉아, 무슨 일이냐는 듯 부하를 멀뚱멀뚱 쳐다보고 있었다. 부하의 행색을 본 가족들도 그제야 대충 눈치를 채고 그를 향해 불쾌한 표정을 지었다.

드르륵, 문이 다시 닫혀서야 우영과 원석은 안도의 한숨을 내쉬었다. 하도 급해 들어오긴 했으나, 낯선 가족의 황망한 눈초리를 피해 갈 순 없었다. 다급해 보여 아무 말 않고 도와주긴 했으나, 대체 무슨 일인가 싶었으리라.

"누구세요?"

아주머니의 어이없다는 물음에 원석이 민망하게 사과했다.

"죄송합니다."

우영도 머쓱하게 웃었다.

"맛있겠다. 하하."

재차 정중히 사과하고 복도로 나온 원석과 우영은 돌아서자마자 기절할 듯이 놀랐다. 마치 기다린 듯이 떡 버티고 선 야쿠자 부하 때문이었다. 두 사람은 서로 짜기라도 한 것처럼 모른 척 반대편으로 걸어갔다. 하지만 발각된 이상 조용히 보내줄 리 없었다.

결국 야쿠자 부하의 손에 붙잡힌 두 사람은 태성과 야쿠자가 있는 방으로 밀쳐지듯 들어가야 했다.

난데없이 나타난 두 사람 때문에 깜짝 놀랐던 태성은 이내 한심하다는 듯 혀를 끌끌 찼다. 그렇게 오지 말라 했건만. 올 거면 들키지나 말던가.

원석과 우영도 면목이 없어 절로 고개가 숙여졌다.

⟨시간은 단 하루뿐. 기다리지.⟩

미쇼 카이의 말에 대꾸하는 대신 태성은 벌떡 일어나 방을 나가다 말고 풀이 죽은 원석과 우영을 향해 버럭 소리를 질렀다.

"뭐 해! 안 나오고."

원석과 우영을 데리고 무사히 식당 밖으로 나온 그는 차에서 뛰어나오는 시온을 보자 더욱 기가 막혔다. 우영은 그렇다 쳐도 원석과 시온은 왜 온 것인지 이해불가였다.

"소풍 왔어? 왜 몰려다녀?"

"그야 네가 야쿠자 만난다고 하니까…….."

시온이 원석과 우영에게 무슨 말이라도 해보라는 듯 눈치를 주었지만, 두 사람 다 멋쩍은 표정만 지을 뿐이었다. 그녀는 괜히 소란을 떨었나 싶어 객쩍게 말을 이었다.

"아무 일 없었으면 됐지, 뭘. 우린 그냥 네 걱정이 돼서."

"하여간 똥인지 된장인지 구분도 못 하고. 인질 되겠다고 줄을 서네, 아주. 니들 구하려면 내가 또 뭘 걸어야 하는지 알기나 해?"

파티장에서의 일이 떠올라 울컥한 태성은 차로 홱 가버렸다. 태성의 마음이야 세 사람이 또 다칠까 염려가 된 것이었지만, 그의 본심을 알 리 없는 세 사람은 더 이상 따라가지도 못하고 머쓱하니 쳐다보기만 했다.

❖　　❖　　❖

그곳과 그리 멀지 않은 고급 식당 룸에서는 오 이사와 혜미가 마주 앉아 있었다. 오 이사가 제주도에 온 후 두 번째로 갖는 식사 자리여서 그녀는 미안한 마음이 들었다. 아버지에 대한 미움 때문에 일부러 피한 것도 있었기 때문이다. 그런데 오 이사가 먼저 연락을 해서 내심 잘 되었다 생각했다.

"얼굴이 좀 까칠하구나. 힘들어?"

"의사 일이 그렇죠, 뭐."

"그러게. 리조트에 같이 있어도 얼굴 보기가 힘드니 원."

단순한 식사 자리가 아닌 다른 일이 있나 싶어 그녀의 얼굴에 약간 긴장감이 묻어났다.

"뭐 하실 말씀 있으세요?"

"넌 내가 꼭 할 얘기가 있어야 만나냐. 먼저 전화라도 하고 그 럼 좀 좋아."

오 이사가 부드럽게 말하고 나서야 혜미의 얼굴도 편안하게 바뀌었다. 단 한 번도 마음이 맞은 적 없는 부녀지간이라 불편하 기만 했었는데, 오늘만큼은 기분 좋게 시간을 보내고 싶은 마음 이 간절했다.

"죄송해요. 오늘 저녁은 제가 대접할게요. 안 그래도 식사 대 접 해야지 생각했어요."

늘 찬바람이 돌다가 한결 따뜻해진 그녀를 보자 오 이사의 얼 굴에 흐뭇한 미소가 번졌다.

"다음에. 오늘은 살 사람 따로 있어."

그 말을 하기가 무섭게 문이 열리며 재규가 들어왔다. 예정에 없던 일이어서 혜미의 얼굴이 단박에 굳어졌다. 두 사람의 계략 에 또 넘어갔음을 안 까닭이었다. 아버지에 대해 마음이 조금 느 슨해졌던 그녀는 크게 실망하고 말았다.

오 이사가 재규를 맞으며 서둘러 자리에서 일어났다.

"어서 오십시오, 백 이사님."

"아버지."

혜미를 외면한 오 이사 대신, 그가 앉았던 자리에 가서 앉으며 재규가 이곳에 오게 된 연유를 설명했다.

"할 얘기 있어 보자고 했어, 내가. 직접 전화하면 안 만나줄 것 같아서 이사님한테 부탁드렸고."

혜미의 원망스러운 눈초리에 오 이사가 금방 딱딱하게 음성을 굳혔다.

"나중에 얘기해, 일단 듣기부터 한 연후에."

오 이사가 방을 나갔고, 혜미는 목이 타 물을 들이켰다. 아버지와 쌓였던 앙금을 조금이나마 풀 수 있을까 싶었다. 그런데 무참히 그 기회를 깨버린 재규가 끔찍하게 싫었다.

"밥부터 먹자."

"얘기부터 해."

"주문했어, 이미."

문이 열리며 음식들이 들어오기 시작했다. 테이블 위로 음식이 가득 채워질 동안, 혜미는 테이블 아래로 몰래 우영에게 문자를 보냈다.

―재규 오빠랑 같이 있어. 구해줘!

혜미가 우영에게 S.O.S를 친 줄은 까마득히 모른 채 재규는 느긋하게 식사했다. 반면 혜미는 그를 외면한 채 석상처럼 꼿꼿하게 앉아만 있었다. 재규와 함께한 이 자리가 정말이지 지옥 같았다. 대체 무의미한 짓을 왜 거듭 해야 하는 걸까?

계속되는 침묵과 냉랭한 기운이 분위기를 더욱 무겁게 가라앉혔다.

"오 이사님 처음 우리 회사 들어온 게 30년쯤 되나. 고속 승진으로 40대 초반에 이사 자리 따냈어. 누구보다 열심히 한 거 알아. 그만큼 야망도 크고, 사람도 이용할 줄 알고. 근데."

혜미는 그가 무슨 말을 할지 날 선 눈으로 바라보았다.

"야망에 눈이 멀었어, 네 아버진."

"그런 얘긴 내가 아니라 아버지한테 했어야지."

"내 충고 들을 정도면 너랑 결혼하란 말도 안 했겠지."

결혼?

혜미의 표정이 더욱 싸늘해졌다.

"그래서 나더러 대신 얘기하라?"

"충고를 받아들이기엔 오 이사님이나 나나 너무 늦었다는 얘기야."

"무슨 뜻이야?"

"말했지. 내가 하면…… 된다고. 결혼, 하게 될 거다, 곧."

"뭐……?"

하늘이 무너진 것처럼 큰 충격을 받은 듯한 그녀의 모습에 재규는 더 큰 상처를 받았다. 그녀가 가진 바른 성품과 솔직함이 그에게만은 늘 통증이 되어 가슴을 후벼 팠다.

"싫어도 해야 해, 내 뜻이니까."

자신의 의사와는 상관없이 이미 아버지와 재규 사이에서 타협이 끝났다는 걸 안 혜미의 몸이 부들부들 떨리기 시작했다. 그녀는 발악하듯 소리를 질렀다.

"절대, 안 해! 죽어도, 안 해!"

"죽어, 그럼!"

"……."

"그래서 내가! 널 가질 수 있다면 그렇게 해!"

분에 못 이겨 벌떡 일어난 혜미가 냉정하게 일갈했다.

"우리 아빠가 야망에 눈멀었다면, 넌 욕망에 눈이 멀었구나."

문이 떨어져 나갈 정도로 큰 소리를 내며 닫혔고, 혜미가 나가 버린 빈방에서 재규는 일이 좀처럼 뜻대로 되지 않아 화가 치밀어 올랐다. 그녀를 붙잡을 방법이 이것뿐이라는 게 너무나 슬프고 고통스러웠다. 스스로가 혐오스러워 견딜 수가 없었다.

자그마치 16년이다, 그녀를 사랑으로 마음에 품은 지가.

그녀를 잊으려 다른 여자를 품어도 봤고 도박에 빠지기도 했다. 하지만 언제나 그의 마음엔 그녀뿐이었다. 무엇을 하든 그녀 외의 것은 전부 허상이었다. 그에게 삶의 의미란 오로지 오혜미, 그녀뿐이었다.

지독한 집착이라고 해도 좋다. 몹쓸 놈이라 욕을 해도 상관없다. 그저 단 한 번만이라도 그녀가 자신의 마음을 알아준다면 여한이 없겠다.

혜미가 건물 밖으로 나왔을 때에야 우영이 달려왔다. 시온, 원석과 함께 저녁 식사를 하느라 문자를 늦게 확인했던 그는 큰일이라도 벌어진 줄 알고 오는 내내 마음을 졸였다.

나름 혜미를 잊어보겠다고 방황의 늪을 헤매는 것도 알고 있었다. 그런데 방황의 끝을 보여주던 재규가 끝내 마음을 잡지 못했으니, 이전보다 혜미에 대한 사랑이 커졌을 것은 쉬이 짐작이 가고도 남았다. 그 사랑은 곧 집착으로 변질된 상태였다.

하얗게 질린 혜미의 얼굴을 보자마자 우영은 심장이 불규칙하게 뛰었다.

"괜찮아? 무슨 일인데 그래?"

머릿속이 텅 비어버린 것 같아 혜미가 신음처럼 뇌까렸다.

"결혼해야겠대, 내가 죽어도."

"뭐?"

소름이 오싹 끼쳤다. 끝끝내 그 지경까지 가버린 건가. 도대체 어떻게 해야 혜미를 포기할까. 집착은 폭력이란 걸 왜 모르는 것일까.

사랑의 본질도 방법도 모르는 재규가 한심스럽고, 혜미에게 친구로서 별 도움이 되지 못하는 자신이 우영은 너무나 답답했다. 마치 세 사람이 하나의 거미줄에 한데 얽혀 옴짝달싹 못 하는 나비들 같았다.

우영과 헤어져 리조트로 온 혜미는 진료실 책상에 사직서를 놓고 나왔다.

나름 계획도 있었고 꿈도 있었던 곳.

이렇게 허무하게 떠나게 될 줄은 미처 몰랐다. 제주도가 좋아 이곳에서 살고 싶었던 그녀는 메디컬 호텔을 짓는다고 했을 때 망설임 없이 지원했었다. 차기 센터장이나 병원장이 되고픈 욕심이 없는 것도 아니었다. 단, 아버지를 등에 업지 않고 혼자 힘으로 해내고 싶었다.

하지만 애초에 아버지가 몸담고 있는 회사에 지원한 것이 크나큰 실수였다. 아무리 노력해도 결국엔 아버지의 손안에서 벗어나기 힘들다는 걸 이번 일로 다시 한 번 뼈저리게 느꼈으니까.

리조트를 나와 산책로로 향했다. 터벅터벅 걷다가 나무 사이로 보이는 달을 올려다보는데 울컥하더니 눈물이 흘러내렸다. 아무런 힘도 없이 비겁하게 도망치는 자신이 너무나 안타까웠다. 아버지 말이라면 꼼짝도 못 하는 다른 식구들과 달리 자신만큼은 떳떳하고 당당하게 자기 인생을 멋지게 펼쳐 나가고 있다 믿었었다.

그런데 혼자만의 착각이었다. 처절한 몸부림에 지나지 않았다.

자기 자신을 똑바로 직시하게 되는 순간만큼 인간이 나약하고 작은 존재라는 걸 알 때가 또 있을까. 기만 속에 빠져 있던 자신을 끄집어내자 그녀는 더 이상 이곳에 머물 의미가 없어졌다.

그때 맞은편에서 걸어오던 태성이 혜미를 발견하고 걸음을 멈췄다.

가로등 불빛에 반짝이는 그녀의 눈물. 무슨 일일까?

다가오는 그를 뒤늦게 발견한 혜미가 얼른 눈물을 닦고 밝게 인사했다.

"안녕하세요?"

"사는 게 참, 힘들지?"

이전처럼 자기 마음을 알아주는 것 같아 그녀는 그만 뭉클해졌다. 울적하던 차에 만나서일까. 때마침 그를 만난 것만으로도 큰 위안이 되었다.

"저 여기 떠나려고요."

"왜? 무슨 일 있나?"

"태성 씨한테 차여서요."

그녀의 농담에 태성은 웃을 수 없었다. 장난으로 속상한 마음을 감추려 하는 걸 알기 때문이었다.

"그래서 도망치겠다고?"

"피하는 거예요, 앉아서 당하기엔 인생이 소중하니까 자기 보호 차원에서."

"피한다고 끝날 일이라면 다행이고."

"그럼 어떡해요? 피하지 않으면 죽어야 하는데."

"쯧쯧. 의사 입에서 쉽게 죽는다는 소리가 나와?"

그의 질타에 뜨끔해진 혜미가 의기소침하게 고개를 숙였다.

"의사 자격 없죠, 나?"

"의사까지 관둘 셈이야?"

"갑자기 자신이 없어지네요. 내 인생도 휘청거리면서 환자들 인생을 어떻게 바꿔요."

그랬다. 그녀는 환자들을 고치기 이전에 자신의 잘못된 인생부터 바로잡아야 했다.

태성은 한껏 의기소침한 혜미가 안쓰러웠지만, 그녀를 위해 어떤 조언을 해줘야 할지 난감했다. 이곳에 메디컬 리조트를 세운다고 했을 때 직접 자신을 찾아와 꼭 지원하고 싶다며 흥분하던 날이 엊그제 같았다. 그랬던 그녀가 이제 막 오픈한 곳을 떠날 생각까지 했다는 건 그만큼 감당하지 못할 상처를 받았다는 뜻이리라.

인가도 없는 허름한 창고에 장물아비와 낡은 테이블을 사이에
두고 앉은 사내는 마스크와 비니를 깊이 눌러써서 얼굴을 확인
하기가 어려웠다. 사내가 가져온 보석을 감정하던 장물아비가
이윽고 말했다.

　"이건 가짭니다."

　"……."

　야쿠자로부터 훔친 보석이 가짜라는 말에 사내는 허탈감을 감
추지 못했다. 고작 가짜 보석이나 훔치자고 무리하게 두 번이나
위험을 무릅썼단 말인가. 하지만 살모사 두목에게 3억이란 거금
을 훔쳐 냈으니 반절은 성공한 셈이었고, 그걸로 만족해야 할 성
싶었다.

　그것으로 위안을 삼은 사내가 차를 몰고 떠난 후, 어둠 속에 숨
어 있던 또 다른 차가 그 뒤를 미행하기 시작했다.

　그리고 그 시각, 창고 안에선 장물아비가 어디론가 전화를 걸
었다.

　"걸려들었습니다. ……아뇨, 얼굴은 못 봤습니다. 마스크를 하
고 있어서."

　[다시 연락하지.]

야쿠자의 호텔방. 전화를 끊은 부하가 일어로 야쿠자에게 말을 전했다.

〈얼굴을 못 봤답니다. 남자인 건 맞습니다.〉

〈내 개인금고 번호를 알 정도면, 틀림없이 날 잘 아는 놈이다. 산 채로 잡아와, 반드시.〉

할머니가 있는 요양 병실 침대에 엎드려 깜박 잠이 들었던 규림은 계속되는 진동 소리에 어렴풋이 잠에서 깨어났다. 전화를 걸어온 사람이 엄마여서 평소처럼 퉁명스럽게 전화를 받았다.

"왜? ……엄마……? 왜 그래? 무슨 일인데?"

퉁명스럽던 목소리가 점차 다급하게 이어지자 잠이 들었던 할머니가 부스스 일어났다. 규림이 서둘러 전화를 끊었다.

"할머니, 나 가볼게."

"왜 그래?"

"별일 아냐. 전화할게."

부리나케 뛰어나가는 규림을 바라보는 할머니의 얼굴에 근심이 어렸다. 늘 사위와 딸의 사는 모습이 위태로워 보인다 했더니 큰일이 벌어진 게 틀림없었다.

규림이 호텔방에 도착했을 때, 커다란 캐리어가 현관에 놓여 있었다. 파리하게 질린 채 규림을 기다리던 윤애가 급히 재촉했다.

"어서 가자. 시간 없어."

"이 밤에 어딜 가? 할머닌 어쩌고? 아빤? 아빠도 버릴 셈이야?"

"아빠랑은 여기까지야. 지금부턴 우리 둘이 가는 거야."

둘이? 너무 놀라고 기가 막혀 규림이 무섭게 따지고 들었다.

"처음부터 계획된 거였어, 아빠랑 헤어지는 거?"

"마지막 여행일 거라고 했잖아."

미국에 가기 전 마지막 여행일 거라고만 생각했지 진짜 마지막 여행이 될 거라곤 꿈에도 생각 못 했다. 규림은 엄마의 결정을 이해할 수 없었다.

왜 갑자기 쫓기듯 이 밤에 떠나야 한단 말인가. 그것도 단둘이서. 아빠에게 무슨 일이라도 생긴 것일까?

아무리 정이 없는 새아빠였다고 해도 이유도 모른 채 헤어질 순 없었다. 더군다나 할머니를 두고 떠나고 싶지 않았다.

"난 남을래."

"규림아!"

"엄마야 어차피 나 없어도 상관없잖아."

규림의 거센 반항에 윤애는 더욱 애가 닳았다. 한가하게 승강이할 시간이 없었다.

"오늘 헤어지면 다신 못 봐. 또 그렇게 살고 싶어?"

"엄마…….."

"가자고, 그러니까!"

"어떻게 할머닐 버리고 가!"

"할머니 얼마 못 사셔."

윤애의 냉정한 말에 규림의 눈에서 왈칵 눈물이 솟구쳤다. 규림도 모르는 바 아니었다. 그래서 더욱 가슴 아픈 말을 엄마는 아무렇지도 않게 내뱉는 것이다.

윤애가 다그치듯 말을 이었다.

"한국 땅에서 죽고 싶으시대. 가장 따뜻하고 편안한 곳에서 쉬고 싶으시대. 내가 할머니한테 해드릴 수 있는 건 그것뿐이야."

"그렇다고 어떻게 낳아주신 분을 혼자 죽게 해?"

규림이 계속 말을 듣지 않고 버티자 윤애가 버럭 화를 내었다.

"맘대로 해, 있든지 말든지!"

윤애가 등을 돌리고 캐리어를 끌고 가려 하자, 규림이 그녀의 팔을 붙잡고 늘어졌다.

"엄마! 엄마! 가지 마, 엄마. 가지 마아!"

윤애는 미칠 것 같은 마음을 다잡아 차갑게 쏘아붙였다.

"따라나서지 않을 거면 잡지 마!"

그녀의 매몰찬 언사에 규림은 자기도 모르게 팔을 놓쳤다.

"엄마……."

이를 악물었던 윤애가 다시 한 번 규림을 채근했다.

"정말 같이 안 갈 거야?"

규림은 하염없이 눈물만 뚝뚝 흘렸다. 늘 불안했던 부모의 끝이 여기까지라는 게 믿기지 않았다. 그래도 마음 한편으론 여느 가족처럼 화목해질 날이 오지 않을까 하는 소망이 있었다. 그 소망이 무참히 깨지자 규림은 더 이상 돌이킬 수 없음을 깨닫고 아픈 가슴을 움켜쥐었다.

흐느껴 우는 딸을 보며 윤애는 이별을 예감한 듯 억지로 마음을 추슬렀다. 계속 지체하다간 죽도 밥도 되지 않는다.

"네가 선택한 거야. 날 원망하지 마."

윤애가 캐리어를 끌고 나가자마자 규림이 그 자리에 털썩 주저앉았다. 그렇게 간신히 붙들고 있던 가족이란 울타리도 함께 와르르 무너지고 말았다.

❖　　❖　　❖

"동영상 분석 결과, 도둑은 여잡니다. 여기 돈 가방을 잘 보시면……."

형사가 가리키는 동영상을 보자 줄에 매달려 돈 가방이 천천히 올라가는 게 눈에 띄었다. 동영상은 규림에게 받은 것으로 도둑을 잡는 데 크게 주효했다.

"말씀하신 대로 공범이 있는 게 맞습니다."

그렇게 말하며 형사가 화면을 확대했다.

"여기, 돈 가방 끌어 올리는 사람 보이시죠?"

5층이다!

도둑과 공범으로 보이는 누군가가 5층 창문으로 돈 가방을 끌어 올리고 있었다. 왜 CCTV에 잡히지 않았나 했더니, 범인이 5층 투숙객이었던 탓이다. 시온이 옥상에서 5층을 가리켰던 게 적중했다.

"도둑이 5층에서 줄을 타고 내려왔군요."

형사가 태성의 말을 부인했다.

"아닙니다. 도둑은 5층에서 먼저 옥상으로 올라간 것 같습니다. 5층 투숙객이란 걸 숨기려던 의도겠죠."

도둑의 방은 509호. 태성이 묵는 방의 바로 위층이었다. 그리고 그 방의 투숙객이 누구인지 정확히 알고 있었다. 엄청난 충격에 휩싸인 그의 목소리가 가늘게 떨렸다.

"신원은 확인했습니까?"

현관에 쪼그려 앉아 흐느껴 울고 있던 규림은 현관문이 열리는 소리에 퍼뜩 고개를 들었다.

"엄마?"

한데, 들어오는 사람이 태성이었다. 그의 뒤로 형사들이 보였다.

"아저씨……."

"엄만?"

규림이 그쳤던 눈물을 왈칵 쏟아냈다.

"흐흑! 떠났어요."

밖에 있던 형사들이 후다닥 뛰어갔고, 안으로 들어온 태성이 규림의 옆에 앉았다. 규림마저 버려진 걸 알자 이루 말할 수 없이 착잡했다. 그깟 돈이 뭐기에 자식마저 버리고 떠났단 말인가.

게다가 이 무슨 운명의 장난인지. 하필 규림이 우연히 찍은 동영상이 자신의 엄마를 잡는 결정적인 증거가 되었다는 걸 어떻게 설명해야 좋을지 모르겠다. 누구보다 그녀에겐 큰 충격과 상처가 될 일이었다.

"얘기해 주세요. 아빠, 엄마한테 무슨 일 있는 거 맞죠? 네, 아저씨?"

뭐라고 대답해야 할지 난감하여 태성은 안타까운 시선으로 그녀를 바라보기만 했다. 규림이 눈물을 흘리며 태성의 팔을 흔들었다.

"아저씬 알고 있잖아요. 아저씨, 제발요."

3억이 든 캐리어를 끌고 약속된 배에 올라탄 윤애는 브로커에게 돈을 건넨 뒤 잠시 항구를 바라보았다. 이런 결정을 내릴 수밖에 없는 자신이 너무나 혐오스러웠지만, 여기서 끝내면 모든 걸 잃는다.

다시는 돌아오지 않을 땅. 그리고 다시는 보지 못할 가족.

그 모든 걸 버리고 혼자 떠나는 발걸음이 결코 가볍지만은 않았다. 지나온 일들이 주마등처럼 스쳐 지나가며 가슴 한복판이 주먹으로 맞은 듯이 욱신거리며 아팠다.

특히 규림이, 그 아이를 생각하면 엄마의 자격조차 없는 죄인이었다. 자신 같은 엄마는 차라리 없는 게 더 나을지도 모른다.

자신의 잘못을 합리화시킨 그녀는 끝내 눈물 한 방울 보이지 않은 채 미련 없이 배 안쪽으로 들어갔다.

❖　　❖　　❖

그 시각, 장물아비가 떠난 창고에 야쿠자 부하들이 누군가를 끌고 들어왔다. 흠씬 두들겨 맞았는지 피투성이에 거의 실신 지경이었다. 야쿠자 앞에서 부하가 턱을 치켜올리자, 그는 다름 아닌 규림의 새아빠 민철이었다. 장물아비를 만나고 돌아가는 길에 붙잡혀 온 것이다.

한때 자신의 부하였던 민철을 알아본 야쿠자가 차갑게 웃었다.

〈기억이 나. 정윤애, 하루키 그년 짓이었구나.〉

〈사, 살려주십시오.〉

〈감히, 날 배신한 것도 모자라서 작당모의를 해? 하루키 그년을 내게서 뺏은 죄의 대가가 얼마나 큰지 보여주겠다.〉

잔혹한 야쿠자 앞에서 민철은 이미 만신창이가 된 몸을 사시나무 떨듯 벌벌 떨었다.

〈자, 잘못했습니다. 잘못했습니다!〉

〈하루키에게 딸이 하나 있다지?〉

민철은 심장이 뚝 소리가 나며 끊어지는 듯했다. 그의 심장을 산산조각 내는 야쿠자의 말이 잔인하게 이어졌다.

〈니들이 훔쳐 간 3억. 그 아이 값으로 치지.〉

〈아, 안 됩니다. 그 아인, 아, 아무 잘못 없어요. 제발…….〉

엎드려 싹싹 비는 그를 야쿠자가 킬킬 비웃었다.

〈친딸도 아니면서 정이 듬뿍 들었나 보군그래.〉

〈차라리 절 죽이십시오. 그 아인 그냥 두세요!〉

〈멍청한 놈. 날 건드렸을 때 각오한 일이 아니던가. 네놈이 하루키를 내게서 빼앗아갔는데, 난 당연히 그 딸년을 가져야지.〉

야쿠자는 일본으로 돈을 벌기 위해 온 윤애를 자신의 여자로 삼았다. 그리고 5년 후 윤애가 부하인 민철과 야반도주했고, 그렇게 소식이 완전히 끊겼다. 그녀에게 딸이 있다는 건 그도 몰랐던 사실이었다. 한데 조용히 숨어 살아도 시원찮을 판에 겁도 없이 살모사를 건드리더니, 감히 자신의 보석까지 훔쳤다. 윤애 나름으로는 복수 심리였는지도 모르겠다. 함께했던 5년 동안 그녀를 많이 괴롭혔던 게 사실이니까.

하지만 그녀는 욕심이 지나쳤고, 결국 화를 자초했다.

괴로움을 못 이겨 짐승처럼 울부짖는 민철을 보며 야쿠자는 윤애와의 질긴 인연에 조소했다.

❖　❖　❖

음식을 앞에 두고 우두커니 앉아 있는 규림에게 시온이 수저를 들어 입 앞에 갖다 댔다.

"먹어, 응?"

규림은 먹을 생각이 없는지 멍하니 앉아만 있었다. 보다 못한 태성이 억지로 먹여주자 그제야 간신히 받아먹는다.

"아직 소식 없어요, 아저씨?"

"조금만 더 기다려 보자. 어서 먹어. 굶으면 더 지쳐."

태성의 다정한 말에 규림이 밥을 먹으려다가 애처롭게 훌쩍였다.

"나 때문이야. 내가 동영상만 안 찍었어도⋯⋯."

형사로부터 도둑의 정체가 부모라는 걸 들었을 때의 심정이라니. 규림은 모든 게 자기 탓만 같아서 가슴이 갈기갈기 찢어졌다.

"그게 왜 네 잘못이야. 어른들 잘못이지."

시온이 마음이 짠해 하는 위로에도 규림은 소리조차 제대로 내지 못한 채 슬피 울기만 했다.

민철의 소식을 들은 것은 새벽 2시. 규림이 잠을 못 이루고 침대에서 뒤척이고 있을 때였다. 그녀를 지키고 있던 형사가 말하기를 야쿠자들을 잡았다는 것이다.

형사의 차를 타고 경찰서로 간 규림은 한발 앞서 와 있던 태성과 시온을 만났다.

"아저씨, 어떻게 된 거예요? 아빠 무사한 거죠?"

"그래. 지금 이리로 오는 중이야."

그때 웅성대며 형사들이 계단을 올라왔다. 그들 사이로 야쿠자와 부하들, 그리고 민철이 보였다.

"아빠!"

"규, 규림아."

한달음에 달려간 규림이 맞아서 울긋불긋한 민철의 얼굴을 걱정스럽게 살폈다.

"괜찮아?"

"미안하다."

처음으로 듣는 새아빠의 약한 목소리에 규림은 순간 울컥했다. 엄마가 5년 동안 소식도 없다가 3년 전 어느 날 데려온 남자가 민철이었다. 새아빠라고는 하지만 말도 제대로 섞지 않을 정도로 서먹하고 어색한 관계로 지냈다.

그런데 엄마가 떠나고 새아빠마저 소식이 끊어지자 규림은 이때처럼 간절하게 그들을 걱정하고 그리워한 적이 없었다. 그토록 밉고 원망스럽던 새아빠와 엄마였는데, 이대로 뿔뿔이 헤어지는 게 너무 서럽고 원통했다. 삐거덕거리는 가족일지언정 또다시 허망하게 잃고 싶지 않았다.

규림이 수갑이 채워진 그의 손을 가만히 잡았다.

"무사히 돌아와 줘서 고마워, 아빠."

규림의 따뜻한 말에 민철이 더욱 면목이 없어 고개를 떨궜다.

야쿠자와 부하들이 끌려간 그곳에서 규림은 계단을 올라오는 누군가를 발견하고 깜짝 놀랐다.

힘없이 캐리어를 끌고 나타난 사람은 윤애였다. 결국엔 떠나지 못하고 돌아온 것이다. 민철이 잡혀 있는 곳을 예측하고 제보한 사람도 그녀였다. 애증만 남아 있는 사이였다고 해도 그는 야쿠자로부터 자신을 구해준 남자였고, 그녀가 사랑한 사람이었다. 야쿠자에게 붙잡혀 어떤 곤욕을 치를지 뻔히 아는데 혼자만

399

살겠다고 도망치기엔 양심에 걸렸던 것이다.

다행스럽게도 그녀의 예측이 맞아떨어져서 장물아비를 만났던 창고에 놈들이 있었고, 민철은 무사할 수 있었다.

"엄마…… 엄마!"

규림이 달려가 윤애를 끌어안았다. 윤애의 얼굴엔 미안함과 고마움, 두려움이 한데 뒤엉켜 있었다.

"다행이다. 엄마가 또 날 버리는 줄 알았어."

윤애의 입에서 신음 같은 울음이 터진 것은 그때였다. 그녀를 바라보는 민철의 눈에서도 울컥 뜨거운 눈물이 솟구쳤다. 마치 이방인처럼 그녀의 가족 사이에 끼어 살다가 이제야 비로소 끈끈한 정을 느끼게 된 것이다. 무엇보다 아내가 가족을 버리지 않아 안도가 되었다.

그날 아침, 요양 병실에서는 규림의 이야기를 듣고 할머니가 눈물을 흘리고 있었다. 이미 뉴스로 소식을 접한 후라 그 충격은 이루 말할 수 없었다. 딸과 사위가 도둑일 거라곤 상상조차 하지 못했다. 게다가 야쿠자라니. 그리 무시무시한 집단과 관계가 있었다는 게 믿어지지 않았다.

"니 엄마 그렇게 된 거, 다 나 때문이야. 가난하고 보잘것없는 부모 만나서 그렇게 됐어. 남편도 없이 고생만 하다가 어린 널 맡기고서 돈 벌어오겠다고 일본 가더니, 도둑이 돼서 왔을 줄 어찌 알았겠어. 난 그것도 모르고 사위, 딸 돈 잘 번다고 자랑이나 했구나. 돈 벌더니 고생한 지 에미 버린다고 섭섭해만

했어."

"할머니……."

"혹시라도 잡히면 병든 나한테 널 또 맡겨야 하는 게 싫었던 거였어. 몹쓸 년, 한이 맺혀 어찌 살았누. 하나뿐인 에미랑 딸한 테 죄스러워 마음 놓고 웃지도 못했던 거로구나."

늘 차갑기만 하던 딸이 이제야 이해가 가 할머니는 흐느끼며 거친 손으로 규림의 손을 잡았다.

"어쩌냐. 우리 규림이 불쌍해서 어째. 이 할미 죽으면 돌봐줄 사람도 없는데."

"난 있지, 할머니. 새아빠가 야쿠자였고, 엄마가 도둑인 것보 다 가족 같지 않은 가족이라는 게 더 싫고 창피했어. 내가 먼저 손 내밀어도 됐던 거잖아. 근데…… 미워만 했어. 몰라준다고, 위해주지 않는다고 투정만 부렸어, 할머니."

가슴 깊이 후회하는 규림이 할머니는 그저 안쓰럽고 안타깝기 만 했다.

"어이구, 착한 것. 너 때문이라도 할미가 오래 살아야겠다. 너 혼자 두고 어떻게 가, 가슴 아파서."

"약속했어, 할머니. 오래오래 살아야 해, 꼭."

규림의 두 눈에서도 눈물방울이 뚝뚝 떨어졌다. 할머니가 버 려지지 않아서 다행이었다.

애틋한 두 사람의 모습을 바라보는 태성과 시온의 눈시울도 똑같이 붉어졌다.

━━ ❖　　❖　　❖ ━━

헤미가 거실에서 짐을 싸는 동안, 우영이 주방에서 커피 두 잔을 만들어 나왔다. 병원에 사직서를 냈다는 얘길 듣고 우영이 집으로 찾아온 것이다. 재규를 피해 도망친다는 걸 알기에 그는 그녀를 붙잡지 않았다. 그녀의 심정이 충분히 이해가 되었으니까. 이걸 빌미로 그동안 휴가도 없이 일한 그녀를 쉬게 해주고 싶은 마음이 간절했다.

"그래도 찾아와 주는 건 친구밖에 없구나."

밤사이 도둑이 잡혔고, 야쿠자도 소탕했다는 소식을 들었다. 그 일로 정신이 없을 텐데 일부러 찾아온 그가 헤미는 진심으로 고마웠다.

"괜찮아?

"널 보니까 기운이 막 나는데."

헤미가 별일 아닌 듯 웃자 우영이 어이없다는 듯 투덜댔다.

"애인이나 진작 만들어놓지. 이럴 때 써먹게."

"아버지 때문에 관뒀다고 애인한테 쪽팔려서 어떻게 말해. 너니까 비밀도 없는 거야."

"그래서 너랑 내가 친구 이상이 안 되는 거야. 캐내는 맛에 연애한다잖아. 짐은 이따가 싸고 먼저 마셔. 너, 식은 커피 싫어하잖아."

헤미가 소파로 와서 앉으며 볼멘소리를 냈다.

"아무리 친구라도 가지 마라, 한 번쯤은 붙잡아야 하는 거 아냐? 너무 쿨하게 보내주는 거 아니냐구, 섭섭하게."

"영원히 헤어지냐? 이민 가? 그동안 못 쉬었잖아. 푹 쉬었다 와. 내 몫까지 푸욱."

'푸욱' 하고 강조하는 어감이 귀엽다.

"같이 갈래?"

안 되는 줄 알면서 그렇게 묻는 혜미에게 깊은 외로움이 느껴져 우영은 가슴이 저릿했다.

"나야말로 절실하다. 에휴, 노인네 있는 데만 알아도 당장 쫓아가는 건데."

"누구? 회장님?"

"나, 노인네 만나면 엄청 할 말 많아."

"회장님 안 온다고 삐친 것 같다?"

우영은 새삼 태성 생각에 울컥 뜨거운 것이 치밀었다.

"노인네 그렇게 안 봤더니 진짜."

어쩌자고 혼외 자식을 만든 것일까. 그토록 꼬장꼬장, 곧은 길 아니면 가지 않던 양반이 어떻게 여러 사람 마음 아픈 짓을 했는지 도저히 이해가 되지 않았다. 이 꼴을 만들 작정으로 아예 숨어버린 건지.

"왜? 회장님 무슨 사고 치셨대?"

"사고도 아주 대형 사고다."

"어머, 진짜? 애인 생기셨대?"

곳곳에 비치는 조명이 예쁜 정글 옥상. 커다란 나무 아래 기대 앉은 태성과 시온에게 모처럼 평온한 시간이 찾아왔다. 한바탕 회오리가 지나간 뒤라 평화로운 시간이 더욱 고맙게 느껴진다.

나무들 사이로 반짝이는 별들을 올려다보는 시온의 까만 눈동자 속에도 그 별이 촘촘히 박혀 있었다.

"엄마는 엄마였네, 못 가고 다시 돌아온 걸 보면."

"자수했으니까 선처가 있겠지. 처음부터 살모사와 야쿠자인 걸 알고 노렸던 거였어. 이번이 마지막이라고 생각했대."

"공범이면서 부부 사이가 왜 그렇게 나빴던 거야?"

"애증이었겠지. 야쿠자 부하와 야쿠자 애인이 만났으니 인생이 녹록했을 리 있나. 그래서 도둑도 되었을 거고."

그런 기구한 인생이 다 있을까 싶어 시온은 씁쓸했다. 부모가 도둑일 줄은 꿈에도 모르고 잡아달라며 동영상까지 제공한 규림은 자괴감이 더욱 컸으리라. 이전처럼 부모를 원망하기보다 그들의 허물까지 용서하고 감싸 안은 규림이 정말 대단했다. 그 포용심마저 산전수전 다 겪은 노인네 같아 오히려 마음이 짠했다.

"규림이가 너무 안됐어. 부모가 모두 수감되면 할머니랑 또 단둘이 남는 거잖아. 병도 깊다시는데 돌아가시고 나면 규림이 어떡해?"

"도난당한 돈은 마약 밀수한 거고, 보석은 가짜고, 살모사랑 야쿠자는 구속됐고. 그래도 금방 나오긴 힘들 거야. 그동안 도둑질한 것까지 죄다 기소될 거래."

"그럼 규림이도 리조트에 계속 있긴 힘들겠는걸."

"영특하고 강한 아이니까 어딜 가든 잘 견디겠지."

말은 그렇게 하지만, 예정된 이별에 태성과 시온의 얼굴엔 서운한 기색이 고스란히 내비쳤다. 여행에서 만나고 헤어지는 게 일상다반사이지만, 특별한 인연 탓인지 규림에겐 더 애정이 갔다.

그때 태성에게로 전화가 걸려와 받았더니 경찰서였다.

"네. ……나를 왜……?"

형사의 호출로 경찰서 취조실에 앉은 태성은 윤애를 만났다. 그녀가 왜 보자고 했는지 의아했다. 규림보다는 키가 큰 편이었지만 생김새가 많이 닮은 윤애가 잔뜩 긴장하여 조심스럽게 입을 열었다.

"백태성 씨 맞으세요?"

"네. 무슨 얘긴지 해봐요."

그녀가 꺼낸 이야기는 뜻밖의 것이었다.

"실은, 그날 옥상에서 수상한 남자를 봤어요."

아마도 유종현을 말하는 것 같았다.

"수상한 남자라면 우리가 이미 확인했습니다. 오해가 있었어요."

눈빛이 한층 굳어진 윤애가 어떤 확신을 담아 말했다.

"다시 확인해 보시죠. 제가 중국어를 좀 할 줄 알아요. 근데 백태성 씨 얘길 하더라고요, 보스라는 사람한테. 약이 어떻고 하던

데, 뭔가 위험해 보이는 남자였어요. 알려 드리는 게 좋을 것 같아서요. 우리 규림일 보살펴 주신 분이라길래. 그리고…… 죄송합니다. 회장님 아들인 것도 모르고."

'내가 누군지 알고 있다!'

윤애의 그 말은 유종현의 통화 내용을 입증한 셈이었다. 도둑으로 오인했던 유종현이 자신의 존재를 알고 있단 사실에 태성은 크게 놀랐다. 중국어로 약에 관해 통화했다면 틀림없이 '연동회' 이리라. 지난번에 미행했던 자도 그가 아니었을까?

경찰서를 나와 한달음에 리조트로 돌아온 태성은 주방으로 뛰어 들어갔다. 그리고 한창 정리 중인 직원들을 한 명씩 살펴보았다. 하지만 CCTV에서 보았던 유종현의 모습은 어디에도 보이지 않았다.

"유종현 씨 어디 있는지 알아요?"

하나같이 고개를 젓는 직원들 때문에 태성은 속이 까맣게 타들어갔다. 벌써 눈치를 채고 도망간 게 아닐까. 그렇다면 정말 큰 낭패였다.

그에게 완벽히 속았다고 생각하자 분했다. 그리고 그의 실체를 알게 되자 초조했다.

일송이 장비를 총동원해 수색한 결과, 태성의 방 거실 천장 조명에서 카메라가 발견되었다. 연동회의 정체가 수면 위로 드러나자 혹시나 하고 점검했더니 아니나 다를까, 감시를 당하고 있었다. 카메라를 연동회 쪽에서 설치했는지 국정원 쪽에서 설치했는지 정확히 알 수는 없었지만, 태성으로서는 큰 수확을 한 셈이었다.

그동안 일거수일투족을 감시당했다는 사실을 알자 오싹했다. 언제부터 감시를 당했는지 알 수 없었고, 무엇보다 그 사실을 전혀 인지 못 했을 정도로 완벽했다는 게 놀라웠다. 다행히 도청 장치는 없었지만, 어쭙잖게나마 연극을 한 게 정말 잘했다는 생각이 들었다.

카메라는 바로 제거되었다. 하지만 발각된 걸 알았을 테니 상대편에서도 긴장할 것이다. 감시자는 위축되어 더욱 몸을 사릴 테고, 카메라가 없으니 감시의 폭도 좁아지리라.

"이제부터 매일매일 방을 점검해야겠어, 언제 또 설치할지 모르니끼니."

"점점 숨통을 조여오는구먼. 카메라를 없앴으니 우리가 약을 알고 있다고 의심할 텐데 괜찮을까?"

"국정원 짓이라믄 오히려 우리한테 유리하디 않갔어. 민간인 사찰은 법으로 금지됐디 않네. 연동회 짓이라믄 당분간 몸을 사릴 테니 우린 시간을 버는 택이디. 어느 쪽이든 상관없다 그 말이야."

일송이 그를 안심시켰지만, 태성은 불안한 마음이 가시지 않았다. 그 때문인지 그는 그날 밤 악몽에 시달렸다. 유종현에게 총을 맞는 끔찍한 꿈이었다. 배경은 베트남 전쟁터였는데 유종현이 쏜 총에 어깨를 맞아 피를 분수처럼 뿜으며 자신은 죽어가고 있었다.

그런데 어디선가 나타난 시온이 죽어가는 그를 애처로운 눈으로 내려다보았다.

그녀의 옆으로 베트남 소년이 나타났다. 타잉을 처음 만난 베트남 집 마당에서 그가 쏘아 죽였던 어린 소년. 그를 내려다보는 소년의 얼굴엔 복수의 미소가 잔인하게 걸려 있었다.

그리고 좀비처럼 점점 몰려드는 시체들. 그가 무수히 죽였던 베트콩들이었다. 그들은 하나같이 증오의 눈빛으로 그를 내려다보고 있었다.

다시 시온에게로 시선을 돌렸을 때 그녀는 흔적도 없이 사라졌고, 그 자리엔 타잉이 서 있었다. 시온과 똑같이 애처로운 눈을 하고서.

시온을 불렀지만 목소리가 나오지 않았다. 가슴이 터질 것 같았다. 총에 맞은 어깨가 불에 덴 것처럼 화끈거리고 아팠다. 정말이지 지독한 통증이었다.

혼돈의 꿈속에 갇혀 태성은 밤새 신음했고, 열병에 거린 사람처럼 온몸이 푹 젖을 정도로 식은땀을 흘렸다.

〈2권에 계속……〉